集英社オレンジ文庫

神招きの庭 4

断ち切るは厄災の糸

奥乃桜子

本書は書き下ろしです。

【目次】

【人物紹介】

綾芽《あやめ》

神命を退ける「物申《ものもうし》」の力を持つ少女で、二藍の妃。二藍を人に戻す方法を探している。

二藍《ふたあい》

兜坂国《とさかのくに》の王弟。神と人の性質を持ち、心術を使う「神ゆらぎ」で、先の陰謀から国を救った功により、春宮《はるのみや》に任じられる。

鮎名《あゆな》

一花《ひとはな》の妃宮《きさきみや》。大君の妃で、現在の斎庭《ゆにわ》の主。

大君《おおきみ》

兜坂国の今上《きんじょう》で、二藍の兄。
二藍の身を案じている。

十櫛《とくし》

小国・八杷島《やはじま》の王子。
客分として兜坂国の宮廷に
預けられている。

羅覇《らは》

八杷島の祭官。
以前は「由羅《ゆら》」と名乗り、
綾芽の同僚として斎庭に潜入していた。

イラスト／宵マチ

【用語集】

斎庭《ゆにわ》

兜坂国の後宮。神を招きもてなす祭祀の場である。大君の実質的な妃以外に、神招きの祭主となる妻妾たちも暮らしており、名目上の妻妾たちを「花将《かしょう》」と呼ぶ。

外庭《とつにわ》

官僚たちが政《まつりごと》を行う政治の場。斎庭と両翼の存在である。

兜坂国の神々

多くは五穀豊穣や災害などの自然現象を司る。基本的に人と意志疎通はできず、祭祀によってのみ働きかけることができる。その姿は人に似たものから、動物や昆虫などさまざまな形をとる。

玉盤神《ぎょくばんしん》

西の大国、玉央《ぎょくおう》をはじめとする国々を支配する神。厳格な「理《ことわり》」の神で、逆らえば即座に滅国を命じられる。

神ゆらぎ

王族の中にまれに生まれる、人と神の性質を併せ持つ者。心術などの特殊な力が使えるが、その神気により人と交わることはできず、神気が満ちすぎれば完全に神と化してしまう。

物申《ものもうし》の力

人が決して逆らえない神命に、唯一逆らうことのできる力。綾芽だけがこの能力を有している。

神金丹《しんこんたん》

神ゆらぎが神気を補うための劇薬。八杷島によって兜坂国に持ち込まれた。

神招きの庭《かみまねきのにわ》
断ち切るは厄災の糸
4

第一章　先んじて厄災を断ち切らんとす

はじめは喜ばしい役目を命じられたのだった。

枯れ葉の舞う、重苦しい曇天《どんてん》の昼下がりだった。兜坂国《とさかのくに》の後宮《こうきゅう》——斎庭《ゆにわ》の奥深く。ごく内々の話をするための小さな御殿《ごてん》に、綾芽《あやめ》はひとり呼び出された。

待っていたのはこの国の王である大君《おおきみ》・楯磐《たていわ》と、その一の妃《きさき》にして斎庭の主《あるじ》である妃宮《みや》・鮎名《あゆな》だけだったので、綾芽はそわそわとした。いくら内向きの御殿といっても、三人だけなど初めてだ。いったいどうなさいましたか——そう尋《たず》ねるよりも早く、大君の座す御帳台《みちょうだい》の脇に腰を落ち着けた鮎名が、静かに口をひらいた。

「綾芽、お前が二藍《ふたあい》の妃となり、どのくらいが経《た》っただろうか」

なんの話がはじまるのだろう。身構えつつ、「一年あまりとなります」と綾芽は返した。

大君の異母弟であり、春宮《はるのみや》（王太子）たる男、二藍。

綾芽はその二藍の、唯一《ゆいいつ》の妃である。さまざまな事情で名ばかりの妻に過ぎないが、絆《きずな》はすこぶる固く、何度も危機を共にくぐりぬけてきた。友として信頼し、恋《こ》い慕《した》う人としても深く想い合っている。

「そうだったな。お前たちは本当によく支え合い、助け合ってきた」

鮎名はぽつりとつぶやくと、短く息を吸って顔をあげた。

「実はこたび、お前に命じねばならないことがある」

「なんでございましょう」

「その夫たる男――二藍のもとを、離れてほしいのだ。なるべく早く、明日にでも」

「……なんと仰《おつしや》いましたか」

つい綾芽は眉をひそめた。

二藍のもとを離れる？　なぜだ。

「順を追って話そう。年始めに『招きはじめの儀』なるものが行われると知っているな」

話の流れが読めないまま、綾芽は「存じあげております」と答えた。

斎庭は王の後宮ではあるが、その本質は神を招きもてなす場だ。百人あまりいる妻妾《さいしょう》のほとんどは、王の子を産むためでなく、王の名代《みょうだい》として神を招くためにいる。そういう神《じん》祇官《ぎかん》の高官としての妻妾らを、斎庭では特別に花将《かしょう》と称す。この花将が日ごとに神々を招き、自分の館に迎え入れてもてなし、働きかけて人の利を得る。それが斎庭の常である。

鮎名の言う『招きはじめの儀』は、そんな数多《あまた》の神招きのうち、年明け頭に執《と》り行われる重要な祭礼だ。しかしそれがいったい、と思っていると、鮎名は硬い表情をほんのわずかに緩《ゆる》めた。

「そろそろお前も春宮妃《はるのみやひ》として、正式な神招きに臨《のぞ》むべきという話になってな。それで次の『招きはじめの儀』の祭主は綾芽、お前に任せることとなった」

思いがけない言葉を耳にして、不安に覆われかけていた綾芽の瞳は輝きを取り戻した。

これは吉報ではないか。

本来ならば大君の妻妾と同様、春宮妃として神を迎え、もてなし鎮《しず》めねばならない立場の綾芽だが、これまでは正式な祭主を務めることは許されなかった。綾芽が春宮妃なのはわずかな高官だけが知る秘密だから、表向きの職責から外されてしまっているのだ。

それがどんな風の吹き回しか、今回は正式な、しかも新年最初の大事な祭礼を任せてくれるという。表の祭事には関《かか》われないと思っていたから、綾芽は嬉しい驚きに浸《ひた》った。

「ですがなぜ、急にお任せいただける運びになったのです」

「二藍が、お前にも祭礼を執り行わせてやってほしいと願い出たのだ。お前も陰では立派に春宮妃の務めを果たしてきた。だが表の役目には縁遠いし、正しい祭礼の知識もない。それでは不憫《ふびん》だと、ぜひ機会を与えたいと申していたよ」

「二藍さまが」

慕わしい男の笑みが脳裏に浮かび、綾芽は唇をほころばせた。胸が熱くなる。あのひとはいつも、わたしの幸せを考えてくれている。

ということは、だ。ほっとして尋ねた。

「二藍さまのもとを離れるというのは、祭礼の準備をせよというお達しなのですね」

「とりあえずはそういう話だ。祭礼に臨むために学ぶべき事柄は多いが、年始まではもうひと月あまりしかない。それで指導役の花将のもとに住みこんで、急ぎ研鑽《けんさん》を積んでもらわねばならぬ」

神招きには、細かな決まりが多くある。確かに綾芽には、祭礼を執り行う知識が足りていない。急いで詰めこむためにも、今はそちらの役目に集中せねばならないのだろう。

なるほど、とひとり納得していると、「受けてくれるな?」と鮎名は念押しのように尋ねてくる。綾芽はすこしだけ考えた。正直に言えば、二藍と離れるのは不安もある。近頃心労が嵩《かさ》んでいるあのひとを、置いていってよいのだろうか。

とはいえ祭主を務めること自体にはずっと憧《あこが》れていたし、なにより二藍そのひとが推挙してくれたと思うと、張り切らないわけにはいかない気がした。

綾芽は背を伸ばして、改めて大君と鮎名に請《う》け合った。

「もちろんです。立派に務めますので、どうかお任せください」

鮎名は「頼もしいことだ」と微笑んだ。だがその笑みは瞬《またた》く間にかき消えて、じっと黙りこんでしまった。はじめから浮かない顔をしていたのに、さらに面持ちは沈んでいる。

――どうしたのだろう。

綾芽は鮎名と、御帳台のうちで黙って会話を聞いていた大君を交互に窺《うかが》った。話はこれで終わりではないのか。他に言わねばならないことでもあるのか。

嫌な予感は、やがて言葉となって現れた。

「これより先はわたしが話そう、鮎名」

そう大君は鮎名を制すると、自《みずか》ら切りだした。

「綾芽よ。こたびはもうひとつ、命じねばならぬことがある。この『招きはじめの儀』が無事終わったら、子を産め」

綾芽はまたも眉を寄せた。あまりに唐突に、投げすてられたように落ちてきた言葉に、なにを命じられたのかまったく解《げ》せなかったのだ。子を産む？　誰が？　なぜ？

大君は一言一言、念を押すように繰りかえす。

「子をなせ。すくなくとも産む努力をせよ」

ようやく綾芽は意味を理解した。大君は、夫たる二藍の子を産めと言っているのか。

しかし意味がわかっても、意図がまったく捉《とら》えられない。確かに二藍の子を育《はぐく》めるのならどれだけ幸せか。だが今の綾芽と二藍に、ふたりの子なんて夢のまた夢だ。子をなすどころか、二藍は綾芽と口づけすら交わせない。そう生まれついてしまっている。

二藍は神ゆらぎなのだ。神と人とのあいだをゆらぐ性質を持つ、人ならざるもの。その身には濃い神気が澱《よど》んでいて、それが相手を殺してしまうから、決して人と交われない。どんなに想っていても深く触れ合う術《すべ》はない。大君も重々承知しているだろうに。

そう惑《まど》う綾芽を、大君はひたと見つめた。

「二藍が子をなせない身の上とは、わたしも当然承知している。ゆえに、こたびは二藍の子を産めと命じたわけではない」

綾芽はますます戸惑った。

「お言葉の意味が汲《く》めません。ついさきほど子を――」

「わたしは、二藍ではない男と子を作るようにと命じたのだ」

――二藍でない男と？

綾芽はしばらく呼吸すら忘れたように固まって、ようやく取り繕《つくろ》った笑みを浮かべた。

「お戯《たわむ》れを」

冗談としか思えなかったのだ。なぜ深く想い合う夫がありながら、別の男と子を作らねばならない。

しかし大君は、険しい視線を微塵《みじん》も揺らがせなかった。

「戯れなものか。もとよりお前は覚悟していたはずだ。二藍の妃であるのはわずかなあいだだけ。いつかは他の誰ぞの子を産むと」

厳しく釘を刺され、綾芽は言葉に詰まった。確かにそれは、大君の言うとおりだった。綾芽たちが夫婦でいられるのは、いっときだけと最初から決まっていた。二藍が人と交われないからもあるが、大きな理由がもうひとつ。

綾芽が『物申《ものもうし》』——神にものを申す力を持つ、唯一無二の娘だからだ。この世でただひとり綾芽だけが、恐ろしい理《ことわり》の神、玉盤神《ぎょくばんしん》の絶対の命《めい》ですら拒絶することができる、そういう希有《けう》なる力を身に宿している。

兜坂国は、この力をなんとしてでも失いたくないのだ。だからときが来れば、綾芽は子をなせない二藍のもとを去り、別の男と力を継ぐ子を産む努力をしなければならない。当初からそういう約束だった。

御帳台のうちで大君は、綾芽が勅命《ちょくめい》を賜《たまわ》る言葉を返すのを待っている。その視線に晒《さら》されながら、綾芽はじわじわと青ざめた。わかっている。勅命をはねつけるなんて言語道断だ。ここは『御意《ぎょい》』と答える他ない。

だがどれだけ努力しても、その一言が出てこない。口をひらく。閉じてはまたひらく。

「……できません」

気づけば目をあげて、そう口走っていた。

「わたしは二藍さまの妃なのです、他の男と子などなせません！」

「綾芽」

「せめてもうすこし、すこしだけでも待っていただけませんか」

綾芽は必死に頭を床にこすりつけた。「お願いです、二藍さまと約束したのです」

望まず神ゆらぎとして生まれ、誰にも心をひらけず孤独をかこっていた二藍。その苦しみを、綾芽は誰より知っている。だからこそ固く誓ったのだ。一生そばにいる。神ゆらぎが人になれる方法を探しだして、必ずこの苦しみから解き放つ。人として添い遂《と》げる。

だからこんな勅命なんて、到底受けつけられない。

「わたしは絶えず、二藍さまを人にしてさしあげられる方法を探してきました。そしてようやく先日、隣国八杷島《やはじま》の者が手立てを知っているらしいところまでゆきついたのです。いつかきっと、必ず手は届きます。それまでどうか」

どうか時間がほしい。待ってほしい。

綾芽はひれ伏したまま、声を絞って懇願《こんがん》した。大君が、弟宮たる二藍に目をかけているのは知っている。ようやくその人生が上向く兆《きざ》しが見え始めたところで、唯一の妻を取りあげるようなむごい仕打ちをするわけがない。そのはずだ。

しかし大君は、沈んだ声で首を振るばかりだった。

「残念ながら、我らはもう待てぬ」

「なぜです！」

「二藍が見たという、斎庭の行く末を知っているだろう」

刃《やいば》を胸にさしこまれたように感じて、綾芽は顔を歪《ゆが》めた。

「……存じております」

先日の祭礼で二藍は、斎庭がたどる最悪の結末を悪夢として垣間見《かいまみ》た。

それは、とある神が斎庭で猛威を振るったあとの悲惨な光景だったという。壮麗な宮殿が廃墟と化し、綾芽や鮎名、多くの女官が見るも無残な屍《しかばね》になってうち捨てられていた。

そしてその惨状を招いたのは他でもない、神と化した二藍自身だった。

神と人のあいだを揺らいでいる神ゆらぎは、一度神の方へ振り切れたが最後、心なき神へと変じてしまう。疫病《えきびょう》などと結びつき、荒れ神となって恐ろしい災厄をもたらすようになる。悪夢の中での二藍は、なんらかの理由で神に変じてしまったのだ。そして斎庭を廃墟に変え、綾芽たちを殺して去っていった。

無論、あくまでこれは数ある行く末のうちのひとつに過ぎない。しかしこれほどのむごたらしい結末がありえること自体が、すぐにここ斎庭でも、政務を司《つかさど》る外庭《とつにわ》でも、高官のあいだで大問題となった。春宮が災厄そのものになるかもしれないのに、このまま手立てを講じずともよいのか――

その議論の結果が、希有なる力を持つ綾芽をできる限り早く二藍から引き離すという、このたびの勅命なのか。

そうなのですね、と力なく綾芽が目をあげると、大君は重い息を吐きうなずいた。

「二藍が今にも斎庭を廃墟と変えるかもしれぬと判明した以上、猶予《ゆうよ》はなくなった。早急《さつきゆう》に物申の子が欲しい。お前の子が力を継ぐか、試してみねばならない。冷たい言い方となるが、仮にお前が二藍に殺されても構わないよう、備えねばならぬのだ」

綾芽はなにも言えず、ただ唇を強く結び合わせた。

大君の言い分は頭では理解できる。兜坂国のために、この国にあまねく生きる民草《たみくさ》のために、なにがあっても国を守れるようにしなければならないのもわかる。

（……でも、やっぱりだめだ）

納得できない。勅命ひとつで誰かの子を産まされること自体は受けいれよう。そういうものだと諦《あきら》めもつく。だが二藍が悲しむと思うと、やるせなくて仕方ない。

あまりにひどい仕打ちではないか。

そもそも兜坂では、神ゆらぎとは忌《い》むべき者だ。二藍は他の王族と同じ道は歩めず、通称で呼ばれ、冠も戴《いただ》けない。なにもかもが許されず、ままならない。それでも国を守るため身を粉にして尽くしてきた。いつかは人になれる、綾芽が人にしてくれる、ただその希望だけを光明《こうみょう》として、一縷《いちる》の望みをかけて生きてきた。

そんな男を捨てて、他の男と抱き合えというのか。

(できない。そんなの嫌だ……)

どうやっても勅命を奉じられない綾芽の心を、大君は見通しているようだった。

「綾芽よ。お前が二藍を気にかけるがゆえに、なにも申せぬのは至極《しごく》当然なことだ」

ぐったりと垂れた頭《こうべ》に、諭《さと》すように声をかける。

「ならばこれ以上は、二藍からじかに聞くのがよかろう。あの者も子細《しさい》を承知している」

綾芽は瞳を震わせ顔をあげた。どういう意味だ。二藍から直接聞く——つまり二藍はこの悲しい決定をすでに知っていて、受けいれたとでもいうのだろうか。

そのとおりだと言わんばかりに、大君は目を伏せた。

「お前の相手となる男についても、二藍は己《おのれ》の口から話したいと申していた」

「わたくしは、大君の御子をあげるのではないのですか」

「いつかはそう命じるやもしれぬが、今は違う。こたびは二藍が選んだ男のもとにゆけ」

「……二藍さまが、選んだ」

追い打ちをかけられた気分だった。二藍が、自分の妻をさしだす相手を決めたのか。わたしを奪う男を、自ら選んだのか。

「妙案とも、賭けに過ぎるとも思える男であったがな。わたしも鮎名も許したのだ」

我らも、あの哀《あわ》れな弟の望みをすこしは叶えてやりたい。

大君はそう、ひとりごとのようにつぶやいた。と思えばふいに立ちあがった。鮎名が御簾を持ちあげると、綾芽の前までおりてくる。見おろし、瞬《まばた》きもせずに言った。

「わたしを恨んでよい」

綾芽ははっと驚いて、しかし口を引き結び、間髪《かんはつ》をいれずに答えた。

「滅相《めっそう》もございません」

迷ったと思われたくなかった。軽く見られたくはない。

まだ納得なんてしていない。二藍の言葉を聞くまで信じたくもない。けれどどんな形であれ、己《おの》が身を国に捧《ささ》げる覚悟ならばとうに決めている。

――なぜなら。

息を呑みこみ、睨《にら》むように見つめ返す。

「わたくしは春宮妃でございます」

国を背負う人の隣に立つ女だ。すくなくとも、今はまだ。

大君は一切の言い訳をしなかったが、大君が去ったのちに鮎名は語った。

先日の疫神の件以来、綾芽に早急に子を作らせるべきという声は、綾芽の秘密を知る者の多くから、幾度も強くあがるようになっていたという。

「もともと二藍が生まれる前に、予言のようなものがあったのだ」

惨禍をもたらす御子だという、呪いのごとき予言がなされていたそうだ。二藍が長じ、立派に神祇官としての役目を果たすようになって忘れられていたが、このたびまた、真となるのでは――と人々の不安を煽《あお》るようになった。それもあり、物申である綾芽を二藍のもとから一刻も早く引き離し、かつ子を産ませるべきだ。そういう声は、もはや大君にすら抑えられなくなっていた。

馬鹿馬鹿しい予言はおいても、人々の懸念《けねん》は至極もっともだ。二藍が斎庭を廃墟に変える恐れがあると知れた今、大君はいわば、火を噴くかもしれない山や、大地震《おおなゐ》を起こすであろう地脈を身のうちに抱《かか》えているようなものだ。実際災厄をもたらすかは別として、可能性がある以上、考え得る限りの策をとらねばならない。

それで綾芽を、他の男――当初想定されていたのは当然大君だった――のもとにやると決まったのだった。決定を聞いた二藍は、どんな言葉も呑みこんで、じっと目をつむって『御意』とだけ答えたという。

それでも大君は、できる限りの手を尽くそうとした。弟である二藍をかわいがっているのもあるし、綾芽の物申の力の源が、大切な者を守りたいと望む心にあると理解しているから、二藍と綾芽を離ればなれにするつもりはなかったのだ。綾芽は単に役目として侍《はべ》らせるだけ、大君も妻としては扱わない。今までどおり二藍と助け合って生きよ。

そう命じるつもりだったのだが――

「二藍が、やめてくれと言ったんだ」

そのような中途半端な扱いでは綾芽が不幸になる、と。

だから大君は、二藍の希望を呑んだ。

木雪殿《もくせつでん》を辞して、広い大路《おおじ》をゆくにつれ、なぜという思いが膨《ふく》らんで仕方なくなった。次第にいてもたってもいられなくなって、女官らが忙《せわ》しなく行きかう路《みち》を、歯を食いしばって走り抜けた。すぐに春宮の御所である尾長宮《びちょうぐう》の朱色の塀《へい》が見えてくる。その朱が目に入ったとたん、今度は足がとまって動けなくなった。気は急《せ》いているのに、たどりつきたくない。泥水のように濁った思いが腹の中をかき回して、次の足が出ない。

何度か息を吸っては吐いてをくり返し、再び歩きだした。朱門をものものしく固めている男の舎人《とねり》の姿が、一歩踏みだすごとに大きくなる。

普段尾長宮の門を守るのは、斎庭《ゆにわ》に属する女舎人《おんなとねり》や女衛士《おんなえじ》だ。だが今は、ひとり残らず男だった。政務を司る外庭《とつにわ》から派遣された男舎人が、口を引き結んで立っている。男舎人は門の前ばかりでなく、朱色の塀を取り巻くようにそこここへ配置されていた。今の二藍は蟄居《ちっきょ》状態にある。それで、外庭のあずかり知らぬところで誰ぞと接触しないように、尾長宮の出入りを厳しく監視しているのだ。

先日、地方での疫病の流行を食い止めるため、斎庭は慣例を破り、疫病の神を招いた。みなの必死の尽力《じんりょく》で無事疫神は鎮《しず》まったのだが、正直に言えば危ない橋だった。ひとりでも失敗していれば、都に疫病が解き放たれるところだったのだ。

そもそも斎庭に疫神を招き入れるのを快《こころよ》く思っていなかった外庭の貴族たちには、今なおこの判断への不満が燻《くすぶ》っている。その不満に火がついて大君や鮎名を巻きこまないうちに――と、二藍は責めを引き受け、罪人のように館を囲まれる屈辱をも受けいれた。

だが蟄居したところでなにかが好転するわけでなく、むしろ悪化している。公卿《くぎょう》たちの頭の中では、二藍の蟄居の理由がいつの間にかすり替わってしまった。疫神騒ぎの責任をとったはずが、みな、荒れ神に変じる恐れのある危険な神ゆらぎを隔離したと思っている。

今の二藍は尾長宮から出られないだけで、変わらず神祇官としての役目は果たしているが、こうなってくるとそれもいつまで許されるか。二藍にとって、斎庭で国に尽くせることは救いでもある。生きる意味でもある。なのに、神祇官としての身分すらとりあげられたらどうなる。

そう不安に思っていたところに、この仕打ちだ。

吐き気のようにあがってきた感情をどうにか押し留《とど》めて、綾芽は二藍に仕《つか》える女嬬《にょじゅ》としての表向きの名を名乗って尾長宮の門をくぐった。

外の喧噪《けんそう》をよそに、尾長宮はひっそりとしていた。女官に教えられ、二藍が待っているという場所へ足を速める。いくつもの殿舎が並ぶ広い御所だから、ここには綾芽と二藍が誰にも見られず聞かれず、ふたりきりで話ができるようにしてある室《へや》はいくつもある。しかし今日の二藍はそのどれでもなく、南の対《たい》に面した庭園の中ほど、池の中島に建てられた池中亭《ちちゅうてい》で待っているらしかった。

庭に出てゆくと、確かに白浜の池の向こうに、いつもどおりに髪を低く結わえた二藍の後ろ姿がある。池中亭の縁《へり》に立ち、まったく二藍好みではない、明るい池を眺めている。

そばに控えているのは、女舎人の千古《ちこ》だけだった。千古は柱の陰にまっすぐ立って、左手を太刀《たち》の鞘《さや》に添えている。近頃二藍は、どんなときも必ず帯刀した女舎人を近くに置いていた。もしふいに自分が振り切れてしまったら、完全に神となる前に首を刎《は》ねさせる気なのだ。

中島に続く橋まで来ると、千古が綾芽に気づいて、二藍に声をかけたのがわかった。ほどなく千古は朱橋を渡ってこちら側にやってきて、黙って綾芽を池中亭に促《うなが》した。

鈍《にぶ》く胸に痛みが走る。綾芽は大きく息を吸って朱橋を渡った。ゆっくりと踏みだした足は、最後には小走りになる。二藍はこちらに背を向けたままでいる。

すこし離れて立ちどまり、意を決して呼びかけた。

「二藍」

「大君から勅命を賜ったようだな」

ゆったりと袖を払って振り返った二藍は、笑みを浮かべていた。

ふいに綾芽の脳裏に、初めて出会ったときの二藍の表情が蘇《よみがえ》る。あのとき、壱師門《いちしもん》の楼《ろう》上《じょう》で出会った得体《えたい》の知れない男は、確かにこんな表情をしていた。心の読めない笑み。

綾芽は石のように固まった。

「どうした、まさか勅命を突っぱねてきたのではなかろうな」

「そんな馬鹿な真似はしない。だけど……」ふいに感情が溢《あふ》れてきて、綾芽は昂《たかぶ》る気持ちのままに足を踏みだした。「だけど納得もしていない！　国のためでもあんまりじゃないか。わたしたちの約束はどうなる。あなたを置いていけというのか？　知らぬ男と――」

　そんな綾芽の胸先に、二藍はすっと扇《おうぎ》の先を向けた。

「人の目がある。女嬬としてふるまえ」

　思わぬ返しに戸惑って、綾芽は扇に目を落とす。しばらくして、それ以上近づくなと言われているのだと気がついた。そしてようやく、いつもなら使わないこの場を選んだ二藍の真意に思い至った。

　橋の向こうには千古が控えている。南の対にもいくつも目があるだろう。そういう場所で綾芽を待ったのは、心をさらけ出して話を交わす気がないからだ。あくまで二藍に仕える女嬬へ向ける言葉のように、終わったこととして、淡々と語りたいと望んでいる。綾芽にもそういう態度を求めている。

「なんで……」

　声が震えた。あなたにとっては、その程度で片付けられてしまえる話なのか？

「綾芽、そんな顔をしないでくれ。お前を想う心はなにひとつ変わってない」

　言葉を失う綾芽をなだめるように、二藍の声音が和《やわ》らいだ。

「だったらどうして、平気な顔をしているんだ」

「平気でないに決まっている。だが勅命ならば致《いた》し方《かた》ないだろうに。わたしは春宮で、お前は春宮妃なのだ。一介の民でも官人でもない、国を背負い立つ身の上だ。己《おのれ》の願望が潰《つい》えたからといって、騒ぎたててよいわけでもない」

「別に、わたしたちがふたりで嘆くくらいは許されるはずだ」

「その行為に意味はないと言っている。心はついていかなかろうが、耐えてくれ」

あくまで落ち着きはらっている二藍に、綾芽はだんだん我慢がならなくなってきた。

「あなたがそこまで物わかりがいいとは思っていなかった」

「わたしはいつでも物わかりがよいよ。それにこれは合点《がてん》がゆく勅命だ」

「どこがだ！　自分を不幸にする決めごとに、そんな簡単に納得しないでくれ」

「我が国には物申が必要だろうに。わたしは子をなせないから仕方ない。それに――」

二藍は綾芽から目を逸《そ》らし、ややあって静かな声で付け加えた。

「わたしはいつか、お前を殺してしまうかもしれない。そうなる前にお前を手放すべきだと、ずっと考えていた」

はっとして、綾芽は言葉を呑みこんだ。そうか、二藍は、悪夢の中で殺《あや》めてしまった綾芽の幻を引きずっているのだ。自分が綾芽をむごい姿に変える未来を、心底恐れている。

「……あなたはわたしを殺さないよ。絶対だ」

つい足が一歩、二歩と動く。駆け寄りそうになる。悪夢なんて忘れてくれ。あなたはわたしを殺さない。殺させない。そんな重荷は絶対に背負わせない。

「そうだな。わたしもお前を殺さずにすみたいと願っている」

二藍は水面《みなも》に目をやり、力ない笑みを浮かべた。

「だが願うだけではどうにもならぬ。無論、わたしとて悔しいのだ。お前だけは決して手放すまいと誓っていたのに、結局この様《ざま》か。そういう忸怩《じくじ》たる思いは当然ある。だからこそ、これでよかったのだ。お前を殺してしまってから嘆くよりはるかにいい」

「だけど」

「許してくれとは言わぬ。ひどい仕打ちとわかっている」

その声を聞いて、ああ、と綾芽は悲しく悟った。この男は諦めてしまったのか。諦めて、己の妻をさしだすことを受けいれてしまったのか。

大声で叫びたい。それを必死に抑えて、首を横に振った。

「ひどい仕打ちなんかじゃない。あなたはわたしを守ろうとしてくれているんだ」

誰が好きこのんで、己《おの》が妻を他人に引き渡すだろうか。綾芽のためにこそ、二藍はこの命《めい》を受けいれたのだ。もし荒れ神と化す末路を避けられなかったとしても、二藍のそばにいなければ綾芽は死なない。守ってやれる。そう考えたゆえの決断だったはずだ。

「お前は優しいな」と二藍は微笑んだ。「だがそのように、わたしの心を慮《おもんぱか》る必要はない。

怒ってくれた方がよい。お前はただただ、非道を強《し》いられているのだから」

「怒りをぶつけられた方が楽になるっていうのなら、そうする」

綾芽が静かに答えると、二藍は苦笑した。扇をたたみ、綾芽に向き直る。その頬から読めない笑みは失せていた。今はもう、寂《さび》しさだけが漂っている。

「お前の相手となる男の名を教えよう」

「そんなの聞きたくない」

「年が明け、招きはじめの儀が終わり次第、十櫛《とくし》のもとに行ってほしい」

「だから聞きたく……十櫛？」

綾芽は耳を疑った。今二藍は、なんと言った？

呆然とする綾芽に、二藍は言い含めるように繰りかえした。

「お前には、八杷島の十櫛王子の子を産んでほしい」

「いや、なにを言ってるんだ……」

隣国八杷島の王子であり、生まれてすぐに人質として兜坂に渡ってきた男、十櫛。

「お前にとっても、そう悪くはない相手だろう。あの男はお前を気に入っている。無体なこともせず、大切に扱ってくれるはずだ。幸せになれよう」

「そうじゃない、おかしいだろう！」

確かに十櫛は明るく気のいい青年で、下級女官としての綾芽にも優しい。だが、兜坂国のためというならば、綾芽の相手としてはまったく適さない。

「わたしが子を産むのは、物申の力をこの国に残すためじゃないのか。なぜ外《と》つ国の男のもとにやる」

話がおかしいではないか。十櫛はずっと兜坂で暮らしているものの、あくまで八杷島の王子。そんな男の血を引いた子が、もし本当に希有な力を持って生まれたらどうする。兜坂国と八杷島のあいだで、大きな諍《いさか》いの種になる。

「心配は無用だ。兜坂の女と十櫛のあいだに生まれた子は、兜坂の子として扱われる。八杷島とはそのような約定《やくじょう》がもともと結ばれている。それに当然ながら、お前の子は斎庭《ゆにわ》で引き取り大切に育てる。八杷島に心を寄せられては本末転倒だ」

「問題はそこじゃないだろう！　そもそも、物申の血脈に八杷島を関わらせていいのか？　味方なのかすら疑わしい。あの国は、兜坂を滅ぼそうとしているかもしれないのに」

綾芽には、意図がまったく理解できない。八杷島は長らく兜坂の友好国だった。しかし今、兜坂を陥《おとし》れようとする一連の陰謀に噛んでいるのは間違いないのだ。

かつて王伯父《おじ》たる石黄《せきおう》が企《くわだ》てた謀略には、神気を補う薬である神金丹《しんこんたん》が不可欠だった。この、二藍を神へと変じさせてしまうほどの劇薬を融通《ゆうずう》したのは、他でもない八杷島だ。

それればかりか八杷島は今、祭祀《さいし》に精通した祭官・羅覇《らは》を兜坂に送りこんでいる。この娘は怪《あや》しい動きばかりを見せていて、綾芽たちはいっときも気を緩められない。他にも八杷島の神ゆらぎが兜坂に潜《ひそ》み、人の心を操る技である心術を用いて暗躍している影もある。

もはやこの小国は、信の置ける相手とは言いがたいのだ。

そんな八杷島の王子たる十櫛は、羅覇や本国とはいくぶん異なる思惑《おもわく》を抱えているように見える。だからこそかえって厄介だった。心のうちが読めない。味方なのか、敵なのか。

二藍は、当然承知しているとうなずいた。

「ゆえにお前を十櫛のもとにやるのだ。お前を信頼してのことだ」

「意味がわからない」

「十櫛も八杷島も、我が国を陥れる策を隠しているやもしれぬ。お前の役目は子をなすばかりでない。十櫛に近づき、心をひらかせ、あの者に秘密があるのか、隠しているとすればいったいなにか、明らかにして我らに知らせよ」

「……間諜《かんちょう》になれというのか」

確かにそれは、綾芽にしかできない仕事ではある。八杷島に決して心をなびかせずに、必要な秘密を探る。八杷島には神ゆらぎがいるから、物申である綾芽以外は心術に嵌《は》まり、逆に利用されてしまう恐れがある。

「すくなくとも十櫛は、我々の側《がわ》に引きこんでおきたいのだ。兜坂と八杷島のあいだを揺らいでいるのなら、我らを選ばせたい」

二藍は妙に淡々と続けた。

「そのためにも妻を娶《めと》らせる。それもただの女ではだめだ。あれが我が国を裏切れぬ楔《くさび》となるような、愛《いと》おしくて仕方のない娘でなければ」

瞬《まばた》きもせずに綾芽を見つめている。瞳は石を嵌めこんだように揺らがない。

「十櫛がお前にこだわっているのは知っている。ゆえにお前は、すべてにおいてこの役目にふさわしい。求む娘と子をなせば、十櫛も容易に我らを裏切れぬ。子も我らが引き取るとはいえ、完全にとりあげはしない。父として丁重《ていちょう》に扱おう。もし子が物申の力を持つ気配があれば、別のややことひっそりと取り替えるやもしれぬが」

まるで、麻や絹をどこの倉に入れるか算段するかのように、綾芽や十櫛、そして生まれてくる子の処遇を口にする。いつの間にか顔まで作り物めいている。表情が消えている。

「二藍、もういい、わかった」

見ていられなくて、綾芽は遮《さえぎ》ろうとした。二藍も本当は苦しくて、こんな話なんてしたくないのだ。だからあえて心を殺して話している。それはわかる。

だがこんな、まるで感情を失ったような、玉盤神のような顔なんて見たくない。

それでも二藍は口を閉じようとはしなかった。

「十櫛にそこまでの情を抱かせるためには、お前も十櫛に情を抱かねばならぬ。もしあれが策謀を漏《も》らしたならばすぐ斎庭に知らせよ。己が兜坂の民であるとゆめゆめ忘れるな。だが他の心は、すべて十櫛と生まれた子に捧げるがいい。わたしへ向けた思いは忘れよ。十櫛はお前と気が合うはずだ。そう難しい話でも――」

もう耐えられない。

「勝手に話を進めるな！　まだ行くなんて言ってない！」

綾芽は両手を振り回して叫ぶと、勢いのままに足を踏みだした。我慢できずに二藍の手を摑み、強く握って引き寄せる。

「人の目があると言っただろうに」

「そんなもの知るか。わたしを見ろ」

誰が覗《のぞ》いていたって構わない。愛人とでもなんとでも噂《うわさ》するがいい。どんな誹《そし》りを受けても知ったことか。そんなの、本当にどうだっていいのだ。

二藍の腕を引き、無理にでも目を合わせさせた。踵《かかと》を浮かせる。顔と顔が近づく。そのまま唇を重ねる勢いの綾芽に驚いたのか、二藍は目を大きくひらいてのけぞった。拍子《ひょうし》に綾芽は、今日初めて二藍の露《あらわ》な感情を垣間見た。うろたえる瞳の奥に、切ない喜びが滲《にじ》んでいる。愛しい女との口づけに焦《こ》がれた男の顔だった。

胸が締めつけられて、このまま唇を合わせたくてたまらなくなった。神ゆらぎと口づけを交わせば死ぬ。死んだっていい。この瞳を見つめて死ぬのなら――。

けれど二藍は穏やかに、しかし決然と綾芽を押しやった。綾芽は軽くよろけて、はずみで我に返る。それでも握りしめた手だけは摑んだままでいた。放したら、なにかが終わってしまう気がしたのだ。

「放してくれ」と二藍は押し殺した声で言った。

「嫌だ」

「綾芽」

「わたしは行かない」

「お前は春宮妃だろう。わがままが通る立場ではない」

「自分のためじゃない。あなたのために行かないんだ。このままだと、絶対にあなたは不幸になる」

それは確信だった。綾芽をこんなふうに手放してしまったら、二藍はこれからずっと同じ間違いを犯す。自分の心に背を向けて、目を逸らし続けて、ああやって玉盤神のような顔をして粛々《しゆくしゆく》と物事を進めるうちに、なにもかも失って壊れてしまう。

「案ずるな。不幸にはならぬよ」

「本当にそう思うのか？　心の底から信じているのか？」

まさか、と叫びたかった。だから綾芽がそばにいなければならないのだ。二藍が目を逸らそうとするものを、しっかりと摑んで逃がさずに、二藍に突きかえさねばならない。

逃げていこうとする手を握りしめる。離さぬように両手に力を込める。

「二藍、わたしはたいした女じゃないんだ。国なんて背負ってないし、背負えない。だから国を救う代わりにあなたを不幸にする策なんて、絶対に受けいれられない。だいたい、あなたを不幸にしたわたしに、物申の力が使えるとでも思っているのか」

二藍を見捨てた瞬間に、綾芽の物申の力は消える。それでは物申の子だって生まれない。わかるだろう、と綾芽は縋《すが》るように訴えた。

「わたしは、あなたに幸せになってほしいんだ」

それだけが、綾芽の切なる願いなのだ。わかってくれ。どうかわかってほしい。

二藍はじっと、本当にただじっと、綾芽の声を聞いていた。

「そうか」と吐息《といき》のようにつぶやくと、ゆっくりと綾芽に視線を戻して、場違いなほどに凪《な》いだ笑みを浮かべた。

「ならばどうか、この手を放してくれないか」

「……どういう意味だ」

「お前はわたしに幸せになってほしいのだろう。ならば手を放してくれ。十櫛のもとへ向かってくれ。そうすればわたしは救われる」

「なにが言いたいんだ」

戸惑う綾芽に笑みが言う。とどめを刺す。

「お前は誤解している。お前がそばにいる方が、わたしは不幸になる。お前を手放すことこそが、わたしの幸せなのだ」

今度こそ、綾芽はなにも言いかえせなかった。呆然と力の抜けた手を、二藍は優しく押しやった。いとも簡単に繋《つな》いだ糸は途切れ、綾芽の手はぶらりと垂れる。

二藍は綾芽に背を向けて、池向こうの南の対に視線をやった。

「尚侍《ないしのかみ》が訪れているな」

簀子縁《すのこえん》には、畏《かしこ》まっている女官の姿がある。斎庭の女官の長、尚侍の常子《つねこ》だ。

「相談したい儀があると申していた。なにやら気がかりな神招きがあったとか。ちょうどよい。お前も話を聞け」

すっかりいつもどおりの声音《こわね》で命じると、二藍は綾芽の横を足早にすり抜けた。橋の向こうで控えていた千古を呼び、ふたりで南の対に向かっていった。

綾芽はひとり肩を落として、池を吹き抜ける冷たい風を感じていた。

——綾芽を手放すことが、二藍の幸せ。

何度もその言葉だけが脳裏をよぎり、なにも考えられなかった。


とぼとぼと南の対へ戻る。うなだれて簀子縁の端に控えると、二藍と挨拶《あいさつ》を交わしていた常子が思わせぶりに首を巡らせ、綾芽を見やった。それればかりか「感心ですね、梓《あずさ》」と女嬬としての綾芽の名まで呼んで、覚えのない話をはじめる。

「見ておりましたよ。さっそく妃宮のご言いつけどおり、春宮のお相手を務めたのですね。『いつ他国の者に襲われるかわからぬ。いざというとき身を守れるよう、互いを敵と見立てて身を守る術《すべ》を覚えよ』——そう妃宮は仰っておりましたものね」

「……はい」

綾芽は、感謝と羞恥《しゅうち》に苛《さいな》まれながら深く頭をさげた。

当然ながら、鮎名はそんな下知を出していない。常子は、綾芽が二藍に公然と詰めよった言い訳をとっさに考えてくれたのだ。見ていたのは女官や、薄々事情を察しているであろう千古ばかりではない。常子の背後には、見知らぬ男舎人がふたり控えている。門外の舎人と同じく、二藍と高官の会見を監視するために外庭《とつにわ》から遣《つか》わされた者だ。

（あの者たちに余計な勘ぐりを受けるふるまいを、するべきじゃないとはわかっていた）

それでも綾芽は、あえて二藍に近づいたのだ。気持ちが知りたかった。二藍は取り繕《うま》うのが上手すぎる。綾芽を奪われることに、心の底ではまったく納得できていないのなら、そういう悔しさをすこしでも露《あらわ》にしてくれたなら、なんでもするつもりでいた。勅命にだって逆らえると思った。

――なのに結局、そうまでして引きだせたのがあの言葉か。

身体が重くて仕方ない。それでもなんとか頭をあげると、常子と目が合った。とっさに嘘をひねりだす羽目となったのに、常子は怒っていなかった。むしろ綾芽を気遣うように目を細めている。

このいつも冷静な尚侍は、実際は情の深い女人だから、きっと綾芽が哀れでならないのだろう。自身が恋い慕う人と結ばれて、娘にも恵まれているから余計に。

ふいに目の奥が熱くなり、綾芽はもう一度、今度は額《ひたい》が地につくくらいに頭をさげた。

「しかし、蟄居の身たるわたしにも備えよとは、妃宮も過保護な御方であることだ」

そのあいだにも御簾のうちの二藍は、さらりと話を合わせている。さきほど綾芽にした話など幻かのように朗《ほが》らかに微笑んで、常子を促した。

「さて尚侍。相談したき儀があるのだったな」

「はい。しかしまずは、定例の報告をいたしてもよろしいでしょうか」

背をぴんと伸ばして答えた常子に、構わぬ、と二藍は許しを与えた。

斎庭《ゆにわ》では、神招きを本務とした妻妾――花将の各々《おのおの》が、王の名代として自らの館へ神を招き、暁夕《ぎょうゆう》の膳《みけ》でもてなし、お泊まりいただく祭礼を主宰する。そうやって一年のうちに招きもてなす神はあわせて三千座近く。ひと月に二百から三百と膨大な数となるため、上位の花将である妃たちと、斎庭を支える各司《つかさ》の長の女官らが半月に一度、報告の議定《ぎじょう》をひらく慣例となっている。今の二藍は蟄居の身で議定に出られないから、代わりに常子が報告に訪れていた。

「先月招きもてなした神は、あわせて三百と八十三座。いつになく多数でありますが、これは先だっての疫神騒ぎの際に祭礼が滞《とどこお》ったぶんを取り戻そうと、臨時の神招きを数多く執り行ったためでございます。幸い大きな問題は生じずに終えられました」

そうか、と二藍は扇をひらき、鷹揚《おうよう》にうなずいた。

「みなよく働いてくれた。官位官職を問わず、臨時の働きに応じた者らに与える新年の禄《ろく》を増やすよう、然《しか》るべき者へ命じよ」

承知いたしました、と常子はうなずく。そのやりとりを、綾芽は常子の背後で紙に書きつけた。普段は女嬬・梓として二藍に仕えている綾芽が、男舎人らに怪しまれず話をそばで聞くには、こうして発言を書き記す役目が最適だった。

筆を動かしながら綾芽は、斎庭に来るまでは、まさか自分が筆を執れるようになるとは考えもしなかったなとぼんやりと思った。以前は読むことすら不安だったのに、今はさらさらと文字を書ける。二藍が綾芽の手をとり、辛抱《しんぼう》強く読み書きを教えてくれたお蔭だ。

急に苦しくなって、余計な感傷に胸が覆《おお》われそうになる。努《つと》めて振りはらった。

いつしか報告は、これからの予定の話に及んでいた。

「いよいよ来月が、本年の締めくくりでございます。残り二百と十二の祭礼を執り行えば、あらかじめ今年招くと決めておりました神々すべての祭礼が終わるかと」

「一時はどうなることかと思ったが、さすが尚侍の采配は優れていたな」

「畏《おそ》れ多きお言葉」と常子は深く礼を返した。

「とはいえ気を抜かぬよう務めて参ります。まだ安泰《あんたい》とばかりも申せませんから」

「……それが相談いたしたい儀だな。聞こう。申せ」

二藍の声に、はい、と常子はうなずいた。

「さきほど、先月の神招きは大きな問題もなく終えられたと申しましたが、実はいくつか小さな問題と申しますか、気がかりはございました」

「気がかりとは？」

「祭礼に、いつもの年とは異なる点があったのです。ほんのささいな違いでしたが」

常子が言うに、最初に異変に気づいたのは、最下位の花将である嬪《ひん》の娘だった。嬪がその日招いたのは、都の西におわす山神だったそうだ。

都・羽京《うきょう》は広い盆地の中にある。盆地の東は、兜坂国を南北に貫《つらぬ》く大きな山が走っていて、他の方角も、半日あまりもゆけば峠を越えねばならない。

娘がもてなした神は、西へ続く道中にある早岐峠《さきとうげ》のヌシたる狼だった。

都にもっとも近い湊《みなと》である紡《つむぎのみ》水門《なと》から都へ至る、『緯《よこ》の一ツ道』と呼ばれる重要な交通路が越えるのがこの早岐峠だ。大切な文物や知らせを運ぶ馬が通るから、そこにおわす神も丁寧《ていねい》に祭祀される。

とはいえ難しい祭礼ではない。早岐の狼神の祭礼は、もっとも基本の型――すなわち夕方にお迎えし、神饌《しんせん》を捧げ、お休みいただき、朝再び神饌を捧げて送り出すという形で執り行われるのが恒例だ。ようは、神饌に上等な獣肉を捧げさえすれば満足して、他の余興はなにも必要ない。たらふく食べて、たっぷりと休み、起きてまたたらふく食べる。毎度変わらずそうやって斎庭で過ごし、帰ってゆく。

「ですが今年は、様子がすこしだけ違ったのです。神饌を召し上がり、嬪が用意した神座のある夜御殿にお入りになったところまではいつものとおりでしたが」

狼神は厚い八重畳《やえだたみ》に丸くなり、尻尾の上に頭を置いた。だがどこか落ち着かない様子できょろきょろとしたまま、ついに一睡もしなかったという。

二藍はじっと考えこんだ。脇息《きょうそく》に肘《ひじ》をつき、目だけを常子に向ける。

「早岐の狼が眠らなかったのはこれが初めてか？」

「いえ、過去にも幾度もあったと記録がございました。もっとも、このふるまいがなにを示しているかは謎とされておりましたが」

神の一挙一動には、すべてなんらかの意味がある。例えば大風《おおかぜ》の神の道行きが、実際の大風の進路と重なるような。しかし多くの挙動や異変は、その意味するところが曖昧《あいまい》だ。祭礼や神饌の工夫でなんとか推《お》しはかろうと斎庭は常に努力しているが、結局読み解けないことも多い。狼神の不眠も、そういう意味不明な異変のひとつと思われたところがだ。

「この狼神の件から半月ほど経ってから、もうひとつ同じような話が持ちあがりました」

今度は羽京から見て南、夜戸山《やとやま》におわす水分神《みくまりのかみ》の祭礼で異変が起こった。

水分神とは、山頂の水源の神だ。夜戸山に発する水源は、羽京のある盆地の南と、山の向こうに広がる匳《くしげ》の平野のどちらにも水を分け与えている。雨雪がもたらす水をたっぷりと身のうちに蓄えて、じわりと川や地下に放ってくれる、こちらも穏やかで知られる神だ。

ゆえに祭礼も容易で、今年もなにごともなく神招きは終わり、中位の花将である夫人《ぶにん》は安堵《あんど》していたという。

しかし夫人は、後日女官らがつけていた記録を確認して首を傾《かし》げた。

水分神は、近隣の田畑にとって非常に大切な神である。だから官位の高い夫人が担当するし、その一挙一動も詳細に記録される。それこそ神が斎庭の入り口である壱師門をくぐったときや、もてなしを受ける館の敷居を跨《また》いだとき、屋敷の階《きざはし》をのぼるときに、どちらの足を先に出したかさえ見逃さない。

それが今年は、すべて右からだった。

おかしい。いつもの年なら必ず左足が先になる。水分神は、保っている水の量によって背丈《せたけ》も、身体の幅も変わる変幻自在な神である。だが出す足の左右は、水分神がどのような形で現れようと、絶対に変わらない。左だ。

なのに今年は様子が違う。それで不審に思った夫人は、すぐに常子まで報告をあげた。

常子も妙だとは感じたが、判断には困ったそうだ。確かに例年と異なるものの、今年の水分神の祭礼は文句なしの状況に近かったから、水分神自身が荒れ神となる徴候《ちょうこう》ではない。ではいったいなんなのか。

常子は書司《ふみのつかさ》の者に、まずはここ数百年あまり、水分神のすべての記録を確認させた。同時に匳の邦《くに》の近辺で起こった旱害《かんがい》水害、噴火に山火事、もろもろすべての災異の記録も。

「結果、過去にも夜戸の水分神が右足から入ってきた年があったのだな」

「はい、あわせて二十六年ぶんが見つかりました」

そして災異の記録と突き合わせたところ、水分神の異変があったすべての年で、異変のあと数カ月も経たないうちに恐ろしい災厄が起こっていたと判明したのだ。

「どのような災厄だったのですか？」

綾芽は息を呑んで尋ねた。水分神は山と川と水の神だ。となれば、山からくだる川が突如溢れたか、水を保ちきれなくなった山が崩れたのか。

と、二藍が意外な答えを口にした。

「おそらく『なゐ』だろう」

「なゐ……地震ですか？」

ぴんとこない。地震を起こすのは、地の底に潜む地脈の神だ。山の水神とは直接関係がないではないか。

しかし常子は、「さすがは二藍さま。仰《おお》せのとおりです」と頭をさげた。

「場所こそ異なれど、どの年も地脈の神が荒れ神に変じた――つまりは地震が起こっております。実は狼神の異変が見受けられたおりも同じく、ほどなくどこぞで地震が起きておりました。我々が調べた限り、異変と地震には、はっきりと因果《いんが》がございます」

「ということは……」

なんてことのない神招きの異変のあとに、必ずどこかで地震が起こっている。

「つまりは……過去の水分神や狼神の変わったふるまいは、どこかで近いうちに地震が起こる兆《きざ》しだったのですね」

「ええ」

綾芽は目をみはった。常子はあっさりと首肯《しゅこう》したが、これは大変な功績だ。今まで意味も知らずに目にしていたものこそ地震の予兆であると、地道な調査が明らかにしたのだ。

「けれど解せません。どちらもまったく地脈とは関係のない神なのに、なぜ地震の予兆が表れるのですか」

「神とはそのようなものなのですよ、梓」と常子は重々しく答えた。

「確かに兜坂の神は群れず集《つど》わず、それぞれがそれぞれとしておわす神です。しかしまったく孤独にあるわけではありません。神々は糸でうっすらと繋がっております。時や場所により、その繋がりは強くなり弱くなり、互いに影響を及ぼし合っているのです。ゆえに、ある神の変化は、別の神にさし響きます。例えば龍神が荒れて大雨が降れば、水分神も肥え太るというように」

どんなささいな変化も、神同士には伝わっている。その関わりを、人が普段見逃してしまうだけだ。まさか狼の不眠と地震の徴候に関連があるとは思わない。

だが今回、幸運にもその関わりに常子たちは気がついた。

ならば、と綾芽は胸を押さえる。過去の地震と同じ予兆が今、表れているのならば。

「このたびの異変もやはり、来《きた》る地震の予兆と考えてよいのでしょうか？」

南の対はしんと静まりかえった。この問いがどれだけ重い意味を持つのか、ここにいる斎庭《ゆにわ》の者はみな悟っている。

斎庭はこれまでどんな神でも招きもてなし、人のため、国のために鎮めてきた。だが地が揺れるよりも先に地脈の神を招き鎮めることだけは、今まで一度たりとも叶わなかった。地から熱を授かる地脈の神は、突如恐ろしい荒れ神となって現れる。そうなったときには手立てがない。ことは起こってしまい、取り返しのつかない悲劇をもたらす。

しかし今、もしこの水分神と狼神の異変が、土の下でじわりじわりと荒れ神へ変じる準備をしている地脈の神からもたらされたものならば、斎庭は初めて、地脈が暴れるより前に策を打てるかもしれない。

神を荒れるより前に招き鎮められるかもしれない。

常子は綾芽を、次いで二藍を見やった。そのまま二藍へ、ゆっくりと頭をさげた。

「わたくしどもは、こたびの一連の異変は大地震の予兆であると考えております」

控えていた尾長宮の女官たちはいっそう静まりかえり、すぐに打って変わってざわめいた。いっせいに賞賛の声があがったのだ。

二藍も「よくぞ気づいた」と、嚙みしめるように常子と書司を称《たた》えた。それから背をつと伸ばし、扇を握る手を膝《ひざ》において、

「必ず、先んじて手を打たねばならぬ」

と声を低めた。

「予兆に気がつけたからこそ、今初めてこの兜坂国に、地脈を鎮め、被害を能《あた》う限り小さく収める道が拓《ひら》けた。この僥倖《ぎょうこう》を決して取り逃がさず、はっきりと、もっとも効き目のある手を打つべきだ。――そうであろう、梓」

二藍の目が綾芽を捉えた。その瞳は女嬬の梓ではなく、妻たる綾芽に問いかけている。

「いかに覆い隠されていようと、一見なにも関わりなどないように見えようと、異変の芽は必ず我らの前に、先触れとして現れている。災厄が襲い来てから対処するのでは遅いのだ。一切が終わってからでは、どうすることもできぬ」

綾芽はうなずくことも、否定もできなかった。

地震についての話ならば異論はない。起こってからではなにもかもが手遅れだ。わずか

な異変の萌芽《ほうが》を見逃さず、手を尽くさねばならない。

だが綾芽には、二藍が自分自身を糾弾《きゅうだん》しているように聞こえてならなかった。己の身を災厄と捉えて、そういう恐ろしいもののそばにいてはいけないのだと、綾芽に二藍のもとを去る決断を迫っているように感じられた。

「……大切な者を救える手ならば、いくらでも喜んで身を捧げましょう」

綾芽はようやく言った。自分がなんのためにこの場にいるのか、誰を救いたいのかを忘れたくはなかった。ずっと、大切な人々の幸せを求めている。それだけが、この身を動かす熱なのだ。

二藍は目を逸らし、息を吐きだすばかりだった。


それから二藍と常子は、実際どのようにして予兆をもたらした元凶の地脈神を探しだし、招くかについて話し合った。当然のことながら、神を鎮めるにはまず、こちらが名指しして斎庭に呼び寄せねばならない。今回も、いったいどの地脈の神が荒れて地震を起こそうとしているのかをはっきり把握するのがまず第一だ。

「しかし、この数多のうちから探すのは至難の業《わざ》だな」

二藍は、常子の持参した地図に目を落として眉をひそめた。

匳の邦の全体図である。西は海岸線、東は大山脈が、それぞれ南北に走っている。斎庭のある盆地は地図の右上——つまり邦の北東に位置する。

その匳の地図一面に、知られている地脈神の所在が朱色の筆で描き込まれているのだが、これが困ったことに、全体が赤く見えるほどに多い。里を横切るものや、海中を貫くものまである。確かに二藍の言うとおり、この中から荒れようとしている神を探しだすのは至難の業だ。どうやって絞っていけばいいのだろう。

「わたくしどもは、過去の記録からある程度は予想がつくかと考えております」

常子は調査済みなのか、地図の中央やや左よりの一帯をくるりと長円で囲んだ。

「狼神と水分神《みくまりのかみ》は、それぞれいくつもの地脈と因果を結んでおりますが、その因果の及ぶ範囲は大きく異なります。ほぼ重ならないと言っても差し支えありません。しかし、どちらとも因果が結ばれている地域もあり、それがこの円で囲んだ一帯です。すなわちこたびは、この円のうちにおわす地脈神のどれかが怪しいかと」

ほう、と二藍は扇を手に、感心したように声をあげた。

「なるほど、こうまで絞れるか。それは素晴らしい。だが……早岐峠の南西か。あまりよろしくない一帯ではあるな」

円のうちは、海に面した一帯だ。低山あり川ありで土地は豊かなのか、集落がいくつもある。漁村も多い。そのうえ円の北端は、羽京とそう離れていない。確かにこのあたりの地脈神が荒れるとなると、被害も大きくなってしまう。

「なるべく早く『当たり』の神を見つけだして招きたいものだが」

円の中にある地脈の数を手早く数え、二藍は息をついた。

「五十はくだらぬな。多すぎる」

はい、と常子も同意する。

「これではまだ神招きに踏み切れません。もっと絞らなくては、地脈を鎮めるどころかこの国自体が滅びてしまいます」

招いてみなければ、どの神が実際地震を引き起こそうとしているかは判断できない。よって被害をもっとも確実に防ぐなら、円のうちにある五十の地脈の神すべてを手当たり次第に呼んで、当たりを引いたところで全力で鎮めにかかればよい。

しかしそれは不可能だ。五十すべてを呼ぶわけにはいかない。なぜなら斎庭には、一年で招ける神の数に上限がある。廻海《めぐりのうみ》の国々を厳しい理《ことわり》で縛る玉盤神が、兜坂は三千座までと定めているのだ。もし一柱《ひとはしら》でも多く招いたら、たちまち恐ろしい罰が下される。一夜のうちに国が滅ぶという、滅国《めっこく》の神命を受ける。それだけは避けねばならないから、神招きの濫用《らんよう》はできない。この段階で、候補となる神をできるだけ減らさねば。

「十ほどに絞りたいところだ。問題はどう十を選ぶかだが、なにか手立てにあては？」

「ございますと言えばございますが……」

言葉を濁した常子を見やり、二藍は苦笑とともに扇を握った手を脇息に乗せた。

「……なるほど、理解した。それでお前も困ってしまっているのだな」

常子の言わんとすることがわかっているようだ。そしてふいに笑みを深める。

「だが案ずるな。その件はわたしがすべて引き受けよう。お前は気を揉《も》む必要はない」

とたん、常子ははっとしたように身を乗りだして、慌《あわ》てた顔で口早に言った。

「お待ちくださいニ藍さま。お手をわずらわせるつもりでは――」

だが二藍は耳を貸すつもりがない。「そうと決まったならばさっそく動かねば。梓、わたしの命を書き留めよ」と綾芽に命じるや、なめらかに口を動かしはじめる。

「書司《ふみのつかさ》に命じる。夜戸山の南西におわす地脈の神から、これはと思う神を、然《しか》るべき文書に記された記録を基《もと》に選べ。記録はわたしが用意する」

「いいえ、それはわたくしが」

二藍が息を継いだ隙《すき》に、常子は取り乱したように口を挟む。二藍は意にも介さない。

「そして花将府および内侍司《ないしのつかさ》に命じる。いざ年が明けたらすみやかに、順を追って、あらかじめ選んでおいた地脈の神を斎庭にお招きせよ。実際どの神が荒れんとしているのかは呼んでみるまでわからぬが、さすがに斎庭で様子を窺えば一目瞭然《いちもくりょうぜん》だろう。荒れ神とならんとしている神を見つけだし、厚くもてなし、鎮めよ」

「ですが二藍さま！」

「しつこい。任せよと言っているのだ」

なおも訴える常子を、ぴしゃりと二藍は遮った。常子がはっと頭を垂れると、一転「案ずるなと言っただろう」と微笑んでみせる。

「心配はいらぬ。お前の不安どおりにはゆくまいよ。あの者が納得するような代わりの案に心当たりもある」

なんの話だろう。わからないまま、綾芽は二藍の言葉を下達の文書に仕上げた。完成すると二藍は目を通し、末尾に美しい手跡《て》で裁可の署名を入れた。再び綾芽に持たせ、鮎名の御前へ参じて報告するよう命じた。

「今、これよりですか」

「今、これよりに決まっている」

この話が終われば、自分たちの別離に関する二藍の真意をもう一度問いただそうと思っていた綾芽は、ていよく遠ざけられたように感じた。しかし行けと言われれば行かざるを得ない。

常子とともに母屋《もや》を辞すとき、二藍が男舎人に命じる声が微《かす》かに聞こえた。

「今から文《ふみ》をしたためるゆえ、それを外庭に届けよ……」


鮎名のいる桃危宮《とうきぐう》への道すがら、綾芽は常子にぽつりと尋ねた。

「二藍さまはご自身のなにかと引き換えに、神を迎える準備をなさるおつもりですか？」

乾いた風が吹き抜けて、突き固められた大路にうっすらと砂埃《すなぼこり》が舞う。常子が連れてきた供を先に帰したので、ふたりで歩いていた。徒歩なのも、ふたりきりなのも、常子が人に聞かれたくない話をしたいからだろう。

「お察しでしたか」

常子は、妃としての綾芽と話す声音で息を吐いた。

「仰るとおりです。このままでは、二藍さまは春宮の座を失われるかもしれません」

やはりそうかと綾芽はうつむいた。二藍がああやって我《が》を押し通すのは、自分を犠牲にするときと決まっている。

普段あまり心を表情に出さない常子は、塞《ふさ》いだ顔で続ける。

「さきほど二藍さまは仰ったでしょう。まず五十はおわす地脈の神を、斎庭《ゆにわ》に無理なく招ける十に絞らねばと。そのためには外庭《とつにわ》の助力が必要なのです。鈴塚《すずづか》の記録を提供してもらわねばいけませんから」

「鈴塚……とはなんですか？」

「各地の駅家《うまや》にある、鈴のさげられた塚なのですよ」

兜坂国には、大君の勅が地方のすみずみまですみやかに行き渡るよう、逆に地方の急な災害や外敵の襲来を一刻も早く都へ知らせられるよう、道が整備されている。道の傍《かたわ》らには数十里ごとに駅《えき》という中継地点があって、そこで馬を乗り換え、使いは先を急ぐのだ。

その駅には、鈴塚という名の塚が必ずある。土地そのものを象《かたど》った人形《ひとがた》を埋めた塚で、こんもりと盛られた土の上には竹筒が刺さっている。その竹筒の中に鈴が吊るされているから、鈴塚というそうだ。

「この塚は、変事の前に必ず鳴動するという伝承がございます。それで鈴塚には昼夜、記録の者がついているのです」

塚が鳴動すれば、鈴が震え音が出る。それを聞き漏《も》らさずに書き記す役職がある。

斎庭に言わせれば、変事の前の鳴動なんて迷信に過ぎない。そのような便利な代物《しろもの》があればどれだけ楽か。

だが伝承を軽んじているわけでもなかった。ある意味では真実なのだ。

「鈴塚が必ず鳴動するような変事がひとつ、ありますでしょう」

「地が揺れたときですね」

　地震や噴火が起これば、確実に鈴は震える。変事の前とまでいかずとも、鳴動すること自体は正しいし、場合によっては伝承どおり、大きな変事の予兆ともなる。

　今斎庭が欲《ほっ》しているのは、この鈴塚が揺れた記録が詳細にまとめられた文書だった。

「昔、鈴塚と斎庭の記録を突き合わせた者がおりました。それによりますと、過去の大地震《おおなゐ》の前には、荒れる神のおわす地に近い駅家で、微かな鈴塚の鳴動が数多く起こっているのだそうです」

「こたびも同じはずだとお考えなのですか」

「ええ」

　候補の地脈五十を十に絞るのも、数十里ごとの鈴塚の記録があれば可能だ。

「……ですがこの文書は、外庭の管轄《かんかつ》なのです。我らが好きに取り回せるものではない」

　綾芽は、常子の憂慮《ゆうりょ》の意味を悟った。

「二藍さまは、左大臣《さだいじん》に文書を見せるよう命じられるおつもりなのですね」

　脳裏に左大臣の姿が思い浮かんだ。狸《たぬき》のような見た目の壮年の男。一見朗らかで、その実頭の切れる太政官《だじょうかん》の長。二藍が春宮を退《しりぞ》いたあとに立坊《りつぼう》するだろう継嗣《けいし》の君の外祖父であり、疫病騒ぎのけじめとして、二藍の蟄居を求めた人物でもある。

地脈の神が荒れる前に鎮める。地震を予見して、先んじて手を打つ。そのために二藍は、あの腹芸に長じた男に協力を命じたのか。

残念ですが、と常子は目を伏せた。

「命じるというよりは取引の形になるでしょう。左《ひだり》の大臣《おとど》は、ここぞとばかりに二藍さまに無茶な要求をされるはず」

綾芽も暗い気分で足元を見やった。確かにそうだろう。左大臣は、二藍が春宮の座にあるのを良しとしていない。なるべく早く引きずり下ろしたいのだ。二藍がいなければ己の孫が春宮になるから——という単純な欲得ずくの話ならばまだいいのだが、それればかりではなかった。

左大臣も国の行く末を案じているのだ。神ゆらぎという、心術を用いて人心を操り、荒れ神に変じるかもしれない危険な存在を春宮に据えている状況を憂慮している。

「わたくしはすでに数度、左の大臣にお願いに伺《うかが》ったのです。あの御方は記録は提供すると仰ってくださいましたが、その代わり、春宮を退くよう二藍さまにお求めすると」

それで常子は進退窮《きわ》まって、二藍になんらかの打開策を相談しようと訪れたのだろう。だが二藍は相談より前に、自分で左大臣と交渉すると決めてしまった。だから常子は慌てたのだ。あれではまるで、文書と引き換えに春宮の座を手放すよう進言したに等しい。

「申し訳ございません」

常子は硬い声で頭をさげた。

「鈴塚の件にきちんと片をつけてから参上すればよかったのです。そもそも手に余る策などお話しするべきではなかった。このような事態を招いたのはわたくしでございます」

春宮妃としての綾芽に謝っているのだと知って、綾芽は慌てて首を横に振った。

「二藍さまは喜んでいらっしゃいました。ようやく地脈の神を鎮められるかもしれないのに黙っていられたら、むしろお怒りになったでしょう」

地脈の荒ぶりを予見する。それは斎庭の悲願だ。なすすべもない災厄の前に積み重なった悲しき因縁を、わずかばかりでも断ち切れるのならば、二藍の言うとおり僥倖なのだ。

「そうですね。しかし、二藍さまのご献身の上にしか成り立たない策を、安易に申しあげてもいけなかったのです。なにかを犠牲になにかを救う策など、本来は賞賛に値《あたい》しない、忌むべきものなのですから」

それももっともだと綾芽は思った。本当に優れた策とは、誰も犠牲にせずにみなを救う。犠牲ありきで回る神招きは不完全なもので、到底手放しで褒《ほ》められるものではない。

だが、常子が自分を責めるのも間違っている。

「二藍さまは、心配はいらぬと仰せでしたでしょう。なにか策がおありなのです。常子さまが案じられているような、春宮の座を追われる事態には至りません」

ならない自信があるからこそ、二藍は常子の話を聞かずに押し切ったのだ。そうでなかったらきちんと話し合った。常子が自責の念に苛《さいな》まれるのは、二藍の本意ではない。

綾芽がそう、懸命に二藍の意図を説明しようとしていると、常子は頬をふっと緩めた。

「お優しいのですね」

「そう、お優しい方なのです」

そうではなく、と常子はすこし笑って、やわらかく言い直した。

「いえ、そうですね。二藍さまはお優しい御方です。辛《つら》く苦しい道も、ご自分でばかりお引き受けになる」

情が滲んだ声音に、綾芽の目の奥は熱くなった。突然降りかかった別離の勅命や、握った手を振りはらう二藍の声が次々と思い出されて、耐えていたものが溢れそうになる。

大きく息をして押しとどめた。路《みち》の真ん中で泣いたら、常子に迷惑をかけてしまう。

「わたくしどもに、お怒りですか」

静かに常子は問いかけてきた。綾芽は大きく首を横に振る。

「いいえ。上つ御方のお気持ちは、よく存じております」

大君も鮎名も、二藍を不幸にしたいわけではない。常子だって、誰だってそうだ。心を痛めながらも、国のため最善の手を尽くそうとしている。

「だからわたしも、勅命に背《そむ》こうなどとは露も考えていません。……間に合わなかったわたしが悪いのですから」

そう、悪いのは綾芽だ。二藍が追いつめられるより前に、人にしてあげられなかった。綾芽が間に合ってさえいれば、こんな苦しみは必要なかった。ただ綾芽が、二藍の子を産めばいいだけの話だったのだ。

「あなたはまったく悪くはありませんよ」と常子は綾芽の肩にそっと触れた。

「しかし安堵いたしました。あなたならば、勅命に背いてとんでもない手に打って出るかもしれないと、内心でははらはらしていたのです」

綾芽は力なく笑った。

「いたしません。妙手を思いつきませんし、なにより二藍さまご自身が――」

言葉が出てこない。自分の口から発したら、動かしがたい事実になってしまう気がする。

ようやく綾芽は、小さな声で続きを口にした。

「二藍さまご自身が、わたしがおそばを離れれば心安らぐと仰るのです」

綾芽がいなくなることこそが自分の幸せだと、確かに言ったのだ。

「そうですか」

「わたしが後ろ髪を引かれないよう、あえてそう仰ったのだとは思うのです」

綾芽が二藍のそばを離れねばならないのは、もう決まったことだ。大君だけを翻意《ほんい》させればなんとかなるわけではない。綾芽に子を望む者は多い上、なにより十櫛に話がいってしまっている。覆《くつがえ》せない。

だからといって、はいそうですかと納得できるたちではないのが綾芽だ。ここで突き放さねば、いつまでも踏ん切りがつかなくなる。そうやって綾芽の将来を思って、綾芽のために、二藍はお前などいらないと言ったのだ。

「でも、こうも思うのです。あの御方は、本当にわたしにいなくなってほしいとお望みかもしれない、と」

もしかしたらあれは、二藍の心からの願いでもあったのかもしれない。二藍は疲れ果てていて、手に入らない希望そのものである綾芽を、手放したがっているのかもしれない。

綾芽が言葉を切ったあとも、常子は長く黙っていた。やがて、

「ご本心でもあるでしょうね」

と静かに言った。

「二藍さまは、お心のどこかでは、まことにあなたを手放したいと思っていらっしゃる」

思わぬ答えに、綾芽は瞳を惑わせた。そんなわけはないと言ってほしかったのだ。

「ただ誤解なさらないように」

と常子は急くように言い足した。

「それは、あなたに去ってほしいという意味ではありません。二藍さまは、ご自分が不幸になろうとも、あなたが幸せを摑むのならば、それをご自身の幸せとして感じることができる。そう仰ったのですよ。むしろあの御方は、あなたの幸せを強く願っておられる」

「……わたしの幸せが、二藍さまの幸せということですか」

だからこそ綾芽を手放したい。二藍といたところで不幸になるばかりの綾芽が、十櫛と幸福に暮らせるのならそれでいい。二藍も、綾芽の幸せを自分のものとして感じられる。そういうことか。

綾芽は唇を噛みしめた。

「それはそれで、あまりに悲しすぎるお考えです」

いなくなってせいせいされる方がずっとましだった。こんなのやせ我慢だ。たとえ綾芽が十櫛と幸福に暮らしたところで、二藍はすこしも幸せになれない。ただ自分の不幸から目を逸らして、誤魔化しているだけだ。

だがきっと常子の言うとおり、二藍はそう思っているのだろう。二藍はいつもそうだ。まことの幸せではないところで満足しようとする。心から望むものを決して手に入れられないから、そういう癖《くせ》がついているのだ。

そんな二藍に、綾芽はずっと諦めてほしくないと願ってきた。神ゆらぎに生まれたから悪いのか。それだけで二藍は耐え続けなければならないのか。自分の一生なんてそんなものだと悟ったように生きていかねばならないなんて、あんまりだ。

本物の幸せを手に入れるまで足掻《あが》いてほしかったのだ。

だがそうも言っていられないのなら、二藍の望みどおりに黙って静かに去るべきなのか。

二藍が綾芽の相手に十櫛を選んだのは、二藍自身が言ったとおりに、綾芽に十櫛の楔になってほしいからだ。だが同時に、綾芽という女の幸せも願っていた。他のどんな男と妻《め》合《あ》わせるより、十櫛を選ぶのが綾芽の心を守ると二藍にはわかっていた。

気持ちをありがたく受けとって、子をなすための努力をするべきなのか。一刻も早く物中を増やして、せめて二藍の心を安らかにしてあげられるように。

「わたくしが今、ひとつだけ思うのは」

うつむく綾芽の隣で黙っていた常子が、つと口をひらいた。

「二藍さまはあなたの幸せを祈っておられる。あなたも同じように二藍さまの幸せを願われているから、あの御方の望みを叶えてさしあげたいとお考えかもしれません。でもあなたはなにも、二藍さまが仰るとおりに動く必要はないのですよ」

れていた。
綾芽は顔をあげる。常子の視線は奩《くしげ》の岩山の向こう、遠く連なる白き山々の頂《いただき》に向けら

「あなたの考える最善と、二藍さまの思われる最善が異なっているのなら、どちらを選ぶか決めるのはあなた自身で構わないのです。あなたは春宮妃。すくなくとも斎庭を出るまではあの方の妻です。夫婦なのですから、それぞれがそれぞれの最善を見つけ、ぶつけ合えばよい。あなたは二藍さまをみすみす不幸に突き落とす娘ではない」

わたくしの真意がわかりますか。

そう言いたげな常子を、綾芽は懸命に見つめた。常子のつんとした表情のうちで、瞳だけは強い輝きを放っている。

「……それは、勅命に反する道を探せと仰っているわけではないのですよね」

「無論です。勅命に背いてはなりません。心苦しいですが、あなたは十櫛王子のところへ向かっていただかねばならない」

その上で申しあげます。

「心のままに進むべきです。物申の力とは、あなたの心そのものに等しいのですから」

――ややこしく申しあげて、大変恐縮ですが。

そう常子は、いつもどおりの口調でつけたした。

いいえ、と綾芽は首を振った。言いたいことはわかる。そしてこれはきっと常子ばかりでなく、大君や鮎名の願いでもあるのだろう。

勅命に背かず、しかしいつかは二藍を救う手立て。

確かにある。ひとつだけある。

（できるならば、わたしはその道を進みたい）

そうすればこの苦しい別離にも耐えられる。希望を失わずにすむ。

明日になれば、尾長宮を出ていかなければならない。その前にもう一度、二藍に会おう。そう決めた。揺さぶって揺さぶって、綾芽の幸せなるものの形を頑《かたく》なに決めつけている男の心に、どうにかして触れたい。

そしてどうか、綾芽の考える最善を受けいれてほしい。

匳の山々に目を向ける。厚い雲が切れて、糸のようにか細い光が一筋さしこんでいた。

鮎名に報告をすませ、書司《ふみのつかさ》で二藍の命を正式な文書に仕立ててもらい、あちらこちらに手渡しているうちに日は落ちて、尾長宮に戻ったころには夜になっていた。

どの殿舎も静まりかえっている。軒廊《こんろう》におりた夜気が頬を刺した。尾長宮の外より、数段冷えているようにさえ感じられる。

綾芽はひたひたと暗がりを歩いていった。

盛んに燃えている篝火《かがりび》の光がぼんやりと見える。近づくと、固く閉じた遣戸《やりど》の前に、千古がひっそりと控えている。

千古が控えているのなら、二藍はきっと、この遣戸の向こうにいる。

綾芽は意を決して近づいた。

「二藍さまは、どなたともお会いにならないそうだよ。誰ひとり入れるなと仰せだ。もし用があるなら文書にして渡すようにと」

闇から歩み出てきた綾芽の姿を見るや、千古は静かな口調で告げた。なんとなく予想がついていたので、綾芽は「そうなのですね」とだけ答えた。

二藍はもう綾芽に会うつもりがないのだ。明日の朝早くに、綾芽は尾長宮を出る。招きはじめの儀の準備をはじめる。そうしたら二度とここには戻れないだろう。きっとそのまま二藍は、夫婦としての別れも交わさずに、綾芽を十櫛の住まう斎庭の外へやる。

心がないからではなく、その逆だ。二藍だって辛いのだ。だから綾芽に会おうとしない。会えば、せっかく作りあげた偽物《にせもの》の感情が崩れてしまうと知っている。

(わたしが幸せなら自分も幸せだなんて、大嘘じゃないか)

そう、遣戸の向こうに言ってやりたかった。

もちろん綾芽も、二藍が会ってくれないのは承知で来た。だから二藍がどう命じていようと関係ない。なんとしてでもこの遺戸のさきへゆく。

問題は、どうやってゆくかだ。綾芽は千古を眺めて思案した。正面切って会わせてくれと頼んだところで、戸を守るこの美しい女舎人は絶対に通してくれない。主の命に決して背かないのが、千古の美点なのだ。

そんな綾芽に、千古の方もなにも訊《き》こうとはしなかった。最近どんなときも二藍に付き従っている千古は、綾芽がただの女嬬ではないと当然気づいているだろうが、知らないふりをしている。

ふたりはそれぞれ黙りこくって、篝火を見つめていた。

しばらくして、千古がふいに「しかし、寒くなったね」と腕をさすった。

「ねえ梓、あなたの故郷は暖かいところ？　それとも寒いところ？」

「……都よりずっと寒いところです」

綾芽が答えると、そうなんだ、と肩をすぼめてみせる。意外な仕草に、きんと冷えた夜は、武芸の名手の女舎人にも堪《こた》えるものなのか――と思っていると、「さて」と千古は太刀の鞘から手を放した。

「さすがに冷えたから、わたし、白湯《さゆ》をいただいてくる。こんな時刻じゃ竈《かまど》の前には誰もいないだろうし、自分で沸かさなきゃならないね。時間がかかりそうだから、わたしが外しているあいだ、ここの見張りを代わってくれない？」

言うや返事を待たずに歩きだす。その真意を悟って、綾芽は女舎人の背中に黙って頭をさげた。

それからそっと階をのぼった。

「……誰も入れるなと命じたはずなのだが」

するりと室《へや》に入ると、すぐに強《こわ》ばった声がかかった。二藍は高燈台《たかとうだい》に火を灯《とも》し、几《つくえ》に向かっている。こちらを見ようとはしない。横顔を照らす光が、ちらちらと揺れている。

綾芽は女嬬としてへりくだって答えた。

「存じております。ですので千古さまがお外しになっているあいだ、わたしが代わりに誰も入れないよう見張っております」

二藍は言い返そうとして、やめたらしかった。「その場から動かぬように」と命ずるや、綾芽などいないように筆を動かしはじめる。

綾芽は二藍をよく知っているから、それがただの見せかけだとわかっていた。書に集中しているふりをして、二藍は感情を押し固めている。不用意にこぼれだして滅茶苦茶にしないように、蓋《ふた》をして、鍵をかけている。

構わない。そんなの全部無駄になる。無駄にしてみせる。

綾芽は命じられたとおりその場を動かずに、堅苦しい姿勢をすこしだけ崩した。

「常子さまが心配していたよ。鈴塚の件で、あなたが左大臣に無体な要求をされるんじゃないかって」

女嬬の梓ではなく、綾芽としての親しい口ぶりは二藍の望むものではなかったようだが、ややあって観念したような声が返ってきた。

「もう左大臣とは文《ふみ》でやりとりした。鈴塚の文書は無事に提供される手はずになったから、気に病《や》まなくていい」

「春宮を退けと言われたんじゃないのか？」

「言われたが、さすがに一存では呑めぬ。代わりといってはなんだが、あちらを納得させる別の提案をした。大臣はそれで構わぬと申したから、心配は無用だ」

「どんな案を呑ませたんだ」

綾芽は眉を寄せた。退位を求める先方を納得させるのなら、相当な対案を出したのだろう。だがそんなものは思い浮かばない。二藍はいったいどんな取引をしたのだ。

「たいしたことではない。あちらが望む簡単な祭礼を執り行ってやるだけだ。とにかくわたしは春宮はおりぬよ」

「ならよかった」

少々引っかかるが、祭礼を執り行うだけならとりあえずは安心だ。二藍は自分を犠牲にしなかったのだ。ならばいい。

「地震が起こる前に、地脈の神を見つけて鎮められるといいな。もしわたしにできることがあったら教えてくれ。わたしも……」

息をそっと吐きだして、いよいよ本題へと踏みだした。「──わたしも、年始の祭礼が終わるまでは斎庭にいるから」

「……十櫛のもとへゆく気になったか」

しばらくして聞こえた二藍の声は、しごく落ち着いていた。視線は几に向いたまま、筆もさらさらと動いている。

綾芽は胸を大きく跳ねさせながら、努《つと》めて明るく答えた。

「うん。嫌だって言っても仕方ない。もう決まってる話だしな」

「そうか」

「それにあなたが、わたしがいない方が心安まるって言うし。だったらもういいかなって、十櫛さまのところに行っても構わないかって考え直したよ。確かにそっちの方が、わたしは幸せになれる気がするしな」

二藍の答えはなかった。

筆は紙に触れたままとまっている。呼吸が荒くなっているのが、乏《とぼ》しい光のうちでもわかる。綾芽は息をひそめて言葉を待った。平然としているふりなんてもうやめろと言いたかった。わたしもこれ以上、こんな芝居はしたくないんだ。

筆先から黒々とした染《し》みが広がって、すっかり書が台無しになってしまってから、ようやく二藍は筆を置いた。綾芽は、二藍がすこしでも心のうちを晒したら――怒りでも嘆きでもなんでもいいから声を揺らしてくれたら、すぐさま駆けていこうと足に力を入れる。

しかし冷えた母屋に響いたのは、硬い声音だった。

「それがいい。十櫛とならばよい夫婦になれるだろう。あの男は、今でこそ兜坂と八杷島のあいだを揺らいでいるが、やがてはお前を、ひいては兜坂を選ぶ。絶対にだ。わたしにはわかる。だから安心するといい。お前は幸せになれる。わたしを忘れて構わないし、後ろめたく思う必要もない。お前の幸せがわたしの幸せだ。どこかで笑顔でいてくれるなら、それでいい」

二藍は一息に告げた。この期《ご》に及んで、綾芽の幸せを願ってみせた。

ふざけるなと言い返しそうになって、綾芽はすんでのところで耐えた。今は泣いても憤《いきどお》っても無駄だ。二藍は、綾芽がそういう態度に出たとしても動じないよう身構えている。

だから腹をくくった。冷えた夜闇を吸いこんで、笑って言った。

「なるほど。わたしの幸せを自分の幸せだと思ってくれるんだな。ありがとう。でも、残念だけど、その気持ちは受けとれない。正直なところ迷惑なんだ」

二藍が息を呑んだのがわかった。その瞳が思わずといったように綾芽を捉《とら》える。目を合わせまいと、ずっと我慢していただろうに。

「……迷惑か」

「そうだ、だっておかしいだろう」

綾芽も必死に見つめ返した。傷つけているのはわかっている。疵《きず》をつけているのだ。

「あなた自身がひどく不幸でも、わたしが幸せでありさえすればいいのか？　それであなたは幸せだって思いこめるのか？　そんなふうに肩代わりさせられても困る。遠くにいる誰かの幸せまでは抱えこめないよ。あなたはあなたで幸せになってくれ」

突き放した言葉は沈黙に消えてゆく。二藍は唇を引き結んで綾芽を見つめていた。声はなく、ただ瞳だけが雄弁《ゆうべん》に、寄る辺《べ》なく小さく揺れている。迷子の童《わらわ》のようだった。

もう無理だ。綾芽は我慢できずに二藍に駆け寄った。男の冷えた手に己の手を重ねる。

「そうだよ、あなたは自分で幸せにならなきゃいけないんだ。誰かの幸せを自分の幸せだと思いこんじゃだめだ。そうだろう？」

握った手を大きく揺らすと、二藍の瞳が歪んで、唇が震えた。

「無理を言うな。わたしは神ゆらぎだ。幸せなど叶わない」

「神ゆらぎは幸せになっちゃいけないって法があるのか」

「……もうこの話はやめだ。わたしはお前が幸せならそれでいい」

二藍はようやく、綾芽の意図に気がついたようだった。手を振り払ってしまいにしようとする。綾芽はさせじと引き留めた。

「まだ話は終わってない」

「はじめから終わった話だ」

「聞いてくれ。わたしは欲張りだから、自分だけ幸せになったって嬉しくもなんともないんだ。あなたと一緒じゃなきゃ嫌だ。だからどうにかしたい」

「どうにもならぬ」

とうとう二藍は、声を強めて撥《は》ねつけた。

「ならぬからこそお前の幸せを祈っているのに、なぜ蒸し返す。なぜ放っておいてくれぬ。黙って去ってほしかったのだ、わたしは」

最後は呻《うめ》くようだった。肩で大きく息をする二藍は苦しそうで、綾芽の胸は痛んだ。それでいて安堵してもいた。心からの言葉をようやく聞けたのだ。

「大丈夫だよ」と綾芽は二藍の手を握りしめ、優しく眉を寄せた。

「わたしはちゃんと務めを果たすよ。十櫛さまの子を産む。心配しないでくれ」

「……それでいい」

「でも産んだら戻ってくる。必ず戻ってくる」

二藍がはっとしたように目をあげる。綾芽は口を挟まれる前に一気に言った。

「よく考えたら、これはむしろ好機なんだ。十櫛さまは、あなたを人にできる秘策を知っているのに教えてくれないから、どうやったら聞き出せるか悩んでいたんだよ。でも気づいた。子ができるような関係になれば、うっかり口を滑らせてくれるかもしれない」

十櫛のもとに行ったところで、なにも諦める必要はないのだと気がついた。遅くはない。生きている限りは、望んだ幸福にたどりつく道はある。

だから綾芽は諦めない。二藍にも、決して諦めさせてはやらない。

「なんとか秘策を手に入れて、子と共に戻ってくるよ。だから待っていてくれ。一緒に幸せになろう」

「……しかし」

二藍は言葉を失い、首をゆるゆると横に振った。まさかこんなことを言われるものとは思っていなかったのだろう。

「しかし、じゃないよ。なにが不満なんだ」

「そこまでさせるわけにはいかぬ」

「あなたはすでにわたしに非道を強いているだろう。だったら今さら、なすべき仕事がひとつ増えたくらいでなんだ」

「わたしはお前に幸せになってほしいのだ」

――ああもう。綾芽はたまらず身を乗りだした。

「わたしの話、聞いていたか？　あなたが待っていてくれれば、わたしもあなたも幸せになれる。ただ待っていてくれさえすればいいんだ。待っていると言ってくれ」

拒絶されたらあとがない。怖くて二藍の手を握る両の手に力が入る。

「待っていてくれるだろう？」

祈るように言葉を重ねると、二藍の唇が薄くひらいて震えた。つい口を衝《つ》いたように、吐息のような声が返る。

綾芽は息を呑んで、それから恐る恐る、ささやくように問い返した。

「待っていてくれるんだな」

二藍はすぐには答えなかった。その瞳には葛藤《かっとう》がありありと浮かんでいる。

だが、さすがの神ゆらぎも、一度転がり落ちた言葉をなかったものにはできなかった。

「……待っている」

やがて二藍はそう微笑んだ。

その声を聞いたとたん、綾芽の身体から力が抜けた。抜けた拍子に涙がこぼれそうになる。でもどうにか我慢して、精一杯の微笑みを返した。

「よかった、約束だよ。これはわたしとあなたの、必ず果たされる約束だ。一緒に幸せになるんだ。だからその日を楽しみに待っていてくれ」

約束だと何度も繰りかえし、指の背同士を触れさせる。

この契《ちぎ》りは呪いとなるだろう。切れない糸となり、二藍を縛るだろう。それでいい。あなたは絶対に報《むく》われる。だからこの糸をよりどころにして耐えてほしい。わたしと再び会うときまで、決して絶望しないでほしい。

簀子縁を渡る足音が聞こえる。千古のものだ。女舎人はわざと音を響かせて、逢瀬《おうせ》の終わりを知らせてくれている。

「千古さまが戻ってきた。お役目を代わらなきゃ」

名残惜《なごりお》しいが、頃合いだ。これ以上一緒にいたら離れがたくなる。

「それじゃあ、元気でいてくれ。くれぐれも無理はしないで」

合わせた指の背をそっと離した。温《ぬく》もりが遠くなる。笑顔を保てるうちに背を向けた。

第二章

斎庭《ゆにわ》に懐かしき友を招く

匳《くしげ》の山から朝日が顔を出すより前に、綾芽《あやめ》は身の回りの品だけをまとめて尾長宮《びちょうぐう》を出た。出立《しゅったつ》の前に、二藍《ふたあい》とは形ばかり女嬬《にょじゅ》として挨拶《あいさつ》を交わした。しかし二藍は御簾《みす》の向こうで、綾芽は昇殿すらせずだったから、顔色も窺《うかが》えなかった。それでよかったのかもしれない。尾長宮に仕《つか》える女官でさえ、綾芽と二藍の本当の関係を知る者はほとんどいない。みなの前で今、二藍と面と向かって別れを告げる自信はない。

朝から冷たい雨が降っていて、雨よけの衣《ころも》の下で震えながら歩いた。斎庭《ゆにわ》の北に広がる禁苑《きんえん》のどこかでは、遠雷が響いている。怨霊となって雷と結びついた二藍の大伯父《おおおじ》、稲縄《いねただ》の虫の居所が悪いのだろうか。

曲がり角で振り返る。けぶる雨に阻《はば》まれて、尾長宮の朱色の壁は幻のようだった。

それから足早に賢木大路《さかきおおじ》を南下した。斎庭は、縦横《じゅうおう》にそれぞれ十町もある広大な宮城である。その敷地の半分以上は、斎庭で神を招きもてなす百人の花将《かしょう》それぞれが構える、妻《つま》館《だて》と呼ばれる宮殿が占めている。強大な神を招かねばならない最上位の妃《きさき》たちの妻館は、目がくらむほど立派なものばかりだが、花将の大半を占める下位の嬪《ひん》たちの館は、居館と拝殿が並ぶ、ごくこぢんまりとしたものだった。

その嬪の妻館のうち、ひとつの門をくぐると、明るい声に出迎えられた。

「よく来たな、綾芽。寒かっただろ？　ほら、早く着替えて」

ついこのあいだまで尾長宮付き筆頭女官を務めていた佐智《さち》が、笑顔で両手を広げている。

この佐智は、貴族の娘のようにも庶民のようにもふるまえる器用で優れた女官で、綾芽の秘密も知っている。頼りになって気が置けない年上の友人でもあった。

綾芽も笑みを浮かべた。佐智の明るさに、沈んでいた心が温まる。しかしまずは、と丁《てい》寧《ねい》に頭をさげた。

「お世話になります、佐智。どうか厳しくご指導ください」

これからひと月あまり、綾芽は女嬬として佐智に仕えながら、実際は春宮妃《はるのみやひ》としてこの妻館で修業を積むことになる。

「堅苦しいな。いつもどおり楽な感じでいこう。あたしだってあんたを妃扱いしたこと、一度もないしな」

「でも、いろいろ教えてもらうんだ。それにさっき二藍さまに命じられたよ。きちんと挨揶揄するようにって」

二藍の名が出て、佐智はあからさまに顔をしかめた。

「あいつの命《めい》なんてどうでもいいな。あたしは死ぬほど腹が立ってるんだよ。あんたのこと、ひどい扱いしてくれちゃって。せめて大君《おおきみ》にお預けすればいいのに、斎庭から放り出すとは思わなかった」

綾芽は濡れた衣を脱ぎながらすこし笑った。佐智は相変わらず二藍に辛辣《しんらつ》だ。綾芽を十櫛《とくし》のもとにやるという二藍の決定を、あんまりな仕打ちと思ってくれているらしい。

まあ、と佐智は気を取り直したように、濡れた綾芽の髪を麻布《あさぬの》で荒っぽく拭《ふ》いた。

「あんたに教えることなんてたいしてないから、ひと月のあいだ楽しくやろう。招きはじめの儀は大事なお役目だし、拝命しただけでがちがちに緊張する子もいるっていうけど、あんたは恐ろしい神をいくらでも相手にしてきたんだ。今さらだろ」

「だといいけど。でも学ぶからには、真面目《まじめ》に頑張るよ。本当は佐智の功績になるはずのところを、わたしが奪ってしまうんだしな」

佐智には申し訳ないことをしている。綾芽が春宮妃だとは秘密だから、今回の祭礼も表向きに拝命したのは佐智だ。しかし実際に神を招き、もてなす祭主は綾芽である。

そもそも佐智はつい先日、尾長宮付きの女官から嬪位の花将に戻ったばかりだ。このたび佐智が嬪位に戻ったのは、招きはじめの儀を迎えるにあたり、綾芽の世話をして、正式な神招きの作法を教える者が必要だったからだ。今までも、何度もあちらこちらに綾芽や二藍の都合で動いてもらっている。便利に使われて、辟易《へきえき》していないだろうか。

「気にすんな」と佐智はおかしそうに笑って、綾芽の背をぽんと叩いた。

「むしろあたしはこういうの、楽しいよ。普通の出世とかひとつも興味ないし、変わった経験を積める方がかえっていい。──なあ、あんたもそうだろ？」

と佐智は、誰かに同意を求めるように居館の奥に首を向けた。他に誰がいるのだろうと振り向いて、綾芽はぎょっとした。その人物は丸木柱の陰から顔を半分だけ出して、綾芽にじっとりとした視線を送っている。

「……須佐《すさ》、か？」

冷や汗をかきながら尋《たず》ねた。間違いない。綾芽の斎庭での数少ない友人、須佐だ。

須佐は黙ったままで、出てこようとすらしない。佐智はやれやれと説明してくれた。

「招きはじめの儀は神招きだから、当然神饌《しんせん》をお出ししなきゃだろ？　その神饌を用意するには、綾芽が本当は春宮妃だって明かせるような、信頼できる膳司《かしわでのつかさ》の女官が必要だってんで須佐を呼んだんだけど……なに隠れてるんだよ須佐。出てきなよ」

佐智に呆《あき》れた顔で促《うなが》されて、しぶしぶ須佐は綾芽の前に進み出た。慇懃《いんぎん》に頭をさげる。

「梓《あずさ》……じゃなかった、綾芽さま、こたび神饌の膳立てを仕《つかまつ》ります須佐でございます」

綾芽は気づまりになって、急いで言った。

「ちょっと、須佐、いつもどおりにやろうよ」

本来ならば立場に応じた態度をとるのは大切なのだろうが、須佐とは今までずっと、女嬬の梓として対等に付きあってきた。そもそも綾芽は表立っての春宮妃でもないし、今までどおりの砕けた関係のままでいたい。そう思って、須佐の煮炊きで煤《すす》けた手をとろうとしたが、須佐はつんと後ずさった。

「あなたさまが、まさか二藍さまの妃とはつゆも存じあげませんでした。数々の無礼、ぶしつけなふるまい、ひらにご容赦いただきたく」

あくまで嫌味なまでに慇懃だ。もしかして、と綾芽はそうっと尋ねた。

「……わたしがずっと嘘をついていたのを怒ってるのか？」

「さあ、どうでございましょう」

怒っているらしい。須佐を欺《あざむ》いていたのは事実だから、綾芽は小さくなった。

「あの、ごめん。嘘をついていて本当に悪かった。でも致《いた》し方《かた》なかったんだ。だから、どうか許してくれないか。変わらず友でいたいんだ」

深く頭をさげた綾芽を前に、須佐はばつが悪くなったようだ。居心地の悪さを隠すように、早口で言いたてた。

「わかってないわね、別に嘘なんて構わないのよ！　わたしはただの膳司の女嬬だもの。上つ御方の秘密を知らなくたって当然よ。そうじゃなくて、あんたばっかりあの麗《うるわ》しい二藍さまにかわいがられて、よしよしされてたわけでしょ？　ずるいじゃない！　菓子をいただいたくらいで喜んでたわたしが馬鹿みたい」

須佐は二藍をあがめ奉《たてまつ》っているふしがあるから、『かわいがられて』きた綾芽が羨《うらや》ましいのだ。綾芽はふと幸せな過去を思い出して赤くなり、そんな幸せなど跡形もなく押し流されたと気づいて苦しくなった。この祭礼が終われば、綾芽は春宮妃でなくなってしまう。次に二藍に会えるのはいつなのか。

顔を曇らせた綾芽を見かねて、佐智が割って入ってくれた。

「そんな楽しいもんじゃないよ須佐。綾芽はどちらかというと暴れ馬を御《ぎょ》すみたいなお役目だから。よしよしされてたのはあいつの方だろ」

「え、どういう意味ですか。それより佐智さまはいい加減、二藍さまをあいつ呼ばわりするのをやめてください！」

「まったくあんたらって変わってるよな。あのずるい男のどこがいいかね。蟄居《ちっきょ》させられて暇《ひま》だろうし、どうせまたしようもない企《たくら》みに走ってるんじゃないの？」

本当に佐智の二藍評は一貫している。綾芽はかえって勇気づけられて、笑って答えた。

「割とまともな仕事もされてるよ。地震《なゐ》を引き起こしそうな地脈の神を先に見つけだして、斎庭に招いて鎮《しず》めようとなさってる」

佐智と須佐は、揃《そろ》って目を丸くした。

「地震が起きるより先に地脈の神を？　それはすごいな。どうやって」

鈴塚《すずづか》の記録を使うのだと綾芽が説明すると、佐智はすぐに、二藍が外庭《とつにわ》となんらかの取引をするつもりだと悟ったらしく、難しい顔で腕を組んだ。

「取引するのは無茶じゃないの。左大臣《さだいじん》は退位を要求するだろ」

「他の条件で了承してもらったから心配ないとは仰《おつしや》っていた。ちょっとした祭礼を執《と》り行う代わりに、鈴塚の文書を提供してもらうと決まったって」

「祭礼ねえ」佐智は顎《あご》を撫でる。「左大臣が思いつく祭礼なんて、とっくに誰かが思いついてるだろ。今まで行われないのには理由があったんだから、ろくなもんじゃなさそうだけど」

それは綾芽も思っていた。左大臣はいったいどんな祭礼を二藍に要求したのか。

まあいいか、と佐智は手をはたいて、綾芽の持参した手箱を奪った。

「今あたしたちが集中すべきは、招きはじめの儀の準備。地震のほうはあのひとたちがうまくやるだろ。綾芽はとにかく着替えてきな。もうしばらくしたら反物《たんもの》を選びに縫司《ぬいのつかさ》に行くよ。衣を急いで新調するんだ。あ、須佐、あんたのぶんも揃いであつらえるから」

「え、本当ですか？　やった」

たちまち機嫌のよくなった須佐が、綾芽の手を引いてくれる。綾芽は苦笑いを浮かべて歩きだした。二藍がどんな祭礼を引き受けたのか気になるが、佐智の言うとおり、地脈の神を鎮める役目はそちらを担《にな》う人々がうまくやるだろう。

どうか、二藍の望むとおりの結果になってくれますように。

＊

「――いったいどういうつもりだ、二藍」

二藍と顔を合わせるや、地味な装いの女官は厳しく問うた。あまりに女官らしからぬ口調だったが、二藍は驚きもしない。形ばかりの笑みを少々深めただけだった。

「どういうつもりとは？　そちらこそなんのお話です、妃宮《きさきみや》」

「しらを切っても仕方なかろう」

二藍の言葉どおり、女官の正体は斎庭の主・妃宮たる鮎名《あゆな》だった。気づいているのなら話は早いと鮎名はさっさと母屋《もや》の奥まで足を運び、御簾を挟んで二藍の前に腰をおろした。二藍が円座を進めてくるが無視をする。畳や円座がなくとも座っていられる。そう長く話をするつもりもないし、できない。

今の鮎名は、常日頃斎庭の主《あるじ》として君臨しているときの、目にも鮮やかな艶姿《あですがた》ではなかった。豊かな髪はわざと荒く汚され、ひとつにまとめられている。装束《しょうぞく》も、いかにも妃宮に使いにやらされる女官がまとっていそうな、地紋も入っていない地味なものだ。

蟄居の身たる二藍と、妃宮である鮎名は容易に顔を合わせられない。だからこうして女官に身をやつして会いに来たのだ。警備の舎人《とねり》らの目をごまかしてでも、どうしても問わねばならぬことがある。

「しかしまさか、妃宮御自《おんみずか》らがそのようななりで忍んでまでお越しになるとは」

扇《おうぎ》を手に、二藍が笑いを漏《も》らす。

「昔を思い出しますね。あなたは妃宮になられるまでは、随分溌剌《ずいぶんはつらつ》とした御方だった」

鮎名は笑わなかった。思い出話に興じる暇はないし、話に乗ってはぐらかされては相手の思うつぼだ。

じっと睨《にら》んだまま、鮎名はさっさと本題に入った。

「つい先日、左大臣が上奏《じょうそう》したそうだ。地脈の神を招くため、鈴塚の記録を斎庭に供出したいとな」

「大君は裁可されたのでしょう」

「当然。それはいい。問題はここからだ。左大臣はその見返りを斎庭に求めた」

「ほう。どのような？」

「……知っているだろうに」

鮎名は眉をひそめた。二藍が根回ししたとおりにことが運んでいるのはわかっている。

「いいえ、存じあげません。確かに左大臣に文《ふみ》は届けましたが、実際にどのような上奏がなされたのかは知りませぬ」

「ならば教えてやる。左大臣は、ある祭礼を執り行うように願い出たのだ」

あまりに二藍がすました顔をしているので、つい鮎名は怒りを滲《にじ》ませた。この男の、こういうところが苦手だったのだ。綾芽がそばにいるようになって鳴りを潜めたのに、いなくなったらすぐこれか。

「それもお前が祭主となる、玉盤大島《ぎよくばんおおしま》の『天蓋《てんがい》』なる儀礼だ」

左大臣が願ったのは、鮎名の予想だにしなかった祭礼の施行《しこう》だった。

兜坂国《とさかのくに》の西には、玉盤大島という巨大な島がある。そのいくつかの国では、『天蓋』なる儀式が行われることがあるという。王や王太子といった国の中枢《ちゆうすう》にある者が年始に、潔《けつ》斎《さい》したのちに行うもので、天に祈り、自身の徳を高めるのが目的だ。左大臣は鈴塚の記録を斎庭に渡す代わりに、この祭礼を二藍に行わせるよう大君に請願したのだった。

大君も鮎名も戸惑った。まずもってこの祭礼は、いかがわしいことこの上ない。玉盤大島でも儀礼として伝わるだけで、効果などないに等しいとされているはずだ。漠然《ばくぜん》たるものに祈ったところで、自然を動かせるわけもない。冷静な観察と積み重ねた記録、ひとつひとつの事象を読み解く知恵によってのみ、神へ働きかけることができるのだ。

しかし左大臣は、この特別な祭礼を執り行うことには充分に意味があるという。

『春宮が、御自ら祭主となられるのが大きいかと』

そう左大臣は言った。二藍は神ゆらぎだ。神ゆらぎの神とは、玉盤大島における厳しい理《ことわり》の神である玉盤神を指す。半分が外《と》つ国の神でできている二藍は、兜坂に古来よりおわす神々をもてなす祭主に適さない。自身で神を招き、もてなすことができないのだ。

そのような男が春宮であるからこそ、昨今災厄が次々と押しよせるのだ――。どうも外庭には、そういう意見があるという。左大臣は、その悪《あ》しき噂《うわさ》を打ち消すためにこの祭礼が利用できると言った。

「実際に効果がなくとも、お前が祭主を務められると示せればよいのだそうだ」

うさんくさい話だ。だいたい外庭の噂を抑えるというが、そんな噂が本当にあるのか。

「構いませんよ」

と二藍はあっさりと受けいれた。

「わたしは神ゆらぎゆえ、正式に祭王になりえない。忸怩《じくじ》たる思いを抱《かか》えてきたのです。張りぼての祭礼であっても喜んで祭王を務めましょう。官人らの動揺を抑えられるのならば、なおさらです」

「だがこの祭礼は、斎庭で執り行うわけにはいかぬ。正月の斎庭は、重要な神招きが目白押しなのでな。するとお前には一度都を離れて、先王の別業《べつぎょう》（別邸）にて十日あまり潔斎し、祭礼に臨《のぞ》んでもらう次第となるが」

「それでは都の南、縦《たて》の一ツ道と緯《よこ》の一ツ道が交わる衢《ちまた》にある垂水宮《たるみのみや》で執り行ったらどうでしょう。そう都から遠くもなく、御川《おんかわ》の畔《ほとり》でいかにも神が降りそうな場所だ」

「……それがいい」

――お前は最初から、垂水宮で執り行おうと決めていたのだな。

そう思ったが、鮎名は言わなかった。

この『天蓋』祭礼を執り行う案にどこまで二藍が関与しているのかを、大君も鮎名も図りかねている。

本来左大臣は、春宮二藍を廃したかったはずだ。そうすれば孫の二の宮が立坊《りつぼう》するのだから、当然これが最善の手だったはず。それがなぜ、垂水宮での祭礼を望むのか。

鮎名は探るように問いかけた。

「お前は近頃、やたら左《ひだり》の大臣《おとど》と懇意《こんい》にしているようだな。何度も文を交わしていると聞いた。『斎庭の者どもを殺す悪夢はまだ心を去らず、ゆえにわたしには心を落ち着ける場が必要だ』と書き送ったとも」

「ええ、そのとおりです。この祭礼で一度斎庭を離れるのは、わたしが荒れ神となる行く末からすこしでも遠ざかる、よい機会となりましょう」

二藍はそのように左大臣へ書き送り、自ら『天蓋』祭礼に臨むと提案したのだろう。左大臣はそれを受けいれたのか？　一足飛《いっそくと》びに二藍の廃太子までは求めず、むしろ春宮たる二藍を使えるあいだは利用する、国の安寧《あんねい》のための祭礼を望んだのか。それとも――

「二藍、お前は左大臣を利用するつもりか？」

左大臣の方が、まんまと二藍に利用されているのか。裏で手を結んでいるのか。まさか二藍は――神ゆらぎの力を用いて、左大臣の心を操っているのか？

二藍は扇を閉じて、さすがに困惑《こんわく》したように鮎名を見やった。

「なにを仰る。わたしはあの男に蟄居させられているのですよ。だいたい、左大臣をなにに利用すればよいのです？　衛府《えふ》でも動かして、兄君に譲位を迫りますか？」

と思えば、絶対にありえない冗談で場を濁そうとする。鮎名は苛立《いらだ》ちを噛みつぶした。二藍の腹のうちが見通せれば苦労はない。この男はいつもひとりで決めて、とんでもない手に打って出るのだ。今までは、国を守るためだとわかっていたから、しぶしぶ許してきたのだが。

（……今はどうなんだ、二藍）

鮎名は祈るように口をひらいた。

「実はもうひとつ、この祭礼には問題がある」

「どのような？」

「お前ひとりではうまく執り行えないのだ。なんせ我が国では初めての祭礼だからな。よって助言の者をそばにつけねばならない」

「誰をつけてくださるのでしょう」

「わかっているだろうに。八杷島《やはじま》の祭官、羅覇《らは》だ。お前が厭《いと》うているあの娘だ」

二藍に劇薬である神金丹《しんこんたん》を渡そうとした、もうすこしで綾芽を殺してしまうところだった、あの不遜《ふそん》な異国の娘。

鮎名は、羅覇の名が出たとき二藍がどんな顔をするのか見極めようとした。嫌悪か、怒りか、それともまさか、喜びか？　羅覇と通じて何事か画策《かくさく》しているわけはなかろうな？

二藍の瞳に現れたのは、そのどれでもなかった。

「なるほど、承知いたしました。羅覇とは顔を合わせたくもありませんが、必要ならばいた仕方ない。あちらが勝手な真似をせぬよう気を配ればすむまでです」

どの感情も存在しない。

宝玉を眼孔《がんこう》に嵌《は》めこんだような無。虚無だ。

「とくに神金丹を持ちこませないようにせねばなりませんね。鼻先に突きだされれば、拒絶できるか怪《あや》しいものです。うっかりと口にして、荒れ神になったら困る」

流れる声はよどみないから、なおさら背筋がぞっとした。ずっと燻《くすぶ》っていた疑念と不安が胸のうちで大きく膨《ふく》らんでいく。

――これで本当によいのか？

鮎名はたまらず口走った。

「まだ間に合うのだぞ」

「なにがです」

「綾芽だ。お前はまだあの娘を取り戻せる。取り戻した方がいい。今すぐ連れ帰れ」

焦《あせ》りにも似た気持ちを抑えられない。二藍が、綾芽を殺してしまう未来をなにより恐れているのは知っている。物申《ものもうし》の力を継ぐ子が欲しいのも斎庭の総意だ。だがやはり綾芽をこの男から引き離してはならなかったのだ。

二藍は数度瞬《またた》いて、おかしくて仕方ないというように声をあげて笑った。

「なにを仰《おお》せですか。もう十櫛には話を通してある。あの男は喜んでおりましたよ。今さら撤回したら、八杷島との関係を損《そこ》ないます」

「そんなのどうでもいい。他の娘をやればいいんだ」

「いいえ。綾芽はわたしのそばを離れた方がよい」

「やせ我慢はやめろ！　お前はいつもそうだ」

「我慢ではありません。わかるのですよ。『夢のうち』であの娘の屍《しかばね》を前にしたとき、己《おのれ》の中に、いっそもうどうにでもなれという気持ちが芽生えた。わたしは神ゆらぎです。この誘惑が膨らんで、どこに行きつくか知っている。わたしはいつか、神になりたいと心から望むようになるでしょう。神になって、すべてを捨て去って楽になりたいと。そんな男のもとに綾芽を置いてはならない。わたしもこたびの祭礼が終われば斎庭を離れて隠居します。あの悪夢をまことのものとしないために」

鮎名は言葉を失った。二藍の声は揺るがず、だからこそこの男の中に、動かしがたい感情が居座っているのがわかる。本気で言っているのだ。本気で、すべてを放り投げて神と化す気持ちが心に芽生えつつあると。

だが、待ってくれと鮎名は言いたかった。

「もう死にたい、消えてしまいたいと思う瞬間は誰にでもある。わたしも大君も、綾芽だってあっただろう。だからわかる。お前の神になりたいという衝動も、そういう一時の気の迷いに過ぎない。少々心が弱っているだけだ」

いいえ、と二藍はどこか寂《さび》しげにかぶりを振った。

「『神になってしまいたい』と『死にたい』は一切が違うのです。この衝動はもっと甘美で、易《やす》く心に忍び寄る。疲れたら、すこし目をつむりたいと思うでしょう。その程度のものなのです。それでいて心に至上の安寧をもたらす。夢を見られず、涙も容易に流せず、人と深く交われず。そう生まれついた神ゆらぎの心に、真の安寧を」

「笑わせるな」

鮎名は眉をつりあげた。そんな話にうなずくつもりなど毛頭ない。

「そのような馬鹿げた考えに酔うとは呆れた。思い違いも甚《はなは》だしい。神にならずとも安寧は得られる。お前に安寧を与える者はすでにいるはずだ」

みなそばにいる。二藍を想っている。綾芽も、大君や鮎名も、斎庭の皆々も。なぜ恐ろしい荒れ神と化す未来に、心惹《ひ》かれねばならない。

「それに、なによりお前には、神になど化してはならない強い理由があるだろうに。綾芽を待つのじゃなかったのか。あの健気な娘は、お前のために、人となれる手立てを携え戻ってくると誓っているのだぞ。どうしてそれをおとなしく待てぬのか、薄情な奴め」

憤懣《ふんまん》やるかたなく言い捨てた鮎名に、二藍はふっと肩の力を抜いて微笑んだ。

「あなたがそう仰るとは驚きました、妃宮」

「なにがだ！」

「まさか、あの娘がわたしのもとへ戻ってくると、信じていらっしゃるのですか？」

鮎名は言葉を失った。そのうちに、二藍は作り物のような笑みを顔に貼りつける。

「ご心配召されるな、今のわたしは人ですから、神と化す誘惑に負けて大切な者を傷つけたくはありません。最期《さいご》までそう思っていたいのです。人でありたい。ですからその、『天蓋』の祭礼には身を入れて臨みますよ。羅覇には充分気を配ります」

「だが」

「妃宮、もう賽《さい》は投げられたのです。わたしは大丈夫ですから、綾芽はゆかせてください。わたしが祭主を務めることも決してお伝えにならないように。あの娘にも大事な役目がある。惑わせてはかわいそうだ」

なおも言い返しかけた鮎名を制するように、二藍は手を叩いた。はっとする間もなく、女官の足音が近づいて、几帳《きちょう》の向こうから問いがかかる。

「お呼びですか二藍さま」

「妃宮の使者が帰るという。門まで送るように」

勝手に話を切り上げて、無理矢理に帰してしまおうというのか。怒りの瞳を向ける鮎名に、二藍はあくまで使者への口調で告げた。

「妃宮に伝えよ。『謹《つつし》んでお受けいたします。羅覇には充分警戒しますゆえ、なにもご心配なく。兜坂のためにつつがなく務めてみせましょう』と」

＊

「――常磐《ときわ》なる松の葉のごとく、どうか平らかに安らかに思し召《おぼ》せ。この御饌《みけ》を奉り、畏《おそ》れかしこみ申し奉ります」

長々しい祭文《さいもん》を諳《そら》んじて頭をさげ、綾芽は緊張しながら声がかかるのを待った。たっぷりと待たせてから、眼前の八重畳《やえだたみ》から声がする。

「悪くはありませんでしたわね」

実際の神招きの際は神が鎮座するはずの場には、二の妃である高子《たかこ》が腰をおろしていた。

「最初につっかえかけたのがいただけませんが、正月までには慣れるでしょう。御饌のところは、もっと神饌《しんせん》の中身に踏みこんだ方がよろしいでしょうね。お招きする神が決まったら、おのずと神饌の内容も決まりますから、そうしたら直しなさい」

高子は、綾芽の練習の成果を判じに来ている。最初は助言のために一度だけという話だったのが、ここのところ三日と空けずに来るから、綾芽は戦々恐々としていた。名家の生まれで、妃宮となるよう育てられてきた高子は、祭礼の子細《しさい》に誰より詳しく、細かく、自然と指導は非常に厳しい。

それでも今日は、ようやく及第をもらえたようだ。ほっとして、「ありがとうございます」と綾芽は肩の力を抜いた。それがいけなかったらしい。急に高子の眉間《みけん》に皺《しわ》が寄った。慌《あわ》てて背を伸ばしたがもう遅い。

「祭文はよいと言いましたが、それで終わりではないのです。あなたは祭礼装束《しょうぞく》を身につけたときの所作《しょさ》がまったくなっておりません。女嬬の身軽な格好とは違うのですよ」

「申し訳ありません」

「謝るのではなく、努力をいたしなさい。今のあなたは花将としては誰よりも劣っています。神を招くために日々研鑽《けんさん》を積み、努力を重ねてきた者たちが斎庭には幾人もおりますよ。その者らの頭を飛び越えてこのような大役を任されるのですから、誰より一心に取り組まなくてはいけないでしょうに」

それから一刻あまり、立ち姿から歩き方、神饌の折敷《おしき》をさしだす手つきに至るまで、高子はみっちりと指導した。綾芽も必死でついていく。高子の言はもっともだ。綾芽は恵まれて、目をかけられている。そのぶん誰にも恥じないように努力しなければならない。

それに高子が厳しく言うのは、愛情ゆえとも知っている。この祭礼が終われば斎庭を出ていく綾芽に、ここまでしっかりと作法を叩きこむ必要はない。それでも高子は、綾芽が末永く春宮妃として立てるようにあえて鍛えてくれている。

もともと二藍と距離を置き、春宮立坊にも大反対していた高子だから、綾芽を二藍から遠ざけて子を産ませる今回の案にも当然賛成しているかと思えば、おおいに不服らしい。高子は、綾芽を立派な花将に仕立てあげることで抗議しているのだ。そういう意味でも綾芽は、高子の期待になんとしても応《こた》えたかった。

とはいっても、着慣れない装束で堅苦しい動作を繰りかえすのは苦行に等しく、「本日はこのくらいにいたしましょう」と高子が言ったとき、綾芽はへとへとになっていた。

「さすがにもうすこし着慣れていると思ったのですけれど。春宮は、妃としての装束を贈られなかったの？」

呆れ顔で尋ねる高子に、佐智が言わんこっちゃないという顔で答えた。

「二藍さまの用意されていた装束には、いささかかたよりがございました。この綾《あや》の君は、どちらかというとふるまいに差し支えない装束を好まれますので」

　綾芽が、妃が着るようなかさばる衣をうまく扱えないと知っていたから、二藍は気軽に羽織れるものばかり用意していた。つまりは甘やかしていたのだと佐智は言っている。

　あら、となにか皮肉の一言もありそうな高子の視線を前に、綾芽は肩をすぼめるしかなかった。今さら知った二藍の心遣《こころづか》いが胸に痛いし、装束の重みで肩も痛い。

「まあよいわ。細かいところを直せばなんとか間に合うでしょうから」

　綾芽が着替えて戻ってくると、高子は須佐が用意した甘酒を口にして息をついていた。

「あなたの常日頃の指導がよかったのかしら、佐智」

　それでも褒《ほ》めるのは佐智だから、綾芽はもっと努力せよというのが本日の総括のようだ。

　佐智は、綾芽に円座を渡してくれながら笑った。

「ありがたきお言葉。ですが綾の君の所作は、入庭したころからそれなりに整っておりましたよ」

「そうなの？　意外ね。猿のような暮らしをしていたと聞いたけれど」

　あけすけな言い方に、配膳していた須佐はぎょっと高子を見やる。生まれつきの殿上人《てんじょうびと》はやっぱり違うわ、と言いたげだ。だが高子は別に、綾芽を悪く言っているわけではないのだ。故郷での綾芽は、弓矢を携え木に登ってばかりで本当に猿のようだった。

綾芽は苦笑して高子に答えた。

「共に斎庭《ゆにわ》に入ろうと約束していた友がいたのです。きちんとした郡領《ぐんりょう》の娘で、その友が所作を教えてくれました」

「那緒《なお》ね」

「……面識がおありですか？」

「ないけれど、その娘が斎庭を救ったのは当然知っています。今では神とも怨霊ともつかぬものになってしまったことも」

「……そうなのです」

綾芽はつい外に目をやった。そう、那緒は、綾芽や二藍に真実を伝えるために自ら命を絶ったのだ。そして生前のすべてを忘れるのが死者の幸せであるところ、孤独にひとり耐え抜き綾芽を待っていた。そのせいで、綾芽と再会して立派に役目を果たしたあとも、御《み》霊《たま》は地に残ってしまった。今では狼の姿をして、那緒の性格と声を持ち、記憶だけがない『尚大神《なおのおおかみ》』という名の神として、奩《くしげ》の岩山を彷徨《さまよ》っている。

「かつてわたしは、その尚大神にお目にかかったことがあります。二藍さまはそのとき、いつか斎庭に招くと約束されていました。本当に招いてさしあげられればよいのですが」

望みは薄いと知りつつ綾芽は言った。斎庭に一年間に招ける神の総数は決まっている。

必ず祭礼を行う必要のある農耕に関《かか》わる神や、今回の地脈の神のような危険が高まっている神を優先せねばならないから、尚を招くのは難しいだろう。

と、高子と佐智は思わせぶりに顔を見合わせた。

「わたくしが伝えてもよいの?」

「お願いいたします。そもそも今日はそのためにお越しになったのでしょう?」

なんの話だろう、と綾芽が首を傾げているうちに、高子はすっと姿勢を正して綾芽に正対した。

「それでは綾の君に、大君のお言葉をお伝えします。『招きはじめの儀にて、兜坂にあまねくおわす神々のうち、匳の邦《くに》に坐《いま》す尚大神をお招きし、丁重《ていちょう》におもてなしいたせ』」

尚大神。那緒。

綾芽はにわかには信じられなかった。

「……那緒を、わたしが招いてよろしいのですか?」

本当だろうか。初めての神招きに、友人の御霊を迎えられるのか。

佐智はにこにことうなずき、高子は「大君のお言葉に猜疑《さいぎ》を挟むものではありません」と眉をひそめている。じわじわと実感が湧きあがってきた。綾芽の手で那緒を招ける。二藍の妃としてもてなせる。

あれがもう綾芽が知る那緒でないとは知っている。でも、もしかしたらと思う。

——那緒の心を持つ神ならば、また友になれるかもしれない。

高揚している綾芽に、高子は釘を刺した。

「言っておきますが、これは難しい神招きですからね。尚大神は恨みは抱いていなくとも、その質《たち》は怨霊と大差ありません。しかもまだ一度も斎庭を訪れておりませんから、なにをもってもてなせるのかさえあやふやです。とても初めて神招きを行う娘が、それも招きはじめの儀で迎える神ではないのですよ」

それでも尚が選ばれたのは、それだけ生前の那緒が斎庭に貢献したからであり、綾芽がその親友だったからであり、なにより二藍が、ぜひにと強く推挙したからだと高子は言う。

「……二藍さまが」

「春宮のお気持ちを無にしないよう、心してかかりなさい。今年の斎庭の行方《ゆくえ》を占う祭礼でもありますから、失敗は許されませんよ。招きはじめの儀が終われば、いよいよ地脈の神招きもはじまるのですから」

「承知いたしております」

綾芽は気持ちを引き締め直した。そうだ、この祭礼は綾芽と那緒だけのものではない。一年のはじめの祭礼だ。

地脈の神を絞り込むために、鈴塚の記録がさっそく斎庭《ゆにわ》と外庭《とつにわ》の官人によって詳細に検討されたという。その結果、荒れる可能性が高い十二の地脈の神が選ばれて、年明け早々、万が一荒れれば大きな被害が生じるだろう神から順に斎庭へ招かれる。この地脈神の祭礼の成功を祈念《きねん》するためにも、幸先《さいさき》のよい招きはじめが求められる。

——だから、必ず成功させるのだ。

国や民のため、那緒のため、そして二藍のため。

それからというもの、綾芽の神を迎える準備にはいっそう熱が入った。斎庭で花将が行う神招きには、所作から装束の着こなしまですべてに細かな決まりがある。意志の疎通もできない神と相対《あいたい》し、すこしでもよい方向に働きかけられるよう、長い年月をかけて編み出されたものだ。何度も繰りかえし、ひとつひとつを身体に叩きこむ。

そうして型を学びつつ、綾芽は尚という一柱《ひとはしら》の神に捧げる祭礼の、細かな次第を詰めていった。

尚は初めて招かれる神だから、どんな祭礼が最適なのかはわからない。佐智とも相談して、とりあえずは基本に則《のっと》って進めると決めた。すなわち夕方に斎庭に招き入れ、夕膳《ゆうべのみけ》の儀で神饌を献じる。そののち妻館《つまだて》でお休みいただいて、翌朝暁膳《あかつきのみけ》をお出しし、最後にお見送りをするという、もっとも多くの神に奉じられる形の祭礼だ。

「こういう祭礼を組む場合は、神が神饌を気に入ってくださるかがとても大事だね」

佐智の助言に、綾芽は考えこんだ。「気に入る神饌か……」

尚大神は那緒の御霊であり、かつ白狼の姿をした神だ。神饌の選択は難しい。那緒が好きだったものか、それとも狼の獲物になるものか。

「まあ、どちらも用意しておくのが安心だ。細かいところは須佐と相談してみたら？　神饌に関しては結構頼りになるんだよ、あの子」

佐智の言葉に従って、今度は須佐と神饌の中身を話し合った。そうね、と須佐はくたびれた冊子《さっし》を懐《ふところ》からとりだして、ぱらぱらとめくる。冊子には、さまざまな神饌の詳細や、斎庭に収められている各種の食物の旬《しゅん》や量、調理法が須佐の字でびっしりと記されていた。

「狼が好むものといえば生肉かしら。猪か鹿ね。それもお頭《かしら》がいいわ。生きのいいのが入るように手配しておくわね。もし人の御霊が好むようなものがお気に召すなら、米や魚をたっぷり盛った怨霊用の御膳を基本にしましょうか。そこにいくつか特別な神饌を加えて……そういえばその那緒って子、どんな食べ物が好きだった？」

「そうだな」

綾芽は今にも雪の降りそうな空を見あげた。年の瀬も迫り、いよいよ冬は深まっている。

雪深い故郷、朱野《あけの》の邦《くに》を思い出す。綾芽の里は、海から吹きつける地吹雪《じふぶき》で前も見えない日がしょっちゅうだった。山に囲まれた那緒の里には、大雪が降りつもる。きっと今ごろは、白く閉ざされ静まりかえっているだろう。

「あの子は金桃《かねもも》の酒漬けが好きだったな。わたしの故郷の食べ物だよ。すっごくよい匂《にお》いがするんだ」

「ああ、あれね」と須佐はおかしそうに笑った。「あんたが蠅《はえ》の神を呼んだときに使ったやつね」

綾芽もつい笑みを浮かべた。須佐の言うとおり、綾芽はかつて金桃の酒漬けを使って神を招き、なんとか斎庭に入りこもうと画策したのだった。

あのときは必死だった。誰も味方はいなかった。死んだ那緒だけを追いかけて、那緒の無念を晴らすためにがむしゃらだったのだ。

「ほんと、あれは驚いたわ。この子大丈夫かしらって思っちゃった。まああのころはわたしも半人前だったから、お互い様だけどね。金桃ね、そうね……」

「今は冬だから手に入らないか」

よく考えたら金桃の旬は夏。今は用意できっこない。綾芽が肩を落としていると、手早く冊子をめくっていた須佐は、「あった！」と手を止めて目を輝かせた。

「金桃の酒漬けは用意できないけど、乾かした金桃なら倉にあるみたい。普通はそのまま膳に載せるけど、今回は手を加えてお出ししてみましょう。酒に漬けてみる？　意外と乳と煮たら美味《おい》しくなるんじゃないかしら？　それとも……」

楽しそうに次から次へと調理法を考える須佐に、綾芽は笑顔でうなずいた。

＊

雪は降りそうで降らないままに最後の月は過ぎてゆき、とうとう新しい年を迎えた。

大つごもりから元日にかけては行事が目白押しで、夜どおし斎庭《ゆにわ》の篝火《かがりび》が消えることはない。しかし日が昇ったころには、正月の儀式の舞台はおおむね外庭《とつにわ》へ移って、祭祀《さいし》の場にはのんびりとほぐれた空気が漂っていた。

通常の神招きがこぞってはじまるのは正月三日以降だ。それまで下位の花将や女官はゆっくりと過ごす。故郷に文をしたためたり、斎庭の外にいる家族と正月を祝ったり、賜《たまわ》った禄《ろく》の絹をさっそく仕立てにかかったり。賢木大路《さかきおおじ》を行きかう足も軽やかだ。

ただ南の壱師門《いちしもん》にほど近い招方殿《しょうほうでん》の前でだけは、様子が違った。みな浮かれた心を静め、頭を深くさげ、息をひそめて通っていく。

なぜなら今このとき招方殿の土張りの正殿には、定神《じょうしん》が降りたっているのだった。玉盤大島の西、山岳地帯の雄々《おお》しいなりをした、年若い男の姿の神である。

瞬《まばた》きもしないその面前には巻子《かんす》が積み重なっていて、定神はひとつひとつを繙《ひもと》き、眺めていく。巻子の中身は、昨年一年間に斎庭に招いた神の記録だ。どのような神をいつ招いたかが詳細に記されている。

だが定神は、神招きの内容には一切興味がない。知りたいのはただ、招いた神の総数だけだった。

定神は、理《ことわり》の神たる玉盤神の一柱である。

玉盤神は、斎庭で招きもてなす兕坂の神々とは一切が異なる性質を持っている。玉盤大島とその周囲、いわゆる廻海《めぐりのうみ》の国々を厳格な理で律する神の集まりで、今ここに降りている定神も、それぞれの国が自国に招ける神の総数を定め、守らせるためだけにいる。

玉盤神はみな、見た目は人そのものだ。それでいて人とはまったく違う。瞳に光は宿らず、唇からも喜怒哀楽は欠片《かけら》も窺《うかが》えない。路傍《ろぼう》の石の方がまだ表情に富んでいると思えるほどの無だ。だから、一目見れば誰もがこう悟る。玉盤神は一切の感情を知らない。理が、神の姿をとって現れたものに等しい。法を遂行するためだけに存在するものなのだ。

その意志なき顔はしかし、人々がすこしでも決められた理から外れればたちまち恐ろしい形相《ぎょうそう》に変わる。この定神も、もし定められた神の総数を一柱でも超えていたとなれば、この冷たい顔にすぐさま憤怒《ふんぬ》の相を表すだろう。

そしてただ一言、こう宣言する。

『滅国《めっこく》』と。

その神命が下された瞬間、国には避けられない滅びが訪れる。国中の神が荒れ、一夜にして都は灰燼《かいじん》と帰《き》し、野は枯れ、水は干上《ひあ》がり、民は死す。そんな目に遭《あ》ったらたまらないから、どの国も、玉盤神の来訪を恐れて忌まわしく思っている。

今この招方殿で定神を迎えている、妃宮たる鮎名もそうだった。

鮎名は定神の前に頭《こうべ》を垂れ、玉盤神を前にしたとき特有のひどい悪寒《おかん》に耐えながら、心の中で何度も自分を鼓舞した。

――問題ない、定められた三千は超えていない。理は決して破っていない。

兜坂国は滅国しない。玉盤神をうまく御し続けるのだ。今までも。これからも。

半刻《はんとき》ほどもかけて、ようやく定神は最後の巻子を山に戻した。音もなく立ちあがり――灯火の炎がかき消えるように、あっけなく消えた。

招方殿の張りつめた気がふっと緩《ゆる》む。

（……終わりか）

悪寒が嘘のように治まったのを確認してから、鮎名は大きく息を吐いて立ちあがった。

「定神はお帰りになった。これにて儀を終える」

今回も何事もなく玉盤神をいなせた。よかった。どっと押しよせた疲れを隠し、同じく緊張に晒《さら》されていた女官たちを振り返る。

「ようやくお前たちにも正月が来たな。心ばかりの饗宴《きょうえん》を用意している。ゆっくり休め」

労《ねぎら》いの言葉を賜った女たちの顔から、次第にこわばりが失せ、晴れやかな表情がのぼる。鮎名もわずかに微笑んだ。鮎名はこの瞬間の光景が好きだ。褒美《ほうび》をもらった心地になる。

みなが口々に挨拶して出ていってから、傍《かたわ》らに控えていた常子《つねこ》がすっと寄ってきて、鮎名の耳元でささやいた。

「お疲れさまでございました。あなたもすこしは休みなさい」

鮎名は苦く笑ってかぶりを振った。

「そんな暇はない。すぐに外庭《とつにわ》に行って、公卿《くぎょう》の相手をせねばならん」

「畏《おお》れ多くも大君は、遅れてもよいと仰せでしたよ」

と常子は笑って、鮎名の手に包みを乗せた。どうやら干した柿が包んであるらしい。これでも口にして一息つけと、大君が常子に預けたものだった。

同じく外庭で忙殺されているだろう大君の心遣《こころづか》いに、鮎名の頰も緩んだ。

「ではほんのすこしだけ、外庭に向かう牛車《ぎっしゃ》をゆっくりと歩ませてみるよ」

「そうなさい」

と微笑んだあと、常子はすぐさま優秀な女官の顔に戻った。

「招きはじめの儀は、予定どおりに進めて構いませんね」

「よい。綾芽に、尚を招く祭文をあげるよう伝えよ」

儀式の開始の命がかかるのを、綾芽は用意を調《ととの》えて待っている。

「承《うけたまわ》りました、が……」

「どうした?」

「綾芽が、二藍さまがどうなさっているかお尋ねしたいと申しておりました」

「……変わりないと伝えよ。実際変わりないのだ」

――今はな。

鮎名は心の中でつぶやいた。『天蓋』の儀の準備をすると言って、二藍は十日ほど前に垂水宮《たるみのみや》に移った。なんの気負いも見せず、飄々《ひょうひょう》と。

「『天蓋』なる儀は、いつ執り行われるのですか」

「二藍はすでに潔斎に入っているそうだ。明後日には八杷島の祭官・羅覇が垂水宮に赴《おもむ》き、式次第の指南をはじめると聞いた」

『天蓋』の祭礼では、祭主はなるべく人と会ってはならないという。都を離れた別宮で、二藍は羅覇とふたりきりで長い時間を過ごすことになる。

あの明らかに水と油の男女が、ただふたりで。

常子と鮎名は視線を交わした。言葉はなくとも、互いの不安が手にとるように伝わる。

鮎名は念を押した。

「とにかく綾芽には言うな。余計な心配をさせても仕方ない。招きはじめの儀はなんとしても成功させたいのだ。今年を占う祭礼でもあるし……ともすれば、あの娘が執り行う、最初で最後の祭礼かもしれないからな」

祭礼が終われば、綾芽は十櫛のもとにゆく。子をなすまでは帰ってこられない。今の綾芽は子を産んだら斎庭に戻る気のようだが、綾芽が二藍のもとに戻ってくるかは五分五分、いやそれよりも少ないと鮎名は思っていた。

「人の心は変わるものだ。良くも悪くも」

二藍は誰よりそれを悟っているのだと、このあいだ顔を合わせたときに知った。鮎名も覚えがないわけではない。楽人《がくじん》の家に生まれ、楽人として生き、楽人の妻となり、楽人を産むと思っていたのだ。ずっと。

「先の話ではありますが……綾芽が斎庭に戻らぬと言いだしたら、どういたしますか」

「物申が必要な際に動けるなら、あとは好きにすればよいよ。そう仕向けたのは哀れな義弟君《おとうとぎみ》自身だ。今は尚大神をつつがなく迎えられるか、そのことだけを考えよ」

承知いたしました、と常子は深く頭をさげた。

＊

「さて、いよいよですわね」

常子からの使いの報を聞いた高子が、長い衣の裾《すそ》を引いて振り返った。「よろしいかしら、綾の君」

南東の、山の向こうに垂れ込める重い雲を見つめていた綾芽は、静かに立ちあがった。宝髻《ほうけい》に、二藍が贈ってくれた笄子《かんざし》を挿《さ》している。重ねた衣は、那緒と綾芽の故郷を示す朱に祭礼の白、春宮の色の濃紫《こむらさき》、そして春を表す萌黄《もえぎ》と鮮やかだった。二重《ふたえ》に織りだした短衣を揺らし、笄子に合わせて銀の飾りをつけた裳《も》を引いて、前へ進み出る。

視線を廂《ひさし》の方にやれば、几帳《きちょう》の陰に女官姿で控えた佐智が笑みを見せていた。

「こちらは万全だよ。須佐も、いつでも神饌を出せる状態で待ってる」

「ありがとう」と答えて、綾芽は高子に顔を向けた。

「調っております、高子さま」

高子は黙ってうなずくと、佐智の控える廂へとさがっていった。

——よし。

綾芽は最後にひとつ息を吐く。この日のために万全の準備を整えた。憂《うれ》いはない。背を伸ばし、指先を重ね合わせて、母屋《もや》の階《きざはし》をゆっくりとくだって中庭におりた。

白砂《しろすな》の敷かれた中庭の中央には、祭壇がしつらえてある。斎庭に招いた神々を、花将の館に呼び寄せるための神籬《ひもろぎ》である。白木でできた八足の几《つくえ》には縄が巡らされ、折った五色《ごしき》の紙と松の葉で飾り立てられている。几の上には大ぶりな賢木《さかき》の枝が立てられて、その中ほどに、小さな円鏡《まるかがみ》がかかっていた。

円鏡にちらと映った着飾った自分の姿を見て、綾芽は息を吸った。神籬の正面に座し、丁寧に頭をさげて、那緒を招く祭文をあげはじめた。

「我が名は朱野《あけの》の綾芽、兜坂国の春宮有朋《ありとも》、字《あざな》は二藍なる者の妃でございます。こたびは畏れ多くも兜坂の大君と春宮に代わり、その命を以《もっ》て神をお招きいたします。招きたる神の名は匳《くしげ》の岩山におわす尚大神《なおのおおかみ》——」

唱えながら、頭の中で何度も次第を確認する。

尚は、まずは南の壱師門から斎庭に入ってくる。賢木大路を北上するうちに、招方殿で綾芽の前にあるものと似た神籬を見つけるはずだ。そこにはこの殿舎の名の書かれた招神《しょうしん》符《ふ》が捧げてある。その招神符に導かれ、尚は神籬に掲《かか》げられた鏡同士を繋《つな》ぐ見えない糸を伝って、この館に降りたつ。

——那緒、たどっておいで。

綾芽は祈った。すべてを忘れてしまっても、尚がかつて綾芽の親友だったのは確か。綾芽と那緒はまだ繋がっている。きっと途切れてはいない。どうか、ふたりのあいだに残っているはずの、か細い糸を見つけてほしい。

にわかに神籬の賢木の葉が音をたて、生ぬるい風がわっと吹きつけた。思わず手を顔にかざした綾芽は息を呑んだ。

神籬の前に、大きな白狼が胸を張っていた。堂々たる体躯を晒《さら》し、鋭く賢そうな瞳を綾芽にひたと向けている。普通の狼の二回りは大きな身体は、那緒の故郷の雪を思わせるような、真っ白な毛で覆《おお》われていた。その毛のひとつひとつが波立ち、ふいに凪《な》ぐ。

狼は、かつての那緒そのままの声で言った。

「——お呼びかしら、綾芽」

目をみはっていた綾芽は、はっと唾《つば》を飲みこんで、次第どおりに頭を垂れた。

「お待ち申しておりました、尚大神」

「あら」と尚は首を傾《かし》げる。「あなた、前に岩山で逢《あ》った綾芽よね？　あのときとは随分と違うこと」

「あなたさまを斎庭にお迎えするため、疎漏《そろう》ないよう飾っておりました。もしお気に召さないならば、着替えて参りましょう」

「見た目はなんでもいいわ。でもその口調は嫌。前みたいに話してくれないかしら」

思わぬ要求に、綾芽はつい顔をあげた。

「ですがわたくしは、あなたさまをお招き申す者。あまりに心安いふるまいは……」

「構わないわ。理由を聞かれても困るけど、そっちの方がいい気がするのよ。わたしとあなたのあいだでは、それが自然な気がするの」

「そう……そうか、わかった」

胸に湧いた喜びを抑えられず、綾芽は頰を紅潮させた。尚が綾芽と隔《へだ》てなく話したいと望むのは、その心が那緒のものだからに違いない。記憶がなくとも友情は変わらないのだ。

「これで、このような口調でいいか？　わたしもこっちの方がやりやすい」

「いいわね」

あっさりと答えると、尚は綾芽の横を通り過ぎ、拝殿へ足を向けた。綾芽は慌てて尚の方に振り返る。

「どちらへ……いや、どこへ？」

「招いたんだから、もてなしてくれるんでしょう？　わたし、欲しいものがあるのよね」

「神饌ならばなんでも用意してある。どのようなものがいい？　猪や鹿の頭から――」

「ちょっとやめてよ。本物の狼じゃないのよ。そんなもの欲しいわけないじゃない」

尚は拝殿へ向かっていく。白い尾が大きく揺れる。綾芽に先導される気も、横を歩くつもりすらないらしい。綾芽は衣の裾を持ちあげ、急いで追いかけた。

「それじゃあ人の御膳を出そう。実は干した金桃をいろいろ調理して用意してあるんだ」

「金桃？」

「そうだ。もしかしたら――」綾芽は期待を込めて言った。「好きかと思って」

尚は立ちどまり、すこし考えるそぶりをした。

「よく知らないけど、なんだか美味《おい》しそうね、それをもらおうかしら」

綾芽は目を輝かせた。わかった、と声を弾《はず》ませて、神饌を用意しかけたときだった。

ねえ、と狼神が振り返った。

「そんなものよりさきに、欲しいものがあるのだけど」

なんだ――と尋ねようとして、綾芽は息をとめた。瞬《また》く間に笑みを失った。

こちらを見やった狼に、那緒の面影は欠片《かけら》もなかった。

瞳は欲望で濁っている。口を大きくひらき、尖《とが》った歯が剝《む》きだしだ。下顎《したあご》からは、涎《よだれ》がぽたぽたと滴《したた》り落ちている。

それは今にも綾芽に牙を突きたてそうな、おぞましい神の表情だった。

綾芽は目を見開きふらふらと後ずさった。自分の見ているものが信じられない。これはなんだ、誰だ。那緒じゃない。那緒であるわけがない。

それでもどうにか、高子に叩きこまれた祭礼の鉄則を頭の中から探しだした。神がなにかを求めたのなら、それこそがその神を鎮《しず》めるために必要なもの。なんとしてでも捧げる努力をせねばならない。

「……なにが欲しいんだ」

乾いた声で問いかけた。この恐ろしい狼が欲しがるものとは、いったいなんだ。

「血よ」

と尚大神はゆっくりと瞬《まばた》いた。

「血が欲しいの。人が死ぬ間際《まぎわ》の生き血が見たいわ」

一瞬心の底から逃げだしたくなって、叫びたくなって、しかし綾芽は死にものぐるいでその衝動を抑えこんだ。逃げるものか。わたしは春宮妃だ。神を招き、もてなす妻妾《さいしょう》のひとりだ。祭礼をこなせ。

「……なぜそんなものが欲しい。あなたはなんの神なんだ」

「たぶん人が死ぬほどの血に関わる神じゃないかしら。とにかく血が見たいんだもの。見せてくれないならそれでもいいけど……代わりに誰彼構わず嚙み殺すわね」

笑いながら、じり、と那緒は距離を詰めてくる。涎が垂れる。鋭い歯を見せつけるように、かぶりつこうとするように、ときおり大きく口がひらかれる。

今にも背を向けようとする自分を叱咤《しった》して、綾芽は必死に考えた。尚はおそらく死の神か、血の神だ。しょせんは怨霊の一種だから、悪いものと結びついて、血を求めずにはいられなくなってしまった。だからここで血を見せてやらねば確実に荒れる。荒れ神となって、誰かに死をもたらしはじめる。

だめだ。人を襲わせてはならない。みなを救うため、自分だけを犠牲にしたのが那緒だった。そんな那緒の御霊に、人殺しなんて絶対にさせられない。

――逃げてはいけない。わたしがなんとかしなければ。

両足を踏んばって、懐に隠したものに手を伸ばす。二藍が贈ってくれた短刀だ。思いきって抜き放てば、刃《やいば》はぎらりと光る。その刃を自らの左手に当てて一息に滑らすと、しとどに血に濡れた手を尚へ掲げた。

「この血を捧げる。ゆえにどうか鎮まられよ、尚大神」

尚は鋭く目を細める。

「こんなものじゃあ足りないわ。もっと人の血が見たいのよ。死ぬ間際の人が流す血を見たいの。人の死っていうのを感じたいの」

それでも苦悶《くもん》の表情を浮かべる綾芽を見やるうちに、獣の口は歪《ゆが》み、那緒の笑い声をころころとたてた。

「……でもまあ、今日はあなたに免じて、これで収めてあげるわ」


翌朝、斎庭には雪がうっすらと積もっていた。日が昇るにつれあっという間に解けていったが、雪雲はまだ奩の山にかかっている。数日中にまた盛大に降るのだろう。

招きはじめの儀を終えた拝殿は、静まりかえっていた。

ただ高子の声だけが、沈んだ母屋に響いている。

「――あなたはよくやりました」

「あなたが自分の腕を切り、血を見せたからこそ、尚は一応は満足したのですよ。あのあと誰ひとり喰い殺すこともなく、神饌を食べて、よく寝て、帰っていったのですよ。立派な祭礼でした。あなたは勇敢で、なすべき責めを果たしたのです。祭礼を投げださず、きちんと最後まで執り行った。だからなにも嘆《なげ》く必要はありません」

打ちひしがれた綾芽の背を撫でながら、高子はずっと慰《なぐさ》めてくれている。応えたいと思うのに、綾芽は顔をあげられない。

高子の言うとおり、尚は一泊と暁夕《ぎょうゆう》の膳《みけ》ののちに帰っていった。見送るまでは我慢して、花将の務めに集中していた綾芽も、尚の姿が消えたとたんに糸が切れたように立ちあがれなくなった。左手の切り傷が痛むが、心の痛みはずっと激しく綾芽を苛《さいな》む。

尚は那緒ではない。その事実を一番残酷な形で突きつけられたのがやるせなくて、自分の読みの甘さに我慢ならなくて、ただただ悲しかった。もう親友はとっくにいなかったのに、なにも変わらないはずと信じていた。

いかに御霊が同じでも、神と人で、心がすこしも変わらないわけがないのだ。立場が違えば心は変わる。そばにいなければ、いつしかすれ違う。

目を背けていた。那緒だけは変わらないと信じたかったのだ。

「変わるとは、なにも悪いことばかりではないのですよ、綾の君」

高子は静かに綾芽を諭《さと》した。

「人である証左でもあるのです。神も同じ。常に揺らいでいるのが兜坂の神。変わらぬものなど、もう神でも人でもなく、理といってよい。人は玉盤神ではないのです。刻《とき》が経《た》てば経つほどに変わるものなのです」

「……仰るとおりです」

「尚だって、一度人の死ぬ血を見れば落ち着くでしょう。むしろそれで、あなたが好ましく思っていた、かつての友の心に近づくかもしれません」

そうだといい。もし人の血を求め続けて満たされないならば、あまりに那緒が哀れだ。

高子の激励に支えられ、綾芽はようやく身を起こした。そうだ、いつまでも嘆いてはいられない。尚が人を喰う気を起こす前に、きちんと鎮めねば。その算段をつけておかねば。

「尚はまた、斎庭を訪れるでしょうか」

「訪れるに違いありませんね。難題を授けて帰りましたから」

去り際《ぎわ》に尚大神は言った。今日は綾芽の血で満足したが、まだ足りない。ゆえにこれからひと月のうちに、人が死ぬ血を見せてくれれば鎮まろう。そう宣言して去っていった。

あまりにも認めがたい宣告だったが、高子は綾芽の手柄だと言ってくれた。ひと月あれば、きっと誰かは死ぬ。血を流して死ぬ。外庭か、斎庭か、都のどこかで。そのとき尚を呼び出せばよいのだ。

本当は誰も死なない方がいい。誰かの死を待つのなんてひどい話だ。しかしそれしかないのだから、綾芽は悔しさを閉じこめて、涙を拭いて、高子に頭をさげた。

「その日が来たら、どうかわたしの代わりに尚を鎮めてください、お願いします」

尚を招いたのは綾芽だ。最後まで責任を持ちたい。

だができない。もうゆかなくてはならない。正月の三日になれば、十櫛のもとへ向かう取り決めになっている。

「わたくしを誰とお思いです。当然しっかりと手配りしますから案じられませんように」

高子はいつもどおりの、雅《みやび》やかで、それでいて自信に満ちた口調で答えた。なにも心配しないでいいと綾芽に伝えるために、そうしてくれたのだった。

高子が自分の館に帰り、綾芽もひとり、佐智の居館に戻った。

泥のように眠って起きると、すでに正月三日の早朝だった。佐智はもう次の仕事の準備をしている。須佐も膳司《かしわでのつかさ》へ帰ったあとだ。

綾芽は湯浴《ゆあ》みをして、用意されていた装束をまとった。身軽な女嬬の装束とも、華美ではあるが裾捌《すそさば》きよくあつらえられている祭礼装束とも違う、着飾るためだけの衣装。

本当は、いつもどおりの女嬬の衣に身を包みたい。だがもう許されない。ほどなく迎えの牛車が壱師門にやってくる。綾芽を十櫛のいる屋敷へと運んでいく。

「もうすこし、落ち着いてから行くんじゃだめなのかね」

身の回りの品をまとめていると、佐智が気遣うような声をかけてきた。

「疲れただろうに。あたしのほうはいつまでだってここにいてくれていいんだよ」

「ありがとう。でも今日行くよ。そういう約束になってるし」

あまりぐずぐずしていると、行けなくなってしまう。今だって、なるべく考えないようにしているのだ。この先どうなるのか。自分の心が、どちらに向かっていくのか。高子は、変わるのが人だと言った。人であるならば、必ず心は変わっていく。久方ぶりの再会を果たしたとき、前と同じままである人はいない。ひとりだっていない。

綾芽は変わりたくなかった。変わってしまったら悲しむ人がいる。だから本当は、今すぐに逃げだしたくて仕方ない。なにもかもを放り出して、ずっとまっすぐ駆けてゆけば二藍に会えるだろうか。二藍も会いたかったと喜んで、誰にも渡したくないと抱きしめてくれるのか。

そうすれば報《むく》われるのに。

かぶりを振って衣櫃《ころもびつ》をひらいた。重なる衣の上に、懐からとりだした短刀をそっと置く。十櫛に侍《はべ》りにゆくのだから、武器はもう身につけられない。

綾芽が旅立つ準備を淡々と続けるのを見て、佐智は小さく息を吐いた。ほら、と包みを綾芽の胸に押しつける。

「須佐が置いていったよ。心を込めて作ったんだって、目を真っ赤にして言ってた。あっちに着いて、落ち着いたら食べな」

包みの中身はすぐわかった。乳を煮詰めた菓子、蘇《そ》。綾芽の好物だ。

「ありがとう。あの子、わたしがこれを好きだって覚えていてくれたんだな」

短刀を失った懐に、代わりに収めた。乳の甘い香りが胸元から漂って、涙が出そうになる。わたしはなにをしているのだろう。なんのためにここにいるのだろう。そんな気分になってくる。十櫛の屋敷に着けば覚悟も決まるだろうか。役目に気持ちが入るだろうか。

「佐智はこれからどんな仕事に行くんだ？　またお役目換えか？」

気を紛《まぎ》らわせたくて尋ねてみた。そうだよ、と佐智は笑う。笑ってくれる。

「いよいよ地脈の神を招くんだ。祭礼をお支え申しあげる大役さ。まずは今日妃宮が、荒れそうかもって言われてる神のうちで、一番荒れたら困るやつを招かれる」

「……もう、今日からはじまるのか」

「書司《ふみのつかさ》が言うに、そんなに猶予《ゆうよ》はないだろうって話だからな。早いところ勝負をかけて、終わりにしないと」

「そうだな」

綾芽がいなくなっても斎庭は変わらない。神招きは続く。斎庭の人々はすこしずつ、着々と前に進んでいく。そう悟って寂しくなった。せっかく神を招けるようになったのだから、地脈の神招きにも貢献できればよかった。

「鎮まるといいな。なにも起こらないうちに、災厄の芽を摘《つ》めればいい」

「本当だね」

「頑張ってくれ。必ず成《な》し遂《と》げてくれ」

佐智の手をとって、願いを込めて握りしめた。斎庭を離れる綾芽にはなにもできない。

けれど祈っている。成功しますように。必ず地震の原因となる地脈の神が見つけだされて、鎮まりますように。

佐智は頑張ると約束してくれた。

「お互い元気でいよう」と優しく肩を叩かれて、うん、と綾芽は目を細める。それから息を吸った。

「じゃあわたし、行くね」

最後に強く抱き合って、館をあとにした。

十櫛は、都の一角に構えられた、治部卿宮《じぶきょうのみや》の屋敷に居所《きょしょ》を与えられている。その屋敷に牛車が近づくにつれ、綾芽は押しつぶされるような息苦しさを覚えはじめた。

十櫛の子を産む。そこまでは命じられた役目だから最善を尽くそう。だが綾芽が真に欲しいのは、物中の力を継ぐかどうかも定かでない赤子ではなく、二藍を人にする秘策なのだ。十櫛の重い口をひらかせるには、十櫛に心を許さず、それでいて十櫛の方には綾芽に深く心を寄せてもらわねばならない。

となると、早々に深い仲になるのが手っ取り早いと思っていたし、どちらにしろ子をなさねばならないのだから、淡々と身を任せようと決めていた。

だがここにきたら、逃げだしたくてたまらない。

これで本当にいいのか。十櫛の心をしっかりと捕らえて、だが自分は十櫛に捕らえられないなんて器用な芸当ができるのか。十櫛だって孤独で、きっと安らぎを求めている。与えたふりをして騙《だま》すのか。心から慕《した》っていると見せかけて、微笑みの裏側で他の男を想うのか。想えるのか。そもそも上面《うわつら》の演技で十櫛を騙しきれるのか。子はどうする。道具として生まれてくる子に綾芽はなにをしてやれる。

（――だめだ。まずは、二藍を人にする手立てを聞き出すのが先だ）

綾芽は汗の滲《にじ》む両手を握ってはひらいた。

生まれてくる子のためにも、まずは二藍を人にする術《すべ》を手に入れる。二藍を救う。子をなす前に、そこまでどうにかやり遂げる。そして粛々《しゆくしゆく》と子をなして、その子の父として十櫛を愛して、しかしいずれは二藍のもとに帰る。

そうだ、そうしよう。十櫛だって、ただの女嬬である綾芽と生涯連れ添う気はないはずだ。そもそも女に不自由しているわけでもないだろうし、綾芽自体、先日の祭礼の際に助力してもらった礼として遣わされたに過ぎない。

（それに、十櫛さまは優しい男だ）

待ってほしいと言えば、綾芽の気持ちが落ち着くまで手を出さないでいてくれる。そうに違いない。

早鐘を打つ心臓が一向に落ち着かないまま、牛車は目的の場所へたどりついた。着慣れぬ衣と重い心を引きずって、十櫛の御殿《ごてん》へ続く渡殿《わたどの》を進む。うつむき加減だった顔をあげると、ふいに御殿のうちの光景が目に飛びこんできて、綾芽ははっと歩を止めた。

御簾が半ばまで巻きあげられた母屋に座るは十櫛。それから女。

こちらに背を向けている女の顔は見えない。しかし一目でわかる。珍しい形の冬衣の上に、青みがかった薄物を羽織った華奢《きやしや》な背中。

八杷島から派遣されている祭官、羅覇だった。

＊

「しかし、驚いたな。そなたは二藍の招きに応じる気か？　虎が待ち構えているかもしれぬぞ。そなたを頭から喰らおうと牙を剝いてな」

にこやかに尋ねる十櫛に、羅覇もにっこりと微笑みで応じた。

「むしろ好機でございましょう？　わたくしは虎退治のために海を渡ったのですから」

これから二藍の懐に飛びこむ形になる羅覇を、十櫛は止めるわけでなく、かといって必ず成し遂げろと激励するわけでもなく、いつもどおり、のらりくらりとしている。

――相変わらず読めないお人。

羅覇は心のうちで嘆いた。

いまだ羅覇には、十櫛が信頼に足るのか判じられない。羅覇自身は、八杷島を救うためにすべてをなげうっている。では十櫛はどうなのか。八杷島王家の血を引いているのだから、当然八杷島の味方なのか。それとも兜坂に魂を売ったのか。

いや、どちらでも構わない。『天蓋』の儀式は、人を遠ざけ行うものだ。人払いをした離宮《りきゅう》で二藍とふたり、面と向かえるこの好機を逃すわけにはいかない。

「わたしはあまり気が進まぬがなあ」なおものんびりと十櫛は言った。「二藍は、そなたの求める虎ではないかもしれぬよ」

「それでも構いません。どちらにせよ二藍は破滅させます」

八杷島を救うためにはなりふり構ってはいられないのだ。

そうか、と十櫛は腰に佩《は》いた珊瑚《さんご》をさらりと撫でた。

「ならば止めはすまいよ。まあ、神金丹は持ちこむな。あちらも警戒しているだろう」

「そういたします。はじめから、神金丹を用いてことをなすつもりはございませんし」

「ほう。なぜだ」

「つまらないですから。あの男の破滅の道はふたつにひとつ、己が用いた心術を御しきれずに神と化すか、絶望して神と化すか、どちらかです」

二藍に自ら引導を渡させる。己が振るった力が、自分自身と国を滅ぼすところを目《ま》の当たりにさせる。

なんと、と十櫛は大げさに感嘆してみせた。

「我らが祭官は容赦がないな。なるほど、そうしてすべての片をつける気か」

「ええ。もし望むようにことが進めば、躊躇《ちゆうちよ》は一切いたしません。即刻この国には滅んでもらいます。……殿下もそれでよろしいですね」

じっと顔色を窺っても、十櫛はにこやかに返すばかりだった。

「無論だ。そのときは、手はずどおりに落ち合おう。あの娘を連れていってもよいかな」

「娘とは」

「梓《あずさ》だよ。ちょうど今日から召す手はずになっている。そろそろ参じるころだろう」

ああ、と羅覇は思い出した。兜坂の宮廷から、十櫛は女を与えられるという。それは梓だったのか。羅覇も梓はよく知っている。かつて斎庭に、由羅《ゆら》という名で潜んでいたころ、同室で過ごしたこともあった。

「けれど意外です。二藍はあれほどこだわっていた娘を、あっさりと手放したのですか」

疫神《えきしん》騒ぎのおり、二藍は梓を助けるために必死になっていたから、すこしは情を抱いているものと思っていた。まさかこうもあっけなく譲り渡すとは。

「結局あの男にとっては、女孺など駒のひとつでしかないのですね」

そうであった方が、羅覇にとっては喜ばしいが。

つい頬を緩めると、十櫛は面白くなさそうに珊瑚を指先ではじいた。

「こら、梓を駒などと申すな。わたしはあの娘を気に入っているのだ」

「あら、まことですか。失礼を申しました。殿下のお心を捕らえるとは運のいい娘」

本当に運がいい。破滅に巻きこまれずにすむのだから。

「承知いたしました」と羅覇はうすら笑みを浮かべた。

「それほどお気に入りなのでしたら、梓も連れてくださって結構です。己の国が滅ぶさまを目の当たりにしたら、きっと泣き叫ぶでしょうが、構いません。心術を用いて心を操ってしまえばよいだけですものね」

十櫛は目を細めるばかりで、なにも答えなかった。「そろそろゆくがいい」と右手をわずかに持ちあげて、羅覇に退室を命じる。もう梓が来るのかと思いながら羅覇が廂に出れば、ちょうど渡殿の向こうでこちらを窺っている姿が小さく見えた。

これからなにが起こるかも知らない、運のいい、哀れな娘。

——またあとでね、梓。

眉を寄せ、睨むようにこちらを見つめる梓に、羅覇はとっておきの笑みを贈ってやった。

＊

勝ち誇った笑みを浮かべた羅覇が、綾芽の横を通り過ぎてゆく。綾芽は身動きできずに、背後に去っていく衣擦《きぬず》れの音を聞いていた。

羅覇は、この世のものとも思われないほどに美しい娘だ。大きく潤《うる》んだような瞳、白く透ける肌にほんのりと赤い唇、ほっそりとしたおとがい。

だが綾芽の目に映る羅覇はまったく違う。そばかすを散らした素朴でかわいらしい顔つきをしている。今誰もが見ている整った顔かたちとは、似ても似つかない。

羅覇は、伎人面《ぎじんめん》なる仮面を被《かぶ》って真実の顔を隠しているのだ。そして誰にも気づかれていないと信じている。実際、その美貌がただの仮面に見えるのは、神にもの申す力を持つ綾芽のみだ。綾芽にだけは伎人面の力は効かず、隠されている素顔がはっきりと窺える。

　その本物の顔に、羅覇は喜びと侮蔑《ぶべつ》を溢れさせていた。お前はなにも知らないまま、足《あ》搔《が》けもせずに終わるのだ。まるでそうやって綾芽を嘲《あざけ》っているようだった。

　ふいに心に不安がきざす。羅覇と十櫛はなにを話していたのだろう。十櫛は八杷島の王子だから、主筋に当たる男に正月の挨拶に来るのは自然だ。だがあの笑みが、どうしても心をざわめかせる。羅覇はなにか企んでいるのか？　このままゆかせてしまって構わないのか。

「梓、なにを立ちどまっているのだ？」

　はじかれたように振り向くと、十櫛が簀子縁《すのこえん》まで足を運んでいた。己の役目を思い出して、綾芽の胸は急に早鐘を打ちはじめた。

「十櫛さま、わたしは……」

「とりあえず母屋に入るといい。よく来てくれた」

　微笑んで、十櫛は綾芽の手をとった。穏やかだが有無を言わせぬ力があって、とても羅覇の話など切りだせそうにもない。半ば引っ張られるように、母屋へと促される。とっさに手を引っこめたくなった自分を、綾芽は必死になだめた。御殿にはやわらかな光がさしこんでいる。蔀戸《しとみど》はみなあがっている。大丈夫だ、落ち着け。

「しかし、思わぬことになったな。春宮殿下が、まさかお前を下賜《かし》くださるとは」

綾芽を母屋に座らせても、十櫛自身は腰をおろさなかった。にこやかに話をしながら、蔀戸を次々と自らの手でおろしにかかる。

母屋の中を人目にふれさせぬようにしていると悟って、綾芽は青ざめた。蔀戸が落ちる音がするたびに、逃げ場がなくなる。考えていたのと違う。十櫛はもっとゆっくりと、穏やかにことを進めると思っていた。

思わず両手をついて口走った。

「十櫛さま、こたびのことはあまりに急で、正直に申せば、ひどく戸惑っております。わたしはずっと、二藍さまに一生お仕えするつもりだったのです」

だから待ってくれ。性急にことを運ばないでくれ。

「それはかわいそうに。だが心配はいらぬよ。もはやお前はわたしのものなのだから、わたしを頼ればよいのだ」

十櫛は軽く答えた。明るい口調も、蔀戸を落とす手も、まったくよどみがない。綾芽の背は寒くなった。十櫛は優しくて、綾芽の気持ちを尊重してくれる男と思っていた。その読みは正しかったのか？

蔀戸が閉じきった母屋は、さながら檻《おり》の中だった。十櫛は綾芽の向かいに片膝立てて座ると、土器《かわらけ》の盃がふたつ並んだ折敷をふたりのあいだに置いた。

「これでも飲んで、落ち着くとよいよ」

さっぱりと言って、瓶子《へいし》を盃へ傾ける。盃は、みるみる澄んだ液体で満たされていく。

水だろうか。それとも酒か？　水のような見た目の酒が、八杷島にはあると聞く。

「そういえば、春宮殿下は酒を一滴も飲まぬと聞いた。まことか？」

「はい。お好きではないのです」

「好きではない？」軽く笑って、十櫛は瓶子を置く。「違うだろう。殿下は、酔って取り返しのつかないふるまいをしでかすのが怖いのだ。まったく、おかわいそうなことだ」

そうしてなみなみ注がれた盃を、綾芽にさしだした。飲めと言っている。

受けとらないわけにはいかず、綾芽はおずおずと両手を伸ばし、盃をとった。とったものの、軽々しく口には運べない。これはなんだ。なんのための盃だ。婚姻の儀礼か。それとも酔わせて正体をなくさせようとしているのか？

と、十櫛は笑って自分の盃を飲み干した。

「心配ない、水だ。前後の区別もつかぬ女を好きにしたところで、ひとつも楽しくない」

綾芽は気まずくなった。それを隠すように一気にあおって、すぐにむせかえった。

なにが水だ。強い酒ではないか。

「梓、そう鵜呑《うの》みにしてはならぬよ。口がまことを告げているとは限らないのだからな」

十櫛はひどくおかしそうに笑うと、涙を浮かべた綾芽の盃に酒を注ぎ足した。

あくまで朗《ほが》らかな十櫛が、綾芽は恐ろしくなった。十櫛とはこういう男だったか？　これが本性なのだろうか。それとも綾芽を試しているのかもしれない。なにを試すというのだ。覚悟か、思いか——。

「……さきほど、羅覇さまがお越しでした」

くらくらとする頭を、綾芽は懸命に働かせた。とにかくこの恐ろしい十櫛と羅覇が、さきほどなにを話していたのかが気になって仕方ない。悪い予感がするのだ。

「参っていたな。それがどうした？」

「羅覇さまは、なんのためにこちらへお越しだったのですか？」

酒のせいで、遠回しに尋ねようにも頭が回らない。正面から切りこむと、十櫛はさすがに苦笑した。

「我が国の祭官が悪事を企んでいないか気になるのだな。ひどく警戒されているなあ。まあ、もっともだ。あれは優秀だが、なんというか、余裕がないところがあるだろう？」

「正月の挨拶にいらっしゃったのですか」

綾芽は問いを繰りかえした。丸めこまれないようにしなければ。羅覇は兜坂の味方ではありえない。では十櫛はどうなのか。十櫛はどちらを向いているのか。兜坂か、それとも八杷島か。

「挨拶もあるが、これより羅覇は春宮殿下とおふたりだけで過ごすだろう？　それで心構えを説いたのだ。野暮《やぼ》を申すつもりはないが、ただ粗相はなきようにと話をしておいた」

「二藍……さまとお過ごしになる？」

予期せぬ返答に手が震え、盃から酒がこぼれた。

おや、と十櫛は笑みを浮かべる。

「知らなかったか？　羅覇は殿下に召されたのだよ。これより数日は、人払いした離宮にて、殿下のおそばで過ごすのだそうだ」

綾芽は盃を置いた。さっと自分の顔から血の気《け》が引いていくのがわかる。嘘だ。そんなわけがない。ありえない。

とっさに立ちあがろうとした。その腕を十櫛が摑んで引き留める。

「どうした。嫉妬《しっと》でもしたのか？　嫉妬しても仕方ないよ、梓。羅覇はあまりに美しいから、さすがの殿下もお心が騒ぐのだ。近くに侍らせて、親しい間柄になりたいと――」

「冗談を仰るな！」

綾芽は怒りとともに、思いきり十櫛の腕を振りはらった。見損《みそこ》なった。こんな馬鹿げた嘘に騙されると思ったのか。

「おや、なぜ冗談だと申すのだ。お前は殿下を慕っている。女嬬としての役目以上の想いを寄せている。だから羅覇に嫉妬したのだろう？」

「いいえ」と綾芽ははっきりと撥《は》ねつけた。違う。嫉妬なわけがあるか。

「かつて羅覇さまは、二藍さまに神金丹をさしだされましたね。一粒でも飲めばたちまち破滅してしまう劇薬を、いとも簡単に」

神気が籠《こ》もった神金丹の匂いは、人と神ゆらぎで感じ方が正反対だ。綾芽にはおぞましく、二藍にはかぐわしく感じられる。そう知って、二藍がどれほど苦しんだと思っているのか。己《おの》が身を破滅させるような劇薬に惹《ひ》かれてしまう性《さが》を、どれだけ厭《いと》うていると思っているのか。

「いかに美しくとも、そのような御方を二藍さまが好んで召すわけはありません。十櫛さまはただ、たちの悪いご冗談でわたしをからかって、反応を楽しんでおられるだけです」

怒りに震えて言い切った綾芽を、どこか称《たた》えるように十櫛は見つめた。

「……さすが、このくらいで揺らぐお前ではないか。そう、今のはただの冗談だ」

ゆったりとした所作で盃を折敷に戻し、にこりとする。

「まことのところは、殿下は離宮で祭礼を執り行うのだよ。人払いした上で行う異国の祭礼でな。羅覇は、殿下に次第をお教えするために向かったわけだ」

二藍が、左大臣の言い分を呑んでなんらかの祭礼を執り行う予定だったのを綾芽は思い出した。十櫛が言っているのはそれか。ということは――

顔色の変わった綾芽に、そう、と十櫛はうなずく。

「殿下が羅覇とおふたりで、数日のあいだ過ごされるのは真実だ」

「……だったら、わたしも行かなくては」

こうしてはいられない。さきほどの、羅覇の勝ちほこったような笑みが脳裏をよぎる。あれは何事か企んで、かつうまくいくと確信している顔だった。羅覇はきっと、二藍とふたりになったときを狙って恐ろしい手を講じるつもりだ。

とめねば。二藍を守らなければ。

しかし、十櫛は立ちあがらせてはくれなかった。

「どこへゆくのだ。お前はわたしのものだろう」

肩のあたりを軽く押される。たいして力をかけられたわけでもないのに、膝立ちになっていた綾芽の姿勢は崩れた。すかさず十櫛が身体を寄せて、綾芽は驚き顔をあげる。のしかかる男には、変わらぬ笑みが浮かんでいる。

ぞっとして、次の瞬間には這《は》うように身体をねじり、必死に逃れようとした。

「お放しください十櫛さま、わたしはゆかなくては」

けれど十櫛は逃さなかった。荒々しさは皆無なのに、蛇に呑まれる鼠《ねずみ》のように、綾芽はいつしか畳の上に腹這いにされていた。

「それほどゆきたいか。ならば、はじめからここになど来てはならなかったのだよ」

仰向けに裏返される。見開いた瞳の上に、十櫛の笑みがある。

「だがお前も殿下も選んでしまった。今さら後戻りはできぬのだから、粛々と役目を果たすべきではないか?」

「ですが」

「わたしを籠絡《ろうらく》して、腹のうちを探ろうとしているのだろう?」

はっきりと図星をつかれ、言葉が出ない。驚きと恐怖で身が竦《すく》む。肩を押さえこまれてびくともしない。

「わたしがなにも知らぬと思ったか? なにもかも、知らぬふりをしているだけなのだよ。殿下はお前に、わたしに愛されるよう命じたのだろう? わたしをたらしこんで、身動きをとれなくせよと」

構わぬよ、と十櫛は微笑んだ。

「望むところだ。さっそく虜《とりこ》にしてみるがいい」

ほら、と押さえる力が緩む。なのに綾芽は、黒髪を畳の上に散らしたまま、ぴくりとも動けなかった。

「なんだ、できぬのか？　それほどあの御方を愛しているか？」

容赦なく追いつめる問いを口にしているのに、十櫛の声は慰めるようだった。

「哀れな娘だ。あの御方が、自らお前を手放したのだよ。諦めたのだ。それが殿下の選択ならば、お前がいかに抗《あらが》おうと意味がない。なにもかもが無駄だ。お前だって、本当は怖いのだろう？」

動けない綾芽の頬を、十櫛は優しく撫でた。

「このままわたしと過ごしたら、変わってしまうかもしれない。殿下を裏切るかもしれない。それが怖い。変わってしまう己が怖い。だから今さら逃げようとするのだろう？」

すぐ上に海色の瞳がある。今にも綾芽を意のままにせんとしているのに、瞳だけはいつもどおりに凪いでいた。深い海が綾芽に問いかける。お前の心はどこにある。なにを選ぶ。

「変わってよいのだ。それでもよい。わたしを選んでも構わぬのだよ。わたしはお前を愛してやれる。心から慈《いつく》しんでやれる」

十櫛のやわらかな髪が首筋にかかる。ささやきが落ちる。

「わたしとて孤独なのだ。八杷島に生まれ、兜坂で育った。どちらにも疑われるのに、どちらも捨てられない。ずっと救ってほしかった。抜けだしたかった」

いつしか十櫛は懇願《こんがん》していた。

「お前だけだ。お前だけがわたしをこの獄から救い出してくれる。わたしを救ってくれ、こんな馬鹿げた芝居を終わらせてくれ。お願いだ」

綾芽の瞼《まぶた》のふちに、涙が盛りあがった。十櫛の言葉は嘘ではない。これは身を切るような、心の底からの訴えだ。この男もまた孤独なのだと、ずっと綾芽は知っていた。かつての自分と同じなのだ。救ってあげたい。救えるのならどれだけよいか。

けれど。

「……できません」

綾芽は、潤んだ瞳を強く歪めて十櫛を見つめた。

「わたしはあなたをお救いできません。あなたに心を捧げられません」

かつて十櫛は、すべては救えないのだと綾芽に説いた。なにもかもを救うわけにはいかない。選ばねばならないのだと。

ならば綾芽は、やはり十櫛を選べない。どれだけその孤独が深かろうと、手をとるわけにはいかない。この手をとるには、今握りしめている手を離さねばならない。どうしても、絶対にできないのだ。

辛くて辛くて逃げてしまいたくて、それでも綾芽は涙に濡れた瞳を決して逸らさなかった。それだけが、綾芽が十櫛にできるすべてだった。

ふいに十櫛は目を細めた。寂しさと満足が入り交じった不思議な表情だ。

「梓よ」

と静かに身を起こした。綾芽のことも助け起こす。

「誤解しているようだが、わたしは殿下と同じように救ってほしいわけではないのだよ。だがわたしを救えるのはお前だけなのだ。殿下を救うお前が、わたしをも救う」

二藍を救えば、十櫛も救われる？

どういう意味なのだと眉を寄せる綾芽を見やり、十櫛はふと笑った。

「そうだな。これだけ揺さぶっても動じぬのならば、お前は真実やり遂げられるのかもしれぬ。もうはっきりと話してしまおう。わたしは――」

しかし十櫛はつと言いやめて、顔を外へと向けた。耳をそばだてるような仕草をする。

渡殿を急いで駆けてくる足音に、綾芽もすこし遅れて気づいた。

足音は御簾の前に至り、息を切らせたままに口早に言った。

「わたくしは斎庭より遣わされました、佐智と申す者でございます。十櫛王子、どうか突然の訪《おとな》いをご容赦いただきたく」

（佐智？）

さきほど別れたばかりの女官の名に、綾芽は驚いた。

「挨拶はいらぬよ。急いでいるのだろう。どうした？」

言いながら十櫛は立ちあがり、手近な遣戸《やりど》をひらいた。佐智はひれ伏していた顔をあげ、ちらと周囲に視線をやっている。そうして十櫛の背後に綾芽を見つけて、はっとした顔をした。しかしすぐに頰を引き締め、十櫛に訴えた。

「失礼を承知で、十櫛王子に伏してお願い申しあげます。斎庭で常ならぬ事態が持ちあがり、そちらの梓がどうしても入り用です。どうかいっときお返しいただけませんか」

「常ならぬ事態とは？　神が大暴れでもしているのか」

「そのようなものです。お招きした地脈の神が、とてつもなく悪《あ》しき状態で斎庭を訪れました。幸いまだ荒れ神と化してはいませんが、大がかりな祭礼を執り行わねばなりません。そちらの女嬬の手が必要なのです。どうか梓を連れ帰るお許しを。いえ、お許しいただけずとも、連れ帰らせていただきます」

佐智からは、十櫛がなんと言おうと綾芽を引っ張ってゆくという覚悟が溢れている。

十櫛は顎を撫でると、拍子抜けするほどあっさりと許しを与えた。

「なるほどな。ならば構わぬよ。梓は殿下の女嬬だった上、疫神に対峙《たいじ》して生きて帰る強運の持ち主でもある。手が必要とされるのも然《しか》り。ゆくがよい」

だが、と綾芽を見やった。はっとするほど鋭い視線だった。

「梓よ、必ず戻ってこい。必ずだ、よいな」

綾芽は戸惑いつつもうなずいた。このひとは、結局わたしをどうするつもりなのか。

けれど問い返す間はない。佐智は礼もそこそこに綾芽の手を引っ張り、衣の裾を大きく捌いて駆けだした。綾芽も転びそうになりながら走る。

「それで」母屋からいくらか離れるやいなや佐智はあけすけに尋ねてきた。

「あんたはもう、十櫛さまと寝たの？」

「寝てない！」

綾芽が強く言い返すと、佐智はすこし笑った。

「そりゃよかった。目が真っ赤だから、ひどい目に遭《あ》ったのかと思ったよ」

いつもどおりのさっぱりした言い方に、綾芽を案じる心が滲んでいる。綾芽は急いで袖で顔を拭《ぬぐ》った。心配させてはならない。

「大丈夫。泣くような目には遭ったけど、ひどい目には遭っていない」

「なんだそりゃ」

「とにかくなにもなかったんだ。まだ、今のところは」

十櫛が性急にことを運ぼうとするので頭が真っ白になってしまったが。

落ち着いて考えれば、十櫛に本気で組み敷くつもりがあったのかは疑問だった。なにかを伝えようとしていたのか？　十櫛が求める救いとはいったいなんだ。

「よくわからんが、寝てないなら都合がいい。あんたにはこれから花将として、春宮の妃として、神の相手をしてもらわなきゃならないんだよ」

「神の相手？　わたしが？」

綾芽は驚いて尋ね返した。神の相手。しかも春宮妃としてだ。つまりは正式な祭礼の祭主を務めろと言われている。

「……なにがあったんだ。確か妃宮が、地脈の神を招かれたはずだろう？」

荒れそうな地脈神の候補のうち、実際荒れたら一番困る神をまず呼び寄せて様子を確認する。そういう話だった。鮎名がちょうど今ごろ、斎庭に招いているはずなのだが。

「ちゃんと招いたよ。それ自体に問題はない。でもとんでもない問題があるんだよ」

車寄せにたどりつくや、佐智は綾芽の両肩に手をかけて、重い装束を脱がしにかかった。意図を汲《く》んで、綾芽もするりと衣から袖を抜いて、長い袴《はかま》もたくし上げた。車寄せには鞍《くら》を置いた馬が二頭待っている。この馬で斎庭に駆け戻ろうというのだ。

「問題はないけど問題があるって、どういう意味なんだ」

「簡単に言うと、大当たりだったわけ。妃宮が招かれたのは、音無《おとなし》って神なんだけど」

斎庭に招き入れてすぐ、この音無神が『当たり』だと誰もが悟った。それほどに異様な姿で現れたのだ。

「あの姿じゃあ、今招いていなかったら、近いうちに間違いなく災異を引き起こしたな」

「つまりは最初の一手で、探してた神そのものを引き当てたってことか」

「うーん、まあね」

「なにが問題なんだ？　いつもどおりにもてなして、鎮めればいいだけだろう」

探していた地脈神を見つけられたなら、あとは祭礼で働きかければよいだけだ。神が荒れ神と化し、災厄を運ぶこと自体は避けられなくとも、すこしでも小さく収まるように、決定的な災いを先送りできるように。しかも今回の祭主は鮎名なのだから、間違いなく誰よりうまく鎮められる。なぜ綾芽に出番が回ってくる？　わざわざ呼び戻されている？

「もちろん妃宮は、鎮められるおつもりだよ。だけど糸が邪魔でな」

「糸？」

「とにかく行けばわかる。妃宮がお待ちだから急ごう」

佐智は鐙《あぶみ》に足を置き、勢いをつけて馬にまたがった。その仕草が二藍のそれによく似ていて、綾芽ははっとした。

「佐智、二藍さまが心配だ。二藍さまは羅覇とふたりきりになるんだろう？　羅覇になにか仕組まれているかもしれない」

「十櫛王子から、そんな陰謀があるって話を聞き出したのか？」

「そういうわけじゃないけど」

だが確信めいた不安がある。ふたりきりになったとき、羅覇は恐ろしい手に打って出る。絶対に二藍を傷つける。

「気持ちはわかるが、今あんたが考えるべきはそっちじゃないんだ、綾芽」

佐智は馬首を巡らし綾芽に向き直った。

「二藍さまは大丈夫だよ。重々気をつけるだろうし、垂水宮に詰めてる女官の半分以上は、弾正台《だんじょうだい》の女舎人《おんなとねり》や衛士《えじ》が化けてるって聞いた。それにあのひとはずるい男だろ。羅覇に好き勝手にされてなにもできない御方じゃない」

そして、さあ行こう、と口早に促した。急《せ》いているのが口調に表れている。今は話をしている場合じゃないと叱咤したいのを抑えているのだ。

綾芽は唇を噛みしめた。そうだ、二藍は『ずるい』男だ。羅覇がどんな手に出ようと迎えうつ。そのはずだ。

「わかった、行こう」

馬の首を叩き、鞍に手をかけた。

「わたしを選べぬ、か」

塀の向こうを女たちの馬が駆けていったころ、十櫛は柱に背を預けて、目を細めていた。

「選んでもよかったのだがな。そちらの道でも構わなかったのだ。わたしにならば、お前の苦しみなどなかったものにしてやれた。滅びた国や、死んだ人々を忘れられないと、お前がいくら嘆こうと――」

思い出したように言葉を切って、十櫛は並んだ盃に目を落とす。頬に苦笑が滲んだ。

「――と思ったが、そうだったな。お前だけは楽にしてやれないのだった」

まったく、ままならぬものだな。十櫛は笑って盃を拾い、酒を呷《あお》った。

「まあいい、わたしは待とう。わたしがなせるのは待つことのみだ」

盃を手に澱んだ空を見あげれば、今にも雪が降りそうだ。故郷の島には決して降らぬという、白く冷たい氷の欠片。

「……だが、『あやめ』よ」

やがて十櫛は、娘の真の名を呼んだ。

「羅覇はわたしとは違うぞ。あの娘は待てぬ。お前の守らんとするものを、今にも壊しにかかる。ともすればもう——」

お前は、間に合わぬかもしれぬよ。

つぶやきは、重苦しい空へと吸いこまれていった。

＊

垂水宮《たるみのみや》に向かう道すがら、物見の隙間《すきま》から白く雪を被った山を眺めながら、羅覇は故郷を思い出していた。

故郷の島に雪は降らない。寄せては返す青い波があるばかりだ。ただ、白く積もったものなら別にある。見渡す限りに続く、海辺の白砂。

——羅覇、知っている？　この砂はね、みな珊瑚の骨が砕けたものなのだよ。わたしたちは珊瑚の死体の上に暮らしているのだ。

そう寂しげにつぶやいた尊き御方の横顔が、ふと脳裏をよぎる。確かあのとき、羅覇は不思議がったのだ。なぜあの御方が、これほど寂しそうに口にしたのか理解できなかった。珊瑚の骨の上に生きるのは、選ばれし海の民たる八杷島の誇り。ひいては島を統《す》べる身となる、あなたさまの誇りなのでは？

そう問うても、かの人は静かに微笑むだけだった。思えばあれからすべてがすこしずつ、おかしくなっていったのだ。

清《さや》かな水音が耳へ届いて、羅覇は物思いから立ち戻った。見やれば大きな川がある。二藍のいる垂水宮は川の畔だというから、ほどなく到着するのだろう。真水の匂いがする。この国の者は慣れきって気がつかない匂いだろうが、真水に乏しい珊瑚の島で育った羅覇にはひどく濃く感じられる。

なんと豊かな土地か。山は緑に覆われ、土はよく水を蓄える。いくつもの川が滔々《とうとう》と流れて、稲はすくすくと育ち、金の穂が重く垂れている。

――滅びればいいのに。

そう思った。火山の灰が降りつもり、川は涸《か》れればいいのに。山は燃え、地は揺れ、嵐になすすべもなく斃《たお》れればいいのに。

二藍が、すべてのさだめを被《こうむ》ればいいのに。

そうしたら、絶望する人々を指差し笑ってやる。我らが国は、我らが王太子は免《まぬか》れた。お前たちには知恵も知識も足りなかった。これは当然の帰結なのだ。

（……そうでありましょう、鹿青《かせい》さま）

八杷島の王太子の名を、羅覇は心の中で呼んだ。

鹿青。深く海の色に揺らめく瞳を持つ、美しい女人。

羅覇は初めて目通りした瞬間から、この王太子を敬愛していた。このひとと、このひとが守る国を護るのだと、誰に強制されるわけでもなく誓っていた。鹿青の喜びを我が喜びとしてきた。鹿青が笑っていれば、羅覇はそれでよかったのだ。

なのにいつしか、鹿青の双眸《そうぼう》には諦めが潜むようになった。

驚き戸惑う羅覇に、父は沈んだ声で語った。よく聞け羅覇、殿下はただの神ゆらぎではない。神気のいと濃き神ゆらぎなのだよ。運悪く『このとき』に生まれ、さだめの俎上《そじょう》にあげられてしまったお人だ。なればこそ、そのお心に諦念《ていねん》と、なにもかもを捨て去ることへの憧《あこが》れが生まれるのは、我々の力をもってしても避けられない。

――あの御方は長生きすまい。いつかは己の心に喰われてしまうだろう。

受けいれられなかった。なぜ鹿青だけが、そのような悲しい未来に向かわねばならないのか。だから必死に支えた。この廻海《めぐりのうみ》でもっとも知識が深いのは羅覇の一族だ。だから大丈夫。あなたにさだめは降りかからない。他の誰かが担《にな》うはず。そう何度も慰めた。

それでも、鹿青の優しき心は救われなかった。

――わたしがさだめから逃れれば、どこかの誰かが代わりに引き受ける。かわいそうに。そうやって、鹿青と同じさだめを背負って生まれてきただろう、廻海に生きる十余名の神気のいと濃き神ゆらぎたちを思って、かえって涙するのだった。

八杷島は、そんな鹿青の優しさと心の虚《うろ》にまんまとつけ込まれたのだ。

——滅びればよいのだよ。

あの日聞いた信じがたい鹿青の声が、脳裏にこびりついて離れない。

——我らが滅びればよいのだ。それで一切は終わる。新たな国が我らの屍の上に生まれ、栄えるだろう。我らが珊瑚の骨の上で繁栄を極めたように。

耳を疑った。そんな言葉が鹿青の口から出るなんて信じたくなかった。

だが——二度も兜坂に潜んだ今なら、すこしは理解できる。

（そうだ、滅びてしまえばいい）

なにもかも滅びてしまえ。八杷島ではなく、この兜坂国が。

牛車が止まる気配がする。再び羅覇は外を眺めた。鄙《ひな》びた川縁《かわべり》に立つ、古い宮殿が羅覇を待っていた。武人は見当たらないし、女官の姿すらほとんどない。二藍は、本当に『天蓋』の儀を執り行うつもりらしい。あんな祭礼、なんの効果もないというのに。

それでいい、望むところだ。羅覇にとっては願ってもない好機。斎庭から離れたこの離宮には、二藍を助ける者も、武具もないだろう。

だからこの場ですべてを終わらせる。己の口が紡《つむ》ぐ言葉と、この類《たぐ》い希《まれ》なき美貌があれば、終わらせられる。

羅覇は両手で自分の頰に触れた。美しい目鼻立ちをいっそう引き立てるように艶然《えんぜん》と微笑んで、牛車から降りたった。

＊

二藍は垂水宮のうちに端座し、目を閉じていた。

心を白く塗りつぶそうとして、そうするほどに思い出す。自ら手放した女の笑みを。戻ってくると告げた、熱を帯びた声を。

そうして自分が、諦めきれていないと気づくのだ。

あの娘に突きつけられたとおりだった。娘が幸せでいてくれさえすればいいだなんて、欺瞞《ぎまん》も甚《はなは》だしい。心の底には今このときも、激情が渦を巻いている。今にも十櫛の屋敷に押し入って、攫《さら》ってゆけと叫んでいる。

(――まるでこの室《へや》のようではないか)

ひとつ息をつき、目をひらいた。一面の白が目に飛びこんでくる。垂水宮の室内を埋め尽くす、帷《とばり》の白だ。

この御殿は百年以上前、まだ兜坂が玉盤神の脅威《きょうい》と無縁だったころに建てられたそうで、四方は壁、下は土間床、頭上高くに小さな窓があるばかりと、古い形をしている。壁も扉も古式に則《のっと》り朱で塗られていて、本来はどこを見ても激しい色彩が目に飛びこんでくるような場所だ。ただ今だけは、『天蓋』なる儀式のために垂らされた帷で真っ白だった。

同じく二藍も浄衣《じょうえ》の白を身にまとい、御帳台に端座して潔斎にいそしんでいる。だが、そうして自分の心を覗けば覗くほどに気づく。覆い隠したところで、本質はなにも変わりはしない。帷をひとたびめくれば朱が燃えている。身を焼いている。

もう娘は十櫛のもとに向かったのだろうか。十櫛はあの娘を慈しんで、あの娘も十櫛に心を寄せるのだろうか。わたしを忘れてしまうのか。

今すぐに奪い返しにゆきたい、それでいて、すべてを投げだしてしまいたい。

どちらに傾いてもならないと、二藍は己に言い聞かせた。

「二藍さま、羅覇さまが参上されております。お目通り願いたいとのことです」

浄衣をまとった女官がやってきて告げた。二藍はもう一度帷をぐるりと見渡してから、通すように命じた。

扉の前に現れた羅覇は、淡い色の衣を引き、ゆったりとした仕草で二藍に片膝を折った。やはり美しかった。完璧に過ぎる、一切隙のない美しさ。

「よくぞ来てくれた。中へ入られよ」

二藍は穏やかに言って、羅覇とその供である八杷島の者数名を、帷のうちへと促した。

「年が明けて早々に教えを乞うこととなり、そなたには迷惑やもしれぬが、わたしにも事情があってな。正月と言っていられぬ。この祭礼をこなさなければ首が危ういのだ」

「ご事情は拝察いたしております」

顔をあげた羅覇はちらりと帷を見やって、笑みを浮かべた。

「わたくしはまったく構いませぬ。兜坂国のお役に立つため遣わされた我が身でございますから、いくらでも使ってくださいませ」

「それは心強いな」

二藍は小さく笑って、羅覇に背を向けた。帷の中央へ歩みだす。そこには一段高くなった御帳台と、ぽつりと置かれた倚子《いし》が向かい合っていた。羅覇が倚子に座り、二藍が御帳台に座し、儀式の次第を教える、そういう手はずになっている。

二藍はゆったりと御帳台の縁に腰掛けた。

「そなたの進言どおり、鉄のものは一切排した。衛士も門の外にしか置いていない。女官もわずかばかりだ」

「ようございます。ひとが多いほど、殿下の徳に乱れが生じるものですから。この儀には静かで、人気《ひとけ》のない場が必要なのです」

　羅覇の声はこころなしか弾んでいる。初めて二藍にも、その笑みが生き生きと輝いて見えた。思わずつられて微笑みを返してしまう。

　――嬉しかろう。わたしもだ。

　勢いづいた羅覇は、さらに踏みこんだ要求をした。

「できればこの御殿に控えております女官らも、さがらせていただけませんか。とはいえわたくしは八杷島の者、さすがにわたくしとふたりのみでは――」

「構わぬ。美しい女とふたりきりなのはむしろ望むところだ。みなさがるように」

　二藍は女官と羅覇の供の者、すべてを御殿の外にさがらせた。朱色の重い扉が音をたててしめられたのを見届けて、扇をひらいて目を細める。

「さて、ではははじめるとする。祭官よ、そちらに座られよ」

「お心のままに」

　笑みをたたえた羅覇が、倚子へ腰を沈めたときだった。

　おもむろに二藍は扇をとじた。それを合図に白い帷の向こうから、武装した女舎人がひとり飛びだした。たちまち羅覇の整った瞳に驚きが走ったが、もう遅い。羅覇は瞬く間に引き倒され、後ろ手に縛り上げられ、土間床で頬を汚した。

台から立ちあがった。

叫ぶ羅覇をよそに、二藍は女舎人――千古《ちこ》に、「よくやった」と冷静に声をかけ、御帳台から立ちあがった。


「……騙したのか」

「騙した？」

浄衣の袍《ほう》を脱ぎ捨てて、いつもどおりの濃紫《こむらさき》の袍に袖を通しながら、わなわなと声を震わす女に冷たい視線を落とす。

「よくもそんな呆れた物言いをするものだ。騙したのはそなたの方だろうに」

千古から太刀《たち》を受けとり腰に佩《は》く。それから杖刑《じょうけい》に使う細い杖《つえ》を手にとって、這いつくばった羅覇にゆっくりと歩み寄った。

「なにが『知恵を授けるために遣わされた祭官』か。お前はわたしを荒れ神に仕立てあげようと駆けずり回っていたに過ぎぬ」

羅覇が息を呑んだ。目的を悟られていたとは思っていなかったのか。二藍は視線を逸らさずしゃがみこんで、羅覇の艶《つや》やかな髪をぞんざいに引っ張りあげた。

憎しみ合うふたつの瞳がかち合った。

「なあ羅覇よ。お前はなぜ、わたしを荒れ神にしようとする？　なにが目的だ。斎庭を滅ぼし、兜坂を弱らせたいのか？　八杷島に益などなかろうに」

のけぞる羅覇の表情が苦痛に歪む。しかし羅覇は、決して声をあげなかった。瞳の底には、今にも二藍を燃やし尽くさんとする怒りがたぎっている。

「話したくはないと。それでも構わぬぞ」

二藍は低く嗤《わら》って羅覇から手を放した。

「刻《とき》はたっぷりとある。なんせ『天蓋』の祭礼は秘儀で、しかも五日はかかるとされているからな。五日のあいだはお前がここでなにをされようと誰も気づかぬ」

羅覇ははっと目をみはり、それから喰ってかかった。

「最初からそのつもりだったのか？　卑怯者《ひきようもの》め！　天蓋の儀式をするつもりなどお前にはなかった。わたしをおびき寄せる餌《えさ》だったか！」

「そのとおりだ。もとよりこんな祭礼に興味はない。執り行うつもりもさらさらなかった。人払いしなければならないのも、祭官とふたりで祭事を進めねばならないのも、お前を痛めつけて吐かせるのに都合がよかった。ただそれだけだ」

儀式を執り行うことを受けいれたのは、ひとえに異国の客人である羅覇に、尋問《じんもん》を施《ほどこ》したいがため。それゆえに利用したのだ。左大臣も、斎庭の悲願である地脈の神招きさえも。

「己の読みの甘さを嘆くがいい。絶望するがいい。お前の心が折れるのを待っている。それでこそ真実を知れる」

杖を見せつけながら、喜ぶがよい、と二藍は目を細めた。

「わたしもお前がすっきりと、洗いざらいを吐けるよう心を砕こう」

「そんな回りくどい手を使わずとも心術を使え！　心を操れば終わりだろうに」

その手には乗らない。伎人面をつけたままの羅覇に心術は通用しない。今の羅覇に心術をかけて口を割らせようとしたら、二藍の方が耐えられずに荒れ神と化すだけだ。それでは羅覇の思惑どおり。

「そう焦《あせ》るな羅覇よ、じっくりと追いつめてやろう」

冷ややかに言い捨てて立ちあがり、二藍は千古に指示を出した。

「扉の外で控えているように。すべてはわたしがなす」

「承知いたしました」と千古は頭をさげてから問う。「帷はどういたします」

「すべて引き落とせ。この白が不愉快だ」

帷が落ち、朱が露《あらわ》になっていく。

本来の姿を取り戻した室《へや》の中央で、二藍は決意を燃えあがらせた。

必ず真実を明かす。己の命を賭《と》して、災厄へ繋がる糸を断ち切ってみせる。

今ほど神ゆらぎである自分を喜んだときはない。この忌まわしい力は、ひとの心を操る心術は、今このときのためにあったのだ。
わたしはこのために生まれ、生きてきたのだ。

第三章　春宮《はるのみや》とその妃、各々の戦いに身を投ず

二藍《ふたあい》のいる垂水宮《たるみのみや》に背を向け、綾芽《あやめ》は馬を走らせた。十櫛《とくし》のもとからわざわざ綾芽を呼び戻してまで行わねばならない祭礼とはなんなのか。そんな疑問が湧きあがっていたが、壱師門《いちしもん》をくぐり斎庭《ゆにわ》に入るや尋ねるまでもなく目に飛びこんでくる。

「……なんなんだ、あれは」

壱師門から桃危宮《とうきぐう》へとまっすぐに伸びる賢木大路《さかきおおじ》。牛車《ぎっしゃ》がゆうに五つはゆきかえるその広い路《みち》の只中《ただなか》に、なにかがいる。白い湯気に包まれた、奇怪な塊《かたまり》がある。

はじめは、巨大な牛が三頭身を寄せ合っているのかと思った。中央の牛には、垂纓《すいえい》の冠を戴《いただ》いた官服《かんぷく》の貴族が乗っている。あれが鮎名《あゆな》が呼んだ地脈の神なのか？

しかし怯《おび》える馬をおりて、佐智《さち》と走ってこの代物《しろもの》に近づいてゆくうちに、綾芽の頰から血の気《け》が引いていった。

牛が三頭いるのではない。ひとつの胴から、別の生き物の頭が三つ生えている。

雄牛と猪、それから綾芽の胴体ほどもある巨大な百足《むかで》の首。みな血走った瞳を、ぎょろぎょろと周囲に走らせている。

よく見ればこの異様な塊は、合わせて八本ある足のうち、地についた四足の半分が猪で、半分が牛だ。尾は二股に分かれ、どちらも蛇の首がついている。残りの部分——百足の尾や、獣の足の残り四足は、胴体のとんでもない位置から生えていた。まるでさまざまな獣を集め、切り離し、再び無理矢理繋《つな》いだようだ。

そしてそんな怪物の全身は、白いなにかでびっしりと覆《おお》われている。近寄ってわかった。これは細糸だ。三つの首にも、ごわつく毛皮と鱗《うろこ》の入り交じる胴にも、蹄《ひづめ》の先にまで、しゅうしゅうと湯気を放つ絹糸のごとき糸が幾千幾万とまとわりつき、がんじがらめに縛りあげている。

背にまたがっているように見えた官人もまた同じで、黒の官服をまとった半身は獣の背を破って生えており、そこに糸が絡《から》みつき、湯気とともに硫黄《いおう》の匂《にお》いを撒《ま》き散らしている。

化け物の姿が、糸からあがる熱気に揺らぐ。綾芽は口元を袖《そで》で覆ってそっと近づいた。と、背を向けていた官人の首が、ゆっくりと綾芽に向いた。

「おお、お前か?」血走った瞳が、綾芽を認めて爛々《らんらん》と輝く。「お前如《ごと》きがこの糸を断ち切れるのか?」

糸を断ち切る？

なんの話かと身構えたとき、怪物の陰から「当然」と、鮎名の揺るぎない声が響いた。

「その娘が必ずや断ち切り、鎮《しず》めてご覧にいれる。ご安心召されよ、桃夏殿《ももか》」

鮎名は異形《いぎょう》と対峙《たいじ》するように、立ちはだかるように、大路の中央に衣《ころも》を引きずり立っていた。綾芽がすぐさま駆け寄ると、「よく戻った」と、異形を睨《にら》んだままに言う。

「悪いが、どうしてもお前にいてもらわねばならぬ神招きが生じてな」

はい、と綾芽はうなずいた。目の前をゆっくりと進んでくる、湯気のたつ糸でがんじがらめの化け物。

「これが探していた、地震を起こしそうになっている地脈神なのですね」

「そうでもあり、そうではないのだ」

「……そうではない？」

「あの異形から生えた、百足の首が見えるだろう」

言われて綾芽は、ほうぼうから伸びる白糸に巻きつかれた三つの首のうち、百足のものに目をやった。大きな尖《とが》った顎《あご》を揺らしている。ときおり鎧《よろい》が軋《きし》むような音がたつ。

「わたしが今日招いたのはあの百足の神、一柱《ひとはしら》だけだった。ゆえに本来ならば、ここには百足のみが姿を現すはずだった」

だが、と鮎名は異形の神を睨んだ。「やってきたのは、この醜《みにく》い塊だ」

「……あの白い糸のせいですか」

目の前の神々には、すくなくとも牛、猪、百足に蛇、それから人が混ざっている。本来はそれぞれ別個の地脈神のはずが、あの幾万の白糸に搦《から》め捕《と》られ、無理矢理にひとつの塊と化されてしまっている。

「そのとおり。あれは厄災の糸といって、神々を搦め捕る忌《い》むべきものだ。ひどく厄介でな。あれに捕らえられた神々のうち、一柱でも荒れれば、囚《とら》われたすべての神が荒れる」

そんな、と綾芽は青ざめた。地脈の神は、一柱が荒れるだけでも恐ろしい災異となる。それが一斉に荒れればどうなるか。周りの地脈を巻きこんだ大地震になる。人が死ぬ。

「大地震《おおなゐ》はなんとしても避けねばならぬ。斎庭の働きで避けられるならば、必ずだ」

「避ける方策がおありなのでしょう」

「無論ある。だからこそお前を呼び寄せた」

「なんでもお任せください。必ずなしてみせます」

綾芽が勢い身を乗りだすと、鮎名は「それは心強い」とわずかに頬を緩《ゆる》めた。

「よいか、綾芽。真に荒れようとしている元凶の神は、この絡まり合った神――厄災神のうちのひとつだけだ。他は、元凶の神が伸ばした糸に搦め捕られ、巻き込まれているに過ぎぬ。だからこそ、まずは巻き込まれた神々に絡まる糸を断ち切らねばならぬ」

糸で繋がれているからこそ、ひとつの神が荒れればみな荒れる。ならば厄災の糸を切って、神々を切り離せばよい。

「切ってしまえば、あとはいつもの神招きと同じだ。それぞれの神を花将《かしょう》のもとに送りこみ、各々《おのおの》鎮めていくばかりだ。問題は、糸をどううまく切るか」

強い視線が飛んでくる。綾芽は深くうなずいた。

「わたしが糸を切ればよいのですね」

「そうだ」と鮎名は言って、神々の中に交じる官人ふうの男を睨んだ。

「お前に糸を任せるのは、あの官人――桃夏が交じっているからだ。あの男は怨霊でな、少々扱いが面倒だ。対峙するには、物申《ものもうし》であるお前が最適だろう」

そのために鮎名は、綾芽を呼び戻した。

「切ってしまえば、あとは我らが助ける。だからお前は、とにかく切り分けに集中すればよい。常子《つねこ》がそばで助言する手はずになっている」

「承知しました」

「なせるな」

「必ず」と綾芽がうなずくと、鮎名は控えていた佐智に声をかけた。

「佐智、十櫛王子の屋敷からあれは取り戻してきたな」

もちろんでございますと、佐智は鮎名になにかを手渡した。綾芽の短刀だ。それも二藍に贈られた、衣櫃《ころもびつ》にしまいこんだはずのものだった。

神は足を踏みならし、首を振るっている。鮎名はちらと目をやり、そして綾芽に向き直った。短刀を綾芽の胸に突きつけるようにして命じた。

「惨事を招くは、かの厄災の糸。すべてを、一糸《いっし》たりとも残さず断ち切れ」

「お任せください」

と綾芽は短刀を握りしめた。


慌《あわ》ただしく次第を打ち合わせるあいだにも、神はゆっくりと大路を北上する。

その眼前に立ちはだかり、鮎名が頭をさげた。

「これよりのちはこちらの春宮妃《はるのみやひ》、綾芽が祭儀を仕《つかまつ》ります」

言うや一、二歩後ずさる。入れ替わるように綾芽が前に出て、声を張りあげた。

「どうか地脈の神々よ、禁苑《きんえん》は一之滝《いちのたき》の、氷の帷《とばり》のさきにございます御殿《ごてん》、海石榴殿《つばきでん》に足をお運びくだされよ。そちらでわたくしが、皆々様をおもてなしいたします」

綾芽が示した御殿の名を聞くや、「海石榴殿！」と桃夏が笑い飛ばした。「あの椿《つばき》の囲いに我らを閉じこめる気か！」

牛神の首が身震いし、二股の尾となった双頭の蛇がうねる。綾芽は動じず答えた。

「閉じこめるのではございません。心を尽くしておもてなしいたしましょう」

大路にしつらえた神籬《ひもろぎ》に招神符《しょうしんふ》を供え、真っ赤な椿の花を周囲に散らしてゆく。今しがた鮎名に聞いたところによれば、禁苑には、厄災の糸を切るために特別に設《もう》けられた御殿がある。まずはその特別な御殿、海石榴殿へ神を導くのだ。

神籬の周りが椿で赤く染まったころには、厄災神の姿は消えていた。神籬にかかった鏡を伝い、北の地にある椿に囲まれた御殿へ移ったのだろう。

「すぐにわたくしも参りますゆえ、すこしばかりお待ちくだされよ」

神籬に向かって、綾芽は落ち着いて声をかけた。しかし「行ったようだ、綾芽」と鮎名の声がするや、跳ねるように立ちあがって重い装束《しょうぞく》を脱ぎ捨てた。代わりに毛皮の衣を羽織り、脛巾《はばき》を巻いて藁沓《わらぐつ》を履《は》く。海石榴殿は最北の拝殿だ。斎庭の北に広がる広大な禁苑の、北東の山を沢に沿っていくばくかのぼったところにある。冬支度をして、かつ身軽にならねばたどりつけない。

「禁苑の野までは馬でゆけるが、山裾《やますそ》からは沢を登ることになる。厄災神を待たせられるのは一刻ほどだ。遅れずゆけるか」

「充分です。かつてわたしは山を飛びまわっていたのですから」

鮎名は安堵《あんど》の表情を見せる。綾芽は佐智が牽《ひ》いてきた馬に飛び乗った。

「式の詳しい次第は道中で佐智から聞け。海石榴殿には、先に常子と女官が向かって準備をしている」

「承知いたしました」

馬上の人となった綾芽の手に、鮎名はいっとき手を重ねた。

「頼んだよ」

強くうなずき、綾芽は馬の腹を蹴った。

禁苑の枯れ野を駆ける。山際《やまぎわ》の、海石榴殿へ続く御川《おんかわ》の袂《たもと》では、神饌《しんせん》の猟を司《つかさど》る猟人《かりひと》が数人、綾芽を待っていた。綾芽はそこで佐智と別れ、山に入る準備を調《ととの》えた。

それから猟人に先導されて、沢と林の境をひたすら登る。細い道が整備されていたが、冬の沢沿いは凍えるように冷え込《こ》んだ。頭から被《かぶ》った藁《わら》帽子の下で、綾芽は白い息を吐きだした。それでも足だけは決して緩めない。

やがて沢に転がる岩がごつごつと大きくなって、先日の残雪が黒い岩肌を染める。少々林を迂回《うかい》して再び沢に出たとき、思わず目を丸くした。滝がある。綾芽の背丈三つぶんはある大きな滝だ。匳《くしげ》の山からくだるこの御川の、もっとも麓《ふもと》に近い滝で、一之滝というそうだ。それが今は凍りついている。青く透き通る巨大な氷の柱が、本来は滝があるだろう崖を覆っている。崖の上には、寒椿が紅色の花を咲き散らしている。

黒の岩肌に、澄んだ青。そして椿の赤。

「その氷瀑《ひょうばく》の裏が、海石榴殿の入り口です」

促《うなが》され、綾芽は猟人らと離れて凍った滝壺を渡った。確かに滝の裏は岩がえぐれていて、奥へ続く洞穴の入り口がある。入り口には藁を編んだ飾りと五色《ごしき》の布がさげられていて、ここが神招きの地であると教えていた。

綾芽は藁帽子を脱いで、その洞穴に入っていった。冷たく静まりかえった道をしばらくゆくと、突如岩穴は上に向かう階《きざはし》となった。綾芽は一段一段踏みしめのぼる。岩肌が乾いてきた。川から離れたのか。

どれだけのぼったのか、光が先に見える。小走りに駆けあがれば、外にたどりついた。はっと息を呑む。目の前はひらけている。深い森の奥が四角く切り拓《ひら》かれ、白砂《しろすな》が敷かれ、まるでそこだけ斎庭の中のようだ。

森と神域の境界は、並ぶ椿で分かたれていた。たかだかと伸びあがった古木を飾る葉の緑と花の赤が、枝が空を掃くばかりの森と、神の招かれる地をはっきりと区切っている。

白砂の先には白木の舞台のようなものがしつらえてある。正面に階があるのは舞台と同じだが、左右二方に、細い渡殿《わたどの》が八股に分かれて続いているのが異なっていた。分かれたすべての渡殿のゆきどまりには、扉のついた小さな御殿がある。

扉のうちには、賢木と鏡で飾られた、見慣れた神籬《ひもろぎ》が鎮座していた。

綾芽はその場所と造りをすばやく確認して、括《くく》っていた衣を解いた。神を招くにふさわしい姿に調えて胸を張る。舞台の上には、さきほどこちらへ招いた神がいる。白い厄災の糸でがんじがらめになった、異形の神が。

「お待たせをいたしました」と神に向かって声を張りあげた。熱い。さきほどよりも、厄災の糸が放つ湯気がひどくなっている。

「まったくだ」と桃夏が嘲笑《ちょうしょう》した。美しい顔の男だが、見開かれた目は赤く濁っている。「あと少々遅ければ、ここにいる女をみな燃やし、もだえるさまを愉《たの》しむところだった」

たがが外れたように笑って、綾芽の背後へ顎をしゃくった。見れば、綾芽が出てきた洞穴のすぐ横に、奥行きの浅い岩屋がある。そこから常子をはじめ、数人の女官がこちらを窺《うかが》っていた。

常子はすぐに綾芽に走り寄ってきて、冷静にささやいた。

「あの怨霊の戯《ざ》れ言《ごと》には耳をお貸しになりませんように。ともかくお待ち申しておりました。式の次第はおわかりですか」

「一応、道中で佐智に聞きました。断ち切る前に、まずは引き剝《は》がすのだと」

神々を繋ぐ厄災の糸を断ち切る。それが綾芽に課せられた使命だ。しかし今のままでは、がっちりと食いこんだ糸を切ることはできない。それでまずは、神々を一柱ずつ引き剝がし、糸を切る隙間《すきま》をつくるのだ。

常子はうなずいて、鞘《さや》に硬玉《こうぎょく》が嵌《は》めこまれた、立派な拵《こしら》えの太刀《たち》をさしだした。

「さっそく祭礼の準備をいたしましょう。これが厄災の糸を切るための宝剣――断ち切りの釼《けん》です」

この古《いにしえ》から伝わる宝剣でなければ、厄災の糸は切れないのだという。

受けとると、次々に女官が駆けてきて、綾芽に祭礼衣装を着せかけた。裳《も》をつけるところまでは常のとおり。そこに上から細い組帯をきつく締めて、断ち切りの釼を佩《は》く。

「まずは今わかっていることを教えてください」

女官が装束を調えるあいだ、綾芽は口早に常子に尋《たず》ねた。すこしでも時間が惜しい。

「ではあの厄災神にとりこまれている神についてお教えいたしましょう。妃宮《きさきみや》がお呼びになったのが、百足の神とはお聞きですね。あれは呉葉峠《くれはとうげ》の南におわす音無神《おとなしがみ》なる神です。猪神と牛神は、それぞれ音無神から見まして西と南におわす地脈の神となります」

常子と女官らは、混じり合って異形と化したこの神々が斎庭に現れたそのときから、垣《かい》間見《まみ》える神の特徴やおわす地の位置関係を調べあげ、すでに名を正確に把握していた。そして鮎名が斎庭で神を引きつけて綾芽を待つあいだ、急ぎ必要なものを携《たずさ》えこちらへ走り、祭礼の準備を進めていた。いつ荒れるともしれない神のすぐそばで、黙々と役目をこなしていたのだ。

「肝心の、他の神を糸で搦め捕っている元凶神は、どれなのですか？」

綾芽は懐に短刀を収めながら尋ねた。

「まだ姿を捉《とら》えられません。桃夏の腹の奥に隠れてしまっているのでしょう」

と常子は、いびつな厄災神の腹に見え隠れする、大蛇の鱗を見やった。

「あの大蛇の腹は、桃夏さまのものなのですか？」

あのうるさく笑う官人は、腰から上は人そのものの姿だが。

「桃夏は、腰から上は人、下は蛇なのですよ」と常子は声をひそめた。「起こす地震は小さなものばかりですが、荒れやすいので厄介です。お気をつけて」

装束の着つけが終わったのか、女官が離れていく。綾芽はうなずいた。

「必ずうまくあしらいます。もちろん他の神も、無事引き剝がします」

「頼もしいお言葉です。それでは、さっそくはじめましょうか」

まずは取り組みやすきところから、と常子は、朱色に塗られた折敷《おしき》を綾芽にさしだした。

「牛神に、朱を献じるのです」

「ありもせぬ策を話し合う議が、ようやく終わったようだな」

綾芽が折敷を手に階をのぼってゆくと、さっそく桃夏が挑発してきた。綾芽は怒りも笑みも見せず、ただ目だけを向ける。先日高子《たかこ》は『神にはまずは微笑みを向けるのが鉄則』と言っていたが、この男にはその鉄則が当てはまらない気がする。

思った通り、男は面白そうに目を細めた。

「ほう、跳ね返り娘か。面白い。泣かせ甲斐があるというものだ」

石帯《せきたい》に吊るした袋から筆をとりだして、もったいぶった仕草で揺らした。綾芽は取り合わなかった。今、この手にある折敷を捧《ささ》げねばならないのは桃夏ではなく牛神だ。

赤き目を光らせ涎《よだれ》を垂らす牛の首は、肉塊《にくかい》のごとき厄災神から突きだした三つの首の中で、もっとも上に生えている。綾芽の背丈よりもかなり高いところにあるから、まずは折敷に気づいてもらわねば。

厄災の糸が放つ湯気に巻かれない限界まで進み出て、両手で折敷を高く掲《かか》げた。

「奩《くしげ》の西、海坂原《うみさかはら》の牛神よ。ここにあなたさまへの神饌をお捧げいたします。どうか幾重《いくえ》、幾千重《いくちえ》の糸のごときしがらみを離れ、わたくしとともにお越しくだされよ」

朱色の折敷には、弁柄《べんがら》を塗った土器《かわらけ》が五つ。それぞれに小豆《あずき》が敷かれ、上には梔子《くちなし》、茅《かや》に橘《たちばな》の実、干した柿と金桃《かねもも》が盛られている。桃夏が、「あのような赤き神饌ばかり、なにがよいのか」と馬鹿にしたような声をあげる。

そう、神饌はすべてが赤や朱。牛神を激昂《げっこう》させ、引き寄せる色だ。

綾芽は牛神が気づくまで、ひたすら折敷を掲げてはおろした。祭文《さいもん》も繰りかえす。そうしてようやく、牛神の濁った目が折敷を捉えた。瞳に光が宿り、一気に場が張りつめる。

牛神の首が、ぐっと折敷へ伸びる。肉塊から抜けだそうとしているのか、なにかが裂ける音がする。させじと絡みつく厄災の糸が耳障《みみざわ》りに軋んだ。湯気が一気に広がっていく。

綾芽と糸、両者のお手並み拝見と、桃夏は筆を口元に寄せてせせら笑った。

「さて、我らを縛る糸はいかほどのものか？」

そのあいだにも牛神は唸《うな》り、首を振り、絡みつく糸の束から逃れて綾芽を追おうとする。しかし糸はなかなか切れず、牛神は塊から脱せない。これだけ引っ張られれば、絹糸ならばとっくにぷつりといっているだろう。だが厄災の糸は蜘蛛《くも》の巣の横糸のように伸びる。そして伸びるほどに引き戻す力も増す。牛神の動きが鈍《にぶ》っていく。瞳の光が失せていく。

（待て、諦《あきら》めるな）

綾芽は必死に声を張りあげた。

「牛神よ。どうかこの神饌を受けたまえ」

なにがなんでも引き剝がさねば。綾芽がなせるかどうかに国の命運がかかっている。

「無理だ小娘、この糸は剝がれぬ。諦めよ」

桃夏が嘲《あざけ》る。うるさい。綾芽は歯を食いしばり、襲う蒸気の熱に顔をしかめながら、折敷を牛神の目と鼻の先にさしだした。

「牛神よ、引き返すことは許さない。いいからわたしと一緒に来られよ」

牛神の首が左右に激しく振られる。ついにその首が大きく沈みこんで、ずいと前に出た。

わずかに、しかし確かに糸を引きちぎった。時を同じくして、牛の蹄《ひづめ》を持つ足がぴくりと動き、首と同じく足搔《あが》きはじめた。何度も宙をかき、最後に勢いよく数百の糸を引きちぎり、ぐるりと回って地を踏みしめる。牛神の身体が、一歩、厄災の神々から離れた。

綾芽は牛神から目を離さぬままに、一歩、また一歩と後ずさった。舞台の端に到り、左右に伸びた細い渡殿の右端に、背を向けたまま踏みいった。本来の姿を取りもどした猛牛は、怒りをたぎらせ綾芽を追っている。まだ厄災の糸はあちこちに繫がり、放すまじと伸びているものの、さきほどまでの勢いはない。

――いける。

綾芽は浅く息を吸い、ちらと背後を見やった。小さな御殿がある。両側に大きくひらいた扉の中には、神籬《ひもろぎ》が静かに控えている。牛神を見やったまま、急いで神籬の前へ折敷を置いた。扉に手をかけて、招き入れるように頭を低くした。

「牛神よ、この神籬にかかる鏡のさきへ向かわれよ。目も眩《くら》むような神饌が、あなたさまをお待ち申しあげている」

声をかけるや、牛神は綾芽をちらとも見ずに神籬に突き進んだ。その鼻先が神籬にかかる鏡に触れた瞬間、綾芽は思いきり腕を伸ばして、重い扉を閉じにかかった。

小さな扉の向こうへ、牛神の巨体が吸いこまれていく。身体に絡まったままの糸が急に熱した鉄のような色になり、暴れてうねる。牛神を取り戻そうと綾芽を襲う。だが綾芽はさせなかった。体重すべてを乗せて扉をしめると、腰から宝剣を引き抜いて、赤く熱した糸に振りおろした。

扉を吹き飛ばそうとする厄災の糸を、綾芽は肩を扉に押しつけ必死に断っていく。糸が放つ蒸気であたりは白くなる。熱い。熱くて目もあけていられない。それでも手は緩めずに、太刀を最後の一糸にまで振りおろす。

ぷつりと切れた音が、はっきりと耳に響いた。

嘘のように熱は引き、扉の向こうは静まった。切られた糸は白く変じて、そのまま蒸気に紛《まぎ》れて消えていく。

「おや、牛神はどこへ行ったのだ?」

背中に桃夏の問いがかかる。綾芽はあがった息を整え振り向いた。

「別の花将のもとへ、改めてお招きいたしました」

牛神に繋がる厄災の糸は断ち切られた。神は神籬の鏡を通じ、はるか斎庭《ゆにわ》の二の妃、高子の館へ移った。今からそちらで正式な祭礼が執《と》り行われて、無事鎮められるだろう。

(まずは一柱終わった……)

剣を鞘《さや》に収める綾芽に、常子が駆け寄ってきた。

「よくぞ成《な》し遂《と》げられました、ですが、憩《いこ》いはさしあげられません」

「わかっています。次はどうすればよいですか、教えてください」

綾芽はしゃんと背を伸ばす。厄災の神々に、強い目を向けた。

綾芽はその後も、猪神に季節外れの筍《たけのこ》を、青大将神に大君《おおきみ》手ずから育てた鶏卵《けいらん》を捧げ、立て続けに引き剝がした。神籬まで導いて、それぞれ斎庭で待ち構える花将のもとへと送り、厄災の糸を断ち切った。

「大変順調です。ようやく神の数が減り、全貌が把握できるようになりましたね」

常子が綾芽の耳元でささやいた。

いまや異形の厄災神は、当初の半分ほどの大きさになっている。おぞましく神々を縛っていた糸もかなり数が減って、どんな神々が囚《とら》われているのかが一目瞭然《いちもくりようぜん》になっていた。

残るは三柱だ。上半身は人、下半身は蛇の怨霊である桃夏と、大百足の音無神。

そしてその二柱の陰にひっそりと入りこんでいる、思わぬ生物。

桃の実ほどの大きさの貝だ。

「粥貝《かゆがい》なる名の二枚貝ですね」と常子は言った。「そしてあれがおそらく、他の神に糸を伸ばした元凶、つまりは地震を引き起こそうとしている地脈の神です」

「あの小さな神が？」

常子がさしだしてくれた竹筒の水で喉《のど》を潤《うるお》し、綾芽はちらと粥貝を見た。驚きだ。二枚の口をひらいては閉じるだけの、おとなしい神に見える。こんな神が、本当に地震を引き起こそうとしているのか？

「どうします。あの粥貝神が元凶ならば、そちらを先に鎮めてしまいますか」

「いえ、まずは他の神を引き剝がさねばなりません」

「桃夏さまと、百足の音無神をですね」

「ええ。どちらも難しい神ですが、一刻も早く引き剝がさねばならないのは音無神の方です。あれが荒れ神となり地震を招けば、都が大きく揺れます。甚大《じんだい》な被害がでるかもしれません」

綾芽は舞台の上に目をやった。桃夏の官服の下から生えた、木の幹ほどもある大蛇の胴に絡みつかれ、大百足の頭が揺れている。苦しいのか、尖った顎ががちがちと鳴った。

意外にも、この神は楽《がく》を好むのだと常子は言った。

「音無神は、山で迷った男がつま弾《び》いた琵琶《びわ》の音《ね》を楽しみ、その見返りに男に帰り道を示したという故事があるのです。それゆえ、斎庭でも必ず楽によって鎮めてきました。こたびも楽を用いて引き剝がし、妃宮のもとへと送ります。……琵琶をたしなまれますか？」

「いいえ」

綾芽は額《ひたい》の汗を拭《ぬぐ》った。冬のさなかなのに冷や汗がとまらない。琵琶なんて弾けるはずもない。故郷を出るまで、楽器なんて触ったこともなかったのだ。

それでも常子は、見事な細工の琵琶を綾芽の手に押しつけた。

「なんとか音無神の歓心を買ってください。とにかく楽に心を向けさせるのです。琵琶を持っているだけでも効き目があるかもしれません。音を鳴らすだけでも」

それでどうにかなるのかと綾芽はますますうろたえたが、怖《お》じ気《け》づいている場合ではなかった。

だがなんとか、それにすこしでも近いもので気を引かなければ。琵琶は鳴らせない。音無神の好む楽はとても捧げられない。

綾芽は舞台へ立ち戻り、まずは座って琵琶を構えてみた。

記憶の中にある、月夜に琵琶を抱《かか》えた男の真似をしてみる。撥《ばち》はゆったりと翻《ひるがえ》る。左手は優雅に動いているようで、指先にはぐっと力が入っていた。

――こうして二藍は、美しい音色を紡《つむ》いでいた。

思い出をなぞって、弦を押さえ、撥ではじく。二藍は、鮎名に琵琶を習ったと言っていた。楽器を抱える横顔は穏やかで、伏せた瞳は緩んでいた。綾芽はただただ夜風に吹かれ、ほどけてゆく音に耳を傾けた。楽のよしあしを判じる耳はなかったが、楽しむ二藍を見るのがたまらなく好きだった。

「下手《へた》くそめ」

哄笑《こうしよう》が耳をつんざいて、幻はことごとく消え去った。

「それで楽を奉じている気か？　耳障《みみざわ》りな音を出すでない。こんな、琵琶もろくに鳴らせぬ女が神招きとは、かたはらいたい」

桃夏は汚いものを見るような目をしている。厄災の糸が軋み、蒸気が立ちあがり、神々の姿を包む。大百足は顎をせわしなく動かして、苛立《いらだ》っているように見えた。

ほらみろ、と桃夏はくつくつと笑った。

「大百足の神は怒っているではないか。その汚《けが》らわしい雑音が我慢ならぬとみえる。どうせお前は鄙《ひな》の地の、楽を解さぬ粗野な生まれだろう。耳もなく、腕もない。とてもこの百足の心など動かせぬ」

綾芽は唇を噛みしめた。確かに桃夏の言うとおり、これは猿まねだ。粗野な生まれなのも事実、琵琶の雅など解さないと言われればそれまで。

だがそんなこと、桃夏に言われずともわかっている。それこそ斎庭に来てすぐに落ちこんだ。二藍の琵琶の音は美しいと思っていた。楽しむ姿を見るのも心地よい。だが奏《かな》でる曲の名も、その腕がいかほどのものなのかもわからなかったから、結局自分は二藍の心をなにひとつ理解できていないのではと悩んでいた。――わたしは楽なるものに縁のない、粗野な生まれだから。

しかし、そう言ってうつむいた綾芽に、二藍は撥を操る手を止めてこう微笑んだ。

――確かに今のお前はわたしの楽を解さぬかもしれぬ。だがそれは、単に知識がないだけだろうに。お前の心にも楽はある。わたしはよく知っている。

「……あのひとはそう言ってくれた」

怪訝《けげん》に眉をひそめた桃夏に目もくれず、綾芽は琵琶を抱えて神々ににじり寄り、地を這《は》う百足の頭に一心に告げた。

「音無神よ。雅とあわれを解す神よ。どうかわたしについて参られよ。神籬《ひもろぎ》まで足を運ばれよ。さすれば斎庭の主《あるじ》が、世にも類《たぐ》い希《まれ》な美しき琵琶の音をお聴かせしよう」

神籬の向こうでは鮎名が待っている。愛用の琵琶を抱えて、都に大きな揺れをもたらす神を鎮めようと手ぐすね引いている。その腕に疑いはない。必ずこの百足を満足させる。

だから綾芽は、ここで楽など聴かせなくてもよい。鮎名のもとまで連れていきさえすればよい。鏡の向こうにあるのが至上の楽であると、綾芽にもそのくらいは理解できる心があると、そう信じてもらえさえすれば充分だ。

すう、と息を吸った。震える声を前に飛ばす。

「……朱野《あけの》の山に月は落つ　而《しか》して明くる日が昇る」

節をつけて歌った。故郷の唄だ。都のそれに比べればあまりに鄙《ひな》びた単純な唄。

(でも二藍は、美しいと褒《ほ》めてくれた)

綾芽がひとり筆を動かしながら、庭を眺めながら、誰に聴かせるともなく歌っていた声を、二藍は確かに聴いていた。好んでくれた。

綾芽は唄を歌い続けた。

「月は落つとも日は昇る　日は尽きるとも月燦燦《つきさんさん》　愉《たの》しきかや、嬉しきかや……」

はじめ震えていた声は、次第にしっかりと据《す》わってきた。胸がひらいて、大きく息が吸えるようになったのだ。

つまらぬ唄だ、と桃夏が呆《あき》れたようにつぶやいている。綾芽は気にもとめなかった。

月が落ちても憂《うれ》えるな。必ず日は昇る。

日が沈んだとしても下を向くな。空には月が輝いている。

諦めるな。前を向け。先に進め。さすれば必ず昇り来る。

──わたしにはこれしかない。この唄しか知らない。だからこそ磨いた唄なのだ。

百足の顎がひとときとまる。その身体がうねり、鎧の鉄の札《さね》が擦《こす》れるような音がした。

桃夏の官服の下から、整然と並んだ百の足が大波のうねるように現れる。ぷち、ぷちと、
音無神を捕らえていた糸が切れていく。

「朱野の山に月は落つ……」

綾芽は琵琶を両手にきつく抱えて、何度も唄を繰りかえした。舞台の端へ、渡殿へ退《しりぞ》く。

そんな綾芽を追うように、百足の神は右へ左へ身体を揺らす。揺らして前へ進み来る。身
体中を縛《いまし》めている厄災の糸を引きちぎる。

「愉しきかや、嬉しきかや」

声高に歌いきり、綾芽は神籬の前に琵琶を横たえた。衣の裾を握りしめ、すっと身を引
いたその眼前を、百足の神が駆け抜けて、琵琶に身を寄り添わせる。

今こそと綾芽は両足を踏んばって、扉を一気呵成《かせい》にしめきった。広袖をまくりあげ、剣

を振るう。厄災の糸を切ってゆく。

幾重にも音無神につきまとっていた糸は、湯気と硫黄《いおう》の匂いを撒き散らして断ち切れた。

「……のう、娘」

桃夏は筆を揺らして呼びかけた。墨が飛び散り、その鉛白《えんぱく》の面《おもて》を汚す。

「まさかお前は、わたしまでこの糸から引き剝がすつもりではあるまいな」

大きく上下する胸を押さえて、綾芽は舞台に目をやった。

「無論、剝がれていただく心づもりです」

「断る。この粥貝が荒れるまで、わたしは離れとうはない。大地震《おおなゐ》のひとつとなって暴れるのはさぞ愉しかろう」

「させません。必ず引き剝がしてご覧にいれます」

ほう、と桃夏の頰が、にたりと緩む。

「言うたな。後悔しても知らぬぞ」

「構いません」

なにを企《たくら》んでいたって構わないと綾芽は思った。後悔などしない。あなたの望みどおりにもさせない。みなが信じて任せてくれているのだから、なすべきことをなすだけだ。

綾芽は桃夏を睨み据えたまま、ゆっくりと歩み寄った。

＊

苦痛に覆われていた頭の中が、ようやく落ち着いてくる。

ぐったりと頬を地に押しつけていた羅覇《らは》が目をあげると、二藍は倚子《いし》に腰掛け、涼しい顔をしていた。

小首を傾《かし》げて、右手に持った細枝のような杖《つえ》を眺めている。その瞳には、恐れも嫌悪も、愉悦《ゆえつ》すら浮かんでおらず、羅覇はぞくりと身を震わせた。拷問《ごうもん》を行う者の多くは、相手がどんな憎き相手であっても、痛めつけることそのものに忌避《きひ》の念を催してしまう。そうでなければ快楽を感じて、人を傷つけている自分を赦《ゆる》す。

だが二藍の横顔には、どちらの感情も微塵《みじん》も窺《うかが》えなかった。

無だ。神のごとき無。

笑いだしたくなった。恐怖のためか、喜びが突きあがってきたのかはわからなかったが。

羅覇の視線に気づいて、二藍は冷え切った目をちらと足元に向けた。

「さて、話す気になったか？　お前がなぜわたしを神にしようとしているのか」

「あら、そのような画策《かくさく》をしたと、まことに信じていらっしゃるのですか？」

羅覇はあえて慇懃《いんぎん》に、それでいて焚《た》きつけるように答えた。

「あなたさまは根拠もなく、友好国から遣《つか》わされた特使を騙《だま》して監禁し、杖で打っているのですよ。これがどんなおぞましき仕打ちか、わかっておられるのかしら」

この程度で手を引く男ではないとは知っている。案の定二藍は、顔色ひとつ変えない。

「尋問《じんもん》を受ける者は、はじめは誰もがそうしてこちらの非を責める。うろたえさせれば逃れられると考える。だがわたしはそれほどやわではない」

見せつけるように、ぴしりと己《おのれ》の掌《てのひら》に杖を叩きつける。だが羅覇の方も、そんな細枝など堪《こた》えもしないと笑ってやった。

「さすが東の僻地《へきち》、手ぬるいことですこと。杖で打つしか芸のないくせに。口を割らせたいのなら、もっと他の方法を試されませ。このようなとき、玉盤《ぎょくばん》大島の国々は聞くもおぞましき拷問を用いるのですよ。知らぬなら、手取り足取りお教えいたしましょうか」

「結構。そのような手段を用いるつもりはない」

「本当は怖くて震えているのでしょう？」

「わたしは非違を取り締まる弾正台《だんじょうだい》の長官、弾正伊《だんじょうのいん》を長らく務めていたのだが。拷問など今さら怖がるものでもない。単にお前が正気を失っては困るのだ。すべてをはっきりと、漏《も》らさず話してもらわねばならぬからな」

「だったら早く、心術を用いればよろしい」

羅覇は苛立ち半分、挑発半分で言い放った。

「こんな回りくどい手を使わず、さっさと終わらせればよいでしょうに。杖で打ち、痛めつけて白状させるなど、あなたさまの流儀に反するはず。弾正伊としての職務も、ほとんどは心術を用いて行ってきたのでしょう。拷問より心術で心を操る方が、神ゆらぎにははるかに容易」

（そうだろう、知恵なき哀《あわ》れな神ゆらぎよ）

今だって、なかなか降参しない羅覇に業《ごう》を煮やしているに違いない。神ゆらぎとはそういうものなのだ。

人の心を心術で容易に操れるよう生まれついた神ゆらぎは、自分が生まれた意味を心術に求めてしまう。その力を振るって国を守ることこそ己の使命と誤解して、安直に多用するようになり、麻痺《まひ》していく。そうして引きかえせない領域へ足を踏みいれてしまうのだ。だからこそ神ゆらぎに関する知識が深い玉盤大島の国々は、神ゆらぎがその袋小路《ふくろこうじ》に嵌まってしまわないよう細心の注意を払っている。

だがこの知恵なき国に、二藍をとめる者は皆無。すくなくとも羅覇が『由羅《ゆら》』という女官に化けて斎庭に潜《ひそ》んでいたころは、誰も引き留められてはいなかった。

野放しの神ゆらぎが、心術の行使を踏みとどまれるわけはない。

今の二藍は、羅覇が自分を神と化そうする理由を、喉から手が出るほど知りたいはずだ。ここでわずかばかりの心術の行使を躊躇《ちゅうちょ》する理由はない。二藍は、羅覇が伎人面《ぎじんめん》を被っているとは気づいていない。心術が伎人面ごしでは決して通らないとは知らない。

ならば道はひとつ。

羅覇はぎらりと瞳を輝かせて二藍を仰ぎ見た。

さあ、易《やす》きに流れろ。心術を使え。

勝利を疑わず、笑みをもって『すべてを話せ』と命じろ。

そうして伎人面に心術が跳ね返されて、絶望のうちに滅びを迎えるがいい。羅覇が望む真の滅びが来なくとも、すくなくとも二藍なる男は終わる。人として死す。

しかし――二藍は羅覇をちらとも見なかった。杖の先を、まるで猫でも構うようにゆるゆると振るうばかりだった。

「心術を容易に使うわけはなかろう。お前がわたしに心術を使わせようと腐心《ふしん》していたのを知ってなお、安易に人ならぬ術に頼る愚かな男とでも思ったか？」

呆れているようにさえ聞こえて、羅覇は歯噛みした。なぜ踏みとどまる。心術以外の策などないはずだ。まさかこの美しい顔が偽《いつわ》りだと見破れるわけもない。これはどんなに強大な力を持つ神ゆらぎにも、偽物《にせもの》だとすら気づけない術なのだ。

「どうした」と二藍は吐く息で笑った。

「悔しそうだな。それほど心術を使ってほしかったか？　よもやわたしを確実に神へと化す策でもあって、そのために心術を用いさせる必要でもあるか」

鋭いところをつかれて胸が跳ねる。まさか、と羅覇はとろける笑みではぐらかした。

「これからどうなさるおつもりか、首を傾げていただけですわ。だって手詰まりでございましょう？　わたくしは、これしきの拷問ではなにも喋《しゃべ》りませんもの。いざとなれば舌を嚙み切ってしまうつもりですし」

ほう、と二藍の口元に、初めてはっきりと笑みがのぼった。嘲りの笑みだ。

「嚙み切ってみればよい。しからばお前の舌を、八杷島《やはじま》の王太女たる鹿青《かせい》に送り届けてやろうぞ。鹿青はさぞ嘆《なげ》くだろう。もう、耐えられぬかもしれぬな」

予想だにしていなかった言葉に、羅覇は息を詰めた。

（耐えられぬ、だと？）

確かに羅覇の舌など送りつけられれば、もはや鹿青は耐えられない。だがなぜそれを知っている。僻地の春宮ごときがなぜ。

「……お前はいったいどこまで知っている」

「失礼、お前の国では女人《にょにん》も王太子と呼ぶのだったか？」

「ごまかすな！」

「さてな。すくなくとも、お前がなんのためにわたしを神にしたいのかはてんでわからぬ。だが、なにを目的としているかは察しがついている」

二藍は杖を置き、しなやかな仕草で扇《おうぎ》を広げて立ちあがる。羅覇を見おろし、扇の向こうで目を細めた。

「お前は王太子を――鹿青を救いたいのだろう？」

ふいに羅覇の脳裏に、やわらかに微笑む鹿青の姿がよぎった。

波打つ髪を海風に晒《さら》し、白浜をゆったりと歩く娘の姿が。

あのころ鹿青はまだ十三ほどだったが、随分《ずいぶん》と大人びて見えた。八つになったばかりの幼い羅覇はひたすらに緊張して、石のように身動きせずに控えていた。わたしのような醜い娘が、王太子さまになどお目見えしていいのだろうか。そんなことばかり思っていた。うつむいた目に映るのは、珊瑚《さんご》の骨だという白い砂ばかり。

それが急に、青でいっぱいになった。

顔をあげれば、青い衣の裾を風に膨《ふく》らませた鹿青が笑みを浮かべていた。

――なにを堅苦しく控えている。せっかく浜に来たのだ、共に歩こう。

――しかしわたくしはまだ祭官の位《くらい》もいただかない、地下《じげ》の者で……。

鹿青が思いきり羅覇の手を引っ張って立ちあがらせたので、羅覇は転びそうになった。目を白黒させていると、鼻先になにかがにゅっと突きだされる。宿借《やどか》りだ。細い手足を精一杯動かして、羅覇を威嚇《いかく》している。

思わず悲鳴をあげれば、鹿青はおかしそうに笑い転げた。

――そうそう、そういう反応が見たかったんだよ、羅覇。

鹿青は笑い涙を拭うと、宿借りをそっと浜に放した。そうして羅覇の手をとった。

――今は臣下の礼はやめよう。わたしたちは友だよ。一緒に遊ぼう。

ぽかんとしていた羅覇は、つられたように頬をほころばせた。そうしてふたりで手を繋いで、浜を駆けていった。

鹿青。あれから十数年が経《た》った今も、大切な友。たったひとりの主。

羅覇はこみあがってきた激情を押し隠し、にこりとした。

「鹿青殿下をお救いしたい？　なんの話でございましょう。ご見当違いも甚《はなは》だしく――」

「羅覇よ。わたしは知っているのだ。お前たち八杷島は、玉盤大島の盟主たる玉央《ぎょくおう》に、鹿青を人質にとられているだろう？」

羅覇は言葉に詰まった。二藍の声は淡々と続く。

「数年前までは、鹿青は王太子として頻繁《ひんぱん》に公《おおやけ》の場に現れていた。わたしも文《ふみ》をやりとりしていたゆえよく存じあげている。八杷島では神ゆらぎが王となる。王太子たるあの方は、わたしと同じさだめを引き受けた神ゆらぎだった」

だが五年ほど前、文のやりとりはぷつりと途切れた。

「あの御方はまったく表に現れなくなった。ずっとご病気かと思っていたのだがな。ふと気になって先日、調べてみたのだ」

その思わせぶりな言い方に、羅覇ははっとした。

「……まさか、八杷島の者の口を割らせたのか」

先日入京した八杷島使の誰かを捕まえて、心術で真相を話させたのか。いつのまに。

睨む羅覇に応《こた》えず、二藍は素知らぬ顔で話を続けた。

「そうしてわかった。あの御方には心術がかけられているのだな。あの御方は、破滅へと導く命《めい》に操られている」

「……」

「玉央の美しい神ゆらぎがやってきたそうではないか。実直で、心優しい男だったゆえに、孤独を抱えていた鹿青はつい心を許してしまった」

「黙れ。それ以上鹿青さまを愚弄《ぐろう》するな」

羅覇は縛られた身体を震わし歯を剝《む》いた。

そう、優しい男だった。神ゆらぎ同士無聊《ぶりょう》を慰め合おうと鹿青に笑いかけた。その笑みは、澄んだ水のように鹿青の心に染《し》み入《い》った。だからこそあの日鹿青は、ふたりきりで会ってはならないと諫《いさ》める羅覇の言を聞かなかったのだ。ただ共に書を読むだけだと。

だが鹿青は裏切られ、心術をかけられた。

あまりにもむごい命を心に刻まれてしまった。

「男は鹿青に、神と化したくなるような、なにかを命じたそうだな」

神と化したい。なにもかもをうち捨てて、神になってすべてを忘れてしまいたい。

そう願うようになれ。

羅覇が気づいたときには、なにもかもが終わっていた。うなだれた鹿青のそばに男の姿はなく、鹿青は必死に肩を揺さぶる羅覇に、諦めに満ちた瞳を向けた。その身は今にも神と化そうとしていた。祭官の知恵のすべてを用いても、なんとかぎりぎりのところで引き留《とど》めるのが精一杯だった。

神になれば心は消える。苦しみは去る。水が土に染みこんでいくように。

あの日以来鹿青は、楽になりたいと、神になってしまいたいと、それだけを願い続けている。

いつしかうなだれた羅覇を見つめて、二藍は息をついた。

「にわかには信じられなかった。誰より神ゆらぎや玉盤神に通じる八杷島の王族が、まさか心術に屈するとはな。だが次第に納得した。鹿青自身が、神となって救われたいと心の底で望んでいたのだろう。だからこそ心術は通った。心術とは、心の弱さにつけこむ術」

鹿青の苦しみはわたしにもわかる。

そう二藍は、遠くを見やるような表情を浮かべた。

「神ゆらぎは孤独だ。どんなに周りの者が慕《した》ってくれようと、真には心を許せない。救われない」

「お前と一緒にするな！」

もう我慢できず、羅覇は喰ってかかった。

「あの御方は、兜坂《とさか》の忌まわしき神ゆらぎであるお前とは違う。八杷島の神ゆらぎは選ばれし者だ。王となる御方だ。お慕い申しあげていた。心を尽くして支えていた。お前とは違う。心術ばかりを都合よく利用され、それ以外はなにも、誰にも必要とされないお前とは違う！」

だから鹿青は寂しくなんかなかった。寂しい気持ちにさせたわけがなかった。なのになぜ、鹿青に心術は通った。そちらを選んだ。なぜ。なぜ……。

大きく息をする羅覇を、二藍は軽蔑《けいべつ》の目で見おろした。

「よく申すものだ。廻海《めぐりのうみ》一の知恵者を称した八杷島の祭官でありながら、おめおめ主の心を奪われた。それればかりか」

羅覇の前に膝《ひざ》をつき、閉じた扇を喉元に突きつける。

「玉央は、お前たちに取引を持ちかけたのだろう？　兜坂の力を削《そ》ぐことができたなら、鹿青を救ってやると言ったのだろう？　それでお前は我が国に渡ってきた。主を罠《わな》にかけた憎き玉央国の前になすすべなく、命じられるままに我が国を陥《おとしい》れる手足として働いている。そうだろう？」

羅覇は言葉もない。一言も違わずそのとおりだ。まずは王伯父《おじ》たる石黄《せきおう》に神金丹《しんこんたん》を与え、そそのかし、祭祀《さいし》を玉央に明け渡させようとした。その謀《はかりごと》が潰《つい》えれば、今度は羅覇自《みずか》らが乗りだして、二藍を神と化さんと画策した。

「わたしを神にすれば斎庭《ゆにわ》は滅び、外庭《とつにわ》も大君も無事ではすまない。そうやって国が傾いたところに、満を持《じ》して玉央の軍兵《ぐんぴょう》を招き入れるつもりなのだろう？」

突き刺す視線が、羅覇を問い詰める。揺らがない確信を宿した瞳が迫ってくる。

羅覇はひらきかけた口を閉じた。

落ち着け。まだだ。まだひっくり返す隙はある。

確かに二藍は真相に迫っている。確かに正しい。八杷島は、鹿青を助けるために玉央に屈した。その命のままに、兜坂国を陥れようとしている。

だが違う。

二藍は、もっとも重要なところを知らない。まるでわかっていない。

（だから勝ち目はある）

この一撃で殺すのだ。絶望に追いこんで、鹿青を、国を救うのだ。

「……あなたさまは、なんと哀《あわ》れな神ゆらぎでございましょう」

重い身体を引きずり、羅覇は座り直した。鼻先が触れ合うくらいの間近でうっとりと微笑んでみせる。どんな男も惑《まど》わされる笑みを浮かべる。

「惜しい、実に惜しい。確かに真相に迫ってはいるのです。確かにわたくしどもは、鹿青殿下を救うため玉央に屈した。憎き敵の手足として、あなたさまを破滅に導かんとした」

玉央の命を受けいれざるを得なかった。鹿青のためだけではない。八杷島の国を、民を守るために。

「ですから、殿下の推《お》し当ては、ある部分では正しいのですよ」

しかし別の部分ではまったく正しくない。根本の認識が違う。

これは単に、玉央と八杷島、そして兜坂の勢力争いで収まる話ではない。

「あなたさまは理解されていない。なにも、ひとつもご存じでない。ご自身の身に深々と食いこんだ厄災の糸が、まるで見えていない」

それが見えるようになったとき、お前はもう涼しい顔をしていられない。

「お知りになりたいでしょう、二藍さま」

羅覇は乾いた唇を濡らし、できる限りの甘やかな声を紡ぎだした。

「無論知りたい」

「ならばわたくしに心術でお命じなさいませ」

ささやきながら、冷たい頬に唇を寄せる。二藍が身を固くしたのがわかる。兜坂に生まれた神気のいと濃き神ゆらぎならば、こうして人の熱を近くに感じたことなどないはずだ。それもこれだけ美しい女。たまらないだろう。心震えるだろう。

さあ、かかれ。我が術中に嵌まれ。

「羅覇よ、お前はあくまでわたしに、心術を使えと申すのだな」

「お嫌ですか？　今のわたくしは囚われの身、杖に打たれて青息吐息。警戒されずとも、容易《たやす》く心術は通りましょう。あなたさまを神に変えるほど追いつめはいたしません」

「心術を使わずとも、お前の意志で話してくれてもよいのだが」

「それはできませぬ。わたくしは八杷島の祭官。話したくとも話せませぬ。殿下に触れたくとも、己の意志ではそれも難しい。だから、心術でお命じくださいませ」

「……随分と甘くささやくものだ。お前はそうやって、わたしを心術で操る気か？」

「そうでございますよ。これで我らふたりとも、自分の意志ではなかったと言い訳がききましょう。互いに、相手の心術に操られていたからこそ起こった過《あやま》ちだと」

潤んだ双眸で見つめれば、二藍は瞳をすいと細めて羅覇の髪に両手を差し入れた。

羅覇は歓喜を押し殺す。かかった。これで終わりだ。

二藍の手を、羅覇はおとがいを持ちあげ受けいれた。うっすらと唇をひらき、誘うように微笑んで、二藍が破滅への一歩を踏み出すのを今や遅しと待ち構えた。

しばらく羅覇の頭をまさぐっていた二藍は、急に手を止めて笑いを漏らした。

「なるほど」

「どうなさいました？　早くお命じを」

「やはり思っていたとおり、お前は心術を使えないのだな」

「……なんと？」

「だからそのような色仕掛けで勝負をかけたのか。残念だが、その美しい顔を活《い》かしきれておらぬようだ。慣れぬことをするものではないな」

「なにを——」

言いかけて、羅覇ははっとのけぞった。いつの間にか二藍の手が、羅覇が髪の中に隠していた、蜘蛛の糸のように細い伎人面の紐《ひも》を押さえている。

そればかりか、ほどこうとしている。

しまった、と羅覇は愕然《がくぜん》とした。口づけたいのだとばかり思っていた。まったく違う。この男は、伎人面の紐を探し当てるために、誘惑に乗ったふりをしていたのだ。

最初から謀《たばか》られていた。

「なぜ……なぜわかった」

震える声で羅覇は問うた。伎人面に気づくわけがない。誰もが気がつかないはずだった。

「伎人面を用いているとなぜわかったかを問うているのか？　さて。伎人面なる秘宝を八杷島の祭官が受け継ぐくらいは、知恵なき僻地の王太子たるわたしも知っているが」

答える二藍の口ぶりはいたって軽い。羅覇は信じられなかった。だからといって今このとき、目の前の娘が使っていると考えるものか？

いや、それはどうでもいい。今は、伎人面を奪われたら終わりなのだ。伎人面を失った羅覇では、いつかは心術を通されて、すべてを吐いてしまう。それどころか操られて、二藍の手駒と化して八杷島に戻されるかもしれない。

そうしたらどうなる。

二藍の意のままに、羅覇は八杷島に滅びをもたらすだろう。鹿青に引導を渡すだろう。

あの御方を、殺してしまうだろう。

やめろ、と声を限りに叫んで頭を振った。けれど二藍は放さない。固い結び目に指をかけて、両手に力を入れている。

「させるものか。させるものか！」

羅覇はほとんど己に言い聞かせるように怒鳴った。

仗人面を外すには、羅覇を屈服させねばならない。羅覇の心を打ち崩し、驚かせ、その隙をつかねば術は解けない。解かせるものか。二藍が諦めるまで粘るのだ。心術に頼ろうと考えるまで、決して屈するものか。

「なあ羅覇よ」頑《かたく》なに拒絶を続ける羅覇を眺めて、二藍は目を細めた。

「それほどまでに、この仗人面の容貌が気に入っているのか？　確かに美しいが、お前のまことの顔も、さっぱりとかわいらしいではないか」

「はったりなどやめろ！　お前はわたしの顔など知らぬくせに」

羅覇はいよいよ怒りをたぎらせた。なんという馬鹿げた物言いを。本物の自分の顔は嫌いなのだ。美しくもなく、目を惹《ひ》くわけでもない、そばかす交じりの地味な目鼻立ち。さっぱりとかわいらしい？　適当なことを言うな。この綺麗な顔をした男に、なにがわかる。

「由羅よ、わたしは一度もお前の顔を醜いと思ったことはない」

心を読んだように、二藍の声が和《やわ》らいだ。

「だからなにを知ったように——」

言いかけて凍った。二藍の瞳は確かに羅覇を見つめている。だが、この羅覇の顔は見ていない。いったいなにを眺めている？

引っかかりを感じて考えこみ、すぐに頭を殴《なぐ》られたような気になった。

今、この男はなんと言った？　誰の名を呼んだ？

羅覇ではなく、『由羅』とわたしを呼ばなかったか？

呆然とする羅覇を叩きのめすように、二藍は繰りかえす。

「しかし由羅よ、お前がこれほど気性《きしょう》が荒い娘だとは知らなかったな。斎庭《ゆにわ》に潜んでいたときは、さもおとなしい娘を演じていたではないか」

羅覇は、さきほど二藍がなにを見ていたのかを悟った。羅覇としての偽りの美貌ではなく、その下にあるはずの本物の顔を眺めていたのだ。

つまりこの男は知っていた。羅覇がかつて由羅として斎庭に潜んでいたと、ずっと前から気づいていた。

（そして、世にも美しい女としてふるまうわたしを嗤《わら》っていた！）

動揺したのは、ほんのわずかなあいだに過ぎなかった。

だが二藍がつけいるには充分すぎた。するりと伎人面の紐は緩み、解かれ、羅覇の偽りのかんばせはとりあげられた。

肌を離れるやいなや、伎人面は目鼻を模した丸と線が描かれただけの紙一枚に変じた。代わりに現れたのは、丸い鼻に小鳥のような瞳、そばかすを散らした娘。

青ざめる羅覇に、逃れる術《すべ》はもはやない。

「羅覇よ」

怯えた瞳をまっすぐに貫《つらぬ》き、神ゆらぎは低い声で命じた。

「わたしの命に屈せよ。洗いざらい真実を話すのだ」

羅覇は、乾ききった口を閉じようとした。一言たりとも漏らすものか。望みどおりにふるまうものか。嫌だ、言わない、言いたくない……。

「……御意《ぎょい》」

心を裏切り、喉から掠《かす》れる声が漏れた。

＊

「なあ、綾芽とやら」

と桃夏《ももか》はおかしそうに綾芽に問いかけた。

「お前が余計な希望を持たせるから、かえって絶望が深くなるとは思わぬのか？」

「……なんの話をなさっている」

さあて、と桃夏は含み笑いを漏らした。

怨霊は、懐《ふところ》からとりだした木簡《もくかん》に筆を添え、優雅な笑みをたたえている。しかし衣の下に目を移せば、大蛇と化した下半身が蠢《うごめ》いていた。つりあがった口の端《は》も、小馬鹿にしたように細まった瞳も、どこかたちの悪い蛇を思わせる。

（耳を傾けるな）

綾芽は己を叱咤《しった》した。『怒らせてはなりません、ですが相手の話にとりこまれてもいけないのです』。そう常子《つねこ》は忠告してくれた。悩むな、振り返るな。気をしっかり持て。

広袖のうちに隠した拳に力を入れて、ひとり桃夏の前へと進み出る。

この怨霊に絡んだ厄災の糸を剝がせれば、残るは元凶たる粥貝《かゆがい》の姿をした神だけだ。桃夏は粥貝神と一緒に荒れて厄災を引き起こしたいようだが、させるわけにはいかない。

「他の女官の姿が見えぬな。どこへ行ったのだ？　小娘」

「滝まで退きました」

「なぜだ?」

「あなたは怨霊です。もとは人だったため、言葉によって人を惑わせる。鎮めるときは花《か》将《しょう》ひとりで相手をするものと決まっております」

「つまらんな。お前がよかれと思って行っているむごい仕打ちを、みなに言い触らしてやろうかと思うたのに」

桃夏はこれみよがしな視線を寄越《よこ》す。綾芽は応じなかった。ただ、想像以上に厄介だと思った。

自然そのものともいえる兜坂《とさか》の神々。理《ことわり》に基《もと》づいて法を強《し》いる玉盤神。怨霊はそのどちらでもなく、もっとも人に近いものだ。

兜坂では、生前の思いを一切なくし、なにもかもを忘れ、煙のように消えるのが死者の幸せとされている。だがときおり、強い恨みを持って死んだ者が、死してもなお恨みを忘れられないときがある。七年の月日が経っても忘れられなければ、永劫生前の記憶に囚われて、怨霊となって国を彷徨《さまよ》うさだめだ。

そうやって怨霊になった稲縄《いねただ》という官人《かんじん》を、綾芽は前から知っている。二藍の大伯父《おおおじ》だった男で、政争に敗れた悔しさと、愛した妹に自分ではなく政敵を選ばれた悲しみを抱えて雷神となった。今も腹いせのように都に雷を落として溜飲《りゅういん》をさげているが、それが自分を真に救いはしないと気づいている。だからこそ稲縄は、愛憎入り交じる妹の血を引く二藍を憎み、また愛しているのだ。その心はわからなくもないから、綾芽も稲縄に、同情とすこしの好意を抱いている。

(でもこの桃夏さまは、稲縄さまより数段たちが悪い)

常子によれば、桃夏は外記《げき》なる官職を務めていた男だという。綾芽は外庭《とつにわ》の職務の詳細を知らないが、文書を起草したり、起こった事実を記してまとめたりする、斎庭《ゆにわ》で言えば書司《ふみのつかさ》のような仕事についていたそうだ。

桃夏は優秀で血筋もよく、自らの栄達を確信していた。たったひとつの誤算は、同僚が輪をかけて優れた官人だったことだ。その同僚こそ、在《あ》りし日の若き稲縄だったという。稲縄が取り立てられるほどに、桃夏の苛立ちは募《つの》った。なぜあのようなつまらぬ男が先へゆく。わたしの方が優れているのに。

そんな桃夏の鬱屈《うっくつ》は、次第に筆と紙とで形をとるようになった。桃夏は当時、貴族の薨《こう》卒伝《しゅつでん》を編纂《へんさん》していたという。死んだ貴族や官吏《かんり》、王族が、どのような人物でなにをなしたか。ひとり数行たらずでまとめた書物だ。

あるとき桃夏は思いたって密《ひそ》かに筆をとり、己の願望のままに記した偽の薨卒伝を編みはじめた。桃夏を評価しない大君や公卿《くぎょう》、上官、そして稲縄。みなが惨《みじ》めたらしい一生を過ごし、誰にも顧《かえり》みられない末期を迎えたという文を、さもそれらしい体裁《ていさい》で書き連ねた。たとえば稲縄の出世が早かったのは最初だけで、徐々に周囲の信望を失い、果てには野垂れ死ぬと、享年《きょうねん》すら添えて書き記した。後世の人が見れば偽物と気づかないだろうほどに精巧に、夜な夜な筆を執った。みなの人生が不遇に終わると空想し、文章に収めることで鬱憤《うっぷん》を晴らしたのだ。

結局この偽の薨卒伝が桃夏の命運を決めた。ある日秘密の書物は見つかった。そこには今上《きんじょう》陛下の治世が短命に終わると書いてあったから、当然厳しい咎《とが》が待っていた。

桃夏は呪詛《じゅそ》の罪で捕らえられ、配流《はいる》された。

それでも桃夏は筆を執り続けた。配流されてからの方が、かえって過激でおぞましい運命を、さも真実のように書き連ねたという。数年後に桃夏が死んだとき、その暮らした荒《あば》ら屋《や》には、正式な公文書と見分けのつかない紙束が膨大《ぼうだい》に残されていた。都の有名無名ありとあらゆる人物の名が記され、全員が決まって功を認められず、馬鹿にされ、屈辱を受け、失意のうちに死を迎えるとされた呪いの文書だった。

「さて、お前はわたしを鎮めたいのだったか？」

桃夏が顎を持ちあげる。綾芽は大蛇の尾に撥《は》ね飛ばされないよう注意深く距離を保ち、畏《かしこ》まった。

「お言葉のとおりです」

「去《い》ね。わたしはこの粥貝と連れだって遊ぼうと思うている。大地震《おおなゐ》が起きれば都中に悲鳴が満ちて、さぞかしすっとした心地となるだろう」

「どうか、それればかりはこらえていただけますように」

「わたしに意見するのか？　神たるわたしを止めようと申すか？　小娘、ならば相応の儀が必要とわかっておろうなあ」

大蛇の半身が蠢いて、桃夏の上半身が鎌首のように傾《かし》ぐ。綾芽の上に影が落ちる。厄災の糸が軋む。湯気を放つ。

桃夏は綾芽の目の前に顔を突きだし、赤い唇に嘲りの表情を乗せた。

「ならばこうしよう。お前の求めに応じてやってもよい。ただしお前は、わたしの書いた木簡を受けとるのだ。どうだ、たいした話でもなかろう？」

にい、と口の端が裂ける。

やはりその手で来るのか、と綾芽は頬を引き締めた。

死後の桃夏は斎庭でひどく恐れられている。地脈の神としてではない。この男が恐ろしいのは、招き鎮めようとした花将に、悲惨な運命を記した木簡を贈るからだ。

生前に書き散らした文の一部だそうだ。不幸になった架空の女を描写した、ほんの短い一文。それには呪いがかかっていると言われている。『惨めたらしく死ぬ』という一文を贈られれば、女は恐怖し、呪いに囚われ、実際惨めたらしく死んでしまう。

つまり桃夏が贈るのは不幸の予言なのだ。悲惨な行く末を告げられ取り乱す女を眺めて楽しんでいる。

（心根がねじ曲がっている）

綾芽は怒りが湧いてならなかった。地脈の神となったのなら、せめて地脈の神として荒れればいい。なぜ鎮めようとする斎庭の女をもてあそぶのか。

「おや、木簡は嫌なのか？　やはり祭礼などより、己の身が大切か」

綾芽が黙っていると、桃夏は肩を揺らした。

「いや構わぬ。お前は正しい。二十年ほど前にも、わたしを鎮めてみせると申した女がおったがな。前《さき》の大君の覚えもめでたく、己の力を過信していた生意気な若き女だった」

だからわたしは、取引を持ちかけてやったのだよ。

「おとなしく鎮まる代わりに、木簡に書きつけた文を受けとれ、と」

女は取引に応じた。男の書く文が呪いだとは知っていたが、それでも受けとったのだ。

こんな文ひとつで行く末が決まるわけがない。この男の文にそれほどの力はない。呪いと思うから怯《おび》えて、気にして、囚われるのだ。このようなもの、ただの文字の羅列。

わたしは、わたしだけは縛られない。

予言を覆《くつがえ》してみせる。

「侮《あなど》っていたのだろうなあ。己ばかりは、呪われた人生は歩まぬと高をくくっていた」

桃夏は笑い涙の滲《にじ》んだ瞳を綾芽に向けた。

「なのに数年後、その女にまた斎庭でゆき会ったら、見るも無惨に変わり果てていた。艶《つや》やかだった髪はもつれて絡み、顔は蒼白、だが表情は、牙を剥《む》いた手負いの獣のようだった。聞けば女は、息子を手にかけようとしたそうではないか。五つになったばかりの、己の腹から出てきた大君の御子に、刃《やいば》を向けたというではないか」

「思い出話に耳を貸している暇《ひま》はありません、桃夏さま」

綾芽は口早に話を切ろうとした。大君の御子。母に向けられた刃。誰の話かわかってしまう。それ以上は聞きたくない。

だが桃夏は、むしろ興《きょう》が乗ったように声を弾《はず》ませた。

「最後まで聞け小娘。わたしは可笑《おか》しくてな。あれだけ胸を張って、予言になど囚われぬと豪語した女が、結局わたしの贈った一文を無視できなかった。この予言が成ってしまうのが怖くて、単なる文字の羅列と言い切れなくなった。女が御子を殺そうとしたのは、その子が神ゆらぎだったからだ。わたしの贈った予言どおりになるのが恐ろしかったからだ。

わたしは女にこのような文を贈ったのだよ」

男は木簡にさらさらと筆を走らせ、綾芽の前に突きだした。たった一行。

『国を滅ぼす御子を産む』

ただそれだけ。

「無論この御子とは――」見開かれた桃夏の瞳が、きらきらと輝く。「お前が救おうとしている春宮《はるのみや》のことだ、物申《ものもうし》」

そして引きつるような笑い声をあげた。

綾芽は歯嚙みして、木簡を見つめた。この男は、自分の呪いが成ったと言いたいのだ。二藍の母は、桃夏の贈った悲惨な予言に屈したと思っている。予言に囚われ、国を滅ぼす子を生かすわけにはいかないと、二藍を手にかけようとした。そして運良く生き残った二藍も、結局呪いからは逃れられない。予言どおりに国を滅ぼすだろう。怨霊はそう誇っている。あざ笑っている。

(でもそれはまったくの誤りだ)

綾芽は眼前の木簡を押しやって、桃夏を強く睨んだ。

「成っていない」

「は?」

「あなたが二藍の母に贈った文のとおりのことなど起きていない。だから予言は成っていない。これからも決して成らない。わたしが真実にはさせない、絶対にだ」

斎庭の女たちは二藍の母を語ろうとしない。だから綾芽は、儚《はかな》く弱い人だったのだろうと思っていた。その弱さが神ゆらぎへの怯えを生み、二藍に刃を向けさせたのだと。

まったく違った。二藍の母は強い人だった。だからこそ己の子と国の命運の狭間《はざま》で苦悩し、呪いに囚われたと言われようと、二藍を殺すのが最善と決断したのだ。

だが非情になりきれなかった。自分の子が生来持つ優しさも、勤勉さも、情の深さも、破滅に導くものには思えなかった。それでどうしても息子を殺せず、心を病《や》んだのだ。

綾芽にはその苦悩が痛いほどにわかる。

(だからあなたが断つことのなかった糸は、わたしが引き取る)

二藍の母の志《こころざし》は、綾芽が繫ぐ。

足早に桃夏の前を離れ、渡殿へおりた。そこで振り返り、両手を胸の前で重ね合わせる。高子《たかこ》に教えられたとおりの完璧な仕草で言上《ごんじょう》する。

「成らぬ予言なんてすこしも怖くない。それで厄災の糸を引き剝がせるというのなら、あなたが鎮まるというのなら、喜んで受けとろう」

だから来《きた》れよ、怨霊桃夏。

呼びかけると、まるで人のように話し笑っていた桃夏の顔に、ふいに人ならぬ表情が現れた。獲物の匂いを嗅《か》ぎつけた獣の顔だ。

「物中にそう申されれば、行かざるをえぬ。後悔は受けつけぬぞ」

「後悔などしない」

意味がないものに気を病むわけもない。

桃夏の大蛇の半身がねじれて波打つ。幾重にも巻きついた厄災の糸から白い湯気が立ち、ひきつれる音がぎりぎりと響く。よほど力を入れているのか、桃夏の鉛白《えんぱく》の頰が紅潮した。小馬鹿にした笑みだけがのぼっていた唇も、今は引き結ばれている。

「なんという厄介な糸」

苛立ったように吐き捨てて、桃夏は糸が絡んだ腕を伸ばす。糸がぴんと張り、逃がさぬと引き留める。怨霊は声を荒らげ、勢いをつけて袖を振るった。拍子にばらばらと糸が切れ、湯気が散る。

一歩一歩と進み、桃夏はようやく舞台の高欄《こうらん》に、鱗に覆われた腹を乗せた。糸は限界まで張りつめ伸びていくが、構いもしない。身体中に食い込んだ厄災を引きずるようにして、ついに綾芽の前に降りたった。

胸を大きく上下させている。瞼《まなこ》を裂けんばかりに見開き、瞳は爛々と赤く輝いている。

桃夏は官人の証《あかし》である冠をかなぐり捨てて、髪を振り乱し、筆を動かした。墨が飛び散った頬を拭いもせず、木簡を綾芽に見せつける。

そこには美しい筆跡で書いてあった。

『なにも為《な》せずに死ぬ』

「これがお前の呪いだ。お前は春宮を助けられない。なにも為せない。無駄死にだ」

綾芽はじっと木簡を見つめ、それから桃夏に目を合わせ、両手を揃《そろ》えて受けとった。

「確かにいただきました」

「動じぬのか？」

「ただの文なれば」

静かに答えれば、桃夏は苛立ったように尾を右へ左へと振るった。それでも綾芽の表情が変わらないのを見ると、とうとう「不幸になるがいい」と叫ぶように嘲《あざけ》った。

「身を投げだして泣くがいい。あの穢《けが》れた稲縄の血を引く春宮ごときに、なぜそこまで身を捧げられる。あの男の血族のなにがいい。あれの血はそれほど優れているのか？　守るべきものか？　なぜあればかりそうやって選ばれる、褒《ほ》め称《たた》えられる。結局謀《たばか》られ失意のうちに死んだ男ぞ。あの男の血を引いた者など、みな惨めに野垂れ死ね。絶望の憂《う》き目を見よ。春宮よ、この娘に不幸を与えたのは己だと、未来永劫《えいごう》苦しむがいい」

次々と吐きだされる呪いの言葉を、綾芽は口を固く結んで聞いていた。聞きながら思った。この男の気持ちもわかる。同調など一切しないが、理解はできる。

「ご心配召されるな」

綾芽は木簡を握りしめ、一言一言、言い聞かせるように口にした。

「あなたの望みはわたしが果たす。あなたの文章には呪詛の力などないと、必ず、証明してみせよう」

桃夏はふいに笑いやんだ。次の瞬間、綾芽を恐ろしい形相《ぎょうそう》で睨み据える。

「なにを申す。我が薨卒伝《こうしゅつでん》は呪いの予言ぞ。お前を必ず不幸に落とす」

「まさか。わたしは不幸に落ちないし、予言は成らない」

「小賢《こざか》しく理屈を並べても無駄だ」

桃夏は尾の先を振りあげたが、綾芽は口をつぐまなかった。

「なぜならあなたが生前書いた偽の薨卒伝は、誰かを不幸にするためのものじゃなかったはずだ。ただ、あなたの心を落ち着かせるためだけに書かれたものだったはずだ」

この男が真に憎んで呪っているのは、稲縄や、評価してくれなかった周りの者ではない。偽の薨卒伝だって、呪うつもりで書いていたわけではなかった。ただ自分の行き場のない嫉妬心《しっとしん》をなだめるために、うまくいかない人生の鬱憤を吐きだすためだけに書かれたのだ。

それが呪詛と断じられ、配流となったことこそが、桃夏を絶望に追いやった。

――呪うつもりはなかったのに。見てほしかったのはそれではないのに。

なぜ実直な仕事は評価されず、息抜きの意味もない戯《たわむ》れは呪詛だとみなされるのか。

「だからその間違いを覆す。あなたの手慰《てなぐさ》みは単なる手慰みだと、呪詛などではないと、この御代《みよ》ではっきりさせよう」

桃夏はきっと、これは呪いではないと誰かに否定してもらいたかったのだ。だから花将に一文を書きつけた木簡を贈り続けた。

怨霊の恨みは永劫尽きない。だが綾芽が予言を覆せば、これは呪詛ではないと証明すれば、桃夏の心もすこしは救われる。文を押しつけることもなくなる。贈られた花将が呪いに囚われ、苦しむ日々も終わる。

桃夏の口元が引きつった。笑みのようで、泣きだす一歩手前のようでもあった。

「まこと、賢《さか》しらな小娘が……」

ふいに怨霊の姿が揺れる。綾芽がはっとしたときには、跡形もなくかき消えていた。桃夏がいたはずの場所にはただ、引きずりこむ相手を失った白糸だけが、ふわりと揺らいで地に落ちていく。

綾芽はしばらく目を瞬《しばた》き、それからきょろきょろと桃夏の姿を探した。

なぜ急に消えたのだ。桃夏の身も、斎庭で待つ花将のもとに送らなければならない。三代に仕《つか》えた、誰もに尊敬される老齢の妃が、桃夏に文を贈られる辛《つら》い役目を引き受けるために待っていたのだが。

と、「綾芽、すごい、よくやりました！」と声を弾ませた常子が洞穴の階《きざはし》を駆けあがってきた。いつもの落ち着きはどこへやら、頬を紅潮させて走り寄り、そのまま綾芽を抱きしめる。

「糸を切るのみならず、あなたは桃夏さまを鎮めたのですよ。あの御方がここまであっさりと帰ったのを見たのは初めてです」

「常子さま、あの」

綾芽は驚き身を固くしたが、喜びがじわじわと冷えた身体を熱くした。喜んでもらえるのは嬉しい。泣きたい気分になってくる。

「……ありがとうございます」

「お礼を申すのはこちらです。斎庭でお待ちの妃は、老い先短い人生、呪いを受けても構わぬと仰《おつしや》っておりました。しかしわたしには忍びがたかった。我が師なのです。ここまで勤めあげたあの方に、最後の最後にそのような……」

とそこまで言って、常子は我に返ったように綾芽の顔を見つめた。瞳に幾ばくかの後ろめたさと苦しさと、決意が次々とよぎる。

「それをわたしにお貸しなさい」

常子は、綾芽の手に握られた木簡を無理矢理とりあげようと手を伸ばした。言われたとおりにしてはいけない気がして、綾芽はとっさに身を引いた。だが常子は諦めない。「いいから渡しなさい」と強引だ。いったいなぜ、と考えて、綾芽は理由に思いあたった。

この木簡に書かれているのは、呪いとなる一文のみ。どこにも綾芽の名はない。つまりこれは、誰もが受けとれるものなのだ。今は綾芽が持っているが、別の者が得ることもできる。木簡を手にしている者が、この呪いの予言の主《ぬし》となるのだろう。常子は、綾芽が受けた呪いを肩代わりする気だ。

そんな真似をさせるつもりはない。第一、これは呪いではないのだ。

「あとで必ず渡します、必ず。ですが常子さま、今はそれどころではないでしょう。最後に残った神をどうすればよいのか、教えてください」

綾芽は隙を見て衣の奥深くに木簡をしまいこんで、舞台の方へ常子を促した。

切られた糸の残骸が散らばって、舞台の上は真っ白だ。その中にたった一柱、粥貝が置物のように鎮座している。

「のちほど必ず渡すのですよ」

釘を刺し、常子は息を大きく吐きだした。

「ですが仰るとおり、今は祭礼に集中すべきですね。……あの粥貝神は、紡水門《つむぎのみなと》から南にくだった海におわす神のようです」

粥貝に気を配りながら、常子は地図を広げた。桃夏や牛神がおわす地から西へしばらくいった海の上に印がある。言われなければ気づかないほど小さいそれが、粥貝神のおわす地脈だという。

「こちらの御殿に持ちこんだ書物が少なく、正確には申しあげられませんが、過去の記録によりますと普段はごく穏やかで、荒れても人には害がほとんどない神のようです」

それはよかった――と言いかけて、綾芽は首を傾げた。

「でもそのような穏やかな神が、他の神を災異に巻き込むものですか？」

少々納得できない。厄災の糸を伸ばして、他の神々までも無理矢理運命に引きずりこもうとするほどの神ならば、荒れたときは一柱といえども大変な被害を生む気がする。

「疑問はもっともです」と常子は難しい顔をした。「仰《おお》せのとおり、この神が記録そのままに力の弱き神ならば、あれほどの強大な地脈の神が揃って厄災の糸に搦《から》め捕《と》られるのも首を傾げる話。わたくしどもにはただ、記録が足りていないのかもしれません。地脈の神とは数百、長ければ数千年に一度しか荒れぬものもおります」

あの神は本性を隠しているかもしれないと、常子は言いたいようだった。

「では、いかがしましょう。これまでと同様、どこかの花将さまのもとに送って祭礼を行いますか」

「いいえ、あれはあなたが祭主とならねばなりません。とりあえずは、今より神饌を奉じていただけますか」

綾芽はすぐに用意をして、常子たちが持ちこんだ神饌を粥貝神に捧げた。蟲《むし》や魚の乾物、苔《こけ》。海の塩水。溶けた鉄の代わりに、朱粉を混ぜた水銀。火を噴く山から飛んできた石。

粥貝神は白い糸をほうぼうに散らしたまま、のっそりと神饌に寄って平らげた。貝に感情があるのかはわからないが、そのふるまいは穏やかなものだった。無気力にすら見える。厄災の糸に囚われていた他の神たちの方が、よっぽど荒ぶっていた気がする。

常子は、しばらくしたら粥貝神に寝床《ねどこ》を用意して、朝までお休みいただくように言った。

「そのあいだにわたくしは山をおり、妃宮と協議いたします。もしかすると、あなたには祭礼を途中で放棄していただくかもしれません」

「放棄……神を鎮めぬままに、斎庭から送り返すのですか?」

「ええ、そのとおりです」

荒れ神を鎮めるとは、突き詰めれば危難の先送りに他ならない。鎮まれよと願うとき、祭主は今このときだけでも大災厄が起こらないよう、あるいは小さな規模ですむよう働きかけている。未来の自分たちには知恵がつき、今よりうまく危機を収められるはずと信じるからこそ先へ送るのだ。

つまり神を招き鎮めたところで、災異をまったく起こらないものにはできない。今回粥貝神が荒れるのを避けられたとしても、いつかは必ず荒れる。

「いつかは荒れるなら、あえて今荒れるように仕向ける手もあるのです」

粥貝の神を鎮めず、荒れるにまかせる。そうすれば近いうちに地震を引き起こすだろうが、代わりに数十年から数百年は鎮まっていてくれる。こちらが知らないうちに厄災の糸をまた伸ばす危険を考えれば、この手もありうるのだと常子は言う。

「無論、やはり最後まで祭礼を行っていただく運びとなるやもしれません。どちらにしろ、一度斎庭で記録をしっかりあたり、議定《ぎじょう》にかけなければ」

「わかりました。では今すぐいってらっしゃいませ。まだまだ日は高いですが、山の日が落ちるのはあっという間です。できる限り早くおりた方がよいですから」

とくに沢は日が陰るのが早い。道が整備されているし、猟人《かりひと》がついているとはいえ、山慣れしていない常子たちは一刻も早くくだった方がよいだろう。

「祭礼の方はどうか心配なさいませんように。先日、高子さまに作法をみっちりとお教えいただいたのです。きちんと教わっていてよかった」

「心配などしておりませんよ」と常子の瞳がすこし緩んだ。

「ですからお言葉のとおりにさせていただきます。明朝の神饌までに必ず知らせを遣わしますね。いくらかの女官は残してゆきますから——」

とそのとき、背後から遮《さえぎ》る声がした。

「あら、それは必要ないわ」

綾芽は驚き振り向いた。赤い椿が咲き乱れる木の根元に、白き狼が佇《たたず》んでいる。

「那緒《なお》……尚大神《なおのおおかみ》」

それは尚だった。血を見たいと願って去った神が、なぜここに。戸惑う綾芽をよそに、尚は白い毛を膨《ふく》らませ、泰然《たいぜん》とした足取りでこちらに向かってくる。

「わたしが綾芽と一緒にいてあげるから、女官は不要よ。みんな帰ってくれる？」

常子が、血の気《け》の失せた顔で綾芽と尚を交互に見やった。血を求めている尚が、綾芽を傷つけるのではないかと恐れているのだ。

尚はそんな常子の懸念《けねん》を鼻で笑った。

「あのね、大丈夫よ。わたしが見たいのはその子の血じゃないから、殺すわけないでしょ。

ただ一緒にいたいの。それだけ」

尚は綾芽の足元に、犬のようにすり寄った。

「ねえ綾芽、あなたもわたしがいれば困らないでしょ？　夜に凍《こご》えない、獣も寄らない」

「ですが」

なおも警戒した常子が綾芽を窺う。綾芽はいっとき考えて、大丈夫だとうなずいた。

「尚大神の仰るようにしてみます」

死人や怨霊は嘘を言わない。尚が一緒にいたいだけと言うならそのとおりなのだ。

「……承知いたしました。くれぐれもお気をつけて」

常子はしばらく迷っていたが、最後にはそう言った。祭礼に使う道具を細かく言い置き、丁寧《ていねい》な礼を残して滝の方へ去っていく。女官たちもそれに続いた。

綾芽がひとり粥貝神の夜御殿の準備をはじめてしばらくして、常子たちを送るように森を駆けていった尚が戻ってきた。椿の垣を飛び越え綾芽に駆け寄り、尻尾を大きく振る。

「みんな沢をくだっていったわ。四半刻もかからず禁苑の裾に着くでしょうよ」

「そうか。見てきてくれて、その……ありがとう」

綾芽はぎこちない笑みを向けた。どうして一緒にいようと思ったのか、早く尚に尋ねたかった。けれど今はぐっと我慢する。まずは祭礼に集中するのだ。

湿らせた絹と、沢で拾った石を重ねて舞台に設《もう》けた夜御殿に、糸を散らしたままの粥貝神をお連れする。粥貝は素直に寝床に収まった。貝の気持ちは相変わらず推しはかるばかりだが、この神は、自分がなぜここにいるのかわかっていないようだ。

――やっぱり妙な気がする。

綾芽は眉を寄せた。なにかがおかしい気がする。厄災の糸は確かにこの神から伸びているから、今のところ間違いを犯しているわけではないのだが。

「それではどうか、深く、安らかにお休みくだされよ」

とにかく頭を低くさげて、今宵《こよい》最後の祭文をあげると、綾芽は垣根の裏の岩屋に戻った。

この岩屋はもともと祭礼の準備のための場らしく、煮炊きの道具や長櫃《ながびつ》が、くりぬいて造られた岩棚に整然と収まっている。女官たちが置いていった神饌や衣、暖をとるための火桶《ひおけ》と毛皮などもあった。火桶には火が入っているが、凍えるように寒い。綾芽は自然と岩屋の奥まったところ、重ねた毛皮の上に両足を揃えて座った尚に寄っていった。

眠っているように見えたのに、尚は綾芽が近づくとすぐに片目をひらいた。

「終わったの？　お疲れさま」

「……うん。今日は終わった」

「わたしにくっつきなさいよ。あったかいから。大丈夫、蟲はいないわ。神だもの」

言い終わるとまた目をつむる。綾芽が言うとおりにすると信じて疑わないようだ。

綾芽はしばらく立ちすくんでから、そっと膝を折った。尚を抱きかかえるように座りこむ。首から背中にかけて頭を乗せると、普通の狼より二回りは大きい尚は、驚くほどに温かかった。

「確かにあったかいな」

「でしょう？」

目をつむると、まるで綾芽の知っている那緒がそばにいるような気がした。朱野《あけの》の陵《みささぎ》の森で、みなの目を盗んでふたり、夢を語っていたころのようだった。

「なあ、なお」と綾芽は静かに問いかけた。

「なに？」

「なぜあなたはここに来たんだ？　わたしと一緒にいたいって、どうしてだ」

尚は那緒ではない。綾芽を忘れてしまって、人でもなくなった。それどころか、鎮まるためには人が死ぬほどの血を見せねばならない。なのにどうして那緒の声で、那緒みたいに、あなたと一緒にいたいと言うのだろう。

尚はぺたりと頭を地につけ、丸くなった。

「このあいだの祭礼のあと、気になっちゃって」

だけど」

「わたしに血が見たいって言われて、あなたすごく悲しそうだったじゃない。なんだか悪いことをした気がしたのよ。いえ、わたしはなんにも悪くないのよ。今も血を待ってるんだけど」

「なにがだ」

綾芽は顔をあげた。尚は変わらず伏せている。

「でもなんとなくもやもやとして、そのうちに、あなたが禁苑に来たの。実はずっと覗《のぞ》いてたのよ。あなたが神に絡みついた糸を切り離してるのを見てたの。すっごく大変そうで、それで気づいたんだけど、あなたって、わたしの祭礼が終わってすぐこの祭礼だったじゃない？　疲れたんじゃないかなって。それで夜は、一緒にいてあげようと思ったわけよ」

「それは……つまり、気遣《きづか》ってくれたのか？」

「さあ。自分でもよくわかんないのよね。話し相手が欲しかった気もするし、疲れてるあなたを暖めてあげたい気もするし」

──ただとにかく、一緒にいたいのよ。

ぽつりと落ちたその一言は、結局謎をなにも解かない。でも綾芽は充分だと思って、尚の毛並みを撫でた。ただ右から左へそっと手を動かした。

なんでもいい。理由なんて構わない。嬉しい。

「来てくれてありがとう。確かにわたし、疲れてるんだ」

怒濤《どとう》のようだった。尚の神招きが失意のうちに終わり、立ち直れないままに十櫛《とくし》のもとに向かった。役割に徹せず、十櫛も受けいれられずに呼び戻され、禁苑で多くの神に対峙した。桃夏の怒りの奥に悲しみを見た。

うまくいくことも、いかないこともあった。みなそれぞれのありようがあって、意志があって、苦しみがある。

「あなたが来てくれてよかった。ずっと寂しかったから」

毛皮に顔をうずめて、もう一度ささやいた。

今ひとりじゃなくてよかった。もしひとりだったら眠れなかった。いてもたってもいられずに、不毛な考えばかりが頭の中で堂々巡りをするところだった。

考えなければならない問題は次から次へと押しよせている。この祭礼をうまく終えられるのか。十櫛はなにを言わんとしていたのか。尚が望む血をどうするのか。

しかし尚と身を寄せ合い、ぐったりと眠りに落ちようとする心に最後に浮かんでいたのは、二藍のことばかりだった。

垂水宮《たるみのみや》で羅覇《らは》と対峙しているはずの二藍。心配で駆けていきたくて仕方ない。羅覇は神《しん》金丹《こんたん》を突きつけないだろうか。二藍を心術で操ろうとしていないだろうか。

どうか誰も彼も、あのひとを苦しませないでほしい。

もういい加減に、楽にしてあげてほしい。

瞼を強く閉じると、尚が静かに「会いたいのね」と問いかけてきた。綾芽は答えの代わりに、白狼《はくろう》の背を抱きしめる。

そう、綾芽は二藍に会いたかった。頬に浮かぶ笑みを見つめたかった。たわいもない話をして、和《やわ》らいだ声を聞きたかった。身を寄せ手を重ねて、温《ぬく》もりを感じていたかった。

そのすべてが叶《かな》わなくても、ただそばにいたかった。なぜそんな簡単なことさえままならないのだろう。

眠り際《ぎわ》、知らずのうちに涙が一筋こぼれた。

＊

――もういい加減に、楽になりたい。

そんな、ややもすると強烈に突きあがってくる衝動を押しとどめて、二藍は告げた。

「いま一度命ずる。お前の知っているすべてを吐くのだ、羅覇よ」

垂水宮の朱壁の中には、二藍と、後ろ手に縛られ座りこんだ羅覇の姿だけがある。

冬のさなかというのに額に汗をびっしりと浮かせた羅覇は、態度だけはしおらしい。しかし二藍を見据える瞳には、尖《とが》った光が宿っていた。

「それではなにからお話しいたしましょうね、殿下。なんでもよいですよ。どちらにせよ無駄になる。あなたの命運は尽きていて、ここで神と化すに決まっているのですから」

苦しい声で、それでも挑発を重ねてくる。真っ青な顔に笑みさえ浮かべてみせた。

伎人面《ぎじんめん》を失った羅覇は、いまや声も目鼻立ちもかつての由羅そのものだ。だが表情だけは、あのおとなしい娘と似ても似つかない。こういう顔をする女を二藍はよく知っている。これは敵に対峙し、大切なものを守らんとする女の顔。

ならばと、二藍もさも余裕たっぷりに笑い飛ばしてやった。

「命運尽きたはお前の方だろうに」

内心では、羅覇の思わぬ抵抗に苛立ちが募っている。心術は確かにかかっていて、今の羅覇は嘘をつけない。だが完全に操りきれてもいない。八杷島《やはじま》の祭官で、誰より心術を知り抜いている羅覇は、普通の者ならあっさりとひれ伏すところも耐えてくる。

「あら殿下、そんな苛立ったお顔をされて。よく喋《しゃべ》る女はお嫌いですか？　ならば心術をもっと強くおかけあそばせ。さすれば問われたことだけを吐く、お望みどおりの木偶《でく》となりましょう」

「できるならばわたしもそうしたいのだがな」

二藍は笑みを引きつらせた。心術で圧倒してしまえれば、どれだけ楽か。だができない。二藍も、もはやぎりぎりなのだ。こめかみに脂汗《あぶらあせ》が浮いている。瞳も赤く変じているだろう。これ以上強く心術を使えば人の域を踏み外す。神に引き寄せられる自分を押さえつけてはおけなくなる。

羅覇にもそれがわかっているから、心術の術中にあってなお二藍を揺さぶっている。この祭官は諦めていない。言葉の刃《やいば》を二藍に突きつけて、一気に形勢を逆転させる気だ。

羅覇がすべてを吐くのが先か、それとも二藍が耐えられなくなるのが先か。

(無論すべてを吐くのが先だ)

二藍は厳しく尋ねた。

「さきほど、わたしが肝心のところを知らぬと申したな。どのような意味だ。お前たちは玉央《ぎょくおう》の心術に堕《お》ちた王太子を助けるため、我が国を侵《おか》そうとしているはずだろうに」

鹿青《かせい》の心を人質にとられ、諾々《だくだく》と玉央の命に従っている、そんな哀れな祭官が羅覇だ。なのにこの娘は二藍をあざ笑っていた。お前はなにもわかっていないのだと。

なにを隠している?

「ええ殿下。仰せのとおり、我々は玉央の僕《しもべ》ですわ。それはまったくの真実」

「ではお前たちの主たる玉央は、なにを求めてお前を兜坂に送りこんだ。兵を遣《や》らずして我が国を手中に収めるつもりか」

「まさか。玉央がこの、ちっぽけな東の果ての島を欲しがるわけがございません」

「玉や金銀を得られるだろうに。西と競《せ》り合う玉央には必要なものだ」

「その程度の益のために、八杷島の王太子を術に嵌め、回りくどいやり方で兜坂を手に入れようといたしますか？　まったく違う。海の要衝《ようしょう》たる我が国ならいざ知らず、あなたの国にそれほどの価値はない」

「ではなにゆえだ」

　羅覇の挑発に乗らず、二藍は心を無にして尋ねた。怒ってはならない。凪《な》いだ心で、鳥のごとくはるか彼方《かなた》から見おろすのだ。

　表情を失った二藍を窺い、羅覇は笑みを広げた。

「確かに玉央は、兜坂が傾けば嬉々《きき》として手を出すでしょう。兵を割かず、祭祀を打ち崩して他国を陥れるのは、かの国が得意とするところ。しかし殿下、違うのですよ。こたびのお話は、そのような人同士の争いに収まる話ではない」

　羅覇は語る。目を爛々と輝かせて口を動かす。

「初めてお会いしたときに、わたくしに下問《かもん》されたのを覚えていらっしゃいますか。殿下はこうお尋ねになりました。――なぜ殿下の伯父君であった石黄殿下《せきおう》が、祭祀を玉央に明け渡すような陰謀を巡らせたのか」

二藍はわずかに眉を動かした。確かに羅覇が初めて現れたとき、二藍は尋ねた。

石黄は、祭祀の権限を玉央へ渡したいと考えていた。なぜなのか。祭祀を明け渡せば、兜坂は神を招けなくなる。実りのための祈りも、災厄を鎮める祭礼も行えなくなってしまう。それはほとんど国を明け渡したに同じだ。

どうして石黄は、そんな属国に突き進むがごとき陰謀を企んだのだろう。玉央と結んでいたのならわかる。兜坂が玉央の手に落ちれば、結んだ石黄にも利益が転がりこむからだ。

だが石黄の目的は逆だった。『この国を救おうとして』いた。

合点《がてん》がゆかない。祭祀を明け渡したら、国を統《す》べる術《すべ》の過半を失う。どうやって兜坂を守るというのか。

「……お前はこう答えたな。石黄は玉盤神《ぎょくばんしん》のうちの一柱、号令神《ごうれいしん》を恐れていたのだと」

羅覇はこう説いた。祭祀を明け渡せば、確かに兜坂の神々を招けなくなり、事実上玉央の属国と化す未来は避けられない。だが同時に恐ろしい理《ことわり》の神々、玉盤神をも招かずにすむようになる。それこそが石黄の真の狙いだった。玉盤神と呼ばれる十数柱の神々のうち、石黄がとくに恐れていたのは号令神なる神だ。石黄はこの号令神を兜坂に招きたくないがために手を汚し、祭祀を放棄しようとした――。

妙だ。聞いた二藍はそう思った。

石黄はなぜ、よりによって号令神をそこまで恐れる？

号令神は、他の玉盤神と比べても特殊な神だ。数百年に一度、突如どこかの国にふらりと現れて滅国《めっこく》の神命を下す、ただそれだけの神である。現れる頻度《ひんど》もまちまちで、百年あまりで現れることも、数百年の間を置くこともある。その訪れがいつなのかについては、まったく不明とされている。すくなくとも兜坂国が玉盤神を祀《まつ》らねばならなくなってからは、まだどこにも現れていない。

そんないつ現れるとも知れないものが、毎年のように監視にやってくる他の玉盤神を押しのけてもっとも恐ろしいとは、どういうわけだ。解《げ》せない。

ふいに嫌な予感がして、二藍は眉をひそめた。

「まさか、お前が石黄に吹きこんだのではあるまいな。近いうちに号令神が、兜坂に現れるに違いない、滅国を命じるに違いない。そうなる前に祭祀を手放すべきだと」

言ううちに、冷たい確信が胸を冷やしていく。そうだ、石黄は利用されたのだ。八杷島の掌の上で踊らされていた。

きっと斎庭に潜んでいた羅覇は、石黄にこう訴えたのだ。号令神が来《きた》る日が近づいている。我ら祭官の知恵によると、残念ながら貴国に滅国を命じるに相違《そうい》ない。

無論それは、兜坂を陥れるための、根拠などない妄言《もうげん》だった。だが石黄は重く受けとめて、このままでは滅国を避けられないかもしれないと考えた。それで八杷島から与えられた劇薬・神金丹を用いて事態を打開しようとしたのだ。石黄は心術を使えない力の弱い神ゆらぎだったが、神金丹さえあれば自在に人の心を変えられる。

もしかしたら石黄自身も、八杷島の神ゆらぎに操られていたのかもしれない。だから誰かに号令神の危険を知らせることも叶わず、大君の心を操るしかなくなった。

しかしその企みも、石黄の命とともに潰《つい》えた。

「お前たちは、ありもしない号令神の恐怖を煽ってあの御方を追いつめたのだな」

憤《いきどお》りが湧きあがり、悔しくてたまらなくなった。ずっとおかしいと思っていたのだ。あの伯父は陰謀などに手を染める男ではなかった。穏やかで、国のために心を尽くしていた。あんなことになるまでは、神ゆらぎとして生まれた二藍を、誰より気にかけてくれていた人だった。二藍は石黄を心から慕っていた。

そんな男が嬉々として恐ろしい陰謀に身を投じ、人々の心を操るわけがない。苦渋《くじゆう》の選択だったに違いない。石黄は破滅の道を選ばされた。狡猾《こうかつ》な祭官が、あの優しい伯父を利用したのだ！

二藍は怒りのままに、羅覇の胸ぐらを摑み、突き放した。

「鬼畜め」

疫鬼《えきき》にも劣る鬼畜生め。

突き飛ばされて、羅覇は悲鳴をあげて土間床《どまゆか》に打ち伏した。やがて引きずるように身を起こし、うつむいたまま震えはじめる。

泣いたのか、と冷ややかに見おろした二藍は息を呑んだ。

祭官の娘は笑っていた。

「……鬼畜ですって？『ありもしない恐怖を煽った』ですって？」

おかしくて仕方ないと肩を揺らす。のけぞり、口を大きくあけて、高らかに嘲笑した。

「愚かな王子め！　号令神がもうすぐ来《きた》るのは、まったくの真実だ。お前が知らずとも、八杷島も、玉央も、その訪れが迫っていると知っている。だからこそ玉央は鹿青殿下を陥れた。我ら八杷島は石黄に近づいた。そして――」

羅覇は凄絶な笑みを二藍に向けた。

「その策惜しくも敗れた今は、二藍、お前を利用して兜坂に号令神を呼び、滅国の憂き目に突き落としてやると決めたのだ」

名指しされて、二藍はわずかに狼狽《ろうばい》した。

「……号令神の訪れとわたしになんの関係がある」

号令神の恐怖を煽り、国を傾ける企てが失敗に終わったからこそ、八杷島は手を変えて、二藍を神に変じさせ、斎庭を荒らそうと画策したのではないのか？

「おや、まだわからぬのか、神気のいと濃き神ゆらぎよ。まあいい——まずは、号令神そのものについて説いてやろう」

ほつれた髪を額に貼りつけて、羅覇はよどみなく語った。

「確かに号令神とは、あるとき、ある国にふらりと現れ、滅国を命じる神だ。だがその訪れがまったく突然であるわけでもない。必ず予兆がある。先触れとも言う。こたびまず予兆が現れたのは、笑ってしまうことに、かの大国玉央だった。さぞ慌てたことだろうよ。西方との戦《いくさ》のさなかに、号令神の訪れの兆《きざ》しが生じたのだからな。無論、滅国のさだめを背負うのは盟主たる玉央であってはならぬ。それで彼奴《きやつ》らは一刻も早く他国に押しつけようと決めて、策を弄《ろう》しはじめたのだ」

「押しつける？　号令神とは、他国に押しつけられるものなのか」

羅覇は馬鹿にしたように目を細めた。

「神ゆらぎよ。そもそも号令神とは、人が呼び寄せるに近い。我らはよく、腐りかけの果実に喩《たと》える。玉盤神を奉じる国々にはあらかじめ、各々《おのおの》ひとつずつ、腐りかけの果実が渡されている。それを最初に真に腐らせてしまった国が、号令神の餌食《えじき》となる」

「つまり――」垂水宮に、ひやりと冷気が忍び入る。「――つまり廻海《めぐりのうみ》の国々は、他国の果実を先に腐らせようと互いに策を弄しているのか」

なにも知らない兜坂をよそに、周囲ではそんな争いが起こっていたのか。

「そのとおり」と羅覇は顎を持ちあげた。「兜坂のような知恵なき国以外は、みなこのときを恐れて万全に備えている。他国の果実を腐らせようと動く国、己《おの》が果実を守るため、警戒に警戒を重ねる国、さまざまだが」

であれば八杷島は、大切に守っていた果実を腐らせようとする玉央の画策に、見事嵌められたのか。八杷島の実は腐りつつある。このままでは号令神を引き受ける羽目になる。だからこそ兜坂を陥れようとしたのか。兜坂の果実が先に腐れば、八杷島はさだめを免《まぬか》れる。それが二藍を神に化させようとしている、真の目的なのか。

身体が冷えていく。頭が冴え渡り、恐ろしい結論が靄《もや》の向こうから姿を現す。

「……果実とはいったいなんだ」

沈黙が落ちる。二藍は羅覇の衿《えり》を摑みあげ、揺さぶり、問いを繰りかえした。

「お前が果実と呼ぶものは、いったいなんなのだ！」

「わかるだろうに。お前だ、神ゆらぎ」

羅覇は静かに笑みを浮かべた。

「お前こそが腐りかけた果実、号令神を呼び寄せる旗印だ。お前が神と化した瞬間に、号令神はこの国を滅国の舞台と定める」

二藍は羅覇の衣から手を放した。訊《き》かずとも予想はついていた。だが心底打ちのめされた。わたしか。やはりわたしなのか。

「二藍よ、今までお前は、神気の濃き神ゆらぎがなんのために生まれると考えていた。心術で国に尽くすためか？　違う。滅びを招くために生を享《う》ける。お前は最初から、祖国を滅ぼすためだけに生きてきたのだ」

二藍の瞳に、羅覇の嘲笑が映る。目の前なのに、御簾《みす》のはるか向こうを垣間見ている気がした。心がついていかない。ついていかないように、強い力が抑えこんでいる。そうだ、絶望してはいけない。きっと思うつぼだ。

「……ならばお前がそれだけ取り乱すのも道理だな」

己を叱咤する。引き裂くような笑みを浮かべて羅覇を睨んだ。

「つまりお前の大切な鹿青も、わたしと同じく滅びを招く者か。それも、よりたちが悪い。心術で操られて、今にも神と化し、八杷島を滅ぼそうとしているのだろう？　さてどのように神に変じるのだろうな。休む間もなく、次々と心術を使って破滅するか？　涙を流して神金丹を乞うか？」

「どちらでもない。絶望だ」

羅覇の頬から笑みが消え、怒りを宿した瞳から涙が落ちた。

「神ゆらぎが神と化す道筋は三つ。ひとつ、心術の行使が過ぎて、神気を制することができなくなったとき。ふたつ、神金丹を口にして、身に余る神気を得てしまったとき。そして三つ目が――」

「――絶望して、神になってしまいたいと心の底から望んだときだな」

「そのとおり。絶望が神ゆらぎを神に変える」

二藍は重く沈んでいく感情をなんとか保とうとした。今初めて聞いた事実だが、とっくに知ってもいた。心の底から絶望した瞬間、この身は神と化す。すべてを捨て去る道を選んでしまう。幻の綾芽の屍《しかばね》を抱いたあの日に悟っていた。

「……となれば、玉央が鹿青にかけた心術も、絶望を促すものだったか」

「そうだ。あの御方はなんの喜びも感じず、望みも抱かぬように命じられてしまった。そんな生に耐えられず、神と化したいと、楽になりたいと望むように。絶望するように！」

羅覇の声は泣き叫ぶようだった。

「そして瞬《またた》く間《ま》に的《まと》を置かれてしまわれた。そればかりか白羽《しらは》の矢を握りしめ、今も神と成って己の心が消え果てることだけを願っておられる」

「……的とはなんだ」

聞き覚えのない言葉に恐怖をおぼえて、二藍は声を低めた。

「鹿青に置かれた『的』とは、いったいなんのことだ。どのようなありさまを指す」

それはわたしに関係があるのか。兜坂の国を陥れるものなのか。

「なにを言う。まさかここまできて知らぬふりか？」

羅覇は、真っ赤な目をして二藍を睨んだ。「お前の身体にも的はあるだろうに」

二藍は眉をひそめる。まったく覚えがない。

「あくまで知らぬと言い張るのか。……まあいい。号令神が落ちるための目印、それが『的』だ。号令神の訪れが近づくと、神気の濃き神ゆらぎの身体に、玉盤神が置いてゆく。的が置かれた神ゆらぎは、もはや普通の神ゆらぎですらなくなる。玉盤神を奉じる他の国々の的と並び、勝負の俎上《そじょう》にあげられる」

「なんの勝負だ」

「無論、誰が最初に神と化すかの勝負に決まっている。はじめに神と化した的のいる国が、滅国の神命を受ける。そして決して避けられない滅びを迎えるのだ」

決して避けられない滅び。

二藍はぞっとして、扇を強く握りしめた。

神ゆらぎにとってそれは、ただ荒れ神になるよりはるかに悪い最期《さいご》だ。荒れ神になるだけならば、時と場所を選べば少なくともその瞬間は誰も殺さず去れるかもしれない。だが号令神を連れてくるのならどうなる。神と化した瞬間に、必ず国を滅ぼしてしまう。

まさか先日、悪夢を見せる神――夢現神《むげんしん》に見せられた行く末も、この号令神が訪れたあとの光景なのか。桃危宮が廃墟になったのも、女たちの屍《しかばね》がむごたらしい様で晒されていたのも、滅国の命がくだったからなのか。であるのなら、あの凍りつくような光景は斎庭だけではすまないのだ。大君の御所が、都が、国のすみずみまでが惨禍《さんか》に突き落とされる。

気が遠くなりそうになって、二藍は大きく息を吐いた。しっかりしろ。わたしは選ばれない。勝負の俎上には乗らない。そのはずだ。

「的についてはわかった。では鹿青が握りしめていると申した、白羽の矢の方はなんなのだ。それも号令神に関《かか》わるのか」

「今いる的のうちで、もっとも神に近くなっている神ゆらぎに与えられるものだ。何事もなければ、矢を持つ的に号令神は落ちるだろう」

「なるほど。それでお前はこんなにも必死になっているのだな。このままでは白羽の矢を立てられた八杷島が、号令神の餌食になってしまう」

「餌食になどならぬ！　必ずしも矢を持つ神ゆらぎが運命を引き受けるわけではないのだ！　あくまで号令神は、最初に神と化した神ゆらぎのもとに来る。鹿青さまが矢を持っていようと関係ない。他の神ゆらぎが先に神となってしまえば、それで終わりだ。鹿青さまは免れる」

「だからお前は、わたしを神と化させようと暗躍していた」

鹿青を救うため。八杷島を救うため。

「そうだ。お前さえ神と化せば、わたしの国は滅びない。鹿青さまも救われる。恐ろしいさだめを招いた者として、永劫民に恨まれ、己を許せぬまま神として彷徨《さまよ》わずにすむ！」

二藍よ、と羅覇は語気を強め呼びかけた。そこにあるのは剥きだしの憎悪だった。

「お前は必ず神と化す。的を持った神ゆらぎは、日に日に神へと引き寄せられる。心がすべてを捨て去って、神としての安寧《あんねい》を望むようになる。だから我ら祭官は、必死で鹿青さまが神にならぬようにお守りしている。他国も同じ。だが二藍、お前を絶望から守る手立てはあるか。引き留めてくれる者はいるか。ないだろう。そうだ、兜坂にはないのだ！なにもない。ゆえに負けるのはお前だ。神と化し、国に滅びを招くのはお前だ」

「……羅覇よ」

呪いであり祈りでもある言葉を吐き続ける祭官に、二藍は至極《しごく》落ち着いて呼びかけた。

「残念だが、わたしは号令神を引き寄せぬ」

羅覇の思いも、決心も、なにが二藍の身に降りかからんとしていたかもわかった。確かに、腐った果実の勝負に二藍が臨《のぞ》まねばならないならば、勝ち目はないだろう。今でさえ、ことあるごとに袖を引く、甘美な誘惑を振りはらう術を持たないのだから。

だが二藍はまだ両の足で立っている。羅覇の努力は無駄になる。願いも叶わない。

なぜなら――

「わたしには的はないのだ。そのようなものを玉盤神にもらった覚えはない」

だから二藍が、号令神を呼び寄せるわけもない。

「な……」

羅覇は目をみはった。娘らしい驚きの表情はしかし、すぐに激しい怒りにかき消される。

「嘘をつくな！　お前にも的はあるはずだ。ないわけがない！　どの国の神気のいと濃き神ゆらぎにも的は置かれた。さだめを避ける知恵もないお前だけが逃れられるものか」

「ないものはないのだ。お前がどれだけ怒ろうと嘆こうと」

二藍は穏やかに返す。羅覇は呆然と、穴の空くほど二藍を見つめた。そのまま動かなくなった。

ほんのいっとき、二藍は自分を破滅させようとしたこの若い祭官が哀れになった。敵ではあるが、心は斎庭の女と同じ。ずっと誰かのために身を張ってきたのだ。

「……羅覇よ。お前たちの企ては看過《かんか》できぬが、我らとしても八杷島の滅亡は歓迎しない。よってお前が心より謝罪し助けを乞うというのであれば――」

羅覇が何事かをつぶやいた。二藍は怪訝に訊き返す。

「なんだ？」

「……ありえぬ」

羅覇の口の端が引きつる。常軌を逸して見開かれた瞳が二藍を刺す。

「お前に的が置かれていないわけがない。必ずある」

「ないと言っただろうに」

「玉盤神の理にあれほど心惹《ひ》かれていたのに？　まさか自分がときおり、玉盤神のごとき無の表情を浮かべていると気づいていないのか？　今も孤独に耐えられず、感情など捨ててしまえば楽になれると思っているだろう」

そうだろう？

「全部全部、的を置かれる神ゆらぎの証《あかし》だ。今のお前はどこから見ても的。逃れられていると思いこんでいるだけ」

二藍はとっさに答えられなかった。なぜ答えられない。容易く否定できるだろうに。

床の土で汚れた羅覇の頬に、大きく笑みがのぼってゆく。

「苦しくて苦しくて仕方ないのだろう？　欲しいものは決して手に入らない。得たと思えば逃げてゆく。心があるからそうなる。だが案じるな、お前は神ゆらぎだから、そんなもの簡単に捨てられる。知っているか？　玉盤神は、普段は玉盤大島の湖の底に横たわっているという。清き水の湧く、澄んだ、深い深い湖だ」

音もなく、光も届かず、静かで、波もない、穏やかな水の底。

「そういうものに惹かれるだろう？　なにもかもが面倒になっているだろう？」

「……知らぬ」

二藍の脳裏に、群青《ぐんじょう》の水底《みなそこ》が広がった。撓《たお》れた木々が沈んでいる。波も立たないから朽《く》ちず、いつまでもそこにある。静かに佇んでいる。安寧に――。

「思い出せ、二藍。玉盤神はお前にも的を与えたはずだ。お前が玉盤神の永遠の理に身をゆだねたいと望んだそのときに、姿を現したはずだ」

刺繡《ししゅう》に彩られた黒い衣の娘の姿が、ふいに脳裏をよぎった。衣に縫いつけられた鈴の音。輝く大きな金色の指輪。

足元が揺らいで、おぼつかなくなってくる。知らぬ。わたしはなにも知らぬ。

「身体のどこかにひどく痛む部分があるだろう。絶望したとき、もうすべてを投げだしてしまいたいと嵐のような欲求が吹き荒れるとき、ちくちくと痛むところがあるだろう」

「そのような場所などない」

二藍は知らずのうちに、左の親指の付け根を押さえていた。目ざとく認めた羅覇の目が細まる。口が三日月のようにつりあがる。

「なるほど、兜坂に現れた夢現神は、若い娘の姿をしていたな。あの神は的を与えるとき、指輪を用いるという。指輪をお前の親指に押し当てて――」

「やめろ！」

二藍は口走った。胸が激しく跳ねている。瞼の裏に誰かの顔が浮かびあがる。二藍をまっすぐに見つめる、石のような夢現神の瞳。

やめろ、やめろ。

「なんだ、やはりお前も的を持っているではないか。わたしの努力は無駄ではなかった！お前も腐りかけの果実のひとり。そして最初に腐るであろう男。滅びをもたらす男」

「黙れ」

二藍は羅覇の肩を強く押しやると、よろめいて後ずさった。耳を覆って目をつむり、かぶりを振る。

「黙れ羅覇」

それでも打ち払えなかった。鮮やかに蘇《よみがえ》ってくる。若い娘の形をとった夢現神。ほっそりとした腕が二藍を指差した。お前もこれが欲しいのだな——。

「——死ねていたら救われましたのにね、殿下」

蒼白になって倚子《いし》に手をつき、ついには汚れた床に膝を折った二藍を、羅覇はうっとりと見つめた。

「お身体に的が置かれる前に、薨《こう》じられていればよかった。そうすれば国に滅びを招く羽目にだけはならなかったのに。意味のない生を、意味のないまま終わらせられたのに。おかわいそうに」

「うるさい」

力の入らない身体を支えながら、二藍はようやく言い返した。羅覇は二藍を絶望させようとしている。今この場で二藍を神と化し、すべての決着をつけようとしている。耳を貸してはならない。

「——ねえ二藍さま。石黄さまは、わたくしにこう仰いましたわ」

「黙れ。お前がなにを言おうと、わたしは絶望しない。神にも化さぬ」

「石黄さまは、号令神の的が出そろえば、必ず兜坂国が滅国の憂き目に遭うと理解されていらっしゃった。玉盤神が訪れぬよう、祭祀を放棄しようとしたのはそのためです。ですがそれよりなにより二藍さま、あなたを救いたいと願っておられた。あなたはずっと苦労なさってきた。心をひらける者もおらず、誰とも深く触れ合えず」

「やめろ」

「石黄さまは、愛《いと》しい甥《おい》にこれ以上過酷な運命を背負わせたくはなかったのです。あなたが大切で、すこしでも安らかに生きてほしかったのです。あなたの幸せを祈っていたのです。そんなあなたを案じ、あなたのために手を汚した石黄さまの首を」

「やめろと言っている！」

二藍は激昂《げっこう》して立ちあがった。心術を使いたい。黙らせたい。だがもうこれ以上は無理だ。なぜできない、こんなにも苦しいのに。

「――そんな石黄さまの首を」

羅覇は笑みを浮かべて、くい、と首を傾けた。

「こうして、あなたは刎《は》ねたのですね」

違う、と答えたかった。

しかし声が出なかった。息が荒くなって、言葉が出てこない。身体中の血がたぎっているようで、凍っている。左の親指の付け根が貫かれたように激しく痛む。身動きができない。なにも考えられない。考えてはいけないのだ、考えた瞬間に滑り落ちてしまう。

神と化してしまう。荒れ神と化し、号令神を呼び寄せてしまう。なにもかもが滅びる。あの娘を泣かせてしまう。また泣かせて殺してしまう。

――嫌だ。

とっさに左の指の付け根に歯を突きたてた。ここで屈するわけにはいかない。絶望などできない。絶望したくない。終わりたくない。

約束したのだ。

どくどくと脈打つ音が耳の内側で響いている。ぷつりと皮膚の裂ける音がして、苦い鉄の味が口いっぱいに広がっていく。それでもなお深く歯を食いこませた。わたしはここでは終われない。終わるものか！

食い破られた肌の痛みが『的』の痛みを押しのけて、凌駕《りょうが》しはじめてから、ようやく二藍は口を離した。緩く頭を振り、息を大きくついて、口元を拭って顔をあげた。

羅覇は驚いた顔をしていた。勝利を疑っていなかったのだ。

「……わたしは神にはならぬ」

「まさに今、なりかけていたくせに」

「神になる前に、この命にけりをつければよいだけだ」

ぐったりと疲れ切った声で、それでも二藍は毅然《きぜん》と言った。

「わたしが死ねば国が守られるなら、命など惜しくもない。お前の努力は水の泡だ」

羅覇は一瞬、なにを言われたのか理解できないという顔をした。

と思えば一転、おかしくてたまらないように顎をもちあげ笑い飛ばす。

「ならば今死ね。今ここで、わたしの前で死んでみせろ」

二藍は黙って背を向けた。御殿を去るまで、羅覇は身体を深く折って笑い続けていた。

「あの女を獄に移す」

外で控えていた千古《ちこ》に、二藍は短く命じた。「我が身を傷つけた。これは立派な罪だ」

「承知いたしましたが」と千古は、二藍の血の滲んだ手に目を落として眉根を寄せる。

「そのお怪我が羅覇の仕業《しわざ》なのでしょう。まずは手当てをいたさねば」

いらぬ、と二藍は振りはらった。血を流していたい。一切が終わるまで、この痛みは
『的』なる馬鹿げたものではなく、この傷がもたらすものだと信じていなければ。

「馬を牽《ひ》きだせ。出かける」

「どちらへ」

いっとき立ちどまり、二藍は低くつぶやいた。

「斎庭《ゆにわ》だ」

第四章　途切れる糸を繋ぐ者

「なるほどね。あなたはその那緒《なお》って子のために斎庭《ゆにわ》にやってきて、今はあの二藍《ふたあい》って男を助けたいと思ってるわけね。大切なのね」

尚《なお》の問いかけに、その白い毛皮に顔をうずめて綾芽《あやめ》はうなずいた。

「うん。ふたりとも、とても大切な人なんだ」

とみに冷えこんできた。きっと外では完全に日が落ち、夜になったのだろう。だがありがたいことに、それほど凍《こご》えてはいなかった。岩屋に敷き詰められた毛皮は暖かいし、なにより尚と身を寄せ合っている。しばらく眠ったからか、すっかり気力も回復している。

今は、尚に身の上話を聞かせていたところだった。生まれや育ち、なぜ斎庭に来たのか、近頃はどうしているのか。

那緒の思い出もたくさん話した。話しているうちに、胸に納得がすとんと落ちていった。神としての尚はかつての那緒ではないけれど、それでもやっぱり那緒なのだ。

「それにしてもあなたは幸運ね」

毛を梳《くしけず》ってやると、気持ちよさそうに尚は伸びをした。

「幸運？　どうしてだ」

「だってあなた、誰かのために身体を張るのが生きがいなんでしょう。自分のために生きるっていうより」

「大切な人のために頑張るのは、自分のためでもあるよ。わたしも一緒に幸せになりたいんだ。そのためには大切な人にも幸せになってもらわなきゃならない」

「それって、想いが互いに向いてるから成り立つのよ。だから幸運って言ってるの。那緒はちゃんとあなたを待っていた。だからあなたの努力は報《むく》われた。二藍だってそうね。二藍はあなたが好きだから、尽くしたら、尽くし返してくれる」

もし二藍が、あなたにそっぽを向いたらどうなるの？

「頑張って助けた人が、報いてくれないのよ。目も当てられないでしょ」

「二藍はそういう人じゃないけど、確かにわたしは幸運だな」

綾芽は頬を緩《ゆる》めた。

でもあれね、と尚は上目遣《うわめづか》いで綾芽を見やる。

「あなたってこの祭礼が終わったら、別の男のところに戻らなきゃいけないんでしょう」

そう言われて、ふと我に返った。そうだった。十櫛《とくし》は、綾芽の心が欲しいわけではないと言った。だが、必ず戻ってくるようにとも命じた。その真意はいまいち定かではないが、心がなくても尽くせという意味なのだろうか。身体が重くなってくる。

「逃げちゃえば？」尚はあっけらかんとしている。「二藍と一緒にいたいんでしょう？」

「そんな、できないよ。二藍の立場を悪くしてしまう」

「じゃあ反抗しなさいよ。このひとと一緒にいたいんだって訴えなさいよ」

そうできればどれだけいいだろう、と綾芽はうつむいた。

今はもう、自分の見込みの甘さを痛感している。十櫛の子を産んでから二藍のところに戻るのは、綾芽が考えていたよりもずっと難しいことなのだ。

だからこそ今、二藍が一言でも行くなと命じてくれれば、なにもかも投げすててしまうかもしれない。もしめでたく子を産んで帰ってこられるとしても、いつになる。それまで二藍は綾芽を待っていてくれるのだろうか。心を寄せてくれるのか。孤独に囚《とら》われないか。

「あら？」

と尚がふいに首をもたげた。耳がぴんと立っている。

「……どうした？　なにか聞こえるか」

「うん、ちょっと、いろいろ。でもまあそうね」

尚は立ちあがるとその場でくるりと回った。

「わたし、すこし出かけてくるから」

言うやいなや岩屋を出ていく。待って、と言いかけた綾芽は言葉をなくした。

岩屋の入り口に、亡霊のような男が立っていた。

篝火《かがりび》を背にしているから、顔は影になってよく見えない。だが、低く結った髪、すらりとした立ち姿。

「……二藍？」

信じられない気持ちで腰を浮かせた。幻を見ているのか？　いや違う。確かにいる紛《まぎ》れもなく二藍そのひとだ。

そう確信したとたん、綾芽は跳ねるように立ちあがった。羅覇《らは》との祭礼は無事終わったのか。綾芽を心配して様子を見に来てくれたのか。ずっと会いたかった。会いたくてたまらなかった。

脇目も振らずに駆け寄って、声を弾《はず》ませた。

「まさか来てくれるなんて思わなかった。猟人《かりひと》に案内してもらったのか？　暗いから大変だっただろう」

いや、と二藍はささやくように答えた。

「ひとりで来たのだ」

「え、本当に？　そんな、無茶な」

「たいした道行きでもなかった。わたしは神ゆらぎだから夜目が利《き》く」

「そうは言っても――」と言いかけて、綾芽は声を呑んだ。影を背負った二藍の表情が、ようやく窺《うかが》えた。口元に浮かぶ笑みは、今にも消えてしまいそうに弱々しい。夜気に冷え切った頬は真っ白で、瞳にも憔悴《しょうすい》の色が濃い。

「……どうしたんだ」

ずっと抱いていた不安が迫《せ》りあがってきた。

星々が照らすばかりの夜の山野を、春宮《はるのみや》がひとりで越えてきたならば、相当な理由があるはずだ。やはり垂水宮《たるみのみや》でなにごとかがあったのか。羅覇は二藍を陥《おとし》れようとしたのか。

「羅覇となにかあったのか。あったんだろう？　ふたりで祭礼に臨《のぞ》むって聞いたから、すごく心配してたんだ。あの子はなにか企《たくら》んでいそうな顔をしていたし」

焦燥《しょうそう》をにじませて身を乗りだした綾芽を、二藍はやわらかに押しとどめた。

「心配はいらぬ。羅覇はわたしを害することなどできなかった」

「できなかったって……つまり害そうとはしたってことだろう」

綾芽は歯噛みした。やはり羅覇は画策《かくさく》していたのか。二藍を傷つけようと、兜坂国を窮《きゅう》地《ち》に陥れようとしていた。あのときどうにかして止めておくべきだった。

「それでなにがあったんだ。大丈夫なのか？　怪我《けが》はないか」

「今は案じずともよい。しかるべき刻《とき》がくれば、お前も含め、みなが詳細を知ることになるだろう。そのように手はずは整えてきた」

「なぜ濁すんだ。まさか羅覇は、神金丹《しんこんたん》をあなたに突きつけたのか？　それとも心術をかけようとしたか」

「案ずるなと言っているだろう」と二藍は、なだめるような、窘《たしな》めるような口調で言った。

「羅覇はどちらもなさなかった。そもそもあの娘は心術を使えぬ。神ゆらぎではないのだ。よってわたしが操られることもない」

本当だろうか。綾芽はこらえられず、袖《そで》のうちに隠れた二藍の手を無理矢理に握りしめた。垂水宮で実際なにがあったかは黙っていて、しかし案ずるなと言われても困る。すくなくとも二藍に心術がかかっていないか確かめないと不安でたまらない。

幸い、確かに心術に屈した様子はなかった。だが綾芽は口を引き結んだ。二藍の手は死人よりも冷えていて、そればかりか左手には深い傷がある。まだ血が滲《にじ》んで、痛々しく腫《は》れている。山中で引っかけたのか、獣に噛まれたのか。よほど痛むようで、手先に触れただけで二藍は顔を歪《ゆが》めた。

「……とにかく、あなたは休まなきゃだめだ」

焦《あせ》りをどうにか押しとどめ、綾芽は二藍の袖を引いた。

「こんなに冷えていたら死んでしまう。それに傷口も早く水で清めないと」

火桶《ひおけ》と毛皮で温めて、傷の手当てをしなければ。身体を楽にさせてから、ゆっくりなにがあったのか訊《き》かなければ。なにも言わないが、二藍は心も深く傷ついている。だからこそ、ひとりで禁苑《きんえん》の野を越えてきたのだ。

しかし二藍は、一歩も動こうとしなかった。

「なにをしてるんだ、早く来てくれ」

「綾芽。わたしはここに、羅覇となにがあったか伝えるために来たわけではない」

「だったらなぜ、はるばる来てくれたんだ。とにかく話は座ってしよう。それから——」

「わたしはただ、お前にひとめ会いたかった」

打たれたように綾芽は立ち止まった。そっと、息を止めて振り返る。二藍は綾芽を見つめている。その眉は苦しげにひそめられている。

「……どうしたんだ。やっぱり羅覇が——」

「どうもしない。ただ」と二藍は言葉を探すように目を伏せた。

「ただ、お前は先日、待っていろと言ってくれただろう」

「……うん」

確かに言った。必ず一緒に幸せになる。だから綾芽が戻ってくるまで耐えてほしい。待っていてほしい。そう約束した。

「言われたとおりにおとなしくしていられればよかったのだが――待てなかったのだ。もう待てない。だから大事な祭礼の途中とわかっていても押しかけた。今すぐお前に会いたかった。理由などそれだけだ」

綾芽はただ目をみはって、目の前の男を見あげた。胸がいっぱいで言葉が出てこない。

「急にこのように言われても困るのはわかっている。だがこのままでは……長く長く会えぬようになる。それが、どうにも辛《つら》くてな」

恥じるように苦く笑った二藍がたまらなく愛《いと》しく感じられて、どうしようもなくなって、綾芽は矢も楯《たて》もたまらず、思いきり濃紫《こむらさき》の袍《ほう》を抱きしめた。

「来てくれてありがとう。わたしもあなたに会いたかった。ずっとずっと会いたかったんだ」

綾芽だって限界だったのだ。このひと月、こうしてそばにいられる日を待ちわびて、夢見ていた。

「……そうか」

二藍の声に、初めて安らぎの色が滲《にじ》んだ。「すでに愛想を尽かされていたらどうしようかと、怖かった」

「まさか！　わたしの心はいつもあなたのそばにある。すこしも揺らいでないよ」

顔をあげてはっきり言い切ると、二藍は嬉しそうな、それでいて寂《さび》しげな、複雑な表情をした。十櫛と綾芽のことを考えたのか。それとも別の苦悩があるのか。

問いかけるよりも前に、二藍は頬に穏やかな笑みを浮かべ直した。そして今度は自分から綾芽を引き寄せて、濃紫の袖で包みこんだ。

「今宵《こよい》、お前に会えてよかった」

背に回った二藍の腕にぐっと力が入ったのがわかった。だがそれも一瞬で、二藍は身を引くと、乾いた血のこびりついた左手を笑って掲《かか》げてみせた。

「さて、悪いがこの傷の手当てを頼んでもよいか」

綾芽ははっとして、それから慌《あわ》てて二藍の袖を再び摑んだ。

「もちろんだよ。今すぐ診《み》よう。それだけ腫れたらすごく痛いだろう？」

「いや、今はそうでもなくなってきた。お前といるときは、この忌《い》ま忌《い》ましい痛みも少々鳴りを潜《ひそ》めるのだな」

「ちょっと、なに適当なこと言ってるんだ。わたしといるだけで痛みがひいたら世話ないだろう？　あなたはいっつもやせ我慢するからな。ほら、来てくれ」

呆《あき》れて袖を引っ張ると、二藍は今度は素直についてきた。毛皮をたっぷり敷いた上に座らせて、上半身にも被《かぶ》せかけてから、綾芽は手当ての道具が入った手箱をひらいた。

手当てを進めるあいだ、二藍は右手を火桶にかざし、「暖かいな」と笑っていた。傷も猿に嚙まれたのだと言って、綾芽が驚くと今度は冗談だとけむに巻く。最初、左手に触るだけでひどく顔を歪めていたので案じていたが、言っていたとおり、今は痛みもいくらかひいたようだ。綾芽は密《ひそ》かに胸を撫で下ろした。

それからふたり並んで座り、一緒に毛皮にくるまって、綾芽はここひと月に起こったことを話して聞かせた。招きはじめの儀のことも、十櫛のことも、細大漏らさず話した。

「……わたしは、十櫛さまのところに戻らなきゃだめか？」

綾芽は両手を握りしめて尋《たず》ねた。未練がましくとも二藍と一緒にいたいし、いるべきなのだ。国の事情があろうとも、その思いはもう揺るぎようがなくなっている。

「行きたくないんだ。どうにかならないだろうか。あなたのそばにいたい」

意外にも二藍は、「そうだな」とやわらかにうなずいた。

「状況も変わりつつある。この祭礼が終わったら、ゆっくり考えよう。お前がしたいようにするのが一番だ」

「いいのか？」

にこりと笑みが返ってくる。胸が熱くなって、綾芽は思わず二藍に飛びついた。

「よかった！　なにかうまい手立てを考えるよ。みんなに迷惑をかけずにすむように」

「それがいい。お前ならどんなときも、よりよい道を探して歩いてゆけるはずだ」

二藍はそう言って、綾芽を眩《まぶ》しそうに見つめた。

その後も二藍は、飽きもせずに綾芽の話を聞いてくれた。共に笑って、共に悲しんでくれた。反対に自身に起こったことへの口は重くて、綾芽は内心焦《じ》れて仕方なかった。遠からず真相を知ることになると二藍は言うが、なぜ今伝えてくれないのだろう。誰より己《おのれ》を律《りっ》してきた二藍が我慢できないと思うなら、ただごとではないなにかがあったのだ。なにがあったのか知りたい。事態をよりよい方へ持っていきたい。

それでも二藍にも話したくないことはあるだろうし、話すにふさわしいときを待ちたい気持ちもわかる。なにがあっても大丈夫だ、またそばにいられるのだから。綾芽はそう、不安に揺れる自分の心をなだめた。

話し疲れて、身を寄せ合ってすこし休んだ。あんなに冷えていた二藍の身体に確かな温《ぬく》もりが戻っていて、それがたまらなく嬉しかった。

「さて、そろそろ暁《あかつきのみけ》膳の準備にかかるとしよう」

やがて二藍は立ちあがった。粥貝《かゆがい》の神に朝の神饌《しんせん》を供《そな》える刻が近づいている。

「粥貝神の祭礼については、わたしが託《ことず》かってきた。暁の神饌を捧《ささ》げて、常のとおりにおもてなしし、お帰りいただくようにとのことだ」

「結局、いつものとおりって決まったんだな」

うつらうつらしていた綾芽は起きあがり、装束《しょうぞく》を調《ととの》える。二藍が手伝ってくれて、袖の先まで美しく衣《ころも》を重ねてくれた。

「常子《つねこ》さまは、途中で祭礼を放棄してわざと荒れさせる手もあると仰《おつしや》っていたけど」

「こたびは、その手はとらぬこととなった」

二藍は衣の裾《すそ》を、うやうやしいとも思える手つきで揃《そろ》えた。

「思っていたより大きな地震《なゐ》を起こされたら危ないからか？」

「そうだ。今までの記録どおりに荒れるとも限らぬのが地脈の神だ。かつて、小指ほどの太さの蛇だと思っていたら、実はそれは尻尾に過ぎなかった神がいたという」

禁苑の池に神を招いたときのことだ。はじめ小蛇のようなものが水面から覗《のぞ》いていたので安堵《あんど》していたら、急に水の下から猛牛が躍《おど》り上がってきて、みなひどく驚いたそうだ。

「地脈神は怖い。こたびのように、いつの間にか厄災の糸で繋《つな》がっているときもある。見えている姿がすべてではない場合もある。他にもさまざま、恐ろしい変じ方をする」

「一筋縄ではいかないんだな。じゃあ桃夏《もも か》さまの半身が蛇なのも、そういう質《たち》のせいなのかな。同じ怨霊でも、地脈の神ではない稲縄《いねただ》さまは人の形《なり》をなさっていたし」

「そうだな」

二藍は綾芽の衣から手を放し、裾を払って立ちあがった。そのあっさりとした答え方に引っかかり、綾芽はふと衣のうちに隠していた、桃夏に贈られた呪いの木簡《もくかん》を探す。

——ない。

さっと血の気《け》が引いた。二藍が密かに取っていったのか。だがあれは呪いの予言だ。しかも肩代わりできるから、このまま木簡を持っていかれたら、『なにも為《な》せずに死ぬ』のは二藍になってしまう。

「返してくれ！」

慌てて二藍の前に回りこんで、袍の懐《ふところ》を探ろうとした。

「こら、なにをする。はしたないぞ」

「違う、木簡だ！　わたしがうとうとしていたときに、勝手に持っていったな」

二藍は小首を傾《かし》げて笑みを浮かべた。まったく慌てていないから、木簡は懐には入っていないのだろう。

「気づくのが早いな。だが返さぬ。あれはわたしのものだ」

「なにを言ってる」綾芽は泡を食って二藍の胸を叩いた。「わたしは呪いなんて信じてない。あの予言は成らないよ。だから返せ」

「成らぬなら、誰が持っていても同じだろうに」

「全然違う。わたしが持っていて、わたしが呪いをはねのけるから意味があるんだよ」

「心配するな。あの男はしつこいから、またお前の前に現れて、別の一文を記して渡すだろう。その呪いを打ち払え。お前にならば容易《たやす》いだろう」

「どうしても返さないつもりか」

「どうしても返さぬ。返す理由もない」

二藍の袍を握りしめ、綾芽は唸《うな》った。言い負かせない。確かに予言を成就《じょうじゅ》させるつもりはないのだが、とはいえ自分以外に呪いを降りかからせたくもないのに。それに二藍は、なんというか危うい。呪いに取りこまれそうなのだ。

「わたしは呪いに囚《とら》われそうだから、危なっかしくて持たせられぬと思っているな?」

心を読まれて、綾芽は顔をしかめた。

「わかってるなら返してくれ」

「綾芽、わたしはむしろこの呪いに囚われたいのだよ」

「……なんだって?」

さすがに唖然とした綾芽の髪を、二藍は愛おしそうに撫でる。

「『なにも為せずに死ぬ』。わたしにとっては言祝《ことほ》ぎだ。なにも為さないままに死ねたのならそれでいい。神と化したわけでも、国を滅ぼしてしまうわけでもないのだから」

なにを言うんだと目をあげて、しかし綾芽は声をなくした。二藍の瞳の奥に、切ない願いが滲《にじ》んでいる。憤《いきどお》りも嘆《なげ》きもなく、ただ願いだけが。

「だけど、二藍」

言葉を探しながら綾芽が言いかけたときだった。乱れた足音があっという間に近づいて、岩屋に白い毛を逆立てた狼が走りこんできた。尚だ。息があがって、鋭い歯が剝《む》きだしになっている。全力で駆けてきたのだ。

「尚？　どうした——」

「早く来て！　大変なことになってる」

綾芽と二藍は顔を見合わせ、次の瞬間には太刀《たち》と弓矢、それに宝剣をとっていた。

空はまだ闇一色だが、ひとつだけ残しておいた篝火《かがりび》の明かりで岩屋の出口はぼうっと光っている。それを目指して走り、綾芽は外へ飛びした。息を切らして椿《つばき》の垣を乗り越える。粥貝神が休む舞台の前まで一気に足を運んだ。

いったいなにが起こったのか。胸を大きく上下させて周囲を見やる。

昨夜からの変化は見当たらない。椿の花が、闇にぽつぽつと浮かんで見える。風もない。舞台の上では、粥貝神が変わらず休んでいる。

(なにも起こっていないじゃないか)

そう思ったとき、ふっと篝火が揺らいで闇が濃くなった。仰ぎ見ると、厚い雲がみるみる星空を覆《おお》い隠していく。星明かりを照り返していた白砂《しろすな》が、急に重苦しく沈んだ。

と、すべての篝火に火を入れていた二藍が、息を呑んで綾芽に走り寄ってきた。松明《たいまつ》を足元に捨てて、綾芽を強く引っ張ると、抱《かか》えこむように椿の陰まで後ずさる。

「どうしたんた」

怪訝《けげん》に振り向けば、し、と声を潜《ひそ》めるように窘められた。二藍の大きく見開かれた瞳は、舞台を見つめている。はっとして目を向けた綾芽も、すぐに息をとめた。

舞台の上には変わらず休む粥貝神。その頭上に、ぼうっとなにかが光っている。

赤い光がふたつ、歩幅ひとつ分ほど離れて横に並んでいた。

「……目玉か?」

掠《かす》れた声で尋《たず》ねれば、二藍の腕に力が入った。

そうだ、目だ。巨大ななにかの、赤く光を放つ双眸《そうぼう》。

血の気が引いていくのと、暗闇に目が慣れて、なにかの姿が露《あらわ》になるのは同時だった。

舞台の奥、暗く沈んだ椿の垣を押しつぶし、巨大な蛇のようなものが蠢《うごめ》いている。綾芽の胴体を三つまとめたよりも太い身体を何度も折り曲げ、うねらせている。あまりにも大きかった。篝火の光を受けて、金の肌がきらめく。頭の先は槍《やり》のように尖《とが》っていて、綾芽など軽くひと呑みにできそうだ。

「あれは……蛇か？」

呆気《あっけ》にとられた二藍の問いかけに、綾芽は小さく何度も首を横に振った。いや違う。尖った頭には、上下に裂ける大きな口がある。あれは蛇の口ではないし、胴体には胸びれと背びれがあって、全身はてらてらと濡れて光っている。

「……海蛇だ」

渇《かわ》いた喉《のど》から声を絞りだした。あれは海蛇だ。海の底に潜む、巨大な地脈の神だ。

「海蛇？　そんなものが、なぜこの祭礼の場に現れた」二藍は声に警戒を滲ませた。

「厄災の糸に巻き込まれた神のうちに、もともと含まれていたのか？　そのような話は聞かなかったが」

「……いや、いなかった。昨日までは影もなかった。あれは今、初めてここに来たんだ」

誰も招いていないのに、勝手にこの海石榴殿《つばきでん》へ乗りこんできた。

「まさか——」

続く二藍の声は呑みこまれた。

予想以上の俊敏《しゅんびん》さで首をもたげると、海蛇は叩きつけるようにして顎《あご》を舞台に乗せた。めきめきと音を立てて舞台が歪《ゆが》むのも意に介さず、しばらくそのまま口をあけしめしていたと思ったら、突然わっと大きく口をひらく。びっしりと並んだ矛《ほこ》の穂先のような歯が露になる。

それからは一瞬だった。

海蛇の口が、粥貝神に覆い被《かぶ》さる。ばちん、と音がして口がしまる。

綾芽は息を呑んだ。もうそこに、粥貝神の姿は跡形もなかった。呑みこまれてしまったのだ。海蛇に、粥貝神は喰われてしまった。それも——身から伸びたままだった、厄災の糸の残骸ごと。

「まずい」「まずいわ」

二藍と、綾芽の足元で頭を低くしていた尚が同時に言った。なにが、と聞こうとして、綾芽は後ずさった。

粥貝神を呑みこんだ海蛇の様子がおかしい。

濡れた肌のそこかしこから白い湯気が立ちのぼっている。しゅうしゅうと音を立てて、椿の垣の内側に恐ろしい勢いで充満していく。あたりの景色も、海蛇の巨体も、すぐに白い靄《もや》に包まれ見えなくなった。隣にいる二藍の姿さえ霞《かす》む。底冷えのしていた海石榴殿に、熱気が満ち満ちる。

とっさにあたりを見やっていると、

「綾芽、断ち切りの釼《けん》は手元にあるな。なくさないよう握りしめろ」

二藍の声が低まった。はっとして宝剣を握る両手に力をいれたときだった。

厚い靄の向こうから、鋭い音とともに、なにものかが飛ぶように迫ってきた。

「伏せなさい！」

尚が叫んだ。ほとんど同時に、二藍が綾芽を引き倒すようにして地に伏せた。わずかに遅れて、ものすごい勢いで巨大な鞭《むち》のようなものが頭上の椿の巨木をなぎ払っていく。それは椿の幹に激しくぶつかっても勢いを失わず、靄を切り裂いて去っていった。

息をついたのもつかの間、めきめきと恐ろしい音が頭上から響いた。椿の葉が不穏にざわめく。なにも見えないが、折れた椿が、幹ごとこちらに倒れてくる気配がする。

後ろにさがりなさい、とまた尚が怒鳴る。

体勢を崩していて反応が遅れた綾芽を引きずって、二藍は言われたとおりにまっすぐ背後へ退《しりぞ》いた。綾芽の足先を、倒れゆく巨木の枝葉が掠《かす》る。必死に身をねじった。

間一髪のところ、滝へと続く洞穴の階《きざはし》に、ふたりは転がりこんだ。一瞬のちに、重い幹が土を叩き、地を揺らす。

逃げこんだ勢いのままに石の階を転がり落ちかけた綾芽を引っ張って立たせると、二藍は大きく息をした。

「怪我はないか」

「ないけど——」

いったい今、頭上を通り過ぎたのはなんだったのだ。

二藍は洞穴の陰に身を隠し、外を険しい様子で見やっている。綾芽も同じく視線を向けて、思わず口を押さえた。

洞穴の外は明るかった。朝が来たわけではない。海蛇の赤い眼から発せられる強い光が、白い靄の奥で激しく揺れて、あたりを真っ赤に染めているのだ。

その赤く染まった靄の中、重い音をたてて振るわれているのは、海蛇の鋭い尾だった。さきほど椿の巨木をなぎ払っていったのは、この尾だったらしい。

綾芽はふと故郷の湊《みなと》で見た、本物の海蛇が陸《おか》に揚《あ》げられたときの姿を思い出した。ほっそりとかわいらしく見えたのに、海蛇は凶暴で、尾ではたかれたり噛まれたりして怪我をするから、決して手を出してはならない。そう漁師は怖い顔をしていた。

小さな海蛇でそれなのだから、はるかに巨大なこの神に捕まったらひとたまりもないだろう。今も尾は激しく右に左に振るわれて、背の高い椿の木を打ち据えなぎ倒している。そのあいだにも首の方は、次なる獲物を荒々しく追っていた。狙われているのは尚だ。眩《まぶ》しい赤の眼光に照らされ、ときおり獣の影が現れる。

思わず腰を浮かした綾芽を、二藍は洞穴の中に引きずりこんだ。

「首を出すな、気づかれる」

「尚が喰われてしまう！」

「喰われぬ。機敏な山の獣が、深山《みやま》で海の獣に容易《たやす》く捕らえられるものか。尚はただ海蛇の注意を引きつけ、我らのために刻《とき》を稼いでくれているに過ぎぬ」

落ち着いた声に、綾芽もすこし冷静さを取り戻した。

確かに尚はわざと海蛇の目の前に躍り出て、器用に走り抜けては踵《きびす》を返し、刃《やいば》のように迫る歯をぎりぎりのところで避けている。海蛇の目は身体の側面についているから、尚を追って頭が激しく左右に動く。それで余計に恐ろしく見えるが、まだ尚を捉《とら》えきれていないのは瞭然《りょうぜん》だ。二藍の言うとおり、すくなくとも今は、尚には余裕がある。ならばありがたくも授かったこの隙《すき》に、なにが起きているのかを把握せねばならない。

綾芽は何度か息を吐き、二藍を見やった。

「どうなってる。招いた神が別の神に喰われるってどういうことだ。しかもあの海蛇は、招いてもいないのに勝手に現れた」

「ときおりあるのだ。神がおわす地の変化が、そのまま神に表れているのだな」

「おわす地？　……つまりは、地脈そのものに異変があったって意味か？」

「そのとおり。粥貝神が喰われたのは、おわした地脈そのものが、大海蛇の地脈に呑みこまれてしまったからだ」

「地脈が呑みこまれたって——消えてなくなってしまったのか」

尾が岩肌に激しくぶつかり、洞穴が揺れた。綾芽はとっさに壁に手をつき踏んばった。

「なくなったわけではない、渾然《こんぜん》一体となったのだ。あれほど巨大な海蛇なら、司《つかさど》る地脈も当然巨大。粥貝神のか細い地脈など、容易《たやす》く呑みこめる」

粥貝神の地脈は、海蛇神の巨大な地脈にとりこまれてしまった。もう粥貝神という神も、その地脈も存在しない。二藍はそう言った。

「となると祭礼はどうなるんだ。神がいなくなってしまったのだから、失敗か」

二藍の表情が翳《かげ》る。「もっと悪い。粥貝神のすべてを海蛇神が引き継いだ。よってこれよりは、我らはあの海蛇をもてなさねばならぬ。鎮《しず》めねばならぬ」

「あれを……」

綾芽は声を失った。すでに大暴れしている神を、どうやって鎮めるのか。

「なにか手立てはあるのか？」

「ない。力ずくで勢いを削《そ》ぐしかない。最善を選んでいる暇《ひま》はないのだ。あれはすでに荒れかけているから、猶予《ゆうよ》はほぼない。今鎮めなければ数日中に大災厄を引き起こす」

「……そんなすぐになのか。なぜだ。荒れかけていた神を呑みこんだからか？」

「それはある。きっと粥貝神の障《さわ》りを受けて――」

いや、と二藍は首を振って言い直した。「そもそもこの海蛇神こそが、すべての元凶だったのだ。この神は長いあいだ、我らの目につかぬ深いところで眠っていた」

だから誰もこの神の存在に気づかなかった。眠っていたのだから、地を揺らした記録がない。記録がなければ人は気づけるわけもない。

だが兆《きざ》しは芽吹いていた。そもそも当初は元凶と思われた粥貝神が、海蛇が荒れる予兆に過ぎなかったのだ。あの小さな貝神は、斎庭に呼ばれたときにはすでに海蛇に喰われかけていた。だからこそ生気がなく、それでいてとても身の丈《たけ》に合わないような、大量の厄災の糸を他の地脈の神へと伸ばして巻き込まんとしていた。

だが真に他の地脈神を捕らえようとしていたのは、今目の前にいる海蛇神なのだ。

二藍は覚悟したように太刀の鞘《さや》を握った。

「我らは幸運だ。この名も知らぬ大海蛇を、期せずして災異を起こすより前に斎庭に招くことができた。この僥倖《ぎょうこう》をみすみす逃してはならぬ。必ず活《い》かさねばならぬ。今を生きる民《たみ》のためにも、これまで斎庭が力及ばず、災厄に斃《たお》れてきた者のためにも」

「……そうだな」

綾芽は短く数度息を吸っては吐いて、最後にぎゅっと口を引き結んで立ちあがった。

そうだ、怖《お》じ気《け》づいてはいられない。大災厄が生じる前に、海蛇の方からやってきた。鎮める機会が転がりこんできたのだ。この幸運を決して逃してはならない。あの神を、このままの状態で放っておいてはならない。

「わたしが行く。鎮めてくる」

神が荒れ、地震《なゐ》が起こること自体を完全に抑えこむのは不可能だ。しょせんは人、神を意のままに操れるわけもない。

だがここは斎庭《ゆにわ》。神を招き、もてなす場。わずかでも鎮め、わずかでも小さな被害に収める、そのくらいなら叶《かな》う。

意を決して飛びだそうとした綾芽の腕を、二藍が強く摑んだ。綾芽は振りはらおうと身体をひねる。

「なにをするんだ、行かせてくれ」

今ここで、神を鎮められるのは綾芽しかいない。だから綾芽がなさねばならないのだ。

しかし二藍は放そうとしなかった。腕を摑んだまま、じっと綾芽を見やっている。

「放してくれ！」と綾芽は必死にもがいた。「なぜゆかせてくれない。わたしは春宮妃《はるのみやひ》で、あなたは春宮だ。それに神祇官《じんぎかん》だ！　神に背中を向ける神祇官がどこにいる！」

「そうだ。だからわたしがゆく」

綾芽は動きをとめた。息をするのも忘れて二藍を見た。二藍の目は、まっすぐに綾芽を見つめている。その瞳は決意に染まり、揺るがない。

「わたしが海蛇の相手をする。春宮ゆえ、なせぬわけではない」

「……なにを言ってる。だめだ、させられない」

綾芽は顔を歪めた。なぜそうなる。なぜいつもそうなる。

「あなたは神ゆらぎじゃないか。神ゆらぎは、兜坂《とさか》の神々を鎮められない」

神ゆらぎの祭祀《さいし》を、兜坂の神々は受けいれてくれない。当然この海蛇に、二藍がどれだけ身を張ろうとなだめようと、しょせんは時間稼ぎに過ぎない。

なのにゆくというのか。

「……そんな真似を許すものか」

取り繕《つくろ》えない感情が、そのまま口から溢《あふ》れた。

「許すものか！　あなたに任せるわけがないだろう！　死ににいくようなものだ！」

最後には、怒りのままに叫んでいた。無茶苦茶に腕を振って、二藍がつなぎとめている腕を振り払わんとする。なにも言わずに飛びだしておけばよかった。こんな馬鹿げた話はもううんざりだ。

「わたしをゆかせろ！　ゆかせてくれ、頼むから」

しかし怒っても乞うても、二藍は動じなかった。

「綾芽よ、よく聞け」

いとも簡単に綾芽を引き寄せる。綾芽の腕を握ったまま、もう一方の手を肩に置いた。言い聞かせるように口をひらく。

「当然最後には、お前に頼るしかない。お前にしか鎮められないのはわかっている。だがその前に、お前にはなすべき役目が別にあるのだ」

見ろ、と二藍は、綾芽の背を抱きかかえるようにして外へ目を向けた。

いまだ海蛇は尚を叩き潰《つぶ》さんとしている。土埃《つちぼこり》と蒸気の向こうで、尚が悲鳴をあげたのが聞こえる。さすがの白狼《はくろう》も、度《たび》重なる猛撃に足が鈍《にぶ》ってきているのか。

しかし二藍が示したのはその先、垣間《かいまみ》見える海蛇の胴体だった。

綾芽は目を疑った。

金に彩られていたはずの胴が白く変じている。いや、海蛇自体の色は変わっていない。白いのは、厄災の糸だ。身体を幾重《いくえ》にも巡っている。

さらに信じられないものを目にした。白い糸は海蛇に巻きつくばかりではない。何千もの束となり、うねり、蠢《うごめ》いて、伸びていく。

離れては集まり、また離れて向かうのは、舞台の左右に鎮座した御殿《ごてん》だった。他の神を斎庭に送り届けた神籬《ひもろぎ》が収まったその小さな御殿を、白い無数の腕がとりかこみ、這《は》い上がる。扉がこじ開けられる。白木の几《つくえ》に這いより、掲げられた円鏡《まるかがみ》を覆い隠そうとする。

わかるだろう、と二藍は綾芽の耳元でささやいた。

「このままでは、お前がせっかく切った厄災の糸が、再び繋がってしまう。他の地脈神が巻きこまれる」

いたって冷静で穏やかな声が、綾芽の耳を通り抜けていく。

神籬の鏡の向こうには、綾芽が厄災の糸を断ち切った神々がいる。このままではその神々を、鏡を伝った厄災の糸が再び搦《から》め捕《と》ってしまう。糸を通して神々は荒ぶり、いくつもの地脈で地震が引き起こされる。斎庭でもてなされている最中《さなか》の神が突如荒れれば、花将《しょう》や女官だって死ぬ。

そうなる前に、あの糸をすべて切らねばならない。確実に、完全に。

「いいか、お前は今すぐ走っていって、あの糸を断ち切れ。わたしが神の注意を引きつけているから、その隙に一気に飛びだせ。そうすれば海蛇の目もお前には向かない」

「でも」

それじゃあ、あなたはどうなる。あの海蛇はわたしたちを喰らおうとしているのに、あなたは鎮められもせず、どうやって対抗するつもりなんだ。

問いたかったのに、問えなかった。

二藍は笑みを浮かべている。どこか安堵《あんど》の滲《にじ》む微笑みを。

「頼んだぞ、我が妻よ。どうか成《な》し遂《と》げてくれ」

ふいに二藍は甘える猫のようにして、額を綾芽の頭にすりつけた。すぐに身を離し、「さあゆこう」と太刀を抜き放った。

そのあとなにが起こったのか、綾芽はよく覚えていない。

疲れ果てた尚が、しなる海蛇の尾を間一髪で避けて椿の陰に逃げこんだこと。二藍のまっすぐに伸びた背の向こうで、赤い瞳が大きく揺れて、こちらに狙いを定めたこと。尖った胸びれをひけらかすようにして、海蛇がすぐに頭を近づけてきたこと。

二藍に強く背を押されて、転がるように駆けだしたこと。

そういうことが次々と起こって過ぎ去って、気づけば牛神の神籬に駆け寄って、無我夢中で宝剣を振りかぶっていた。

太く寄り集まった厄災の糸は、一度刃を叩きつけたくらいでは断ち切れない。何度も振るう。蒸気に包まれる。熱い。汗と涙が入り混じる。

もうすこしで切れるというとき、ひゅっと鋭い音が近づいてきて、とっさに這いつくばった。ほんの瞬《まばた》きひとつあと、海蛇の尾が周囲の木々を巻きこみながら頭上を掠めていく。

もう見つかってしまったのか。これではとても糸なんて切れない。そう焦《あせ》る耳に、二藍が何事かを海蛇に告げたのが遠く聞こえた。すぐにばちん、と海蛇の顎が合わさるおぞましい音と、漂う鉄の匂《にお》いがして、暴れ回っていた神は嘘のようにおとなしくなる。

――二藍はなにを言ったんだ。海蛇をいっとき抑えるために、なにをさしだしたんだ。

綾芽は泣きたくなったが、歯を食いしばり、自分を叱咤《しった》し続けて、ようやく牛神の糸を残らず両断した。休む間もなく踵を返して次の神籬《ひもろぎ》に駆ける。左手で柄を握りしめ、右手を添えて振りかぶる。うねり暴れる糸へ刃を振りおろす。汗で手が滑る。

なんとかすべてを切り離せた。次は舞台の反対側へ向かわねば。だが白い蒸気の靄でなにも見えない。へたに飛びだせばまた海蛇神に見つかる。また二藍が――

「こっちよ綾芽」

白い靄の向こうから尚の声が走り寄ってきた。向こうの神籬まで連れていってくれるという。綾芽は覚悟を決めて、尚の声だけを頼りに、ぬるりと蠢く巨体の背後を駆け抜けた。あとの糸もひたすらに切り離す。だんだん手に力が入らなくなる。宝剣は重く、振りおろすたびに腕があがらなくなっていく。もはや気力だけで振るった。

最後の神籬の、最後の一糸《いっし》をようやく断ち切って、綾芽は荒い息のまま、二藍がいるであろうあたりを振り返った。白い靄の向こうが赤く明るい。ちらちらと明かりが上下するのは、海蛇の頭が動いているからだ。だがその動きは落ち着いている。まだ静かにしているらしい。二藍の姿は靄の向こうで窺えない。

――二藍はどこだ。

焦りを滲ませ探していると、尚の毛並みが足元に触れる。

「二藍のところに連れていってあげる」

綾芽はうなずき、心を奮《ふる》い立たせた。

駆けてゆくうちに、靄が一瞬切れた合間から、真っ赤に照らされた白砂の上に立つ二藍が垣間見えた。太刀を地に突き刺して、杖《つえ》のようにして身体を預けている。

海蛇の目から放たれる赤い光があまりに強くて、あたりの色がぼやけている。だが二藍の衣は、さきほどまでより黒く染まっている気がした。濡れている気がした。衣だけでなく、顔も血濡れている。二藍は身を挺《てい》して、綾芽のために刻を稼いだのだ。

焦燥がますます募《つの》っていく。息ができない。あえぐようにして走った。海蛇の前に飛びだす形となったが、海蛇は今はじっと綾芽を目で追うだけで、手を出してはこない。だからそのまま二藍のもとへ走り寄った。

白砂を踏む足音に気づいて、二藍が笑みを浮かべた。

「綾芽か。厄災の糸は無事断ち切ったようだな。よくやった」

「二藍……二藍！　大丈夫か、頭から血が」

「すこし切れただけだ。たいした怪我ではない」

二藍の答えは軽かった。綾芽はまずは胸を撫でおろして、それから二藍を背後にさがらせようと、黒く濡れた左の袖に触れた。

「ならよかった。とにかく——」

なにを言いかけていたのか、なにをしようとしていたのか、わからなくなった。

ぐっしょりと重い袖の中に腕はない。

空っぽだ。

「……二藍」

声が震えた。衝《つ》き動かされるように袖に触れ、両手を探るように動かした。

どこだ。どこにある？

掌《てのひら》が濡れていくばかりで、目的のものは探し当てられない。どうしても見つからない。

「海蛇が暴れるのでな、くれてやった」

二藍はなんでもないように言った。

「左の親指の付け根に、馬鹿げた印をつけられて憤《いきどお》っていたところだったのだ。それごとなくなってちょうどよかった。せいせいした」

「そんな、でも、二藍」

信じられずにひたすら腕を探す綾芽を、二藍は身体を捩《よじ》って振りはらおうとする。

「そんな場合ではないだろう。まだ終わっておらぬのだぞ」

赤い光が揺らぐ。口元を黒く濡らした海蛇が、背後で再び首をもたげはじめた。

「でも……」

「海蛇を鎮めるのだろう！」

厳しく叱咤されて、綾芽は唇を噛み、ようやく二藍の袖から手を放した。歯が音を立てて震えている。身体中が震えている。

それでもどうにか拳に力を込めて、海蛇を睨《にら》んだ。嗚咽《おえつ》だけは漏《も》らすものか。二藍を不安にさせるな。信じて待っていてくれたのだから、きちんと決着をつけるのだ。

「どうすればいい」

「そのあたりにお前の弓矢が落ちていたはずだ」

綾芽が海蛇に向き直ったのを知って安堵したのか、二藍の声は急に掠れた。「そのあたりにお前の弓矢が落ちていたはずだ」

弓も、矢が入った胡簶《やなぐい》も、すぐそばにある。だが二藍はちらとも目を向けない。見えていないのだ。

──だめだ、震えるな。泣くな。

綾芽は必死になって弓を拾った。震えたり、泣いたりしてはだめだ。矢が外れてしまう。

「あなたは休んでいてくれ。わたしがなんとかする」

どうかこれ以上、一滴たりとも血を失わないでほしい。どうか。

「いや、わたしを囮《おとり》にして矢を放て。それがもっとも確実だ」

「もうそういうのはうんざりだ！」

「そうではない」

二藍は浅く息を吐くと、太刀に寄りかかるようにして膝をついた。

「あの蛇は獲物を探すとき、右に左に頭が大きく動く」

めまぐるしくあたりを照らしては去っていく瞳の赤が、二藍の横顔を照らす。玉の汗が浮いている。

「あちらが動けば、お前の矢も当たりづらくなる。だからわたしの背後に隠れて待つのだ。あれがわたしを見つけ、近寄り喰らおうと口をあけたところを狙え」

綾芽は弓を握りしめた。強く強く力を込めた。言いたいことはたくさんある。もう本当にたくさんある。

だが歯を食いしばり、矢をつがえた。

「わかった。あなたを囮にさせてもらう」

「それでいい」と二藍は笑う。そうじゃないんだと綾芽は声を強めた。

「でも背には隠れない。隣にいる。一緒に神を鎮めよう」

ずっと隣にいる。なにがあっても寄り添って立つ。それだけは譲れないのだ。

二藍は再び小さく笑った。仕方のない娘だな、とつぶやいた気もするが、そのときには綾芽の目も耳も、海蛇へ向けられていた。

弓を引き絞る。必ず当てる。一の矢で片をつける。その喉の真っ正面を射貫く。

赤が眩《まぶ》しくなって、目を眇《すが》めた。しかしすぐに暗くなる。海蛇が綾芽と二藍を見つけて、口をこちらに向けたのだ。尖った頭が持ちあがる。大きな口がひらき、呑みこもうと迫ってきたそのとき、綾芽は奥歯を噛みしめ矢を放った。

まっすぐに、鎮めの矢は海蛇の喉を襲った。

海蛇は苦痛に満ちた声なき雄叫《おたけ》びをあげた。ぐねぐねと胴体がすばやく動き、その勢いのまま尾が飛んでくる。綾芽は二藍を抱えて、とっさに椿の根元に伏せた。狙いもなく、ただ暴れるだけの海蛇は、尾で木々をなぎ倒し、頭を地に叩きつける。綾芽はうつ伏せた二藍に覆い被さり、必死に抱きしめて、暴威が過ぎゆくのを待った。

いつしか空は白《しら》んでいた。厚い雲が日の光を阻《はば》んでいるが、それでも朝がやってきた。

綾芽は恐る恐る身を起こし、いまや瓦礫《がれき》の山と化した舞台を見やった。

海蛇の神は消えていた。来《きた》りくる災厄の先触れのごとく、海石榴殿《つばきでん》を蹂躙《じゅうりん》し、白砂を巻きあげ去っていった。

はっとして、綾芽は二藍を助け起こした。その顔は、桃夏《ももか》の鉛白《えんぱく》の顔より白い。岩屋に連れていきたかったが、椿の幹にもたれさせるので精一杯だった。綾芽は岩屋に走り、腕いっぱいに抱えてきた毛皮で、震えている二藍をくるんだ。

「とにかく止血しよう。大丈夫、腕一本持っていかれたくらいなら死なない」

励ますように声をかける。腕の一本でも失えば死ぬのはわかっている。人は死ぬときは死ぬ。あっけなく死ぬ。

しかし二藍は、衣を裂いて紐《ひも》を用意しようとする綾芽を制した。

「鮮血にあまり触れるな。神気に侵《おか》される。そもそも手当てなど必要ない。今すぐお前は斎庭《ゆにわ》の、妃宮《きさきみや》のもとへ走れ」

「あなたを置いていけるか！」

「わたしより大切なことがあるだろう。忘れたのか。あの海蛇は早晩荒れる。お前が鎮めの矢で射貫いたからすこしは穏やかになろうが、荒れるには変わりない。早く知らせて備えねば」

「わかるよそれは。でも手当てをしてからでいいだろう！　そうじゃないと」

綾芽は口をつぐんだ。言いたくない。そんな言葉を口にしたくない。

二藍はなおも綾芽を押しやった。まったく押せていない。力が入っていない。

「いいからゆけ」

「腕一本で済む話ではないのだ。海蛇の尾が何度も撫でてくださってな。腹のうちも破れているだろう。だからわたしに構う暇《ひま》があったら走れ。みなを救え」

「嫌だと言ったら」

「春宮の令《れい》であるぞ」

二藍は声を絞りだし、強い言葉を使って命じた。断れない命令だ。

それでも綾芽は反駁《はんばく》しようとして、二藍の衣がくまなく黒く濡れて、あちこちひどく破れているのに初めて気づいた。夜闇が隠してくれていたものを、朝日は無情に晒《さら》してゆく。

もう手の施《ほどこ》しようがないかもしれない。そう悟っても、綾芽はこどものようにかぶりを振った。

「……御意《ぎょい》とは言えない」

頬を涙が濡らす。

「わたしにはとても言えない。あなたを置いていけない」

二藍を残して去るのなんて嫌だ。離れるものか。一緒にいると約束したのだ。

「綾芽、ならばこう思え」

そう言って、二藍は綾芽の髪に触れた。汚れて強《こわ》ばった髪に、力なく、それでも艶髪《つやがみ》を梳《くしけず》っているかのごとく指を滑らせた。

「わたしがここまで身を削ったからこそ、あの海蛇を少々は鎮められたのだ。わたしの献身を無駄にしないでくれ。あますことなく使ってくれ。使い倒してくれ。頼む」

「……卑怯《ひきょう》だ」

綾芽の瞼《まぶた》の縁《へり》に、大きく涙が盛りあがった。

「そうやって、わたしが断れない理由をすぐに見つけてくる」

二藍の尽力《じんりょく》を無にしたくないという綾芽の心を利用しようとする。

「そうだろう」と二藍は、この場にまったくそぐわない、楽しげな笑いを漏らした。

「卑怯なのだ。なんせお前がどんな娘か、誰よりよく知っている。……行ってくれるな」

唇を噛んで、綾芽はようやくうなずいた。二藍のためにこそ、去りがたくとも行かねばならないのだ。

「必ず帰ってくるから。だからどうか、それまで待っていてくれ」

涙が止まらない。いつもいつも頼んでばかりいる。なぜ二藍ばかり、なにもかもに耐え忍ばねばならない。どうしてだ。

嘆《なげ》く綾芽を慰《なぐさ》めるように、二藍は優しい声で言った。

「待つよ。いつでもわたしはお前を待っている」

だからなにも心配しないでいいというように、綾芽の頭を何度も撫でた。

それから二藍は鮎名《あゆな》への伝言を託し、ゆっくりと手を引いた。

ちらちらと、白いものが舞っている。雪になる。

「さあ、行け。妃宮にお目にかかったら、お前に白絹《しらぎぬ》を持たせてくださるように頼め」

「白絹……とはなんだ」

「言えばわかる。必ず頼むのだぞ」

「わかった。そうしたら絶対帰ってくるから。すぐに戻ってくるから」

涙を拭《ふ》いて約束すると、二藍は目を細めて、満足そうにうなずいた。それからもう一度、綾芽に出立《しゅったつ》を促《うなが》した。

本当に行かねばならないのか。去りがたい。行きたくない。せめて抱きしめたい。だが二藍が痛がったらと思うと踏み切れず、綾芽は代わりに二藍の頬をそっと撫でて、そばにいたいと叫ぶ自分をねじ伏せ身を離した。

両手を痛いくらいに握りしめて、重い足を二、三歩進めたところで、「綾芽」と声が引き留めた。はじかれたように振り返ると、二藍はその場で聞けと綾芽を制した。

そして、かろうじて聞こえるくらいの静かな声で言った。

「幸せになってくれ」

綾芽は立ちすくみ、震える瞳を歪ませた。二藍の掠れる声は続いていく。

「お前は言っていたな。お前の幸せを、わたしの幸せだと思いこんではいけないと」

「……言ったよ。言ったけど」

「それは真だが間違ってもいる。やはり、お前がどこかで笑顔でいるならよいのだ。お前の幸せが、わたしの幸せだ」

どうか幸福に生きてほしい。そう二藍は微笑んだ。

「わたしを忘れてよい。十櫛でも誰でも、好きな者と添い遂げてよいし、ひとりで気楽に生きてもよい。大君《おおきみ》の花将として仕《つか》えるのも悪くない。なんでもいい。ただ、幸せであってくれ。それだけがわたしの望みだ」

綾芽は声もなく、小さく首を横に振った。何度も何度も振った。

それから地を蹴って二藍に駆け寄った。膝をつき、二藍の頭を抱《かか》える。髪をかきわけ、ぼんやりとひらいた瞳の上、額《ひたい》と額をこつりと当てた。

「二藍、人になれたら、まず口づけしよう。それから誰の邪魔も入らない場所で、数日ゆっくり過ごそう。日の当たる廂《ひさし》で一緒にうとうととしたら、とても心地いいだろうな」

「……綾芽」

「幸せになるよ。もちろん幸せを手に入れる。だから待っていてくれ。すぐ戻る」

大事にしまいこんでいた短刀の鞘《さや》から、笄子《かんざし》を引き抜いた。銀の鶏《にわとり》と菖蒲《あやめ》の花が彫られた、美しい笄子。二藍が綾芽に贈ってくれたもの。綾芽が二藍のもので、二藍が綾芽のものだという証《あかし》。

それを二藍の手に握らせて、立ちあがる。くるりと背を向け駆けだした。決して振り返らなかった。

涙が溢れ、流れていく。

洞穴の階を、嗚咽をころして走りおりた。冷たく凍った一之滝《いちのたき》は、重い雲の下で音もない。雪が風に舞う。二藍には毛皮をかけてきたけれど、凍えないだろうか。きっと大丈夫、椿の垣が守ってくれる。それにまだ尚がいる。尚は二藍も温めてくれるに違いない。

（……だから大丈夫）

もう抑えられない。綾芽は声をあげて泣きながら走った。足を止めてはだめだ。振り向いてはならないのだ。

山をおりて禁苑の野に出たころには、雪の粒は大きくなっていた。ちぎった紙片のような雪だ。こういう雪は積もると、北の生まれの綾芽は知っている。

すこし行って、禁苑警備の衛士《えじ》とゆきあった。馬を連れている。くしゃくしゃに泣き濡れている綾芽を見て衛士は驚いていたが、綾芽は令《れい》を携《たずさ》えていると言って馬を借りた。腹を強く蹴って、斎庭《ゆにわ》へ走った。ただひた走った。

斎庭に近づくと、今度は弾正台《だんじょうだい》の女舎人《おんなとねり》たちと鉢合わせた。ちょうど海石榴殿《つばきでん》へ向かうところだという。異変があったと察した鮎名が遣わしたのだ。綾芽は女たちに今すぐ二藍のもとにゆくよう頼んで、鮎名のいる斎庭へ急いだ。

まろぶようにして、鮎名の御座所殿《ござしょでん》に駆けこんだ。泣きはらし、薄汚れた綾芽を一目見て、鮎名はさっと顔色を変えた。

「綾芽、その顔はどうしたのだ。……それにその血」

綾芽はなにも言えず、その場に倒れこんだ。常子《つねこ》が急いで助け起こす。鮎名が繧繝縁《うんげんべり》を駆けおりて、綾芽の肩を揺さぶった。

「なにがあった」

「……妃宮に、春宮のお言葉をお伝え申しあげます」

ぼろぼろと涙をこぼして綾芽は頭をさげた。

『粥貝神は、匳《くしげ》の海の底におわしました海蛇の神に喰われました。この海蛇神は強大で、なおかつ今にも荒れんとしておりました。綾芽が射貫き、幾ばくかは鎮め申しましたが、もはや災異を引き起こすまで刻はありますまい。どうか大君、斎庭、外庭《とつにわ》のすみずみへ危急の策をとられるよう、疾《と》くお知らせ願います。それがわたくし二藍の――』

綾芽は吐きだすように言った。

『――二藍の、今生《こんじょう》の別辞としてお伝えしたき儀でございます』

鮎名が、常子が息を呑みこんだのがわかる。すぐに綾芽はがばりと顔をあげた。

「いいえ、最後にはしません！　絶対にしません、どうか医師《くすし》と薬を」

二藍は、『別れの言葉を伝えよ』と命じた。だが綾芽は最後にするつもりはない。さらさらない。

今にもとって返そうとする綾芽を、鮎名と常子はふたりがかりで引き留めた。

「待て、お前もぼろぼろだ。休まねば寒さにやられる」

「休めません！　二藍さまが待ってる。早く行かないと」

「せめてもうすこし説明をしてくれ。なにがあったのだ。二藍は怪我をしたのか？」

綾芽は歯を食いしばり、あらましを語った。海蛇の神が現れたこと。二藍が左腕を捧げて時間を稼いだこと。他にも怪我がいくつもあること。一刻を争うこと。

「二藍さまは、わたしに白絹を持たせてくださるよう、妃宮にお頼みしろと仰《おお》せでした」

白絹とはなんだ。傷に巻くものか。なんでもいい。早くそれをくれ。戻らせてくれ。

常子が青ざめて、鮎名は目を閉じた。ひとつ息を吐くと立ちあがり、御簾《みす》へ歩み寄った。

「雪がやんだら、二藍を迎えに行ってやれ」

「……雪がやんだら？」

綾芽は呆然と尋ね返した。聞き間違いか？　今降りはじめたばかりの雪がやむ。それはいつだ。日が落ちてしまう。山に入れなくなる。

「なにを仰せです、わたしは今すぐ帰らねば。約束したのです」

「違う。二藍は、お前を戻らせるなとわたしに頼んだのだ」

背を向け鮎名は言った。厳しい声音だった。

「白絹を持たせるとは、都の言い方でな。晴れの日に、庭一面に降りつもった、誰も踏みしめていないまっさらな雪を見せるという意味だ。つまり二藍は、お前に戻ってくるなと言った。雪がやむまでは、青空が再び現れるまでは」

「そんな……でもそれでは！」

「二藍は死ぬだろう」

鮎名は振り返った。美しい双眸が歪んでいる。瞳の向こうで、憤りが燃えあがっている。

「だが綾芽、お前までも死なせるわけにはいかぬのだ」

「見殺しにされるおつもりですか」

「今さらどうにもならない。それは二藍が誰よりわかっている」

「でも」

「口答えをするな！」

眉をつりあげ鮎名は御簾を巻きあげた。空から落ちる雪で、景色は真っ白に染まってい
る。ほんのわずかに目を離しただけなのに、壺庭は白く覆われている。

「この雪の中、お前を山に入らせるわけがないだろう！　いくらお前が北の生まれでもだ。二藍がどんな思いで送り出したと思っている」

綾芽は口をひらいた。声は出ない。涙が顎を伝い、滴《したた》り落ちた。

急に身体がふらついて、両手を床に押しつける。常子がとっさに支えてくれたが、綾芽はずるずると崩れ落ちた。もう顔があげられなかった。涙ばかりが落ちていった。

二藍を助けてほしいと頼んだ弾正台の女舎人たちが、山裾《やますそ》で引き返してきたと聞いたのは数刻後。雪は降り続け、厚い雲は切れることなく、日は落ちていった。

＊

ねえ、と若い娘の声がした。

「わたしが看取《みと》ってあげましょうか？」

折れた椿の巨木にもたれていた二藍は、わずかに顔をあげて苦笑した。

「遠慮いたしますよ、尚大神《なおのおおかみ》」

視界は霞《かす》んでほとんどなにも見えなかったが、聞き覚えのある声だから戸惑《とまど》いもない。

綾芽の親友の御霊《みたま》が変じた白き狼神が、そこにいる。

「あらそう、せっかく送ってあげようと思ったのに」

あっさり断られて、尚は残念がっている。それが二藍にはおかしかった。

――お前をきちんと看取れなかったわたしが、看取ってもらうわけにもいくまい。

斎庭を救うために自《みずか》ら胸に刃《やいば》を突きたてた那緒《なお》。目の前にいたのに、二藍はなにもしてやれなかった。自分のときだけ看取ってほしいとは、さすがにおこがましいだろう。

「綾芽を助けてくださって感謝いたします。あなたさまがいなければ、あの娘の命すら危うかった」

「大仰《おおぎょう》な物言いは結構よ。あなたにそういう調子で話しかけられると気持ち悪いの」

あまりにもはっきりしていて、二藍はすこし笑った。確かにこれは那緒だ。

「それでは気兼ねなく話すこととしよう。祭礼で、人が死ぬほどの血を求めていたと聞く。我が血でどうだ。満足してくれるか」

「充分」とさっぱり答えてから、尚は声を落とした。「でもあんまり嬉しくないわね。あなたがこんなことになって、あの子、かわいそうに」

「そうだな」

二藍は目を閉じた。綾芽が握らせてくれた笄子を胸に押し当てる。

「だがこれでよかったのだ」

これでよかった。綾芽に密かに別れを告げたら、すぐにでも死ぬつもりだった。死なねればならなかった。号令神《ごうれいしん》を呼び寄せるわけにはいかなかったから、死のみが救いだったのだ。みなを滅びのさだめの前に放り出すなら、愛しい娘を悲嘆の底に沈ませる方がましだった。どちらにしろ、もはや綾芽との約束は守れず、共に幸せになる夢も叶《かな》わず、泣かせることになったのだから。

だからこれでいい。厄災の糸は断ち切った。綾芽は強い娘だから、また前を向くだろう。二藍がしてやれることがまだあるとすれば——

「尚大神よ」と二藍は呼びかけた。「血の見返りといってはなんだが、我が願いを聞き届けてはくれぬか」

「ことにもよるけど、なにかしら」

「綾芽の友になってほしい」

友を追って斎庭に来た娘だから、この御霊と再び友になれれば喜ぶだろう。慰めにもなるだろう。

「いいけれど、今さらね」

「今さら？」

「だってわたしと綾芽はもう友だもの。だからあの子を助けてあげたのよ」

「そうか」と二藍は苦く笑ってうつむいた。

——なんだ、わたしごときが口出しするまでもなかったか。

しょせん自分は、傍《はた》から見ているだけの者に過ぎないのだ。ふとそう気づいて寂しくなった。綾芽は親友を追って斎庭にやってきて、親友のために奮闘し、数多《あまた》の困難の果てに見事友誼《ゆうぎ》を取り戻した。そんな綾芽と那緒の物語に、二藍の入る隙はなかった。

だったらもう思い残すことはない。物事は収まりつつある。為すべきことは為した。為さぬべきことを為さぬままに世を去れるのなら、それでいい。

冷たくなったわたしの唇に、綾芽は口づけてくれるだろうか。

「満足そうね」

「満足だ」

「ふうん」と尚の声音が急に尖った。「あなたって本当に嘘つきね」

嘘つき?

「なんにも諦《あきら》められていないくせに、口では満足なんて言って。とんだ大嘘つき」

「……なかなか手厳しいな。死にゆく者を鞭打たないでくれぬか」

二藍は笑ってみせた。笑うしかなかったのだ。尚は間違っていない。だから聞きたくない。直視できない。直視させないでくれ。

そんな二藍の望みを無視して、尚は容赦なく責めたてた。

「あなたって物わかりよく見せかけてるけど、実際は諦めが悪いみたいね。今だってほんとは嫌なんでしょ? 幸せを願うなんて大嘘。他の男とあの子が結ばれるのは嫌。あの子が自分を忘れるのも嫌。全部嫌。ずーっとあなたに囚《とら》われていてほしいと思ってる」

「……尚大神よ」

「ねえ、悔しくて悔しくて仕方ないんでしょ？　本当は自分であの子を幸せにしたいんだものね。こんなさだめを与えた神々を殺してまわりたいくらいに恨んでいるものね」

笄子を握る手が震える。もうやめてくれ。

「さっきだって、あの子に行かないでくれって縋《すが》りつきたかったくせに、無理しちゃって。これじゃ怨霊になるわよ。死ぬ前にちゃんと認めなさいよ。悔しい、死にたくないって」

「認められるものか」

叫んだつもりが、弱々しいつぶやきにしかならなかった。

声が出ない。死ぬのだ。そう思ったら、涙なんて一滴も出ないのに泣きたくなった。すべてが今さらだ。死にかけているからこそ自分の嘘を認められないのが、この神にはなぜ理解できない。二藍が嘆こうと願おうと、死は避けられないし、引き返せない。どうにもならない。

どうにもならなかったのははじめからだ。なにも手に入れられず、ようやく摑んでも奪われる。綾芽だけは手放すまいと決めていたのに、それすら貫《つらぬ》きとおせなかった。だから自分の心から目を背けて、ごまかして、神になりたいなんて馬鹿げた救いに浸《ひた》っていた。

神になんてなりたくなかったのだ。真に欲しいものは永遠の安寧《あんねい》などではない。ただ人として歩んでいける、なんてことのない日々だった。

そう、生きたかった。二藍は生きたかった。今だって生きたくて仕方ない。綾芽も手放したくなかった。そばにいてほしかった。もっと深く触れ合いたかった。人になりたかった。まだ為せることは、いくらでもあったはずなのだ。

そんな己の欲望を、今際《いまわ》の際《きわ》に見つめ直してなんになる。なぜこの神は、今さら真実を突きつける。

わんわんと耳鳴りがする。安らかに消えるはずだった心は荒れくるっている。その元凶である獣にせめて言い返したかったが、もう指先すら動かない。

「でもね、あなたはそれでいいのよ」

はるか遠くで狼の声がする。懐《なつ》かしい女官の声で言う。

「人生諦めも肝心だけど、あなただけは諦めない方がいいわ。だってもしかしたら――」

尚は小首を傾《かし》げて、言いやめた。

椿にもたれた二藍に、一歩二歩と歩み寄って鼻先を近づける。しばらく匂いを嗅《か》いでから、汚れた頬をぺろりと舐《な》める。

二藍は動かなかった。

「……寝ちゃったのね」

はらはらと雪が舞う。白砂の上に、二藍の肩に、静かに降りつもっていく。

おやすみなさい、と言い残し、白き狼は去っていった。

＊

雪は一昼夜降り続けた。十数年ぶりの大雪に、翌日人々は対処に大わらわだった。雪を取りのぞかなければ、人もものも行き来できない。あちらこちらで、総出で雪をかきわけている。急場で作った橇《そり》を引かせている馬のいななきが、静まりかえった大路《おおじ》に響く。

禁苑の野に出てみれば、斎庭より数段雪が深く、見渡す限りの白だった。

いまだに雲は重苦しく垂れこめて、『白絹を持たせる』ような青空はどこにも見当たらない。それでも大君は、斎庭と外庭から雪に馴染みある衛士や舎人らをかきあつめて、海っ石榴殿《ばきでん》への道を拓《ひら》くよう勅命《ちょくめい》を下した。

雪原を、一列に並んで進んでいく。腰まである雪を踏みしめ固めていく。重い雪を人の力で押しつぶすから、すぐに息があがる。疲労で歩みが鈍る。そうすると、後ろで体力を残していた者が先頭を代わり、また道なき道に跡をつけていく。

みな黙々と、進むことにだけ全力をかたむけて、必死に行軍している。

はるか空の上から見れば、滑稽《こっけい》に見える道行きかもしれない。真っ白な野に一列に並び、遅々《ちち》として進まぬ人々。いったいいつになれば、すぐそこの山際にたどりつく?

そういうことをぼんやりと思いながら、綾芽は歩いていた。

なにもかもがおぼつかない。霞《かすみ》がかっている。雪原をかきわけ進むにはひどく時間がかかる。列の先頭付近にはゆくなと厳命されているから、みなが必死になっているのに、綾芽だけがなんの役にも立っていない。

どうやら、勝手に飛びだすのではと警戒されているらしい。そこまで馬鹿ではない、とうつむいた。ひとりで白い広野を渡っていけると思うほど、雪を知らないわけではない。今ここで飛びだしたら、あっという間に力を使い果たす。ひとり雪原に埋もれてしまう。それでは二藍のもとにたどりつけない。

――あのひとは、泣かなかったな。

踏みしめられる雪の音を耳に、そんなことばかり考えた。二藍は、綾芽の前で泣かなかった。心の中では涙を流していただろうが、嗚咽のひとつも漏らさなかった。

どうにかして泣かせてあげられればよかった。感情に流されみっともないさまを晒しても、それでも抱きしめてくれる人がいる安らぎを、味わわせてあげたかった。

すこしずつ、確実に、雪を踏み固めた跡は伸びていった。

幸運にも、雪は北にゆくほど浅くなっていった。海石榴殿へ続く沢あたりまで来ると、藁《わら》を大きく編んだ沓《くつ》を履《は》いていれば難なく進めるくらいになっていた。

人々は山に入る前に一度足を止め、話し合った。

——東の山に当たった雪雲は、こちらまでは届かなかったようだ。これなら春宮のいらっしゃる海石榴殿まで、今日中にたどりつけるかもしれない。まずは先乗りに数人出そう。体力のある男がよい。二藍さまの女嬬《にょじゅ》は？　いや、あの娘は入れられない。とてもじゃないが、あんな動揺している娘を連れてはいけない。

そんな会話からひとり離れて、綾芽は胸を押さえていた。心臓が跳ねる音が聞こえる。

この雪なら、この道ならばゆける。ひとりでもゆける。

「わたし、先にゆきます」

ふらりと駆けてゆこうとする。慌てたように引き留められて、お前は雪山をなんだと思っているのかとこっぴどく叱《しか》られた。だが綾芽も引かなかった。自然の、神の、その恐ろしさなど重々身に染《し》みている。ひとりがだめなら、せめて先乗りに交ぜてほしい。

人々はしぶしぶ綾芽の願いを聞き入れてくれた。

常なら半刻もかからない沢沿いの道を、一刻かけて登った。凍った滝の周りには雪がうっすらと降りつもり、息を呑むほどに美しかった。そう、人々がつい見とれた隙に、綾芽はとうとう駆けだした。もう待てない。待たせられない。

二藍をひとりにはしておけない。

息も凍る寒さだ。当然涙は流せない。綾芽はただ先を急いだ。滝の裏側に回り、洞穴の階《きざはし》を駆けのぼった。こんな寒いところに残してしまった。凍えていただろうに。

洞穴を飛びだした。椿の御殿は海蛇が去った惨状そのまま、うっすらと雪が覆っている。

「二藍」

舞台があったところまで進みでて、あえて前だけを見つめて名を呼んだ。声が返ってくると願って呼んだ。

返事はない。何度呼んでも、岩と木立、それから雪に、吸いこまれていくだけだ。

綾芽は振り向くのが恐ろしかった。

二藍は背後にいたはずだ。もう動けぬと言って、椿にもたれていた。ちょうどさきほど綾芽が目を向けずに走り抜けた、洞穴のすぐ脇の巨木の下だった。

怖い。息があがって、ぶるぶると手が震える。

けれど、二藍をいつまでもひとりにしてはおけなかった。懐にしのばせている短刀を、衣の上から握りしめる。顔を歪めて振り向いて——

そこには誰もいなかった。

ただ雪をかぶった椿の木が、静かに佇んでいるだけだった。

「二藍?」

綾芽はささやくように問うて、視線を惑わせた。いない。確かにそこで別れたはずなのに、衣さえ残されていない。

そろそろと椿に近づく。おびただしい血が流れたはずだが、すべてが白く覆われている。とはいえこの雪の深さは、人までも覆えるほどではない。二藍はここにはいない。

と、椿の木の根元にちらと赤いものが見えて、綾芽ははっと肩を強《こわ》ばらせて駆け寄った。膝をついて手を伸ばしたところで、身体中から力が抜けて崩れるように座りこんだ。

それは椿の花だった。

首からぼとりと地に落ちた、赤い寒椿。

その上に、二藍に渡したはずの笄子《かんざし》が置かれていた。表と裏に、背中を預け合うように、銀の鶏と菖蒲《あやめ》の花が彫られた笄子。二藍が綾芽のためにあつらえ、贈ってくれたもの。

汚れたそれを、綾芽は震える手で握りしめた。

「二藍、どこに行ってしまった?」

もう一度振り返る。やはり応《こた》えてくれるひとは、どこにもいない。

続いて登ってきた人々も、春宮の姿がないことに困惑した。綾芽が嘘をついているのではと言う者もいたが、雪の下に染みこんだ血の跡を見ると黙りこんだ。

ほうぼうを手分けして探したが、衣の切れ端すら見つからない。そのうちに日輪《にちりん》が頭上を過ぎはじめ、人々はとにかく、一度報告に戻ろうと決めた。誰も言わないが、きっと飢えた獣の餌食《えじき》になったと誰もが思っていた。重苦しい足取りで沢をおりる。

麓《ふもと》に残っていた人々に合流しようと近づくと、なにやら騒がしかった。

いつの間にか周囲は大きく踏み固められて、ちょっとした広場になっている。そこには綾芽と一緒に来た人々以外の姿もある。馬が数頭、それから昨日綾芽が禁苑でゆきあった、弾正台の女舎人と衛士がいた。

人々は綾芽たちが戻ってきたのを認めると、口々に何事かを言ってこちらを指差した。衛士が駆け寄ってくる。

「なんだ?」

後ろを歩く猟人《かりひと》の男が怪訝そうにつぶやいた。綾芽は答えなかった。そんなことはどうでもよかった。二藍を探さなければ。早く見つけてあげなければ。

焦燥で頭をいっぱいにしたまま、ふらりと広場に足を踏みいれたとたん、両側から飛びかかられて、腕をとられた。なにが起こったのかわからず動転しているうちに、踏みしめられた雪原に転がされ、腕は罪人のように後ろ手で括《くく》られる。

「なにをする!」

思わず怒鳴って首をひねると、人々の疑念の目がこちらへ向いている。誰かが近くに寄ってきた。弾正台の女舎人だ。

「お前は二藍さまの女嬬、梓《あずさ》だな」

見おろす舎人の目は冷たく突き放すようだ。だがその理由が綾芽にはわからない。周りの人々も、なぜ綾芽が捕らえられたのかわかっていないのか、声を潜めて憶測を口にする。なにがあった。まさかこの娘、春宮を手にかけたのか？

かっと怒りが湧きあがり、綾芽は我を忘れて叫んだ。

「違う、ふざけるな！　わたしがあのひとを傷つけるものか！」

胸が張り裂けそうなのに、こんな追い打ちがあるだろうか。

「誰の命でこんな馬鹿げた真似をする！　殺すわけがないだろう！　わたしは――」

――わたしは誰より、あのひとを想っているのに。

涙で声が詰まり、人々の顔には同情が浮かんだ。だが唯一、女舎人はますます冷ややかな目になって、綾芽を覗きこんだ。

「なにを申している。己の虚言にとりこまれたか？　まさか二藍さまを傷つけたかどで、お前を捕らえるわけがなかろう」

「……じゃあなんなんだ」

「我らはその、二藍さまご自身の命でやってきた。二藍さまが薨去《こうきょ》されたなどという断固許されざる偽《いつわ》りを申したお前を、捕らえに参ったのだ」

「……なんだって？」

殴られたかのように感じた。声は確かに聞こえたが、理解ができない。

「なにを、なにを言っている。二藍さまの命？」

二藍というのは、あの二藍か。綾芽の大切なあのひとのことか。

そうだ、と女舎人はあっさりと首を縦に振った。

「女嬬の梓よ。春宮の命により、お前を妄言《もうげん》を流布《るふ》した罪で捕らえ、庭獄《ていごく》に留《とど》め置く」

女舎人は立ちあがる。すぐに綾芽も無理矢理立たされて、どこから見ても罪人として引き立てられる。

しかし綾芽は、自分が置かれた状況なんてどうでもよかった。

「待って、待ってくれ、二藍さまはご無事なのか？」

女舎人は問いかけを無視して歩いてゆく。綾芽は身体をのけぞらせ、必死に叫んだ。

「あなたがたは昨日、禁苑で二藍さまを迎えに行くと言っていただろう？　ちゃんとお会いできたのか？　ひどい怪我をなさっていたはずだ。手当てはされたのか？　治るのか、痛がってはおられないか」

そもそも――二藍は生きているのか？

望外の喜びと、ありえないと戦《おのの》く心がせめぎ合うように膨《ふく》らんでいく。あの傷で生きている。それればかりか山をくだり、雪原を渡って斎庭に戻った。どうやって。どうして？　なぜなにも言わずに斎庭に戻ったばかりか、綾芽を捕らえようとする。

「弾正台の女舎人さま、待ってくれ、教えてくれ！」

一向に叫びやむ気配のない綾芽に、とうとう女舎人は振り返った。瞳に怯《おび》えが浮かんでいる。得体《えたい》の知れないものに向ける怯えだ。

「梓よ。お前は虚言を吐いているというよりは、夢の中に生きる者になってしまったのか？　二藍さまは弾正台の官衙《かんが》にいらっしゃる。怪我のひとつもなさっていない。いや、左手の親指の付け根あたりを少々出血されていたが、それだけだ」

「左……手？」

呆然と尋ね返す綾芽に、女舎人はうなずいた。

「そう、左の手だ。それがどうかしたのか？」

女舎人は、しばらく返答を待っていた。だが綾芽が右に左にふらふらと揺れているのを見ると、哀《あわ》れみの表情を浮かべて背を向けた。

――左手。左の手。

綾芽はひとり、何度も何度も繰りかえした。

嘘だ。二藍は確かにそれを犠牲にしたはずだ。あのひとは、己の腕と引き換えに時間を稼いだ。綾芽を守ってくれた。

(なぜだ。なにが起きている)

俵《たわら》のように馬の背に乗せられながら、綾芽は必死に考える。

女舎人が嘘をついているようには見えない。であれば、二藍は確かに生きている。

だがそれでは、己《おの》が身を犠牲にして海蛇を鎮めたあの男はなんだった。深い傷の痛みに耐えながら、笑みを浮かべて待っていると約束してくれた二藍は、いったい誰なのだ。

いや、あの笄子を預けた男が偽者《にせもの》なわけはない。

あれこそが綾芽の慕う、心から想っている二藍そのひとだ。

ならば――

今、綾芽を捕縛せよと命じた二藍は、何者だ?

＊

冷たい風が吹き抜けて、羅覇《らは》はうっすらと目をひらいた。

——ここは洞穴の、牢獄の中か。

どうやらようやく、羅覇が新たに囚われることになった獄にたどりついたらしい。入れられた際に縄は解かれたようで、手足も久方ぶりに曲げ伸ばしができる。

それでも羅覇は、しばらくそのまま横たわっていた。身体が重い。心術に抵抗し続けるのは気力を大きく損《そこ》なう上、垂水宮《たるみのみや》からここに移されるまで、いろいろあってひどく時間がかかったので、節々《ふしぶし》が痛くてたまらない。

瞳だけを動かして、周りを見やった。

崖の中ほどへ突き抜けている洞窟の端を、牢獄として使っているらしい。洞穴の奥へ続く路《みち》、それから崖に向かってあいた穴、二方にがっしりと格子《こうし》が嵌《は》まって逃亡を阻《はば》んでいる。獄としては明るく、風もよく通る。外へひらいた穴も大きくて、青い空が垣間見える。

(鹿青《かせい》さまが閉じこめられている岩屋とは、似ても似つかないところね……)

ふとそう思った。鹿青がいる岩屋は、地面の下に広がる岩をくりぬいて造られているから光もささない。浜の白砂と同じく、珊瑚《さんご》の骨からできた岩だそうだ。骨に囲まれ、鹿青は今日もすべてを終わりにしたいと願っているのだろうか。

頭を振って、しかし、と羅覇は指折り数えた。垂水宮からここまで来るのに十日もかかるとは思わなかった。二刻もあれば移動できるという話だったのに。

それだけかかったのは、途中で大きな地震があったからだ。羅覇ですら思わず青ざめ、死を覚悟したくらいのものだった。

だが兜坂の人々は、信じられないほどに落ち着いて対処していた。護送役の武人や女官のみならず、途中行きあった民草までそうだから、羅覇は少なからず驚いてしまった。

まるで地震が起きると知っていて、必要な対策をとっていたような反応だ。

——まさか、知っていたのだろうか。

羅覇は首を傾げた。兜坂《とさか》の斎庭は予知に成功したのだろうか。いやありえない。こんな鄙《ひな》の地の神祇官《じんぎかん》が、あれほど難しいことを成し遂げられるわけもない。

とにかくなぜだか知らないが、地震の規模のわりに被害はごく少なかったようだ。とはいえ地震の後始末に忙しいのか、みな出払ってしまったようで、羅覇は牢獄にぽつりと取り残されている。

もしかしたら先の地震は、二藍が招いた滅国《めつこく》の一端かもしれない。そう羅覇は密かに期待したのだが、残念ながら違うらしい。二藍はまだ踏みとどまっている。神とは化していない。兜坂は滅んでいない。八杷島《やはじま》と鹿青の苦しみは、終わっていない。

——あのとき二藍は、なぜ神と化さなかったのだろう。

羅覇は痛みに眉をひそめつつ、ゆっくりと足を伸ばしては縮めた。

垂水宮で石黄《せきおう》の話をしたとき、これで終わると思ったのだ。だが二藍はすんでのところで耐えた。想像よりもはるかにしぶとくて、羅覇は内心戸惑っている。

なにがあの男を踏みとどまらせたのだろう。さだめを背負った男。鹿青と同じ、神気のいと濃き神ゆらぎ。鹿青と違って誰にも助けを求められず、たったひとりで孤独に戦うしかない男。

かわいそうに。

ふいにそんな一言が胸に浮かんで、羅覇は自分に驚き、それから苛立《いらだ》った。二藍がかわいそうなものか。すべては知恵なき兜坂が悪いのだ。弱きものが滅ぶのが世の常だ。

でも、と心の隅で別の自分が言う。それを言うならば、廻海《めぐりのうみ》一の博識と謳《うた》われる八杷島の祭官のくせにみすみす玉央《ぎょくおう》にしてやられ、そればかりか失態が招いた苦境を兜坂に肩代わりさせようとしているお前はどうなる。真に弱きは八杷島。真に弱きは鹿青。どうして兜坂を笑える。抗《あらが》う二藍を馬鹿にできる。

お前が全部悪いくせに。

(うるさい、うるさい！)

羅覇は己の良心を追いはらった。わかっている。羅覇が真に牙を剝くべきなのは、鹿青を陥《おとしい》れた玉央国だなんて、とっくにわかっているのだ。しかしそれは叶わない。だから兜坂に犠牲になってもらうしかない。国を守るためならば鬼畜にもなれる。兜坂の民が血の涙を流そうと笑ってやる。心配しなくとも、『的《まと》』は次から次へと追いつめられていく。二藍が一度耐えたところで意味がない。次の絶望にはもはや耐えられまい。必ず終わる。あとすこしで終わる。

じくじくと胸が痛む。気分を変えねばと、軋《きし》む身を無理矢理に起こした。

牢獄のうちは広いが、藁の寝床と壺がいくつか置かれた他はなにもない。獄の外に、慌てて片付けられたように長櫃《ながびつ》やら几帳《きちょう》やらが積み重なっているから、本当はそういうものが置かれていたのだろう。

羅覇は、長櫃の上に立てかけられた鏡に目を留めた。ちょうどこちらに向いているので、自分の顔を映してみる。長らく磨いていない鏡は曇っていて、ぼんやりとしか映らないが、羅覇はそこにあるだろう自分の顔を容易に思い起こせた。

そばかすだらけの、美しいとは到底言いがたい顔。斎庭の者が見たら、みなが由羅《ゆら》と呼ぶだろう顔。

——こんなはずじゃなかった。

苛立ちが湧きあがって、羅覇は岩肌を拳で叩いた。こんなに深入りする前に終わらせるはずだった。石黄の企《たくら》みが成功していれば、それで羅覇の役目は終わりだったのだ。

兜坂の祭祀が、つつがなく玉央の手に渡っていさえいれば。

そうすれば玉央は、属国と化した兜坂をていよく利用するだけだった。もし万が一玉央に号令神《ごうれいしん》が訪れると決まっても、玉央本国は痛くも痒《かゆ》くもない。ただ『玉央』という国号を兜坂に名乗らせて、号令神を兜坂に向かわせる、それだけのことだった。

どちらにしろ兜坂は滅びたのだ。玉央とはそういう国だ。玉盤神すら利用して、他国を陥れて利益を得る。

だから実際のところ、伯父を殺した二藍はまったく正しかった。いかに石黄が兜坂国を守る崇高《すうこう》な志《こころざし》を抱き、二藍を守ろうと決めていたとしても、結局は羅覇たちにいいように操られて、滅びのさだめに向かって突き進んでいただけなのだから。

もし、と思う。

(わたしが由羅として斎庭に残れていれば、石黄は殺されず、企みは成ったのだろうか)

由羅と名を変え、兜坂の民に見せかけてまで潜んでいた斎庭を追放されてしまったのは痛い失敗だった。あそこで斎庭に踏みとどまれていれば、まだやりようはあっただろう。

なぜ追放されてしまったのか——と考えて、羅覇はかつて同室だった娘を思い出した。

二藍の女孀として取り立てられたと言っていた田舎《いなか》娘。

梓。

そう美人なわけではない。だが思わず、こちらがはっと居住まいを正してしまうような、まっすぐな目をする娘だった。

そう、失敗したのだ。羅覇は、あの娘への対処を間違えた。

あのころ羅覇は、仕事のできない采女《うねめ》を装《よそお》い、あちこちの妻館《つまだて》や官衙を転々としていた。いろいろな場所で知識を集めるのが役目だったからそれでよかったのだ。

だが同室になった読み書きもできない娘が、斎庭で一、二を争う高官であった二藍に仕《つか》えていると聞いたとき、羅覇の心は乱れた。なぜだろう。梓にはそう取り柄はなかったし、二藍付きなのはむしろ好都合だった。利用しがいがあると胸が躍った。

いや、本当は知っている。羅覇は嫉妬したのだ。二藍がなぜこの学なき娘に目を留めて、自らのそばに置いたのかが、なんとなくわかってしまった。

強い意志が滲《にじ》んだ、梓のまっすぐな目を見たときに悟ってしまった。

わたしにはこれがない。この瞳がない。もともとの顔が美しくないからだ。違う、覚悟が足りないからだ。それが顔に表れていた。だから鹿青さまを守れなかった。絶対に守るという気持ちが足りなかったから、まんまとしてやられてしまった。

全部わたしが悪い。あのとき目を離したのはわたしだ。こんなにも島のみなが心を尽くしているのに、異国の神ゆらぎに簡単に心をひらく鹿青さまに腹が立って、どうにでもなればいいと一瞬思ってしまった。そのわずかな隙に、すべてを滅茶苦茶にされてしまった。

――だから梓の瞳が妬《ねた》ましくて、憎らしかった。

あの瞳さえ見なければ、羅覇はもっとうまくやれたはずだった。梓は律儀《りちぎ》で、どれだけ話を振っても二藍の身辺については口が堅かったから、二藍の愛人だと噂を流して孤立させた。二藍の不興を買うようにも仕向けた。羅覇しか味方がいないようにすれば、扱いやすくなると思ったのだ。

だがあの瞳に惑わされて、性急にことを運びすぎた。それでぼろを出して咎められ、斎庭を追放された。

八杷島に一度戻り、伎人面《ぎじんめん》をつけるとなったとき、再び梓の瞳が脳裏をよぎった。けれど羅覇は、あえてまったく別の顔を選んだ。世にも美しい、どんな男も虜《とりこ》にできる顔を。

(それで二藍も、いいようにできるはずだったのに)

恥も外聞もなく求めさせて、それからうんと突き放して笑ってやるつもりだったのに。たまらなく悔しくなって、羅覇は両手で顔を覆った。いまやその伎人面すらとりあげられてしまった。唯一の盾まで奪われて、いったいこれからどうすればよいのだろう。

そもそもどうして二藍は、羅覇の顔が偽物だと気づいたのだろう。誰も知らないはずだった。めったに人前へ出ない羅覇の素顔は、八杷島の大使すら見たことがない。それに伎人面には、王も神ゆらぎも、祭官すらも騙《だま》される。あの顔が嘘だと見破れるのは、この世でただひとりだけだろう。今このとき、廻海のどこかにいるのかどうかすらわからない希《け》有《う》なる者、物申《ものもうし》だけが――

はっとして羅覇は顔をあげた。

「……まさか。まさか、そんな」

つと振り返る。洞穴のさきには篝火《かがりび》が揺れるだけで、やはり人の姿はない。落ち着かず、手を組んでは解いた。信じられない、しかしそうとしか考えられない。

この国には、物申がいるのか？

そんなものが今、このときに、この東の果てに生きているのか？

ありえないと鼻で笑う羅覇を、いや考えろと思慮深い羅覇が説き伏せる。もし、もしだ。この国に物申がいるとする。神にものを申す者。神ゆらぎの用いる心術を解くことのできる、唯一の人。それが確かに兜坂に潜んでいるならば――。

羅覇は両手で胸を押さえた。本当に、本当にいるのだろうか？　だとすれば、この不毛な戦いを終わらせられるかもしれない。鹿青を、真の意味で救えるかもしれない。

もし本当にこの都のどこかにいるのなら、何者なのだろう。

羅覇は自分を落ち着けようと、崖を穿《うが》った穴へと近寄った。木格子の外に広がる野は雪に覆われている。雲ひとつない青空によく映《は》えて、まるでいっぱいに白絹を広げたようだ。

物申ほどの強い力を持つ者ならば、きっとそれとわかる徴《しるし》がある。ひと度《たび》その者が物申だと明かされれば、なるほど確かにと納得してしまうような徴が。

いったいどんな……。

ひとりの娘の名が思い浮かんで、羅覇は目をみはった。

――ああ、いる。

わたしは知っている。

「……梓」

羅覇は木格子を両手で摑んだ。揺さぶり、力一杯叫んだ。

「梓、来て！」

あなたなら変えられる。

この切れかけた糸を、繋いでゆける。

※この作品はフィクションです。実在の人物・団体・事件などにはいっさい関係ありません。

集英社オレンジ文庫をお買い上げいただき、ありがとうございます。
ご意見・ご感想をお待ちしております。

● あて先
〒101-8050　東京都千代田区一ツ橋2-5-10
集英社オレンジ文庫編集部 気付
奥乃桜子先生

神招きの庭 4

断ち切るは厄災の糸

集英社
オレンジ文庫

2021年7月20日　第1刷発行

著　者　奥乃桜子
発行者　北畠輝幸
発行所　株式会社集英社
〒101-8050東京都千代田区一ツ橋2-5-10
電話【編集部】03-3230-6352
【読者係】03-3230-6080
【販売部】03-3230-6393（書店専用）
印刷所　大日本印刷株式会社

ISBN 978-4-08-680398-4 C0193

集英社オレンジ文庫

奥乃桜子

それってパクリじゃないですか?
～新米知的財産部員のお仕事～

群馬の中堅飲料メーカーを舞台に知識ゼロのOLとエリート弁理士の2人が商標乗っ取り訴訟やパロディ商品、特許侵害などに挑むお仕事ドラマ!

上毛化学工業メロン課

3年以内にメロンを収穫できなければ全員クビ!?
一流化学企業の「追い出し部屋」に異動になった新米研究員がワケあり社員たちと一緒に大奮闘!!

あやしバイオリン工房へようこそ

楽器販売店の仕事をクビになり、衝動的に乗った夜行バスでたどり着いた仙台で出会ったのは、誰もが知る伝説のバイオリンの精だという青年で…。

好評発売中

【電子書籍版も配信中　詳しくはこちら→http://ebooks.shueisha.co.jp/orange/】

集英社オレンジ文庫

怪談男爵　籠手川晴行

瀬川貴次

怪談男爵
籠手川晴行

目次

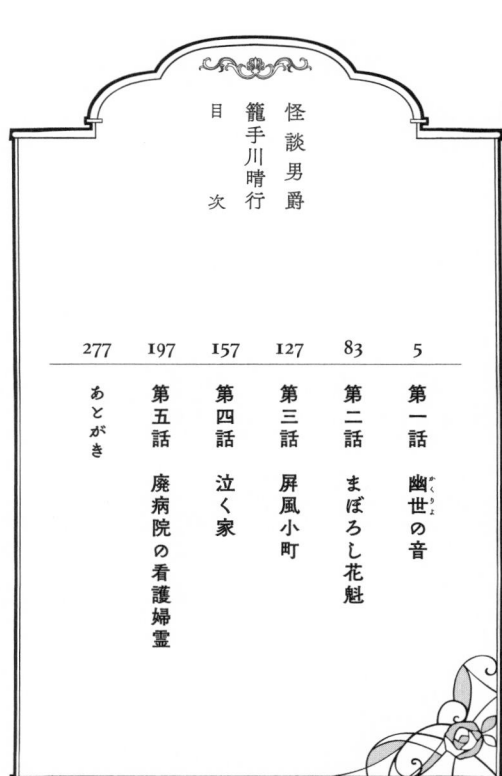

第一話　幽世《かくりよ》の音

今日が公演の初日とあって、劇場の楽屋は早朝からひとの出入りが激しく、何かとあわただしかった。

「おい。ここにある荷物、早く翔燕《しょうえん》さんの楽屋に持っていってくれよ。邪魔でかなわないぜ」

「はいはい、わかりました」

先月、裏方として仲間入りしたばかりの新入りが、重たい荷を古参に押しつけられ、ふうふう言いながら市川《いちかわ》翔燕の楽屋に運ぶ。部屋の扉に翔燕の名札がかかっているので、場所は間違いようがない。

市川翔燕は若手の二枚目歌舞伎《かぶき》役者。ここ数年で人気もめきめきと上がっていた。しかも近々、美人女優と婚約するとあって、話題性も高い。廊下に貼られたポスタァには、流し目をする翔燕のモノクロ写真が用いられていたが、それを見ても彼が美男なのは否定しようがなかった。

荷物以外にも、花やら差し入れやら、かなりの量を何往復もして楽屋に運び終え、新入りはやっとひと息ついた。その直後。

シュッシュッ……

シュッシュッ……

足袋《たび》を履《は》いた軽やかな足音が、すぐ後ろで聞こえた。てっきり、裏方の誰かが手伝いに

来てくれたものと思い、

「もう全部、運んだところですよ」

いまさら遅いぜ、といった本音は隠して振り返る。が、背後には誰もいない。

「えっ？」

はっきり聞き取れたのに、足音の主はどこに消えたのか。廊下に出てみても、近くにひとの姿はない。ずっと奥の角を曲がった先で、裏方たちの話し声がしていたが、さすがに遠すぎる。

「やれやれ、気のせいか」

そう口に出した途端。

キシキシ……

キシキシ……

と、今度は部屋の中で何かが軋《きし》むような音が聞こえてきた。

新入りはすぐに部屋にとって返し見廻《みまわ》したが、何が音の源《みなもと》なのか、さっぱり見当がつかない。それだけならともかく、ぞわぞわと妙な悪寒《おかん》が背中を這《は》いのぼっていく。

ここには長くいたくない。なぜかそう感じ、あわてて部屋を飛び出した彼は、廊下で古参にぶつかりそうになった。

「おい、何やってんだ」

「あ、はい、すみません！」

直立不動の姿勢で詫《わ》びてから、新入りはおそるおそる尋《たず》ねた。

「あのぅ……。きっきから妙な音がしませんか？」

「妙な音？」

「はい。シュッシュッって足音と、キシキシって何かが軋んでいるような音が……」

「おまえ、さっそく聞いたんだな」

古参は翔燕の楽屋であることを示す名札に目をやり、力のない苦笑いを浮かべて言った。

「美男の翔燕さんは幽霊にも好かれていなさるのさ」

※　※

黄昏《たそが》れていく空のもと、唐破風《からはふ》の屋根を戴《いただ》く壮麗《そうれい》な建物に、紳士淑女が次々と吸いこまれていく。今宵《こよい》、和洋折衷《せっちゅう》様式のこのホテルの大ホールにて、人気女優の森口《もりぐち》理子《りこ》と二枚目歌舞伎役者・市川翔燕の婚約披露パーティーが開催されようとしていた。

無数の電灯の輝きを受けて、チーク材の太い柱は照り輝き、高い格子《こうし》天井にひとびとの笑いさざめく声が響く。洋装と和装と、後者のほうが圧倒的に多いのは、大正という時代ゆえでもあった。

そんな着飾ったひとびとの間を、二十歳《はたち》ほどの青年が巧みにすり抜けていく。身のこなしがしなやかな上に、背が高く、仕立てのよいスーツをまとった身体《からだ》は均整がとれている。栗《くり》色がかった髪は少しクセがあってゆるくうねり、彼のはっきりとした目鼻立ちをより際立たせる。大理石の彫像を思わせるほど肌が白く、唇と指先は花びらのようにほの紅《あか》い。

ひと目を引く容姿に、淑女たちが次々と振り返った。

「あれはどなた？」

「映画界のかたかしら。それとも梨園《りえん》の？」

「どちらにしろ、素敵なかたね」

ひそひそとささやかれる声は、彼――籠手川晴行《こてがわはるゆき》の耳にはまったく入っていなかった。

ひと捜しのほうに気持ちを持っていかれていたのだ。

すでに大勢が集《つど》っていた大ホールで、晴行は捜していた人物をやっとみつけ、相好《そうごう》を崩して彼らに駆け寄った。

「遅れてすみません、義兄《にい》さん。大事ありませんか、姉さん」

ややアクの強い顔立ちに口髭《ひげ》を生やした四十代後半の男と、淡い空色の着物をまとった三十そこそこの細面《ほそおもて》の女性が並び立っている。晴行の姉の節子《せつこ》と、その夫の海藤玄治《かいどうげんじ》だ。

十歳年下の弟に、節子はやわらかく微笑《ほほえ》みかけた。

「大事ないわよ。大袈裟《おおげさ》ね、ハルさんは」

「でも、お加減がよろしくないと聞いて」

「朝方、少しだけね」

そうは言うが、節子の化粧がやや濃いめなのは、顔色の悪さを隠すために違いなかった。昔から病がちだった彼女は、長じてからも時折、体調を崩すことがあった。おそらく、昨夜から今朝まで、しとしとと降り続いていた雨がよくなかったのだろう。

「無理はしなくていいと言ったんだが」

夫の玄治は太い眉を哀しげに八の字に下げた。見た目はいかにも豪快そうなこの男が、十八歳年下の妻には滅法甘い。それがわかっているだけに、節子もこうして無理を押して出てきたのだろう。

「せめて、ご挨拶《あいさつ》だけはしておかないと。商会に貢献してくださったかたの晴れ舞台なのですもの」

彼女の夫の玄治は手広く商売をして海藤商会を立ちあげ、一代で財を成した成功者だった。最近では仏蘭西《フランス》製の化粧石鹸《せっけん》を売り出し、そのポスタァに女優の理子を起用した。アールヌーヴォー風の金色の曲線で縁取られ、魅惑のまなざしを投げかけるドレス姿の理子のポスタァは好評を博し、化粧石鹸も大当たり。なかなかの利益を海藤商会にもたらしたのだった。

「切りのいいところで、ぼくが姉さんを送っていきますから、義兄さんは気になさらず」

晴行がまるで興味のないパーティーに出向いたのは、体調のよくない節子を早めに会場から抜け出させる役を引き受けたからだった。

本当は騎士《ナイト》よろしく姉夫婦に張りついていたかったが、挨拶廻りの邪魔になってもまずいと、晴行はいったんバルコニーに退《しりぞ》いた。そこからだと、ホールの中にも目を配れるし、庭園の緑も見渡せる。

広々とした庭園には大小の木々が重なり合い、昨夜の雨を含んで濃く繁《しげ》っていた。だからか、ここが帝都のただ中のような気がしない。異国の深い森に建つ古城に来ているのではないかと錯覚してしまう。

次々と車から降りる来賓《らいひん》たち、彼らを迎える制服姿のホテルマンたちを俯瞰《ふかん》するのも意外に面白く、晴行は好奇心のままに広いバルコニーの奥へ奥へと進んでいった。

白いタイルが敷き詰められたバルコニーには、ところどころに鉢植えの観葉植物が置かれている。大きく広がった緑の葉の陰《かげ》から、ふいに小柄な人影が現れ、彼は危うくぶつかりそうになった。

晴行は一歩ひいて寸前でかわしたが、相手はきゃっと小さく声をあげてよろけた。咄嗟《とっさ》に手をさしのべて、晴行は相手の華奢《きゃしゃ》な身体を支えてやる。

「大丈夫ですか」

「ええ……」

息をついて顔を上げたのは、森口理子だった。洋猫を思わせる大きな目に、ふっくらした唇は、間近で見ればさらに魅惑的だ。ポスタァではドレープたっぷりの純白のドレスをまとっていたが、薄紅《うすべに》色をした桃染《ももぞめ》の着物もよく似合っている。

ただし、後ろで巻いて造花の髪飾りで留めた束髪《そくはつ》からは、微《かす》かに煙草《たばこ》の香りがした。バルコニーの端に隠れて一服していたのだろう。もちろん、晴行は髪の移り香にも、近くに落ちていた吸い殻《がら》にも、気づかないふりをした。

「ありがとう」

礼を言って理子は晴行から離れ、乱れてもいない後ろ髪に所在なげに手を当てた。そのまま立ち去ろうとしたのに、彼女は急に足を止めて訊《き》く。

「ひょっとして海藤社長の弟さん?」

晴行が小首を傾《かし》げると、理子は、

「さっき、海藤社長に駆け寄って『にいさん』と呼んだのが聞こえて」と種明かしをした。

暗いバルコニーにいれば、明るいホールの中からはみつかりにくい。その状態で、彼女はホール内の客たちを観察していたらしい。こんなに大勢のひとたちが自分のために集まってきたと、優越感に浸っていたのか。それとも、人生の大舞台を前に緊張をほぐそうとしていたのかまでは、わからないが。

「耳が大変よろしいようで」

「ええ、無駄にね」

「海藤は義理の兄です。ぼくの姉が海藤のいまの妻で」

「いまの妻……」

「二度目の妻」

ああ、と理子は納得した。「それで歳《とし》が離れて――」

言いかけ、途中で口をつぐむ。姉が後妻であることを別に隠す必要もないと思っている晴行は、軽く肩をすくめた。

「ええ。十八ほど離れています」

「そうなのね。……ごめんなさい、もう戻らないと」

言い訳めいた口ぶりで言い、理子は今度こそ立ち去ろうとしかけた。が、その足がまたもや止まる。

シュッシュッ……と布地が擦《す》れるような音が背後から聞こえた。誰か来たのかと思い、晴行は音がしたほうを振り返ったが、そこにはひとっ子ひとりいなかった。

気がつくと、理子も晴行と同じ方向をみつめていた。彼女はかすれ声で訊いた。

「聞こえた?」

ええ、と晴行は応《こた》えた。

「足袋を履いた足音のようでしたね」

とはいえ、周囲に晴行たち以外の人影はない。そもそも、草履《ぞうり》も履かず、足袋のままでバルコニーに出るはずもない。何かの聞き間違いだったのだな、と晴行はあっさり切り捨てようとしたが、

「わたしの気のせいではなかったのね……」

理子はそうつぶやき、深くため息をついた。小悪魔的と評される容貌《ようぼう》に、憂鬱《ゆううつ》な影が差す。これから華々しい席につこうとしている身には相応《ふさわ》しくない表情だ。そんな物憂《う》げな顔をされると、晴行としては看過できなくなる。

「何か悩み事でも？　もしかして、婚約発表をやめたくなったとか？」

冗談めかして尋ねると、理子は苦々しげな笑みを浮かべた。

「違うわ。翔燕さんとはなんの問題もなくてよ。ただ……」

数瞬ためらってから、言いにくそうに説明する。

「お付き合いを始めた頃からかしら。時折、妙な音が聞こえるようになったの。さっきのシュッシュッとか、キシキシって何かが軋んでいるような音も。今朝もよ。前の晩からこの客室に泊まっていたのだけれど、明け方にいきなりドアをバンバン叩かれて。すぐに飛び起きて廊下を覗《のぞ》いたのに、そこには誰もいなくて……」

理子はぶるっと身震いして両腕をこすり始め、落ち着かなく周囲を見廻した。本気でおびえているのだ。バルコニーで隠れて煙草を吸っていたのは、恐怖をまぎらわせるためも

あったのだろう。

「それは非道《ひど》い」

「非道い？」

「あなたをそんなにおびえさせるなんて」

晴行は腕を組み、眉間《みけん》にぐっと皺《しわ》を寄せた。目鼻立ちがはっきりしているだけに、喜怒哀楽もはっきりと出る。いま、彼の顔に表れているのは、理子を怖がらせているモノに対する怒り――義憤と称してもよい感情だった。

「何が先ほどのような怪音を引き起こしていたのかは、わかりません。わからないからこそ、あなたも落ち着かず、疑心暗鬼に駆られるのでしょう。このままでは私生活にも仕事にもよくない。いいはずが絶対にない。ぜひにも怪音の正体をつきとめ、不安を解消すべきなのです」

「怪音の正体をつきとめる……」

「よければ、ぼくが」

晴行はおのれの胸に手を当てて宣言した。

「怪音の正体を暴き、あなたに平穏をもたらしてさしあげましょう」

まっすぐにみつめてくる晴行に圧倒され、理子はあわただしく瞬《まばた》きをした。

「どうして？　あなた、わたしのファンなの？」

「理由が必要ですか？」

晴行は邪心のまったくない少年のような顔をして首を傾げ、理子のために理由を探してみた。長くはかからなかった。

「ああ、それならば、義兄の会社の看板商品を宣伝してくださったお礼ということで、どうでしょう」

「そんな理由？」理子はぽかんと口をあけ、それから、ふふっと笑った。

「面白いひと。そうだ、思い出したわ。海藤社長の奥方は男爵家のご令嬢なのだとか。ということは、あなた――」

「申し遅れました、籠手川晴行と申します。おっしゃる通り、爵位は男爵。公爵、侯爵、伯爵、子爵と来て、いちばん下の男爵です。しかも公家ではなく、維新《いしん》で功あって爵位を賜《たまわ》った下級武士の家ですので、何かと無骨な点は、どうかご容赦《ようしゃ》を」

謙遜《けんそん》しながら、晴行は優美に一礼した。自然なカーブを描いた前髪が白い額にはらりとかかって、役者さながらの容貌にさらに花を添える。仕事柄、美男美女を見慣れているはずの理子でさえ、あら、と目を瞠《みは》った。

そこに背の低い、口髭だけが不釣り合いに立派な、スーツ姿の男が駆けこんできた。理子の付き人だった。

「ああ、ここにいた。理子さん、早く早く」

「はいはい。いま行くわよ」

付き人にうるさそうに手を振ってから、理子は晴行に向き直った。

「ありがとう。おかげさまで、笑顔で金屏風《きんびょうぶ》の前に立てそうだわ」

嘘《うそ》ではなく、晴れ晴れとしたその顔にもはや恐怖の影はない。それでも、晴行は念のためにと告げておく。

「さっき言ったことは本気ですから。あとで改めて詳しい話を聞かせてください」

「今日は無理だけど、明日なら」

「そうですね。明日のほうが、ぼくも助かります」

姉と早めにパーティーを抜け出し、彼女を家に送り届けたあとでホテルに戻ってくるのも吝《やぶさ》かではなかったが、日を改めてからのほうが理子も話しやすいだろう。

「では、またね。男爵さま」

理子と付き人が行ってしまってからも、晴行はしばらくバルコニーに残っていた。ほどなく、ホールからどよめきが起こった。主役のふたり——理子と市川翔燕が登場したのだ。カメラのフラッシュが打ち上げ花火のように幾度も焚《た》かれて、集まったひとびとは祝祭の歓喜を共有する。

ガラス越しに眺めるふたりは、まさに光り輝いていた。女役もこなす翔燕は、噂《うわさ》通りの二枚目で品もあり、洋花の派手やかさを感じさせる理子と並んでもひけはとらない。文句なしに美男美女の取り合わせだ。

なるほど、このふたりの婚約なら誰かの妬《ねた》みを買うかもな――

そう思いながら、晴行は自身の栗色がかった髪をかきあげた。怪音の正体をつきとめると理子に約束したことに、後悔などまったくしていない。そもそも後悔など、彼には無縁の代物だった。

では、解決の目処《めど》が立っているのかといえば、そんなものは端《はな》っからありはしなかった。


白漆喰《しろしっくい》の壁に囲まれた、天井の高い空間。分厚い書物がぎっしりと詰まった巨大な書棚が、そこに数えきれぬほど並んでいる。最高学府たる大学の図書館には、紙とインクのにおいに混じって、知識と沈黙とが厚く堆積《たいせき》していた。

午後の陽光が背の高い窓から射しこむ中、学生や研究員たちは黙って書籍に見入っていたが、晴行は頓着《とんちゃく》しない。ずかずかと足音高く館内を横切ると、スタンドカラーの白シャツと袴《はかま》を身に着けた、読書中の学生の前にバンと両手をつく。

「みつけた、シズちゃん」

晴行の友人、室静栄《むろしずえ》はおもむろに顔を上げた。神経質そうなしかめっ面《つら》をして、眼鏡越しに細い目で晴行を睨《にら》みつける。周囲の赤の他人からも非難がましい目が多数、向けられていた。けれども、やはり晴行は頓着しない。

「家に行ったら大学だと聞いて。今日は講義がない曜日なんだろ？　だったら、ここかなと。当たったな」

白い歯を見せてニッと笑う晴行に、静栄は小声で注意した。

「ハルちゃん、ここは図書館」

「ああ、そうだよ」

「図書館では静かに」

「だったら、甘味処《かんみどころ》に行こう。話があるんだ」

甘味処と聞いて、静栄の眉がぴくりと動いた。甘い物に目がないのだ。彼は気難しげな表情を保ったまま、本を閉じ、ゆっくりと荷物をまとめ始める。仕度が整うのを待っている間も、晴行は嬉《うれ》しそうだ。

図書館を出たふたりは、大学のそばの甘味処〈鈴《すず》の屋《や》〉へと向かった。店の奥の席に着くや、臙脂《えんじ》の麻の葉模様の着物に白いエプロンを重ねた、童顔の女給が小走りに注文を取りに来る。晴行は友人に確かめもせずに、「汁粉《しるこ》ふたつ」と注文した。

静栄は文句をつけない。むしろ、薄い唇の口角がほんの少しだが上がった。汁粉は彼の好物なのだ。

注文の品が届くのを待つ間、晴行は茶をすすりながら、森口理子とホテルのバルコニーで遭遇し、彼女にまとわりつく怪音の正体を暴くと約束したことを語った。

「怪音に悩む女優を救いたい？　これはまた、何を言い出すかと思ったら」

眼鏡の中心を中指で押しあげ、静栄はふうっと息をついた。

「ハルちゃんらしい」

同い年の彼らは、幼少期からの付き合いだった。高等学校まではいっしょで、そこから静栄は大学に、晴行は軍人を志《こころざ》して士官学校へと進んだ。ところが、真面目に学業に励む静栄とは反対に、晴行は教官と悶着《もんちゃく》を起こし、早々に士官学校を退学してしまったのだ。以来、何かの職につくでもなく、ぷらぷらしている。

籠手川家自体は男爵とはいえ、早くに父親を亡くしたために裕福とはとても言えない。それでも、義兄の玄治が惜しまず援助をしてくれるおかげで、経済的な不安はまったくなかった。つまり、理子のために怪音の調査をする時間も資金も、事欠かなかったのだ。

「そこでシズちゃんに頼みたいんだ。ひとりであれこれ探るのもつまらないから付き合ってくれないか」

「そういうことか……」

普通は『ひとりであれこれ探るのも限界があるから手伝ってくれないか』と来そうなものなのに、晴行だとそうはならない。限界は感じていないし、ひとりはつまらないと本気で思っている。静栄も長い付き合いのおかげで、そこは理解できていた。

「付き合ってくれたら、ここは奢《おご》るよ」

晴行が約束したと同時に、汁粉が豆皿に盛った塩昆布《こんぶ》といっしょに運ばれてきた。静栄は汁粉の湯気を目で追いつつ、冷静に言った。

「汁粉だけか」

「鯛焼《たいや》きも奢るよ」

「家族へのみやげの分もいいか」

もちろん、と晴行は気安く請け負った。甘党の静栄は「わかった」とそこで手を打ち、汁粉を食し始める。晴行も「いただきます」と言ってから箸《はし》を手に取った。

「森口理子か……。見た目だけでなく演技力にも定評があり、最近ではオフィーリアを演《や》って当てたようだな。映画界にも進出するんじゃないかって噂されているらしい」

「詳しいな、シズちゃんは」

「映画好きの母からの受け売りだ。母が購読している婦人雑誌にも、森口理子の記事はよく載るし」

いまだサイレント隆盛の時代とはいえ、改革の波は確実に押し寄せており、活動写真は映画と呼び名を変えつつあった。映像作品においての女役はこれまで、もっぱら歌舞伎の女形《おやま》が請け負っていたが、それも女優に取って代わられようとしている。人気の舞台女優の理子なら、いつ映画出演のオファーが来てもおかしくはない。

「光がまぶしければまぶしいほど、影は濃くなる……」

静栄は知的な風貌《ふうぼう》に、老齢の哲学者のような表情をまとわせてつぶやいた。

「歌舞伎の世界には映画を軽視する風潮があると聞くし、女優の映画進出自体もあちらにとっては面白くないはずだ。市川翔燕は部屋子《へやご》からの叩きあげだが、それでも彼との婚約は風当たりが強いだろう。ただでさえ売れっ子でいそがしい上に、翔燕との婚約で身辺がバタつき、気苦労も多い。そんなこんなで神経が高ぶって、家鳴りやら、ちょっとした空気の動きやらに過剰に反応した。そういうことじゃないのかな」

「まあね。ぼくもそう思わなくはなかったさ。でも、バルコニーでは確かに聞いたんだよ。シュッシュッって、足袋を履いた誰かが歩いているような音を。あれはたぶん、女性の足音じゃないかなぁ」

「女優の森口理子に女の幽霊がとり憑《つ》いたのか？　男じゃなくて？」

「そうじゃなく、市川翔燕の女性ファンが森口理子に嫉妬《しっと》して生き霊《りょう》と化《い》したのかも」

「生き霊？」

くくっと静栄は喉《のど》で笑った。晴行もにこにこしている。ふたりとも、幽霊だの生き霊だのと口にする割に、本気にはしていなかった。

帝都は江戸の雰囲気を色濃く残しつつも、この五十年余りで大きく変わった。西洋の技術や文化を積極的に取り入れて、巷《ちまた》には電灯がともり、都電ならぬ東京市電が路面を走る。

そのせいか、狐や狢《むじな》に化かされたという話も、めっきり聞かなくなっていた。

「付き人の若尾《わかお》っていう男とも話したんだが、彼いわく、そういう音は特に聞いたことがないそうだ。所属事務所の隣がいま改装工事中で、連日、轟音《ごうおん》が響き渡っているそうだから、聞き逃している可能性は高いがな。森口理子も事務所ではあまり聞かないとは言っていた。夜、家にひとりでいるときとか、市川翔燕と逢っているときに何度か聞いたらしい。シュッシュッも、キシキシって軋む音も」

「そのとき、翔燕はなんて？　聞こえたって？」

「妙な音がしないかと尋ねたら、翔燕は『なんのことだい？』」

翔燕の二枚目ぶりを思い浮かべつつ、晴行はすかして言ってみたが、静栄は構わず、

「でも、ハルちゃんには聞こえた」

「うん。それほど大きくもない音だったから、何かの聞き間違いかと最初は思ったがね。シュッシュッにしろ、キシキシにしろ、あの程度なら聞き逃しそうだし、無視するのも難しくはない。だが、ホテルの部屋のドアをバンバン叩かれたっていうのは穏やかじゃないね。それで、客室棟の中をひと通り歩いてみたんだが、あそこは廊下が結構ぐねぐねと曲がっているんだよ。あれなら、部屋の中の森口理子を脅かす目的でドアを叩いて、彼女が部屋から顔を出す前にその場から逃げ去るのは充分、可能だ」

「生きている人間の厭《いや》がらせだと？」

「あり得る気がする。彼女の熱烈な信奉者が翔燕との婚約に衝撃を受け、愛を憎しみに変えて、怒りの拳《こぶし》を振りあげた——という感じ？」

晴行の常識的な意見に、静栄も分別くさくうなずいた。

「まあ、それが妥当かな」

「そこでだ。明日から用心棒として森口理子の身辺を警護しようと思う」

「用心棒？　この御時世に帯刀《たいとう》でもするつもりかい」

「無理だろうな。でもほら、小刀くらいは内ポケットに忍ばせてあるよ」

晴行は表着《うわぎ》の上から、ぽんぽんと胸もとを叩いてみせた。

「ついてはシズちゃんもいっしょにどうだろう」

「用心棒だろ？　ハルちゃんはともかく、ぼくには荒事は向かないよ」

眼鏡ばかりではなく、静栄の痩《や》せ型の体軀《たいく》にもそれは如実《にょじつ》に表れていた。しかし、晴行は引かない。

「シズちゃんは新人付き人って名目でいいんじゃないかな。加勢を連れてくるって、森口理子にも伝えてあるから、きっと大丈夫だよ」

「こっちへの確認はあと廻しか」

「シズちゃんなら引き受けてくれると信じていたからね。いいだろう？　明日は豆大福を奢るから」

「豆大福」

赤エンドウ豆入りの、絹布団のごとく柔らかい餅《もち》と、それに包まれた艶《つや》やかな餡《あん》を幻視するがごとく、静栄は視線を虚空《こくう》にさまよわせた。事情を知らぬ者には、詩作にふける文学青年に見えただろう。

「……家族の分もいいのかな」

「もちろん、家族の分も。なんだったら、汁粉、おかわりするかい？」

カラになった汁粉の椀《わん》を指差して問う晴行に、静栄は重々しくうなずいた。

「いただこう。白玉は抜きで」

「二杯目だからな。ぼくは白玉ありで」

甘味処の女給が、「はぁい」と応えて注文を取り付けた。ほどなく運ばれてきた汁粉には、両方とも白玉が入っていた。静栄は不機嫌そうに眉根を寄せて文句を言おうとしたが、晴行は「まあまあ」といなしながら、彼の分の白玉を自分の椀へと移していった。


翌日から、晴行と静栄は用心棒兼、新人付き人として森口理子の身辺につくことになった。

付き人の若尾は、理子からふたりを紹介された当初、

「相談もなしにこんなことを決めないでくれないかな」

と憤慨したが、晴行が海藤玄治の義理の弟で爵位持ちだと聞いた途端に、がらりと態度を変えた。その変わり身の早さに潔癖な静栄は眉をひそめたが、晴行はまったく平気な顔で受け容《い》れた。

初日、二日目は何事もなく過ぎていった。が、三日目の朝のこと。晴行と静栄が理子の所属事務所に出向くと、応接間のソファにすわって若尾と打ち合わせ中の彼女は、明らかに浮かない顔をしていた。

「ひょっとして、何かありましたか?」

開口一番にそう尋ねる晴行に、あら、と理子は挑むような笑みを向けてきた。

「男爵さまは勘が鋭くていらっしゃるのね」

皮肉っぽい口調は不安の裏返しだと気づいて、晴行は「よろしかったら聞かせてください」と促《うなが》し、彼女の向かいの席に腰かけた。静栄はすわる場所がなく、晴行の後ろに仏《ぶっ》頂面《ちょうづら》で立つ。

「大したことじゃないのよ」

腹立たしげに言いながら、理子は自分のシガーケースから煙草を一本取り出して咥《くわ》える。

すかさず、若尾がマッチで火をつけたが、「吸うのは事務所の中だけにしてくださいよ」と文句を付けるのは忘れない。

「わかっているわよ」

理子はあてつけがましく煙草を深く吸い、勢いよく煙を吐き出した。紫煙《しえん》がうねりながら部屋を漂い、ひとりだけ立っていた静栄の顔にまとわりつく。途端に、静栄がゲホゲホと激しく咳《せ》きこんだ。

「あら、ごめんなさい」

意外に素直に謝って、理子はガラスの灰皿に煙草を押しつけ、火を消した。

一服だけとはいえ煙草が吸えて落ち着いたのか、それとも、静栄の派手な咳きこみように毒気が抜かれたのか。理子はぽつりぽつりと昨夜の出来事について話し始めた。

「——昨日、翔燕さんと久しぶりに銀座《ぎんざ》でお食事したのよ。お互いの次の演目なんかについて、いろいろとおしゃべりしたわ。今度、ジュリエットを演るって言ったら、翔燕さん、面白がって。自分は『お夏清十郎《なつせいじゆうろう》』のお夏を踊るんだ、って。どちらも男で破滅する純情娘の役だね、って。わたしはともかく、翔燕さんのお夏はきっと、はまり役よね。男役も素敵だけれど、女役もとってもかわいらしいからって褒めたら、理子さんだって、って……。あ、のろけに聞こえた？」

若尾と静栄はなんとも言えない表情をしていたが、晴行は笑顔で首を横に振った。

「お気になさらず。微笑ましい会話だなと思って聞いていますよ」

「だったら、よかった。とにかく、そんなこんなで帰りが遅くなって、いつもより遅い時間にベッドに入ったの。お酒も入っていたから、すごく眠かったはずなのに、どういうわけか、横になった途端、目が冴《さ》えて眠れなくて」

「ありますよ、そういうことも。婚約者との久しぶりの逢瀬《おうせ》のあとなら、気も高ぶっていたでしょうし」

「かもね。で、やっとうとうとしてきたら、キシ、キシ……って何かが軋むような音が聞こえてきて。ああ、まただわと思って薄目をあけたら――」

理子は目を細めて、天井の角を見上げた。細眉が片方だけひそめられる。

「何かが見えた気がしたのよ……。白い影が、天井からぶら下がっていたような……」

闇《やみ》に浮かぶ白い影を思い出したのだろう。理子はぶるっと身震いして、袖《そで》の上から自分の腕を強くこすった。

「すぐに枕もとのランプを点《つ》けたけれど、何もなかったわ。わたしの見間違いね。キシキシいう音も聞こえなくなっていたし。寝ぼけていたのよ。でも、もう部屋を暗くする気になれなくて、明るいままにして眠ったの。そのせいか、熟睡できなくて」

理子は神経質そうに自分の後ろ髪に手をやった。

「厭になるわ。今日は写真撮りなのに、寝不足だなんて」

すかさず若尾が言う。

「大丈夫。いつもと同じにきれいですよ」

実際、肌の色つやに問題はなく、不安げに揺れるまなざし以外に、不調を感じさせる要因は見て取れなかった。

「今度から、昼間だけでなく夜も張りこみましょうか」

晴行の提案に若尾が「とんでもない」と声を張りあげ、理子も首を横に振った。

「家にはあげないわよ。婚約したばかりなのに、あなたたちみたいな若いひとを家に入れたら、婦人誌になんて書かれるか」

婦人誌も読む静栄が、わけ知り顔でうなずいた。

「では、昼間だけの身辺警護ということで――今日のご予定は？」

晴行の問いに、理子に代わって若尾が答えた。

「次の舞台のための写真撮りがあるよ」

「そうだわ。翔燕さんが撮影を見たいって。理子さんのために稽古《けいこ》の合間に抜けてくるよって。ちょっとだけならいいわよね、若尾さん」

「だから、そういうことは先に言っておいてくれないかなぁ」

若尾は不満をこぼしたが、気の毒に誰も耳を傾けてはくれなかった。

話しているうちに予定の時刻が迫っていたので、理子と晴行、静栄に若尾の四人は撮影スタジオへと移動した。彼らを待ち受けていたロイド眼鏡のカメラマンは、米山《よねやま》と名乗った。

米山は、初見の晴行と静栄をじろじろと遠慮なしに見廻した。ぶ厚いレンズ越しのせいか、細い目は余計に陰険そうだった。

「今日はなんだか付き人が多いね」

「悪いね、米山さん。ふたりとも新人でね。研修も兼ねて見学させてやってくれよ」

若尾が辻褄《つじつま》合わせの嘘をつくと、米山はむっつりと、

「そういうことは先に言っておいてくれませんかね」

先ほど自分が言ったのとほぼ同じ台詞《せりふ》を返されて、若尾が微妙な表情になる。理子と晴行はこっそり目を見交わし、いたずら好きな姉弟《きようだい》のように、ちらりと舌を出し合った。

とりあえずは米山の承諾を取り付けたので、理子はさっそく、撮影用の衣裳に着替えてきた。

中世イタリアの貴婦人がまとう、胸もとが広くあいた長袖のドレス。オレンジがかった明るい赤色で、腰は刺繍《ししゆう》入りのベルトできゅっと締められている。頭に戴く金糸のヘアネットはまるで王冠のようだ。

「どうかしら、これ」

理子がくるりと一回転すると、足もとまであるドレスの裾《すそ》がふわりと広がった。

晴行はもちろん、若尾も米山も「似合いますよ、理子さん」と絶賛する。静栄だけは禁欲を誓った僧侶でもあるかのように口を真一文字に結んでいたが、否定しているわけでは

ないのは一目瞭然だった。

「じゃあ、さっそく始めよう」

米山のこの言葉を合図に、まだ十代とおぼしき撮影助手が、背景となる暗色の垂れ幕の前へと理子を誘導した。

スタジオはとにかく天井が高く、外光を取り入れるために窓も大きい。その一角だけ、西洋の礼拝堂のようだった。垂れ幕の前に立ったドレス姿の理子が、顎《あご》を引いて目線を上にやれば、純真さとひたむきさが大きな瞳に立ちのぼる。愛に殉《じゅん》じる乙女ジュリエットの役を、どちらかというと妖艶《ようえん》な雰囲気のする理子が演じられるのかといった懸念は、たちまち霧散した。

太くて頑丈そうな木製の三脚の上には、ドイツ製の蛇腹《じゃばら》式フィルムカメラが設置されていた。米山はカメラ後部の冠布《かんぷ》の中にもぐりこみ、ファインダーを覗きこんだ。

「いいよ、その表情。ライト、ぐっと下げて」

天井には撮影用の大きなライトが複数、一本の鉄棒に横一列に吊り下げられていた。助手がガラガラと鎖を引いて、そのライト群の高さを調節する。

「理子さん、顔の角度そのままで、一歩前に出て」

理子が指示通りに動くや、米山は冠布をばさりとはねのけて顔を出した。

「悪い。半歩下がって」

理子が動く。米山は冠布をかぶり直し、

「そこで右に半歩。もう少し後ろに反って」

理子がポージングを変えるや、冠布をはねのけて米山がまた顔を出す。

「行き過ぎ。戻って」

晴行がこっそりと若尾に耳打ちした。

「あのカメラマン、やたらと指示が細かいですね。いつも、ああなんですか？」

「ん？　いつもでもないんだが、まあ、時間はたっぷりかけるほうかな。米山さんは芸術家肌だから」

理子はやたらに細かな指示にも厭な顔ひとつせず、なめらかに動いてジュリエットを体現した。そこにたたずむのは、中世の教会で祈りを捧げる乙女以外の何者でもない。眺める晴行たちにとっても眼福だった。

しかし、甘美で不思議なひとときは、唐突な来訪者によって崩された。

「やあ、しまった。もう撮影が始まっていたのか」

言いながら遠慮なしにスタジオに入ってきたのは、どこぞの若旦那《わかだんな》のように茶縞《ちゃじま》の着流しに羽織を重ねた市川翔燕だった。

「翔燕さん」

理子は憂《うれ》いを帯びたジュリエットの仮面を惜しげもなく脱ぎ捨てて、パッと表情を明るくした。

「遅れてごめんよ、理子さん」

「大丈夫よ。そこで見ていてくださる？　ね、いいでしょう、米山さん」

「あ、ああ……」

　冠布を頭にひっかけた米山が露骨に苦い顔をしても、理子はどこ吹く風だった。婚約者たちは互いしか目に入っていない。

「終わるまで待っていてね、翔燕さん」

　ロミオに約束するジュリエットさながらに、情感たっぷりに両腕を前にのばして理子が後ずさる。

　背景の垂れ幕は、長い裾がカーペットのように床の上にまで広がっていた。理子が後ろ向きに下がってその布端を踏んだときだった。

　キィッ……と何かが軋むような音が上方から聞こえ、晴行は怪訝《けげん》そうに視線を上へと向けた。撮影用ライトが、ひとつだけ不安定に揺れている。危ないと助手に指摘しようとした次の瞬間、ライトがまっすぐに落下してきた。真下にいるのは理子だ。

　考えるより先に晴行が動いた。一足跳びに距離を縮めるや、理子の細腰に腕を廻し、背景の垂れ幕に勢いよく体当たりする。留め金がはずれた垂れ幕がふたりを巻きこんだと同時に、ライトが床に激突し、ガシャンと派手な音を立てて砕け散った。

「おい、無事か！」

若尾が悲鳴じみた声をあげて真っ先に駆け寄り、翔燕と静栄もそれに続く。米山と若い助手は、呆然《ぼうぜん》と立ち尽くしている。

晴行は覆《おお》い被さった幕をはらいのけ、自分たちの無事な姿を彼らにさらしてみせた。

「大丈夫だ。怪我はない。理子さんは？」

「え、ええ。ないわ」

声を震わせながら、うなずく理子の肩に、「本当に大丈夫かい」と訊きながら翔燕が手を添えた。ジュリエットと羽織姿の二枚目は、周囲の目も気せずにしっかりと抱き合う。

米山が語気を荒らげて助手を怒鳴りつけた。

「駄目じゃないか。器具の点検はちゃんとやったのか」

鬼軍曹《ぐんそう》に叱りつけられた哀れな新兵のように、助手はピンと背すじをのばして声を張りあげた。

「は、はい。き、昨日のうちに、それはもう入念に」

「間違いないのか」

「間違いありません！」

晴行は身を起こし、ライトに引っぱられて床近くに下がってきていたケーブルをたぐり寄せた。

「ケーブルに異状はなし、か……」

晴行に駆け寄った静栄が訊く。

「ハルちゃん、どうした。何か気になることでも？」

「うーん。なんだろうね。何を探しているのか、自分でもよくわかっていないんだが……」

いっしょになって周囲を見廻した静栄はふと身を屈め、床に転がっていたボルトを拾いあげた。

「これ、ライトを留めていたやつかな」

「そうなんじゃないのか？」

「にしては小さいな」

静栄は拾ったボルトを眼鏡に近づけ、まじまじとみつめた。

「蠟《ろう》がついている」

そうつぶやくや、彼はライトのボルト穴のほうを調べ始めた。晴行は興味津々《しんしん》で友人の手もとを覗きこむ。

「ひょっとして、ボルト穴のほうにも蠟がついている？」

「ああ。こっちはほとんど残っていないが。ライトの熱で溶け出したみたいだな」

「サイズ違いのボルトを締めるための緊急措置だったとか？」

「まさか。そんな危ないことはしないよ。これはあくまでも仮定の話だが——」

慎重に前置きをしてから、静栄は言った。

「何者かがボルト穴に蠟を詰め、そこに小さめのボルトを埋めこんでライトを固定した。撮影が始まれば、電熱でやがて蠟が溶け出してボルトがはずれ、ライトは落下してくる。高さにもよるが、こんな物が落ちてきたなら大怪我に繋《つな》がりかねない」

「つまり、これは事故ではないと。理子さんを狙った卑劣な犯罪というわけだ」

「いや、だからこれは仮定の話であって、まだそうと決まったわけでは――」

ふたりの不穏な会話を聞きつけ、若尾が口を挟んできた。

「ど、どういうことかね。まさか、理子さんを狙ってライトを落とそうとした者がいたとでもいうのかね」

「即断はまだ――」

無難な意見を口にしかけた静栄を制し、晴行は両手を大きく広げた。

「そのまさかですとも」

「そんな」

若尾はあからさまに戦《おのの》き、理子も真っ青になる。翔燕、米山とその助手も、一様に顔を強《こわ》ばらせている。静栄は眼鏡を片手で押さえて考えこんでいる。にこにこと楽しげにしているのは晴行だけだ。

「落ちてきたのが刃物だったのならともかく、そうではなかったのだから、殺意まではないのかもしれない。きっと、理子さんを怖がらせたい、思い知らせてやりたいと望んでいるのでしょう。きっかけはおそらく、翔燕さんとの婚約。歪んだファン心理で、裏切られたと勝手に思いこみ、一矢報いてやろうと企《たくら》んだ。ホテルのドアを乱打したり、撮影中にライトが落ちるように工夫をしたり。そうなると最近、彼女を悩ませている怪音も、そいつが関わっている可能性はかなり高そうだ」

「怪音?」翔燕が怪訝そうにつぶやき、理子に尋ねる。

「なんの話だい、理子さん」

「ときどきだけれど、変な音が聞こえるのよ。シュッシュッとか、キシキシとか……」

ぎゅっと目をつぶった理子を、翔燕は再びきつく抱きしめた。

「ああ、かわいそうな理子さん」

芝居の一場面のような光景に、米山たちの目が釘付けになる。その中で、晴行だけは理子たちではなく別の人物に注目していた。

「きみ、器具の点検は昨日のうちに入念にやったと言っていたね」

晴行に問いかけられた助手は、びくりと震えて背すじをのばした。

「は、はい」

「だとすると、ライトの細工は深夜から今朝にかけて為されたことになる。今日、このスタジオにいちばんに入ったのは誰かな?」

答える以前に、助手の目線が米山へと向けられた。釣られて、理子や翔燕、若尾や静栄も米山のほうを見る。どの目にも疑念が濃く渦巻いている。

「おれがやったとでも言うつもりか！　話にならん！」

吐き捨てるように言って米山は背を向け、スタジオから足早に出ていこうとした。

晴行はすかさず、ケーブルを鞭《むち》のようにふるった。ブンッと大きく空を薙《な》いで、ケーブルが逃げる米山の足をはらう。あっと声をあげて米山は無様に転倒し、彼のロイド眼鏡はスタジオの隅《すみ》に吹っ飛んでいく。

「はいはい、ちょっと失礼」

軽い足取りで晴行は米山に近づき、うつぶせに倒れてうなっている彼のズボンのポケットに手を突っこんだ。

「な、何をする」

「いや、蠟燭《ろうそく》でも隠し持っていないかと」

「持っているわけがない。それに、おれじゃない。あいつがやったに決まっている」

米山は這いつくばったまま、助手を指差した。助手はあんぐりと大口をあけて、必死に首を横に振る。米山の往生際の悪さに、静栄は眉をひそめている。

晴行は明るく助手に声をかけた。

「じゃあ、念のために訊くけど、きみ、理子さんの婚約披露パーティーに来ていた？」

「とんでもない。ぼくはただの助手ですよ」

「でも、カメラマンの米山さんは仕事で来ていた。そうじゃないのかな、若尾さん」

若尾がうなずくのを待たずに、晴行が言う。

「もしかして、前日からホテル入りしていたかな？　だとしたら、理子さんが泊まっていた部屋のドアを叩いて脅かす暇もあったね。っていうか、実はね、ホテルマンに聞いたら、ロイド眼鏡の男があの日の早朝、客室棟の廊下をうろついているのを見たって教えてくれたんだよ。というわけで、きみの顔写真があるなら一枚、貸してくれないかな。そのホテルマンに見せたいから」

米山はあわただしく瞬きをくり返した。

「言いがかりだ！」

悲鳴に似た声を放ち、救いを求めてあたりを見廻す。ロイド眼鏡がなくとも、周囲からは怒りと軽蔑《けいべつ》のまなざししか返ってこないのを実感できたのだろう。孤立無援な状況に、もはやこれまでと悟ったか、彼はさらに声を荒らげた。

「おれは悪くない！　悪くないんだ！」

うるさいよ、と言い放って、晴行は米山の脳天に拳を一発見舞った。米山は頭を両手で抱えこみ、沈黙する。

若尾は二、三度、咳《せき》払いをすると、わざとらしいほど平板な口調で米山に告げた。

「すみませんが米山さん、ちょっと事務所のほうに来てもらえませんか。上の者を交えた場で、詳しい話を聞かせてほしいのですが」

「く、詳しい話も何も……」

「正直に話してくれたら悪いようにはしませんから」

米山は急に抗《あらが》う気力をなくし、がくりとうなだれた。若尾は理子たちを振り返り、

「というわけで、今日はもう撮影は無理だな」

ええ、と理子もすぐに同意した。

「着替えてくるわ。翔燕さんは待っていてくださる？」

「もちろんだとも」と、翔燕も請け合う。

理子が着替えている間に、米山は若尾が連れていった。取り残された助手と静栄がスタジオ中に散らばったライトの破片の掃除を始め、晴行は翔燕に気軽く声をかけた。

「暴走したファンの厭がらせだろうとは思っていましたが、関係者のしわざでしたとはね。理子さんも気の毒に」

「きみは？」

「理子さんの事務所の新人です。付き人として研修中で」

新人らしさも付き人らしさも皆無の晴行を、翔燕は怪訝そうに眺めていたが、

「という名目の用心棒です」

そう言われて、得心した顔になった。

「なるほど強そうだ。幕末の青年剣士のような趣《おもむき》がある」

「それはどうも。ですが、祖父に比べれば全然ですよ。祖父はそれこそ幕末に生きて、かなりの使い手だったと聞いておりますが、残念ながら、ぼくが生まれたときにはすでに鬼籍に入っておりまして――」

そんな話をしていたときだった。

キシキシ……

キシキシ……

すぐ近くで、建材が軋むような音が聞こえ、晴行は音がしたほうへ目を向けた。落下しなかったライトが複数、吊りさがってはいたが、どれも微動だにしていない。窓はすべて閉まっており、隙間《すきま》風すら入ってきてはいなかった。

「聞こえました？　いまの音」

晴行の問いに、翔燕は舞踊の所作のごとく首をゆるく横に振った。

「いいえ、何も」

否定する前に翔燕の目の下が一瞬、引き攣《つ》れたのを見て取ったが、晴行はあえて指摘はしなかった。

会話が続かなくなっていたところに、中世のドレスからミディ丈のローウェストワンピースに着替え終えた理子が現れた。クロッシュ帽を目深にかぶっても、疲れた様子は隠せない。そんな理子の肩を翔燕が優しく抱き、ふたりはスタジオから出ていく。

ちょうど掃除も終わり、助手は静栄に何度も頭を下げて、手伝ってくれた礼を言った。大したことはないよと静栄は軽く流して、晴行に声をかける。

「じゃあ、ぼくらも帰ろうか」

「んー。そうしたいのは山々だが、ちょっと寄りたいところができた」

「そうか。じゃあ、ぼくはここで。用心棒ごっこもこれで終了でいいのかな?」

「どうだろうね。よかったら明日、またあの甘味処で話さないか? もちろん、ぼくの奢りで」

そう言われて、甘味好きの静栄が断わるはずもなかった。


翌朝、静栄が出かけようとすると、山高帽にスーツ姿で出勤する父親と、ちょうど玄関でいっしょになった。母の秋子《あきこ》も、夫の國栄《くにえ》と息子を見送りに出てくる。

「では、いってきます。今日は遅くなります。ハルちゃんと会う約束をしているので」

静栄がそう告げると、秋子はおっとりと微笑み、

「そうですか。先日の鯛焼きはおいしかったと、よろしく伝えてくださいね」

「繭子《まゆこ》はもう出たのかね？」

國栄が十五歳の長女のことを尋ねると、秋子はうなずき、

「ええ、もうとっくに。女学校の花壇のお世話係になったとかで、いつもより早く出かけていきましたよ」

そこへパタパタと足音を響かせて、九歳になる下の妹・幹子《みきこ》と、八歳の弟・良栄《よしえ》が元気に駆けてきた。静栄と母親の会話が聞こえていたらしく、

「ハルちゃんと会ってくるの？」

「また、おみやげある？」

下のふたりは甘味への期待を隠さず、目をキラキラさせている。静栄は苦笑しながら首を傾げた。

「どうかな。あてにはしないでおいてくれるかな」

籠手川の家とは違って、海藤商会のような裕福な後ろ盾《だて》は室家にはない。大学生の静栄を筆頭に子供は四人。体面を保つための出費もかさみ、役所勤めの父の稼ぎだけではままならず、日頃から倹約に努めねばならないほど家計は逼迫《ひっぱく》していたのだ。だからといって、毎度毎度、友人の奢りに期待するのも気が引け、妹、弟には曖昧《あいまい》な返事しかできなかった。

家を出て、父は職場へ、静栄は晴行との約束があったので、大学に行く前に甘味処〈鈴の屋〉へと足を運んだ。晴行は前と同じ、奥まった席にすでに着いていた。卓上には、つ

やつやの粒餡が山と盛られた草団子が置かれている。

「やあ、やっと来たな。何を頼む？」

また汁粉にしようかと迷ったが、晴行がうまそうに草団子を頰《ほお》ばる姿に引きずられ、

「同じ物でいいかな」

この間と同じ、童顔の女給が注文をとり、すぐに静栄の分の草団子を運んできた。

箸を取った静栄の口もとに笑みが浮かぶ。幼い妹、弟だけでなく、彼自身も甘味は好物だ。抑えようとしても、甘い物を前にすると自然に顔がほころんでしまう。満足げな友人の様子に、晴行も嬉しそうな顔をして言う。

「昨日はあれから、ちょっと情報収集に出ていたんだが、なかなか面白い話が聞けたよ」

「へえ、どんな」

「キシキシとか、シュッシュッとかいう例の音――実は市川翔燕の周辺でも聞かれていたらしい。複数の証言が得られた」

ほうとつぶやいて、静栄は渋茶をすすった。

「どこに行ったかと思ったら、そんな話を集めていたのか」

「うん。翔燕がよく出演している劇場の裏方が詳しく話してくれたよ」

どこぞの御曹司《おんぞうし》らしき容姿と身なりに、少年のように屈託のない表情。義兄の経済力を背景に、惜しげもなく渡される心付け。それらを駆使すれば、晴行はどこにでももぐりこ

めるし、噂話も聞き放題だ。

「何年か前から、市川翔燕の楽屋で誰もいないのに妙な音がすると、ちょっとした噂になっていたらしい。シュッシュッと歩く足袋の足音に、キシキシと何かが軋む音……」

「それって……」

「ああ。森口理子にまとわりついていた怪音は、翔燕がらみだったっぽいね。翔燕はその当時から人気者だったから、悪いモノでも憑いているんじゃないかと、若い役者の間でやっかみ半分に言われていたそうだよ」

「翔燕の言い分は？」

「そんな音は聞こえない。気のせいだ。ただの家鳴りだ。風だ。わたしは関係ない。変な噂を流すのはよしてくれ、なんだと。で、いまは耳の遠い年寄りを付き人にしているとか。でも、あれは確実に聞こえているな」

　昨日、スタジオで理子を待っている間に聞こえた軋みの音と、翔燕の反応について、晴行は静栄に打ち明けた。

「なるほどね。否定したい気持ちのほうが先に働いているわけか。恐怖心からなのか、それとも単なるわずらわしさからか……」

「ホテルの部屋のドアを乱打したのと、スタジオのライトを落とす細工をしたのは、カメラマンの米山で間違いない。昨晩、若尾さんに電話をして、その辺は確認したよ。米山もついに認めたそうだ。理子さんを困らせたかった、脅かしたかっただけなんだと。いっしょに仕事をするようになる前から、彼女には相当入れこんでいたらしい。助手の若いのが教えてくれたんだが、米山の部屋の壁には理子さんの写真がびっしり貼られていたとか」

「そうなんだ……。自白したのは、やっぱりホテルマンの証言が効いたのかな」

晴行はさらりと言った。「あれ、嘘なんだけれどね」

「えっ？　おいおい、ハルちゃん」

「ま、いいじゃないか」

晴行は悪びれもせずに片目をつぶってみせた。

「当人も猛省しているし、今後一切、森口理子には近づかないと一筆書かせたそうだから、警察沙汰《ざた》にはしないつもりらしい。これで片はついたと若尾さんは安心していたけれど、シュッシュッやキシキシは、米山とはたぶん関係ないな。そちらの原因を解明しないことには、本当の意味での一件落着にならないと思うんだ」

「まあ、な……」

晴行は森口理子の熱烈な支持者というわけではない。用心棒の報酬《ほうしゅう》ももらってはいない。なのに、かなりの熱をもって調査を続行しようとしている。理子が女優でなくとも、きっと彼はそうしていただろう。

昔から、ハルちゃんはこうだったな――と、彼と付き合いの長い静栄は微苦笑を禁じ得ない。困っている誰か、特にそれが子供や女性だったりした場合、見捨てておけずに全力で首を突っこんでいく性分だったのだ。

「でも、翔燕は怪音を否定しているんだろう？　これ以上、調べるのは難しくないか？」

「手がかりは得てある」

「昨日一日で相当、駆けずり廻ったみたいだな」

森口理子のためなのか、調べて廻ること自体が楽しくなってしまったのか。理由はどうあれ、晴行が走り出したら止まらなくなるのも昔からだ。

困っている弱者を見捨てておけない義俠心《ぎきょうしん》。それ自体は、静栄も内心、高く評価していた。ただし、しょっちゅう、こちらにとばっちりが来るのが玉に瑕《きず》だった。

「怪音の噂が出る少し前に、翔燕は四国に巡業に出ていたんだ。羽根山《はねやま》とかいう谷あいの小さな町だが、生糸《きいと》と木蠟《もくろう》の産地として栄え、相当大きな劇場があって、そこに呼ばれたらしい」

「四国か。遠いな。お遍路《へんろ》には興味がないわけじゃないけれど」

「その若さでお遍路か。ま、行くときは誘ってくれたまえ。シズちゃんと行くのなら、なんでも楽しそうだ」

「そうとも限らないぞ」

嬉しくないわけではなかったが、静栄はわざと素っ気なく応えて、同行の件は棚上げにした。こうでもしておかないと、この友人は明日にでも遍路豪遊を強行させかねない。そんな向こう見ずなところが晴行の魅力でもあり、同時に困った点でもあったのだ。

「その四国巡業のあとで起きた怪音騒ぎだったので、四国で何かやらかして、犬神にでも祟《たた》られたんじゃないかと陰口を叩かれていたよ」

狐や蛇《へび》などの動物の霊がとり憑いて悪さをする。そんな話は全国的に見られるが、四国では犬の霊たる犬神が憑くという考えが昔から根強かった。

「非科学的だな。井戸端会議の域を出ない。第一、ワンワンならともかく、シュッシュッ、キシキシじゃ犬っぽさはないぞ」

「ほう。シズちゃんは犬神説に否定的なんだな?」

「犬神憑きも狐憑きも迷信に過ぎない。いまだにそんな話が横行しているのは、嘆かわしいことだと思う」

「その点は同感だが、大かたの人間は、わけのわからない現象が起きると不安になって、ついつい犬神のような荒唐無稽《こうとうむけい》な説明にも飛びついてしまうんだよ。そして、悪者につけこまれる。だからこそ放置は禁物、原因究明が必要なんだ。正直、出た結果が犬神でも、ぼくは全然構わないし、単なる気のせいでも風の音であってもいい。米山のような人間が仕組んだ厭がらせだったら、そいつに鉄拳を食らわせて終わりにさせれば済む話だ。というわけで、結論を探しに現地に行ってみようじゃあないか」

「現地？　えっ、四国に？」

晴行の強引さに慣れているはずの静栄も、さすがに驚きの声をあげた。しかし、当人はけろりとした顔で、

「ああ、ついでにお遍路も廻ってみるかい？」

と誘ってくる。冗談ではなく本当にそうなりそうで、静栄はあわてて首を横に振った。

「いや、お遍路はまだいい。少なくとも、いまはいい。老後の楽しみにさせておいてくれ。市川翔燕の件に話を絞ろう。昔から言うじゃないか、二兎《にと》を追う者は一兎《いっと》も得ないぞ」

「そうか。シズちゃんの言う通りかもな。じゃあ、お遍路は次の機会に廻して、四国の劇場にまっすぐ行こう」

「行くのは決定なんだな……」

静栄は哀しげに眉尻を下げ、草団子を口に運んだ。餡の上品な甘さと草団子の芳香が、彼の疲れた心を優しく慰撫《いぶ》してくれる。

「四国か」

旅自体は悪くない。いや、むしろ、行ったことのない土地への憧れが湧いてくるのを、静栄は秘かに実感していた。

「きっと、うまいご当地菓子もあるぞ」

「ああ、うん。それは楽しみだな」

控えめに言ったが、新たな甘味への期待はどんどん膨らんでいく。みやげにすれば、妹や弟も喜ぶだろう。第一、この機会を逃したら、四国へなどそう簡単に行けはしまい。

「仕方がないな」

しぶしぶと受け容れたふりをして、内心では静栄も気持ちがはずんでいくのを止められずにいた。


甘味処でそんな話をした数日後には、晴行と静栄は四国の片田舎の駅に降り立っていた。

「はあ、ようやく着いた」

ホームで、静栄が大きく息をついて強ばった身体をのばす。晴行も首を大きく廻している。

東京市から汽車を何本も乗り継いで、西へ西へ。長旅の末にようやくたどり着いた目的の地――羽根山町は、緑の山々に囲まれた谷あいの小さな町だった。

駅のまわりは民家も少なかったが、少し歩いた先にある中心街では、漆喰の白壁に海鼠《なまこ》塀《べい》、趣のある格子窓を配した商人屋敷が何軒も連なっていた。軒《のき》先に大きな提灯《ちょうちん》を掲げて、木工品や和紙、木蠟などを商っている店も見える。和菓子屋で推していたのは最中と栗饅頭《くりまんじゅう》だ。

「シズちゃん、和菓子屋が気になるんだろ」

「そりゃあ、なるとも」

「買い物はあとだよ、あと」

物珍しげにきょろきょろとあたりを見廻しながら大通りを抜けていくと、ふいに二階建ての立派な木造建築がふたりの前に現れた。

瓦葺《かわらぶ》き入母屋《いりもや》造りの純和風様式。庇《ひさし》の下には歌舞伎の一場面を極彩色で描いた看板が何枚も掲げられ、『羽根山座』と銘《めい》打った幟《のぼり》が誇らしげにはためいている。

静栄は素直に感嘆した。

「想像以上に立派だな……」

「ああ、これは期待できるな」

何を期待しているんだと訊く間もなく、晴行はずかずかと羽根山座の中に進んでいった。

外見も立派だったが、中もかなりの見応えがあった。

舞台の背景に描かれているのは、枝ぶりの見事な松の古木。廻り舞台の装置に、花道もちゃんと備え付けられている。一階は枡《ます》席が並び、二階席の大向こうには傾斜がついて、舞台が隅々まで見渡せるように設《しつら》えてある。天井は格式高き折上格子天井で、中央には洋風のシャンデリアが吊りさがっていた。

羽根山座の立派さにふたりが感心していると、劇場の支配人で永山《ながやま》と名乗る壮年の男が現れた。先日、電話をした籠手川ですが、と晴行が名乗り、ふたりは劇場奥の事務所に案内された。

「話は承《うけたまわ》っております。こちらの劇場にお泊まりになりたいそうで。巡業の役者さんが二階の楽屋に寝泊まりするのはなくもないですが、どうしてまたわざわざ、そがいなことを。ひょっとして、あんたがた、記者さんか何かかね？」

もっともな疑問に、晴行は一点の曇《くも》りもない笑顔で応えた。

「違いますよ。ぼくらは市川翔燕さんの友人でしてね。ぜひにも確かめてきてほしいことがあると、直々《じきじき》に頼まれまして」

「翔燕さんのお友達」

「彼が婚約したのはご存じですか？」

「はいはい、きれいな女優さんとね」

うなずいた永山の目に侮蔑《ぶべつ》に近いものがよぎったのを、晴行も静栄も見逃さなかった。

「ぼくが私用で四国に行く予定があると何の気なしに話したら、翔燕さんから『実はこのところ、羽根山座の夢をよく見る。気にはなっているのだが、いそがしくて、とても行けそうにない。近くに寄る機会があるのなら、代わりに様子を見に行ってはくれないか』と熱心に頼みこまれましてね」

適当に過ぎる作り話を晴行がよどみなく語ると、

「はあ、いまさら」

永山は不快な思いを隠さず、苦々しげに唇を歪めた。

「よろしいですとも。ここで見たこと聞こえたこと、東京に戻ったら翔燕さんにちゃあんと話してやってくださいや」

あっさりと許しを得られて静栄は拍子抜けしたが、晴行はこうなると最初からわかっていたような顔で、永山に丁寧に礼を言った。

「じゃあ、うちの従業員に案内させましょう。おおい、タキさん」

四十代なかばの女性従業員が呼ばれて、さっそく彼女が劇場の二階へと晴行たちを案内してくれた。

ギシッ……、ギシッ……と階段を軋ませて歩きながら、静栄が小声でつぶやいた。

「『見たこと聞こえたこと』？　ふつう、ここは『見たこと聞いたこと』だろうに」

晴行も小声で返す。

「だから、聞こえてくるんだろうよ。望むと望まないとにかかわらず、何かの音が」

そう言われると、なんとはなしに静栄も不安になってきたが、ここまで来ておきながら引き返すことはもはやできない。

劇場の二階には二間続きの部屋があり、ここが翔燕の楽屋になっていたとタキが説明してくれた。

「いまはちょうど興業も入っていなくて空いておりますけん、どうぞ好きに使ってくださいな。宿屋ではないですけん、お茶ぐらいしか出せませんけどね」

「ああ。夕飯は近くの店で食べるとするよ。ところで、タキさんは市川翔燕の興業は観たのかな？」

晴行が水を向けると、タキは嬉しそうに応じた。

「そりゃあ、もちろん。あれから六、七年は経《た》ちましたかね。あの頃は翔燕さんもまだ、いまほどは知られていなくて。けれどまあ、二枚目っぷりはそりゃあもう、ため息が出るほどでしたねえ。町の娘たちはみんな大騒ぎですよ。中でもいちばん入れこんでいたのが白石《しらいし》のお嬢さんで」

「白石とは？」

「羽根山の生糸で当てた、お大尽《だいじん》ですよ。そこの箱入り娘の房代《ふさよ》さんが翔燕さんにすっかり熱をあげてねえ。こっそり楽屋に逢いに来なさるところを、わたしも何度もお見かけしましたとも。かわいらしい娘さんでしたよ。でもね、翔燕さんにとっては遊びだったんでしょうね。公演が終わって東京に去《い》んでしまったら、それっきり。手紙を出しても梨のつぶて。電話も取り次いでもらえない。そうこうしているうちに、お腹《なか》がめだってきて――」

「お、お腹？」

静栄が頓狂《とんきょう》な声をあげた。晴行は対照的に淡々と、

「孕《はら》ませた上に捨てたのか」

　タキは眉間に皺を寄せてうなずいた。

「で、その房代さんはどうしたのかな」

　晴行の問いに答える代わりに、タキは意味ありげな視線を上へと向けた。彼女が見上げた先にあったのは、松を背景に翼を広げた鶴《つる》の意匠が施された欄間《らんま》だった。

「みつけたのは支配人で、わたしはなんにも見てはいないんですが、そこの欄間に紐をかけて、房代さんが首を縊《くく》っていたそうですよ」

　晴行は無言だったが、静栄は欄間にかけた紐の先にだらりと下がった娘の姿をありありと想像してしまい、うっとうめいた。

「それからですよ。この部屋で、だぁれもいないのに妙な音が聞こえるようになったのは」

「妙な音とは？」

　訊くまでもないのに晴行が促した。答えは案の定、

「畳の上を、シュッシュッ……と歩いていく音とか。キシキシ……と欄間が軋む音とか。みんな言ってますよ。ああ、白石のお嬢さんはいまでも二階のあの部屋にいて、翔燕さんを待ってなさるんやって」

　自分で饒舌《じょうぜつ》に語っておきながら、タキはぶるっと身震いをし、おびえた目で部屋を見

廻した。

何も変わった点はない。全開にした窓のむこうには、気持ちよく晴れた空と緑の山並みが広がっている。自然に恵まれた美しい土地だ。だが、こんなのどかな町だからこそ、ひとびとはより刺激の強い娯楽を求めて大きな劇場を建て、悲恋話や怪談噺《ばなし》を熱心に語り継いでいるのかもしれない。

「いそがしい巡業の合間のちょっとした息抜き——そがいな程度のお気持ちだったんでしょうよ。そのまま白石家の婿《むこ》になればよかったのに、もったいないって、わたしなんかは思ってしまいますけどね。でも、そうしなかったけん、いまがあって、女優さんと婚約できたわけで。先見の明があったんですかねえ」

タキは皮肉でしめくくると、「あら、いやだ。わたしときたら」といまさらのように恥じらった。ちょうどそのとき、階下から永山がタキを呼ぶ声が聞こえてきた。

「おおい、タキさん、ちょっと来てくれないか」

「はいはい、いま行きますよ。では、お客さまがた、どうぞごゆっくり」

タキが足早に去っていってから、静栄はなんとも言えずに渋茶をすすった。晴行は湯飲み片手に満足そうにつぶやく。

「来た早々、当たりを引いたな」

「当たり?」

「ああ。あんな話は、やっぱり現場に来ないと拾えないから。手間は惜しむものじゃないってことだよ」

「そうかもしれないけれど、でも、今夜ここにぼくらは泊まるわけで、あんな話を聞かされたあとじゃ……」

「さて。夕飯はどこで食べようか。ここに来る途中にあった蕎麦屋《そば》でいいよな」

「ひとの話を聞いてくれよ、ハルちゃん。いまからでもいい、どこか、ちゃんとした旅館に宿をとり直そう」

「何を弱音を吐いているんだい、シズちゃん。この件は本当に心霊がらみなのか、それとも科学で説明がつくのか、徹底検証ができるいい機会じゃないか」

「何が徹底検証だ。ぼくらは科学者じゃないんだぞ」

静栄はさんざん宿替えを主張したが、晴行はまったく取り合ってくれなかった。結局、静栄も根負けし、蕎麦屋で夕飯をとり、酒も少々飲んだ。飲まねばやっていられるか、の気分だった。

そもそも酒は強いほうではなく、静栄はほんの一、二杯で酔っぱらってしまった。むしろ、これ幸いと、早めの就寝と相成った。

酒のせいだけでなく、長旅の疲れもあって、寝つくのはふたりとも早かった。このまま朝まで熟睡できていればよかったのだが——不幸なことに、静栄は夜中に目を醒《さ》ました。

妙な音が聞こえてきたせいで。

シュッシュッ……

シュッシュッ……

畳の上を誰かが歩いている。裸足《はだし》ではなく、足袋を履いた足音だと静栄は感じた。

一階の宿直室に従業員がいるから、何かあったら声をかけてくれとは言われていた。だから、階下の従業員が客人の様子を見に来たのかと、最初、思ったのだが……。

足袋を履いた足音らしきその音は、布団を並べて寝ている静栄と晴行の横を通り過ぎ、床の間まで進んでから直角に折れ、壁に沿って歩いていく。

シュッシュッ……

シュッシュッ……

立ち止まらない。速度も一定で、二間続きの部屋の中をずっと歩き続けている。

隣の部屋との境になる襖《ふすま》は、確か就寝時に閉めていたはずだった。なのに、足音はそこに襖などないかのように、立ち止まりもせず真っ直ぐに進んでいく。そして、戻ってくる。

延々と。飽きもせず。

ぞっとしたと同時に眠気も吹き飛び、静栄は用心しながら薄く目をあけた。彼は極度の近眼であった。眼鏡がなければ、少し先の像すらも霞《かす》んでしまう。それでも、閉めたはずの襖が全開になっていることぐらいは見て取れた。

静栄たちが寝ている奥の間も、隣の間も、真っ暗だ。

境の欄間からは、何かがだらりとぶら下がっていた。

キシキシ……

キシ……

と、欄間の軋む音が微かに聞こえる。

音の正体を見極めたいのか、それとも知りたくないのか。どちらとも決めかねつつ、静栄は目を凝《こ》らした。

欄間からぶら下がっているのは、黄色みの強い薄朱色の振袖をまとった小柄な女性だった。明るい色の着物地全体に、大きな花びらのようにも見える、白っぽい蝶が描かれている。若向きの束髪である庇髪《ひさしがみ》は、かなり乱れている。首に紐を掛け、むこうを向いてうなだれているので顔は見えないが、きっと少女と言ってもいいほど若いに違いない。足袋を履いた足先は、完全に宙に浮いている。

キシ……キシ……

欄間を軋ませて、女の身体はゆっくりと揺れていた。揺れつつ、だんだんとこちら側を向こうとしている。

見たくない。そう思いながらも、静栄はもう目を離せずにいた。この場からいっそ逃げたかったが、布団の中の手足は氷のように冷たく、まったく動かない。

唯一自由になる目を動かして、静栄は隣に寝ている晴行に視線を向けた。すると、晴行も目をあけてこちらを見ていた。

友も起きていたのだ。自分だけではなかった。

そうと知った途端に安堵《あんど》感がどっと込みあげてきて、動かない指先にも力が入った。ようやく動いた腕で布団をはねのけ、静栄が身を起こすと、晴行も布団を蹴飛《けと》ばして起きあがった。

欄間で首を縊っていた娘は跡形もなく消えていた。襖は開かれていたが、紐すら残っていない。

「み、見たか?」

静栄が訊くと、晴行は大きくうなずいた。

「ああ、見たとも。朱色の振袖を着た若い娘が欄間で首を縊っていたのを。音も聞いたよ。シュッシュッ……と、キシキシ……。部屋中をぐるぐる歩き廻る足音に、ぶら下がった遺体の重みで欄間が軋む音だった」

「着物の柄《がら》は」

「蝶かな? 白っぽくて、何かの花びらのようにも見えたが」

静栄はごくりと息を呑《の》んだ。彼ひとりきりだったなら、ここで縊死《いし》した娘の話を聞いたせいで悪い夢を見たのだと、無理やりにでも結論づけただろう。しかし、晴行とふたりで同じ物――色柄まで一致している――を見聞きしたのなら否定もできない。

「シズちゃんも同じ物を見たんだ」

「ああ……」

静栄の戦慄《せんりつ》は止まらない。欄間に目を向けるのさえ怖い。なのに晴行は興奮気味にまくし立てた。

「間違いない。怪音の正体は、翔燕に捨てられて自殺した白石房代の霊だったんだ。理子さんのまわりで音がするようになったのも、翔燕と婚約したからだ。いやはや、四国くんだりまで来た甲斐《かい》があったというものだよ」

「来た甲斐があった……。うん、そう言えなくもないかもだが……」

「だが？」

「できれば、本物は見たくなかったし、聞きたくもなかったよ……」

いまさらだが、静栄はそう言わずにはいられなかった。

晴行がポンと静栄の肩を叩いた。

「まあ、これも人生経験のひとつだと思えば」

「なんの経験だよ。ぼくは卒業したら省庁入りを希望しているんだ。心霊事案を取り扱う役所がどこにあるというんだ」

「探せばあるかもだぞ」

「あるわけがない」

なんだか子供が駄々を捏《こ》ねているようだと自覚しながらも、言わずにはいられない。

「そう怒るなよ」

晴行はぽんぽんと続けざまに静栄の肩を叩き、

「明日、最中と栗饅頭を買って東京に帰ろう。な？」

「甘味を持ち出せば言うことをきくと思って——」

実際、その通りなのは否定しようもない。それに軽口の応酬のおかげか、身体の震えはいつの間にか止まっていた。ハルちゃんがいてくれてよかった、と思いかけたが、そもそもが晴行のせいでこんな憂き目に遭《あ》ったのだった。


翌日早々にみやげの和菓子を購入してから羽根山町を出立し、東京に戻った晴行と静栄は、さっそく翔燕のもとを訪れた。

公演が近く、常磐津《ときわづ》『お夏狂乱』の稽古中のところを無理を言って押しかけると、最初こそ、翔燕はふたりを快《こころよ》く迎え入れてくれた。が、話が白石房代とのことに及ぶや否《いな》や、彼はその美貌《びぼう》を曇らせて態度を硬化させた。

「昔のことです。いまさら、そんなことを言われても知りませんよ」

「ですが、あなたの周辺でも、いまだに聞こえているのでしょう？　シュッシュッと歩む足袋の足音、キシキシと軋む欄間の音が。あれはあなたに捨てられて自死した房代さんの霊が、自分に気づいて欲しいと主張している音だったんですよ。しかも、それが理子さんの周囲にまで及んでいる。そのことについては、どうお考えでしょうか」

「考えるも何もありません。第一、房代さんでしたっけ。そのかたが自死したのはわたしのせいだという証拠がどこにあるんですか？」

晴行は形のよい眉をひそめて渋面をつくった。

「ほう。そこから否定しますか」

「ええ。そういった言いがかりをつけてくるひとは、あなたがたが思う以上に多いんですよ。いちいち取り合っていたら、きりがない。それに、理子さんもいそがしい身ですからね、疲れが高じて、ありもしない音を聞いた気になることもあるでしょう。この間も言っていましたよ。白い影を見たように思ったけれど、よくよく考えてみたら、そんなことはあり得ない。あれは夢だったに違いないと。あのひとは本当に強いひとだ。なんの心配もいりませんよ」

翔燕は自信ありげに理子の気丈さを讃美したが、晴行は彼とは逆に哀しげに声を落とした。

「本当にそうでしょうか。婚約者のために無理をしているのでは？」

「彼女はそんな非合理的なひとじゃありません」

「だとしてもですよ、このまま放置するのは、どう考えても得策ではありません。あなた、身ごもったまま縊死した房代さんのために手を合わせたことが、一度でもありますか？」

翔燕の冷たい目を見れば、答えを待つまでもなかった。

「だったら、いまからでもいい。死んだ恋人のためにも、生きている婚約者のためにも、ぜひとも丁重な供養を――」

「くどい」

晴行は熱心にかき口説いたが、翔燕は聞く耳を一切持たなかった。

「幽霊なんて、そんなものは気のせいです。文明開化の時代から何十年経ったと思っているのですか。くだらない。怪談物は人気の演目ですが、霊が出るのは舞台の上だけで結構。そんな話をしに来たのなら、お帰りください。こちらもいそがしいので」

けんもほろろの剣幕で追い出されたその足で、晴行と静栄は今度は理子に会うために、彼女の所属事務所へと向かった。

羽根山町で知り得たことをすべて話すと、理子もさすがに動揺を隠せず、震える手で煙草を取り出した。若尾は同席しておらず、晴行も静栄もあえて手は出さなかったので、理子は自分で火をつけ、深く長く煙を吸いこんだ。

くゆる紫煙の流れを目で追い、煙が消えてから、ようやく彼女は口を開いた。

「……わたし、前に言ったわよね。夜遅くにうとうとしていたら、キシキシって音が聞こえて、薄目をあけたら、白い影が天井からぶら下がっているのが見えたって」

「ええ。翔燕さんと逢ったその夜のことでしたよね」

「そうよ。怖かったから誤魔化したのだけれど、本当はもっとはっきり見えていたの。白い影どころじゃなかったわ。朱色がかった明るい色の振袖を着た女のひとだった。彼女、首を縊っていたのよ……」

晴行と静栄は黙って視線を交わし合った。理子は再び煙草を口にし、紫煙を吐いた。

「見えたのはほんの一瞬よ。それに、落ち着いてよくよく考えたら、あれは夢だったに違いないって思えてきたの。だって、あり得ないから。寝室は洋間なのに、そのひとは欄間にかけた紐で首を縊っていたのだもの」

「その欄間には、鶴と松の意匠が施されていませんでしたか？」

理子は煙草を咥えたまま、大きく目を瞠った。

「羽根山座での翔燕さんの楽屋、そんな欄間がありましたよ。ぼくたちふたりが見た娘さんも、その欄間で首を縊っていた。着ていた振袖は明るい朱色でした。白っぽい大きめの蝶の柄が全体に入っていて」

理子の呼気が荒くなり、煙草がどんどん短くなっていく。灰が落ちかける寸前で、静栄が灰皿を理子のほうに押しやり、彼女もハッとして煙草を灰皿の底でもみ消した。

「それで？　翔燕さんにはもう話したの？」

「ええ。ここに来る前に行ってきました。房代さんの供養をぜひにもと勧めたのですが、全然聞き入れてくれませんでしたよ。そんなものは気のせいだ、くだらないと」

「くだらない……」

理子は哀しげにふっと眉尻を下げた。

「人気稼業だもの、女性に好かれるのは当たり前よ。わたしも昔のことをとやかく責めるつもりはないわ。でも……」

その先を、理子は口にしなかった。二本目の煙草を取り出したものの、結局、火は点けずにシガーケースに戻し、彼女は頭をゆるく振った。

「少し考えさせて。時間をちょうだい」

「ええ。ここから先はおふたりの問題ですからね」

伝えるべきことは全部伝えたとばかりに、晴行は席を立った。静栄も黙って、友人とともに退室する。

外はもう日暮れていた。道往くひとびとは皆、家路を急いでいる印象だった。闊歩《かっぽ》する馬車の蹄鉄《ていてつ》の音すらも、昼間とはどこか違って、どこかもの悲しい。

晴行と肩を並べて歩きながら、静栄が訊いた。

「理子さん、どうすると思う？」

さあね、と晴行は肩をすくめた。

「さあね、じゃないだろ。四国まで行って音の正体をつきとめてきたんだ。首吊りの幽霊につきまとわれたまま結婚しても、いいはずがないってわかるだろうが。いっそ破談にするべきなんだよ」

「それこそ、ふたりの問題だとも。決めるのは理子さんたちだ。ぼくらは見届けるだけなんだから」

「見届けるって、何を。翔燕が幽霊にくびり殺されるのをか？」

唇に指をあてて、うーんと晴行はうなった。

「最悪、そうなるかも……」

「おいおい、ハルちゃん」

静栄にいくらあきれられても、晴行はうーんとうなることしかできなかった。


理子からは何の連絡もないまま日が過ぎ、やがて市川翔燕の公演日がめぐってきた。

晴行は出向くつもりなど毛頭なかったのだが、

「理子さんがぜひいっしょに行って欲しいと」

と若尾から呼び出され、静栄を連れてまずは芸能事務所へと向かった。

「なぜ、ぼくまで」

「だってシズちゃん好きだろ、歌舞伎とか」

「特に好きなわけでは……。あれからどうなったかは気になっていたけれども」

「だと思ったから」

　理子と事務所で合流し、若尾の運転する車で劇場へと向かったものの、車中で理子は始終黙ったままだった。若尾もむっつりとした顔でハンドルを握っている。

　これは何かあったなと晴行が思っていると、劇場がいよいよ近づいてきた頃になって、理子が細い声で言った。

「ずっと迷っていたのだけれど、わたしはこのまま帰るわ。舞台は観ない」

　若尾が、やれやれとため息をついた。疲れた表情になりこそすれ、口を挟んではこない。付き人として言いたいことは山のようにあれど、もうすでに理子とさんざん話し合ったあとだったのだろう。

「婚約も破棄するの。翔燕さんにももう話してあるわ」

　静栄はえっと驚きの声を発したが、晴行は予測済みだったので、落ち着いた体《てい》で尋ねた。

「翔燕さんは納得してくれたんですか？」

「ええ。仕方がないねと言ってくれたわ。理由も訊かなかった……。予感がしていたんでしょうね。あっけないものだったわ。ただし、婚約破棄の発表は公演のあとにして欲しいとお願いされたわ。舞台も一度は観に来て欲しいと頼まれたから、こうして出てきたのだけれど……。でも、無理」

　昔のことは問わない。けれど、死者に対して冷淡に過ぎる態度がどうしても理解できず、不信感を強めていったのだと、理子はぽつりぽつりと語った。胸に詰まっていたことを出し切ると、理子は一転、さばさばした顔になった。

「ふたりはこのまま劇場に行って。せっかくだから、わたしの代わりに楽しんできてね」

　前から二列目、特等席の券を二枚譲り渡し、晴行と静栄を劇場の近く、市電が行き交うお堀端で降ろして、車は来た道を引き返していった。

　見送るふたりの横を、劇場に向かうひとびとが通り過ぎていく。今夜の公演を心待ちにしていたのだろう。みな着飾り、笑顔でおしゃべりをしていて、本当に楽しそうだ。

「どうする、ハルちゃん」

「どうって、ま、せっかくだから」

　晴行はひとの波に乗って歩き出し、静栄も浮かない顔ながら彼の横に並んだ。

「これからが大変だよな。きっと、理子さん、世間から一方的に叩かれるよ」

「かもしれないが、もやもやした気持ちを抱えて結婚に突き進むのがいいとは、到底思えないからね」

「そうだけど。悪いのは市川翔燕じゃないか。生きている者も死んでいる者も傷つけて」

「おっと。ここで翔燕の悪口は言わないほうがいいよ、シズちゃん。まわりは彼の信奉者ばかりなんだから」

指摘され、静栄はあわててまわりを見廻した。特に彼らの話を聞いている者はいない。それでも、静栄は生真面目に口を一文字に引き結んだ。そんな友人を見て、晴行はくすくすと笑った。

「やつは確かに悪い男だが、そうまでして舞台に立ち続ける役者には興味がある。この機会に、彼の晴れ姿をとくと拝ませてもらおうじゃないか」

「ハルちゃん、物好きに過ぎるぞ。悪食《あくじき》だぞ」

いまさらだよと嘯《うそぶ》いて、晴行は劇場の扉をくぐった。が、急に指定券を一枚、静栄に押しつけると、

「悪い。先に行っててくれ」

そう言って、いったん姿を消した。仕方なく、静栄はひとりで席に向かう。晴行がそこに戻ってきたのは、開演ぎりぎりになってからだった。

「どこに行ってたんだ、ハルちゃん」

「悪い悪い。この間、話を聞かせてもらった裏方をみつけたんで声をかけてきたんだよ。——実はね、楽屋でちょっとした騒ぎがあったらしい」

「どんな騒ぎが」

「セリの上げ下げをする機械が妙に軋むんだと。キシキシ……、キシキシ……ってね」

　セリとは、舞台の床の一部を昇降させる装置のことだ。効果的な演出として、役者の入退場などに用いられる。

　静栄は顔を歪めてつぶやいた。

「それって……」

「再三、点検したんだが、どこにも異状は見当たらないんだそうだ。安全のために公演をやめるかどうかって話になったが、もうこれだけ客が入っているのだから、いまさら中止にはできないと、翔燕が抗弁したんだと。あいつめ、舞台にかける意欲だけはどうやら本物らしい。いい具合のひとでなしだな」

「ハルちゃん、面白がってる？」

　いや、とは応えたものの、晴行は口角が上がるのを抑えることができない。何かが起こりそうな予感が止まらない。

　そうこうしているうちに、上演開始を告げる館内放送が流れてきた。

　幕が上がり、観客の眼前には、黄金色の稲穂が揺れる、秋の畦道《あぜみち》に設えた舞台が広がった。柿色の裃《かみしも》を着た男たち――節を付けて物語を語る太夫《たゆう》に、伴奏を担う三味線方《しゃみせんがた》が、朱塗りの見台《けんだい》を前にずらりと居並んでいる。

　花道からは翔燕演じるお夏が登場してきた。さっそく客席からご贔屓《ひいき》のかけ声がかかる。

灰紫と薄黄色の二色に染め分けた上に草花がふんだんに描かれた、華やかな振袖をまといつつも、お夏は片袖を脱いで赤い襦袢《じゅばん》をさらしていた。島田《しまだ》に結った髪も乱れ、奉納手拭《てぬぐ》いを結びつけた竿《さお》を手にして登場したその姿は、尋常《じんじょう》ではない。大店《おおだな》の娘、お夏は手代《てだい》の清十郎と恋仲になるも無理やり引き裂かれ、ついに気がふれてしまったのだ。

笠が似合うと言われた伊達《だて》男の清十郎の面影を求め、お夏はひとりさまよいつつ語る。

向かい通るは清十郎じゃないか

笠がよう似た菅笠《すげがさ》が

よう似た笠が　笠がよう似た菅笠が

三味線の音がビンビンと響き渡る。

竿の先の手拭いをひらひらとはためかせながら、お夏は想いのままに舞う。彼女の動きに合わせて振袖が、後ろに長く垂らした振り下げ帯が軽げに翻《ひるがえ》る。

泣いて殿御《とのご》に逢わるるならば

なんな七夜《ななよ》も　泣きあかそもの

お夏の舞い姿は可憐《かれん》で美しく、切なげだった。女たちを踏みつけにして、祟られてもなお反省の色も見せない、そんなふてぶてしい男が舞っているのだとは到底見えなかった。それとも、そうやって女たちの苦しみを吸い取ってきたからこそ、お夏の哀しみを巧みに再現できるのか。

舞台上のお夏はその舞に、さらなる悲嘆をにじませていく。

清十郎殺さば　お夏も殺せ
生きて思いをさしょよりも

清十郎はお夏との仲を引き裂かれたばかりか、盗みの濡れ衣を着せられ刑死していた。恋しいひとのいない世に生きて、こんなつらい思いをするくらいなら、いっそ殺せとお夏は訴えているのだ。

思いを生きて
生きて思いをさしょよりも……

踏み出したお夏の身体が、がくんと大きく後ろに反った。

晴行はこれも演出かと最初こそ思ったが、悲哀をたたえていたお夏の白い顔の下から、翔燕自身の驚愕《きょうがく》の表情が露呈するや、そうではないと悟った。

突然、セリが下がり始め、舞台の床に四角い穴がぱっくりと口をあける。奈落が開いたのだ。翔燕はその真っ暗な奈落に後ろ向きに倒れこんでいく。両腕が虚《むな》しく宙を掻《か》き、振袖が飛べない鳥の翼のように激しくはためく。

観客が悲鳴をあげた。翔燕も悲鳴をあげていた。裏声ではなく、本来の男声で放つ恐怖の悲鳴だ。

太夫の語りと三味線の演奏が、乱れに乱れてぶつりと途切れる。

晴行は立ちあがり、前の座席を一気に飛び越えると、誰よりも早く舞台にあがって、奈落の四角い口を覗きこんだ。

翔燕は完全に落下していたわけではなかった。お夏の振り下げ帯が昇降機の回転軸にからまり、宙吊りになっていたのだ。

悪いことに、長い帯は翔燕の首にぐるりと巻きついていた。軸の回転は止まらず、吊るした翔燕の首をキリキリと絞めあげている。翔燕は首にからんだ帯に両手をかけ、必死に足をバタつかせているが、縛《いまし》めから逃れることはできない。せっかくの二枚目が白目を剝《む》き、口の端から泡を吹いている。

その光景を上から覗きこんだ刹那《せつな》、晴行の背中にぞっと悪寒が走った。

数瞬、劇場内の音――ひとびとの悲鳴、駆けつける裏方のあわただしい足音などが遠のいて、もっと小さな音のみが晴行の耳に届いたからだ。

キシキシ……

キシキシ……

重たい鉄製のセリ台が軋む音とは明らかに違う。木造の羽根山座から――否、死者の国たる幽世《かくりよ》から聞こえてくる音だ。

ハッとわれに返った晴行は、早く翔燕を救出しなくてはと、セリ穴の縁に手をかけて奈落に身を投じた。と同時に、もう片方の手で懐《ふところ》に忍ばせていた小刀を抜く。理子の警護用として携帯していた物だった。

翔燕を吊り下げている帯を一刀のもとに切り裂き、晴行は彼といっしょに奈落の底へと降下する。きれいに着地とはいかなかった。晴行はセリ台に尻餅をつき、翔燕はうつぶせに倒れこむ。それでも、晴行は痛みに顔をしかめつつ、すぐに身を起こした。

次の瞬間、彼の瞳に映ったのは、ありうべからざる光景だった。

奈落と、地獄《じごく》の別名で呼ばれる舞台下。装置や何やらで、そう広くもないはずなのに、果てが見えない。黒々とした空間がどこまでも広がっている。

その中に突如《とつじょ》、ぼっ、と赤黒い炎が点《とも》った。不思議な炎はたちまち燃え広がり、晴行と翔燕を乗せた四角いセリ台を完全に囲いこむ。

うつぶせになって苦しげに咳きこんでいた翔燕も、異変を察して顔を上げ、奈落の炎をまのあたりにして愕然《がくぜん》とする。

「こ、これは……」

熱は感じられない。煙も生じていない。そんな異様な炎のむこうに、いつの間にか人影が立っていた。それに気づくや、翔燕がひっと息を呑んだ。

炎にあおられ、廂髪のおくれ毛が、淡めの朱色の上に大ぶりな蝶を散らした振袖が細かく揺れている。生気のない目でこちらを見ている若い娘は——

「房代さんか……」

総身に粟《あわ》が生じるのを感じつつ、晴行がつぶやく。翔燕は厚い舞台化粧の上からでもわかるほど、顔面蒼白《そうはく》となった。

「わ、わたしは悪くない。悪くないんだ。本当なんだ」

「この期に及んで何を言っているんだ」

腹立たしさが猛烈にこみあげてきて、晴行は翔燕の後ろ衿《えり》を乱暴につかんだ。翔燕はひゃあと小さな悲鳴をあげる。

「恋人同士のことに他人が口を挟めないのは重々承知ですがね、あなたが房代さんを孕《はら》ませた上であっさり見捨てたことは、まぎれもない事実でしょうに」

ひい、ひいと半泣きになっている翔燕の顔を、無理やり房代のほうに向けさせて、晴行は怒鳴った。

「さあ、謝りなさい。すまなかったと。心を込めて供養をするから、どうかこらえてくださいと、誠心誠意、謝るんですよ！」

炎が盛んに躍《おど》る。死者は無言で、じっとこちらをみつめている。

翔燕は全身を激しく震わせていた。あ、あ、あ、と小刻みに発する声はしわがれて、なかなか言葉にならなかったが――

「す、すまなかった！　だから、わたしを許してくれ！」

振りしぼるように翔燕が叫んだ刹那、赤黒い火勢が止まった。そればかりか、波がひくように、さあっと火が消えていく。

炎が完全に消えた奈落は暗すぎて、セリ台の上の限られた範囲以外は何も見えない。その代わり、セリのそばから遠ざかっていく軽やかな足音が聞こえてきた。シュッ、シュッ、と。網膜には何も映らずとも、心の目には見えてくる気がした。朱色の袖をなびかせ、闇に走り去っていく死んだ娘の後ろ姿が。

翔燕もきっと晴行と同じものを幻視したに違いない。祈るように両手を固く握りしめ、整った顔を涙と鼻水でぐしゃぐしゃにしている。

死者の足音は聞こえなくなり、入れ違いに裏方たちがドタドタとあわただしく駆けつけてきた。彼らが近くに来る前にと、晴行は素早く翔燕に耳打ちした。

「今度こそ供養をお願いしますよ。今日のようなことが再び起こらないようにね」

さすがに身に染みたのだろう、お夏の島田髷《まげ》の鬘《かつら》がガクガクと前に揺れた。続けて、身も世もないすすり泣きとともに、許してくれ、許してくれ……とかすれ声が洩《も》れ聞こえてくる。白いうなじは冷や汗でびっしょりと濡れている。

「大丈夫ですか、翔燕さん！」

駆けつけた裏方たちが口々に訊くも、翔燕はろくに返事もできない。

気の毒だとは晴行も思わなかった。これだけおびえているなら、約束通りにちゃんと供養をしてくれるだろうと、彼はやっと胸をなでおろしていた。


いつもの甘味処の、いつもの奥の席に、晴行と静栄は向かい合ってすわっていた。

注文したのは汁粉だった。草団子や磯辺餅なども頼みはするが、注文の頻度《ひんど》は汁粉が圧倒的に高い。

卓上には、汁粉と塩昆布のほかに新聞が数紙、広げられていた。どれも市川翔燕と森口理子の婚約破棄を大々的に報じている。

好物の汁粉を食していながら、静栄の表情は渋い。

「理子さんを責める論調が多いな」

「まあね。翔燕がお夏を演っていた最中にセリに落ちたのも、理子さんにフラれたせいで心乱れて、って一部で言われているくらいだから」

「憶測で他人を責めるなよ……。理子さんはなんて？」

「ひとの噂も七十五日だって笑っていたよ。翔燕がちゃんと房代さんの供養をしたって聞いて、むしろそっちのほうを喜んでいた。別れを決めて以来、妙な音は一度も聞いていないそうだ。いちおう確かめておいたんだが、翔燕のまわりでも、供養以降、怪音はぱったり聞かれなくなったらしい」

「そうか。じゃあ、あのお嬢さんも成仏してくれたんだな」

「それがなぁ」

晴行は渋茶をひと口すってから、

「念には念を入れて、羽根山座の永山さんに電話をしてみたんだが、あっちでは相変わらず聞こえるんだそうだ。例の二階の部屋から、シュッ、シュッ……って足音が」

「えっ？」

「キシ、キシ……も。部屋にはもちろん、誰もいないのに」

「それって」

静栄は低くうめいて、おのれの額に手を当てた。

「成仏したわけじゃなかったのか……」

「女の執念は激しいそうだからねえ。それに、翔燕がやった供養は自分が助かりたい一心のもので、本気で房代さんの成仏を願ったのとは違っていたのかもしれないよ」

「ああ、それはありそうだな」

お夏殺さば清十郎殺せ——と、晴行は口ずさみ、

「両方が死ななきゃ、結局、終わらないいんじゃないのかな」

そう結論づけた。静栄はお手上げだと言わんばかりに甘味処の天井を仰いだ。

「だったら、供養の意味がないじゃないか」

「なくはないさ。形ばかりの供養でも、やってくれた分、祟りはいったん落ち着いて、翔燕のまわりでも怪音は聞かれなくなったんだから」

「いったん、ね。またいつ再発しないとも限らないと、ハルちゃんは踏んでるんだ。たとえば、翔燕がまた誰かと婚約なり結婚なりしようとした途端、彼のまわりでシュッシュッ、キシキシが再開するとか？」

「さあね。だとしても、こっちは坊さんでも神主でもないんだし、これ以上はもうどうしようもないよ」

晴行は頭の後ろで手を組み、椅子《いす》の背にもたれかかった。

彼が見やった窓のむこうでは、小さな子供の手を引いた羽織姿の御婦人や、矢絣《やがすり》に袴をまとった女学生たち、三尺帯を締めて襷《たすき》掛けをした職人などが行き交っていた。ガラ

スの屈折で少し歪んで見えるとはいえ、至って普通、至って平和な光景だ。少なくとも、昼間の陽光のもとでは。

　しかし、ひとたび夜の帳《とばり》が降りれば、街はまた違った様相を帯びるのかもしれない。緑の山々に囲まれた、のどかな田舎の芝居小屋の二階で、深夜、首を縊った娘が小さく揺れていたように。華やかな舞台の下の暗い奈落で、煉獄《れんごく》の炎が赤黒く燃え盛っていたように。

「ま、理子さんも翔燕とは切れたんだし、男が苦しむ分にはどうでもいいか」

「こらこら」

　あっけらかんと言う友人を静栄がたしなめたが、晴行は快活に笑うばかりだった。

第二話　まぼろし花魁

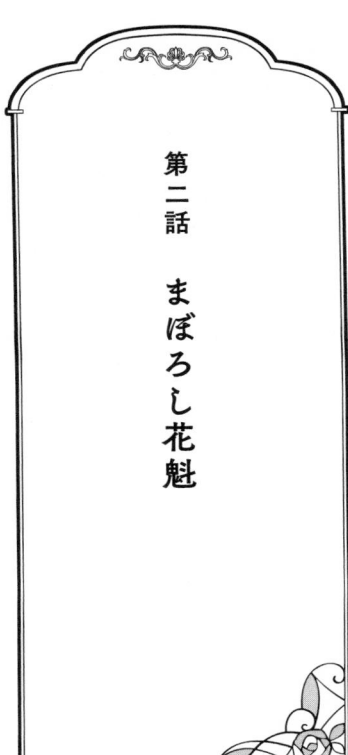

中段に構えた竹刀《しない》を、息を吸いながらゆっくりと振りあげていく。拳《こぶし》が額の前あたりに来たところで、息を吐きながら竹刀を振りおろす。

地道なその鍛錬を、陽《ひ》の光が斜めに射しこむ早朝の道場で延々とくり返しているのは、二十歳《はたち》ほどの青年――籠手川晴行《こてがわはるゆき》ひとりきりだった。

季節は冬で、道場の床は凍《い》てつきそうなほど冷たく、晴行の呼気も白く染まっている。それでも、素振りを続けるうちに彼の額はうっすらと汗ばんできた。

徳川《とくがわ》の世では、晴行の祖父が開いたこの道場にも、多くの門下生が集《つど》っていたという。しかし、江戸から明治となり武士が刀を捨てると、武道に励む者の数も自然と減少していった。祖父が維新《いしん》での功績を理由に爵位を得た分、まだ籠手川道場はましだったが、その祖父亡きあと、跡取りとなった父も晴行が六歳のときに早世してしまい、道場の看板を下ろさざるを得なくなった。

晴行が成人し、家と爵位を継いだと同時に、道場復活の話もいっときあがりはしたものの、門下生たちが戻ってくる見込みも乏しく、結局、その件は立ち消えとなった。いまはこうして、晴行が早朝、竹刀を振るためだけの稽古《けいこ》場でしかない。

朝の鍛錬を終えて、ふうとひと息ついた晴行に、背後から声がかかった。

「ハルさん」

振り返れば、初老ながら背すじのしゃんとのびた丸髷《まるまげ》の女性――晴行の母、尊子《たかこ》がそこにいた。朝も早くから、黒縮緬《くろちりめん》の羽織をまとって一分の隙《すき》も見せない。息子に向けるまなざしも、慈愛よりも厳しさのほうがまさっている。

幼い晴行と姉・節子《せつこ》のふたりの子を抱え、夫に先立たれた彼女は、女戸主として十数年に渡って籠手川家を守ってきた。ところが、成人した息子に家督を譲り、ひと安心したのもつかの間、晴行は士官学校を退学。その後も、なんの職にも就かずにぷらぷらしている。

この状況を、尊子が快《こころよ》く思っているはずもない。

「今日のご予定は？　もし何もないのでしたら、節子さんのところに届けて欲しい物があるのだけれど」

「ああ、はいはい。構いませんよ」

「やはり、今日もなんの当てもないのですね」

ほんの数瞬だけ、形ばかりの笑みを作ってから一転、尊子は晴行を睨《にら》みつけた。

「ハルさん。あなたが士官学校を離れたとき、わたしは多くを言いませんでした。あなたにも、きっとそれなりの考えがあってのこと。もともと軍人には向かぬ性分だと、思わないでもなかったからです。早くに自覚できたのは、むしろ怪我の功名だとすら見なしておりました。ところが」

尊子の眼光が、研《と》ぎ澄まされた刃物のごとき鋭さを増した。

「あなたはそれから大学に進むでもなく、新たな職を探すでもなく、毎日毎日、ぷらぷら

ぷらぷらと——」

晴行は臆《おく》さず、天真爛漫《らんまん》な笑顔を見せた。

「ええ、ええ、ですから、今日は節子姉さんのところに行ってきましょう。はいはい、何を持っていけばよろしいのですか。早いほうがいいのでしょう？　善は急げと言いますからね、いますぐ行ってきますとも」

母の舌鋒《ぜっぽう》をはきはきした口調で封じこめ、晴行は菓子をねだる子供のように両手を差し出した。毒気を抜かれた尊子は、「仕方のないひと」と小声でこぼしてから、彼に言付ける品——着物や細々とした日常の物などを用意するために稽古場を出ていった。

ほどなく、稽古着からフランネルのスーツに着替えた晴行は、母のお使いとして、喜び勇んで姉のもとへと出かけていった。

東京の某所、丘の上の瀟洒《しょうしゃ》な洋館が、姉の節子が夫である貿易商の海藤玄治《かいどうげんじ》と暮らす家だった。玄治の後妻となったのは五年前。当時、節子は二十五歳。玄治は四十三歳だった。十八歳も年の差があるふたりだが、夫婦仲は至ってよい。だからこそ、晴行も姉の婚家に顔を出すのは嫌いではなかったのだ。

ところが、行ってみると、玄治と節子は客人を迎えて話しこんでいるところだった。海藤家の家政を一手に担っている老爺《ろうや》の長谷部《はせべ》に、いま客間に来ているのはどこの誰だいと尋《たず》ねると、答えはすぐに返ってきた。

「去年、病で亡くなられた青葉《あおば》屋の御主人の御内儀《ごないぎ》で、お美津《みつ》さんと申しましたか」

「青葉屋？」

「老舗《しにせ》の味噌蔵《みそぐら》ですよ。御主人の一周忌の法要が済んだので、改めてご挨拶《あいさつ》にみえたそうです」

「なるほど。じゃあ、客が帰るまで待たせてもらおうかな」

　ではこちらへ、と案内されたのは客間の隣だった。ひとりになり、椅子《いす》にすわって、ふうとひと息ついた途端に、隣室からしくしくとすすり泣きの声が聞こえてくる。好奇心の虫を抑えがたくなった晴行は、ドアに近づき、鍵穴から客間の様子を覗《のぞ》きこんだ。

　洋風の客間で、玄治と節子がゴブラン織りのチェアーに腰かけている。テエブルを挟んでふたりの向かいに浅く腰かけている客人――お美津は、四十の後半ほどとおぼしき女性だった。

　地味目の小袖《こそで》に紋付きの羽織姿。見るからにやつれた風情《ふぜい》で目は潤み、鼻先も赤くなっており、手には白いハンケチを握りしめている。夫の一周忌が済んだとは聞いたが、一年どころかつい先日、未亡人になったようなしおれようだなと、晴行は訝《いぶか》しんだ。

「本当に情けない話でございます……」

　お美津が涙声で訴えたのは、息子の不行状だった。

「それはもう、長男の晋太郎《しんたろう》さんに来たお話は願ってもないような良縁だったのですよ。

ただ、その話がまとまりかけた頃に突然、主人が亡くなりまして、それで一年ほど、先さまには婚儀を待ってもらっていたのです。このたび、無事に一周忌の法要も終え、改めて晋太郎さんの結婚話を進めようとした、その矢先──」

長男の晋太郎は二十四歳。青葉屋の跡取りとして、然《しか》るべき筋から近々妻を迎えようとしていたのに、どういうわけか吉原《よしわら》に入り浸りになってしまったというのだ。

吉原とは、言わずと知れた、江戸の時代から続く遊郭《ゆうかく》。明治五年に娼妓《しょうぎ》解放令が発布されはしたが、行き場のない遊女たちの受け皿として存続。その後も度重なる火災に見舞われ、規模をだいぶ縮小しながら、大正《いま》も男たちを迎えている。

「こんな話が先さまの耳に入っては大変と、さんざん言い聞かせましたのに、晋太郎さんは一向に聞き入れてくれなくて。確かにわたしは後妻ですとも。長男の晋太郎さんとはなさぬ仲。ですが、連れ子の次男とも、分け隔てなく慈《いつく》しみ育てたつもりでございます。なのに、世間さまはそうは思ってくれず、あそこの長男は継母《ままはは》のごり押しする縁談に厭気《いやけ》が差して、吉原に入り浸るようになったのだと陰口《かげぐち》を叩く始末。どうして、そのようなことがありましょうか。わたしはもう、くやしくて、くやしくて」

お美津はわっと声をあげてハンケチを顔に押し当て、黒羽織の肩を激しく震わせた。

「ほんにお恥ずかしい。ですが、家の者を迎えにやっても、晋太郎さんはすげなく追い返してばかりで。やはり、ここは海藤さまのような立派なかたに、厳しく諭していただくしかないかと――」

「お困りのほどはわかりました。だが、しかし、それは……」

玄治は太い眉を下げ、ほとほと困り果てたように妻の節子を見やった。

「わたしが吉原に出向いたところで、晋太郎くんは素直に言うことを聞かぬように思われますがねえ」

愛妻のいる前で悪所に足を踏み入れる約束はしかねる、というのが彼の本音なのだろう。お美津は何度もうなずき、

「ご無理を申してすみません。忘れてくださいませ。ご挨拶だけで帰るつもりでおりましたのに、こんなお見苦しいさまをさらしてしまって。わたしが継母だから晋太郎さんも言うことを聞いてくれないのだと思うと、つい……。ああ、亡き夫になんと言って詫《わ》びればよいものか」

身を振りしぼって泣くお美津を見かねて、節子が夫に静かに言った。

「あなた……、どうにかなりませんでしょうか」

「どうにかと言われても」

「ですが、このままではお美津さんがお気の毒すぎて」

同じ後妻の身として、節子にも思うところがあるのだろう。姉がおひと好《よ》しに過ぎることをよく知っている晴行は、その心情が理解できなくもなかった。が、玄治が心ならずも

吉原に行った結果、木乃伊とりが木乃伊になったりしては目も当てられない。

それに――夫に先立たれ、子供の行く末に心を痛めているお美津に、自分の母親の姿が重ならないでもなかったのだ。母の尊子は子供らの前で弱音を吐くような女ではなかったが、もしかしたら、誰にも見られていないところでハンケチを握りしめ、心細さにむせび泣いていたかもしれない……。

よし、と心の中でつぶやくと、晴行は勢いよくドアをあけて客間に躍《おど》り出た。お美津たちが驚いたのは言うまでもない。晴行はそれでも動じることなく、

「失礼ながら、話は聞かせていただきましたよ」

よどみなく言い放つや、晴行は西洋の騎士《ナイト》のごとく絨毯《じゅうたん》に片膝《ひざ》をつき、お美津を上目遣いにひたとみつめた。窓から射しこむ午前の光を受けて、その茶色い瞳が普段より透き通り、黄玉のごとく輝いて見えることを、当人は知る由《よし》もない。

「ご長男の行状に心を痛めておられる御様子、聞くに忍びなく、わたしでよろしければお役に立ちたいと思った次第であります」

突然、現れた美男子にお美津は肝《きも》を抜かれ、声を震わせた。

「ど、どなたさまで」

「ああ、申し遅れましたね。籠手川晴行と申します。海藤社長の義理の弟で、親から受け継ぎし爵位は男爵。公爵、侯爵、伯爵、子爵と来て、いちばん下の男爵です。しかも公家

ではなく、維新で功あって爵位を賜《たまわ》った下級武士の家の出ですので、何かと無骨な点は、どうかご容赦《ようしゃ》を」

謙遜《けんそん》混じりの口上を受け、お美津は泣くのも忘れて、ぽかんと大きく口をあけた。

「海藤さまの弟さんで、男爵さま……」

いちばん下の男爵だろうと、公家ではなかろうと、華族であるには変わりない。しかも栗《くり》色がかった髪に高い鼻梁《びりょう》、きらめく瞳、大理石のごとき白肌《しらはだ》と見目よく、若く、海藤商会の社長の姻戚《いんせき》でもある。お美津が年甲斐《がい》もなくぼうっとなるのも、致しかたなきことであった。

「義理の兄の代わりに、わたしが吉原からご長男を連れ帰ってまいりましょう。どうか、このわたしにお任せ願えないでしょうか」

お美津が返事をする前に、節子が心配そうに弟に問うた。

「よろしいの、ハルさん?」

「ええ。ぼくに任せてください、姉さん」

晴行の迷いない返事に節子は苦笑し、玄治は口髭《ひげ》をたくわえた厳《いか》つい顔にホッとした表情を浮かべる。お美津も、

「そ、そう言ってくださるのでしたらば――」

と、ためらいながらも、長男が入り浸っている妓楼《ぎろう》の名を教えてくれた。そうと決まれ

ば、話は早い。

「では、さっそくこれから行って晋太郎さんを説得してきます。どうか、大船に乗った気持ちで待っていてください」

宣言し、さっさと客間を出て玄関へと向かう。本気でいますぐに吉原に駆けつけ、放蕩《ほうとう》息子を遊女屋から引きずり出してくるつもりでいた。そんな彼を、若い娘が呼び止める。

「ハル兄さま」

晴行をそう呼ぶ相手はひとりしかいない。

おっと、と小声でつぶやいて晴行が振り返ると、二階へと続く階段の途中に振袖姿の少女が立ち、こちらをみつめていた。

黒髪を後ろで三つ編みにしてまとめ、大きなリボンを飾り付けている。金茶の地に百《ひゃっ》花《か》が描かれた振袖に負けないほど、密なまつげの華やかな顔立ち。玄治が先妻との間に儲《もう》けた娘、周子《ちかこ》だ。

「ハル兄さまは吉原に行かれるのですか」

眉をひそめて周子が発した非難がましげな口調は、十六歳の少女らしい潔癖さをそのまま表していた。

「おや、チカちゃんはいまの話を聞いていたのだね」

姉の義理の娘、晴行にとっては血の繋《つな》がらない姪《めい》にあたる周子を、彼はチカちゃんと親しげに呼んだ。

「聞くつもりがなくても、ハル兄さまの声は廊下にまで響いておりましたから」

「だったら、わかるだろう？　遊びに行くわけではないのだよ。気の毒な御婦人を救うために、放蕩息子を引き取りに行くのが目的で——」

「どうでしょう。ハル兄さまも遊里《ゆうり》のきれいな花魁衆《おいらんしゅう》を前にしたら、ついでとばかりに遊んでいきたくなるのでは？」

「ひどい言われようだね」

晴行は肩をすくめておどけてみせたが、その程度では周子の態度もやわらがない。

「あのままだったら、義兄《にい》さんがその役目を担うことになっていたよ。チカちゃんも父上に悪所通いなどされたくないだろうに」

「父はもう五十近い大人ですから、それほど心配はしませんわ。でも、ハル兄さまはまだお若いですし、廓《くるわ》の女人《にょにん》たちに頭から食べられてしまうに決まっています」

一方的に決めつけられ、晴行はやれやれと嘆息した。

「わかった、わかった。じゃあ、堅物のシズちゃんを連れて行こう。彼なら、ぼくが誘惑に負けそうになっても、きっとチカちゃん以上に厳しく叱ってくれるだろうからね」

「あのかたですか……」

晴行の友人、室静栄《むろしずえ》のことは周子も話にはよく聞いていたし、面識もあったのだ。うん、と周子は大きくうなずいた。

「でしたら、安心ですわね」

「ぼくと同い年なのに、シズちゃんは安心なんだ」

「あのかたは賢いうえに常識もおありですから」

「やれやれ。ぼくはよっぽど信用がないんだな」

信用も何も、実際、若く男ぶりのいい晴行を吉原に放とうものなら、女たちのほうが黙ってはいまい。だが、周子はそのような、はしたないことは口にせず、

「当たり前です」

と厳しめに言うだけにとどめていた。


その日の夕刻、晴行は友人の室静栄を伴って、浅草《あさくさ》の北、日本堤《にほんづつみ》と呼ばれる土手を歩いていた。

陽が暮れるのがめっきり早くなった時季だけに、あたりはたちまち暗くなっていく。道沿いにこそ茶屋が並んではいるが、周囲に広がるのは田畑ばかりだから、なおさらだ。静栄を捜し、吉原行きに同行するよう説得するのに存外、時間がかかってしまったのも痛かった。

「やれやれ、すっかり暗くなってしまったな。シズちゃんがなかなか是《うん》と言ってくれないものだから」

晴行が不平を洩《も》らすと、静栄は眼鏡のレンズ越しに友人を冷たく見やり、素っ気なく言った。

「図書館で調べ物をしているところに駆けこんできて、吉原に行こうといきなり大声で言われれば、誰だって断る」

「事情があってのことだと話したじゃないか」

「涙に暮れる未亡人を助けるためだとか藪《やぶ》から棒に言われて、はい、そうですかと呑《の》みこめるか」

意気込む余り、自身にとって印象的だった事柄を先に並べ立てたせいで、静栄にいらぬ警戒をさせてしまったのは否《いな》めない。しかし、晴行は反省の色もなく、

「頑固者だなぁ、シズちゃんは」

宵《よい》の空を仰いで陽気に笑った。暗い空には小さな星が瞬《またた》き始めていた。

見返り柳が植えられた角を曲がれば、ゆるやかな坂道となり、やがて吉原の唯一の出入り口たる大門《おおもん》が見えてくる。

江戸の時代では板葺《ぶ》き屋根のついた木製の冠木門《かぶきもん》だった大門も、大正《いま》はアーチ型の鋳《ちゅう》鉄《てつ》製だ。桜の花の浮き彫り《レリーフ》で飾られ、アーチの中央には妖艶《ようえん》な弁天像が立って、電気燈《とう》を

高く掲げている。

ひとたび中に足を踏み入れれば、中央に桜の並木を配した大通りが奥へと続き、通りの両側には引手茶屋《ひきてぢゃや》（妓楼へ遊客を案内する茶屋）や張り見世《みせ》（格子《こうし》の内側に遊女が居並んで客を待つ、往来に面した見世）が並んでいた。妓楼の軒《のき》先には数え切れないほどの提灯《ちょうちん》が連なり、吉原の夜を明るく照らしている。懐《ふところ》の暖かそうな旦那《だんな》衆はもちろん、冷やかしに来た職人や好奇心いっぱいの学生たちなどが大勢、往来を行き交う。

ずっと渋々顔だった静栄も、吉原の華やかな街並みを前にすると、おおと感嘆の声をあげた。

「吉原もだいぶ廃《すた》れてきたと話には聞いていたが、どうして、なかなか盛況なようだな」

「まあ、江戸の風情はもう薄いけれどね」

「明治になってからも、幾度か大火に見舞われたのだから仕方ない」

代わりに、吉原は遊郭建築に洋風をいち早く取り入れ、擬洋風三階建ての堂々たる大妓楼なども登場していた。

江戸の風情も完全に絶えたわけではない。桜の並木は季節柄、花も葉もつけていないが、夜空に裸の枝を広げているだけでも、それなりに趣《おもむき》がある。格子の向こうの遊女たちは島田髷《しまだまげ》に大ぶりな簪《かんざし》を差し、派手な着物を幾枚も重ねて、紅《あか》い唇でにこりと微笑《ほほえ》む。遊ぶ金がなく、格子越しに遊女たちの顔を覗きこんでいくだけの冷やかし連中でさえ、楽しげだ。

まわりの空気に当てられ、少しはしゃぎすぎたと反省するように、静栄はむっつり顔を取り戻して晴行に問うた。

「で、放蕩息子のお相手はどういう女なんだ？」

「うん。桃源楼《とうげんろう》という見世の娼妓で、名は〈真《ま》ほろし〉だそうだ」

「桃源楼の真ほろし──桃源郷の幻、ね。ずいぶんと風流だな」

「きっと美人だぞ」

晴行が屈託なく言い切るので、静栄も苦笑するしかない。

「……周子さんが御目付役にぼくをつけた気持ちがわかるな」

つぶやいた静栄の声は小さく、晴行の耳には届かなかった。届いたところで何も変わりはしなかったろうが。

桃源楼という見世はどこだいと町の者に訊《き》くと、あちらで、とすぐに応《こた》えは返ってきた。

「よし。さあ行こう、あっちだ」

大海原に船出する冒険者のように、晴行は喜び勇んで大通りから横道へと入った。静栄も半分あきれたふうに、残り半分はどきどきしながら、友人のあとについていく。

お目当ての桃源楼は三階建てとは言わず二階建てではあったが、それなりに格式の高い妓楼であることは一目瞭然だった。緊張気味の静栄を従えて、晴行は道場破りさながらに

「たのもう、たのもう」と豪快に言い放ちつつ、見世に入る。

妓楼の内壁はベンガラ色に塗られ、扇形の小窓が所々に配されて、婀娜《あだ》っぽい雰囲気を醸《かも》し出していた。酒器を載せた盆を手にして通りかかった三十路《みそじ》ほどの番頭新造《ばんとうしんぞ》（花魁に仕える年配の女性。初めから奉公人として雇われる場合と、年季が明けた元遊女がなる場合がある）が、びっくり顔で立ち止まり、晴行の整った容姿を目に留めて、二度びっくりする。

見世の奥からは、小柄な男衆があわてて飛び出してきた。怪訝《けげん》そうな顔をした彼が口を開く前に、晴行は満点の笑顔で質問をぶつける。

「真ほろしという名の花魁はこちらにいるかい？」

「真ほろしさんでしたら――」

二階に続く階段へと、男の目がちらりと動いた。晴行はすかさず二問目を投じる。

「青葉屋の晋太郎さんが来ているよね？」

「ええ、まあ……」

男は口ごもりつつ、なんとか笑顔をこしらえた。

「初会《しょかい》のお客さままでございますよね？」

一度や二度の訪問では、花魁と懇意にはなれない。初めのうちは引手茶屋での酒席だけ。花魁と馴染《なじ》みになれるのは三度目からだ。初めての客がいきなり妓楼にあがりこむなど、あり得ない。遊郭は男たちの社交場であり、いくつもの約束事で守られている。金さえ払えばいいというものではないのだ。

「申し訳ない。言いかたが悪かった。ぼくらは客ではなく、青葉屋の御内儀に頼まれて、跡取り息子の晋太郎さんを迎えに来たのだよ。こちらに居続けだと聞いたのだが」

「はいはい。そういうことでございましたか。では、晋太郎さんにうかがってまいりますので、しばしお待ちを」

「いや、そんな手間は取らせないとも」

言うが早いか、晴行は見世にあがりこみ、階段を勢いよくのぼり出した。男が止める間もない。静栄も仰天しつつ、遅れて晴行のあとに続く。

「あれ、お客さま、お客さま」

見世の男のあわてふためく声に、何事かと驚いた遊女や客たちがおのおのの部屋から顔を覗かせる。そんな彼らに、

「やあ、晋太郎さん？　あなた、晋太郎さんですか？」

と、晴行が質問を振りまいていく。答えが返ってこずとも、相手の反応から判断して、さっさ、さっさと先へ進む。

角を曲がった途端、晴行たちは十四、五歳ほどの振袖新造《ふりそでしんぞ》（花魁に仕える若い娘でのちに遊女となる）にぶつかりそうになった。髪は桃割《ももわ》れ、まとうのは紅《くれない》の地に吉祥文様《きつしようもんよう》の

宝珠柄《がら》。ぎょっとして立ちすくんだ振袖新造に晴行が訊く。

「青葉屋の晋太郎さんはどこだい？」

「えッ……」

振袖新造は目をぱちくりさせながら、廊下の最奥を振り返った。

「ありがとう」

礼を言って、晴行はずんずんと進む。静栄も「ありがとうね」ととりあえず礼を言い、振袖新造の脇をすり抜ける。振袖新造は顔を真っ赤に染め、彼らとは反対方向に、着物の袖を翻《ひるがえ》してパタパタと走り出していく。

晴行はこれぞとおぼしき部屋の前に立ち止まり、「失礼」とひと言告げて襖《ふすま》をあけた。

部屋には昔ながらの行燈《あんどん》がひとつ灯《とも》っているだけだった。薄暗がりのせいか、襖に描かれた白孔雀《くじゃく》たちが瞬きしたかのように錯覚する。

背の低い枕屛風《まくらびょうぶ》が配された中央には、布団が一組、敷かれていた。そこに寝ているのは、藍縞《あいじま》の小袖を着た二十三、四ほどの男ひとりきりだった。甘い脂粉《しふん》の残り香はすれど、女の姿はない。寝乱れた前髪が彼の青白い額にかかって、優しげな顔立ちに華を添えている。善良そうで気弱そう、ほっておけないと思わせる風情をどことなく漂わせている。

「晋太郎さんですね」

晴行の呼びかけに応じるように、男がゆっくりと目をあけた。

「そうだが、きみは……？」

それだけ言うのさえも億劫《おっくう》そうだった。寝ぼけているのか、酔っているのか、それとも具合が悪いのか。病だとしたら、しょっぴいてでも連れ帰らなくてはと晴行は思った。

「母君の命でお迎えにあがりました。いっしょに青葉屋へ帰りましょう。さあ」

晋太郎がかすれ声で何か言ったが、晴行たちには聞き取れなかった。おそらく、帰りたくないとでも言ったのだろう。構わず晴行たちは部屋に踏みこみ、晋太郎の肩に手をかける。と、そのとき、

「晋太郎さんに何をなさるおつもりで」

凛《りん》とした声が響いた。いつの間にか部屋の入り口に、女がひとり立っている。

年は二十四、五といったところか。切れ長の目に、薄い唇に、娼妓らしくない品が漂う。背は高く、手足も十二分に長い。それでも、白茶の地に花模様の打掛《うちかけ》の裾《すそ》は廊下に長くのびている。彼女の背後からは、先ほど廊下で出くわした振袖新造が、心配そうに顔を覗かせていた。

「ひょっとして、真ほろし太夫《たゆう》？」

最上位の遊女を差す太夫の呼称は、もう吉原では使われていない。それでもあえて晴行がそう呼びかけると、相手はふんと鼻で笑った。その高慢な仕草で、彼女こそ真ほろしに違いないと、すぐに知れた。

「晋太郎さんはお疲れで臥《ふ》せッておられますに、それを無理やり連れて行こうとは、ずいぶんと無体な」

「無体も何も、ぼくたちはこちらの母君から涙ながらに頼まれたのだよ。せっかくの縁談に障《さわ》りが生じかねないから、いつまでも遊里に入り浸っていないで、早く帰るように言ってやってくださいませとね」

「おや、まァ」

露骨に疑わしげな声をあげて、真ほろしは柳眉《りゅうび》をひそめた。

「それはご苦労さまですこと。けれども、晋太郎さんは御覧の通りにおくたびれで。出直してくださいませね。御機嫌よろしゅう」

帰れと強気で言われて、晴行は苦笑した。

「そうもいかない」

晴行は寝ている晋太郎をぐいと引き起こすと、肩に腕を廻《まわ》して無理やり彼を立ちあがらせた。晋太郎は小さくうめいたものの、抵抗らしい抵抗もしない。代わりに、真ほろしが声を荒らげた。

「何をなさいます。お待ちくださいまし」

「邪魔したな、花魁」

晴行は問答無用で晋太郎を連れて行こうとする。静栄も彼らの後ろにさり気なくついて、盾《たて》の役を務めた。

「お待ちくださいな。待ッて、待ッて」

毅然《きぜん》としていた真ほろしが一転、金切り声を発した。それでも、晴行たちは彼女を無視して部屋を出ていく。すがってきた真ほろしの手を振りほどくのも造作もない。真ほろしはあえなく、その場に膝をついた。

「あれ、真ほろしさん」

振袖新造の悲鳴じみた声に続けて、真ほろしがうとうめき声を発した。振袖新造が大いにうろたえる。

「真ほろしさんが癪《しやく》の発作を」

「発作だって？」

晴行もさすがに聞きとがめ、後ろを振り返った。床に両膝をついた真ほろしは、腕を胸の前で交差させ、苦しげにうめいている。

それまでまったく無抵抗だった晋太郎が、弱々しげながらつぶやいた。

「……真ほろし……」

真ほろしも苦しい吐息の下から、恋しい男に呼びかける。

「晋太郎さん……！」

が、ふたりの間に割りこむように、静栄が冷徹に告げた。

「気にすることはありませんよ、晋太郎さん。癪なんて、遊女が客を引き止めるための常套《じょうとう》手段です」

晋太郎ではなく晴行が問い返した。

「そうなのかい？」

「ああ、江戸の洒落《しゃれ》本なんぞによく出てくる、毎度お馴染みの手練手管《てれんてくだ》だとも。不安や緊張が高じたあまり、胸や腹の痛みを訴えて失神するわけだが、特にどこかが悪いのでもない、いわゆる神経の病だ。すぐにもとに戻るとも」

「なンて非道《ひど》いことを。真ほろしさんがこれほど苦しんでいるのに」

振袖新造が静栄を涙声でなじった。

「真ほろしさん、しッかり」

振袖新造の呼びかけも聞こえぬ様子で、真ほろしは、ああ、ああと苦しげにあえぎながら、頭を後ろにのけぞらせた。それを目にしても静栄は落ち着きはらっている。

「のけぞりも癪の発作のうちだ。明治の小説『今戸心中《いまどしんじゅう》』に、馴染み客が故郷に帰ってしまってもう二度と逢《あ》えないと知った花魁が、ぎりぎりと歯噛《が》みして突然、反り返る場面がある。そもそも、心理的衝撃によって全身が弓なりに反る『後弓反張《こうきゅうはんちょう》』、別名『弓なり緊張』は、『ヒステリー弓』とも称されるほど、ヒステリー症状の際によく見られてきた現象で、古代エジプトや古代ギリシャの時代にも記録されている。精神医学の分野ではもはや古典といっても過言ではない」

図書館に入りびたる本の虫だけあって、静栄はここぞとばかりに蘊蓄《うんちく》をたれる。晴行は「へー、へー」と感嘆の声をあげるばかりだ。

突然、真ほろしは反り返ったまま、後ろに両手をついた。同時に、両膝をぴんと立てて腰を床と水平に上げる。仰向けよつん這《ば》いの体勢をとったのだ。

驚く晴行たちを、真ほろしは血走った目でぎょろりと睨みつける。

「逃がしませぬわいなァ」

ぞっと全身の毛が逆立った。それほどまでに不気味な声音《こわね》だった。真ほろしの品のある顔立ちも、いまや鬼女の形相と化し、ガチガチと歯を嚙み鳴らしている。

これはまずいぞ、と理屈抜きで察した晴行は、

「逃げるぞ、シズちゃん！」

そう叫ぶや、晋太郎を連れて走り出した。静栄も同じく直感的に危険を察知したのだろう、なぜとは訊かずに走り出す。

ふたりは足音高く廊下を全力で走り、階段を飛ぶように駆けおりた。途中、晴行がちらりと後ろを振り返る。真ほろしは、仰向けになって両手両足で身体《からだ》を支えたその不自然な体勢で、彼らを追ってきていた。階段を降りるのも、そのままの姿勢だ。なのに驚くほど速く、ダダダと激しい音を楼内に轟《とどろ》かせている。気を抜くと、あっという間に追いつかれ

てしまいそうだ。

着物の裾が乱れ、ふくらはぎが丸見えでも、色香よりも異常さ、おそろしさのほうが勝った。いまの真ほろしなら、晴行たちを頭から丸呑みにしてしまいかねない。いや、むしろ、

（あれはもはや人間じゃない——）

と、晴行は本気で思った。

全身に粟《あわ》を生じさせた晴行と静栄は、桃源楼の外へと夢中で飛び出した。次の瞬間、彼らはあっと驚きの声をあげる。

大通りの中央に連なる桜並木が、冬だというのに花開いていたのだ。しかも満開。来たときは、花も葉もつけていなかったのに。

夜気は冬の冷たさのまま、満開の桜が暗闇《くらやみ》にほの白く光り輝いているさまは、この世のものとも思えなかった。通りを行くひとびと——旦那衆、職人たち、学生たち、誰も彼もが朧《おぼろ》な影のよう。格子の内側に居並び、客を待つ娼妓たちにいたっては、ヒョウタンのように頭が大きくくびれていたり、顎《あご》先が胸より下にのびていたりと、完全にばけものとなって、ケタケタ笑っている。

吉原全体が、いつの間にか異界と化している。

さすがに晴行も頭がくらくらしてきた。静栄も、癪の講釈をたれていたときとは打って

変わって動揺している。晋太郎は夢の狭間にいるかのように、ぼんやりと周囲を見廻すばかり。

「ハルちゃん、これは夢かな、現《うつつ》かな」

「わからない。とにかく逃げよう」

自分だけではなく、静栄も晋太郎もいる。なんとかして、彼らをもとの世界に戻してやらなくては。晴行は自分にそう言い聞かせ、大門を目指して走った。

遊女の逃亡を防ぐために、吉原は濠《ほり》で囲まれており、大門が唯一の出入り口。彼女たちは年季が明けない限り、大門より外には出られない。

もしかしたら、真ほろしも大門を越えられないかもしれない。あそこを抜ければ逃げ切れるかもしれない——そんな一縷《いちる》の望みにすがって、晴行たちは走る。走る。朧な影男たちをかき分け、異形の格子女郎《じょろう》たちに指差され、鬼女さながらの真ほろしに追われながら。

目指す大門は、左右と中央に設けられた電気燈の明かりを受けて照り輝いていた。アーチ上に立つ弁天像は吉原の外を向いていたはずなのに、腰をねじって振り向き、晴行たちを怪訝そうにみつめている。

もう少しだ、と晴行は自分に活《かつ》を入れて足を速めた。そんな彼らの脇を、獣《けもの》じみた影がさっと抜けていく。

真ほろしだった。

仰天して足を止めた晴行たちを尻目に、彼女は大門の柱に飛びつくと、イモリのような素速さで這い進み、アーチ上によじ登った。弁天像の腰に長い腕をからめて身体を支える。弁天像は少々困惑しているふうだったが、真ほろしは気にせず、晴行たちを見下ろしてニタリと笑った。

「外に出たところで、晋太郎さんは幸せにはなれないよォ」

晴行はキッと真ほろしを睨みつけた。

「何を根拠に」

「根拠ならちゃアんと。青葉屋の後妻は、継子《ままこ》の晋太郎さんに来た良縁をうらやんでいた。そんな折に旦那がぽックり逝《い》ッてしまいだもの。これを機に、自分の子供のほうを縁づかせたい、青葉屋の跡取りに据えたいと思ッて、思うだけでなしに、吉原の見世に金を積み、晋太郎さんを堕落《だらく》させせようとしたのさァ」

「なんだって」

「おい、ハルちゃん、話が違うぞ」

動揺する晴行たちに、真ほろしはニタニタと笑いかける。美女であるだけに、妖怪じみた笑みにも迫力が増す。

「晋太郎さんの悪所通いの噂《うわさ》は、もう十二分に広まッたろうよ。放蕩息子の烙印《らくいん》をまんまと押せたからには、あとは青葉屋の蔵にでも死ぬまで閉じこめておくつもりだろうェ」

晴行の脳裏に、ハンケチを手にむせび泣いていたお美津の姿が甦《よみがえ》ってきた。あれが演技だったと思いたくないが――晋太郎の腑抜《ふぬ》けぶりを世間に知らしめるため、わざと大仰に嘆いてみせたのだと考えられなくもない。

晋太郎は自分が置かれた状況を理解していたのだろう、長い長いため息をついた。細い声で、「青葉屋にわたしの居場所などないのだよ……」ともつぶやく。

「可哀想《かわいそう》な、可哀想な晋太郎さん」

歌うように真ほろしが言った。そうしていると、鬼女ではなく、夜空から舞い降りてきた天女と見紛《みまご》うばかりだ。裾の長い打掛も、天空を舞うための羽衣に見えてくる。

「同じ籠《かご》の鳥同士。ならば、あえて浮世に戻らずともここに」

真ほろしは白い腕をゆらゆらと揺らめかせて晋太郎を誘った。夜風に乗った桜の花びらが彼女のまわりに集まって、なおさら幻想的な光景を創り出していく。晴行も静栄も、相手がひとならざるモノとわかっていながら、目を奪われてしまう。

晋太郎は晴行を押しのけ、真ほろしに向かって、ふらふらと歩みかけた。魔性の誘惑に負けそうな晋太郎の背に、晴行が厳しく言い放つ。

「しっかりなさい、晋太郎さん。あれは間違いなく物《もの》の怪《け》だ。よしんば、お美津さんの件が本当であったとしても、ばけものの甘言に乗るのだって、同じくらいに危ない」

物の怪、ばけものと言われて、晋太郎が急に立ち止まった。薄い肩が戸惑いに揺れている。恋しさと恐怖とが、彼の中でせめぎ合っているのが見えるようだった。

「自分の頭で考えるんだ。晋太郎さん、あなた、ばけものと添い遂げる覚悟が本当にできているのかい？」

晴行の質問にかぶせるように、真ほろしが吼《ほ》えた。

「邪魔をするでないよ！」

くわっと歯を剝《む》くと、真ほろしは大門の上から化鳥《けちょう》のごとく飛び降り、晴行に襲いかかった。

ハルちゃん危ない、と静栄が叫ぶ。晋太郎は硬直し、立ちすくんでいる。

晴行は脚《あし》を開いて腰を落とすと、目の前に迫ってきた真ほろしのみぞおちに、固めた拳を力強く打ちこんだ。

うッ、とうめくや、真ほろしの身体が反動で跳んだ。大門の柱に背中からぶつかり、地に倒れる。すぐには起きあがってこれない。

彼女が動けずにいるうちにと、晴行は晋太郎の腕をつかんで走った。静栄もそのあとに続く。大門を抜けて、曲がりくねった坂道を、三人はとにかくひた走る。

見返り柳の細い枝が、別れを告げるように風になびいた。

真ほろしは大門から外には出られないのか、晴行の一撃が相当効いたのか、それ以上、追ってくることはなかった。

吉原から逃げ帰ったその足で、晴行と静栄は晋太郎を青葉屋へと送り届けた。

お美津は何度も何度も頭を下げ、「ありがとうございます、男爵さま」と涙ながらに礼を述べた。継子を追い落とし、実子を跡取りに据えようと企《たくら》む悪女にはとても見えなかった。

晋太郎は魂《たましい》が抜けたかのようにずっと無表情で、店の者に支えられ、よろよろと青葉屋の奥へと消えていった。

放蕩息子は無事に家に帰った。これで晴行の役目は終わったわけだが——翌日の真っ昼間に、彼は静栄とともに吉原を再訪してみた。いろいろと確かめずにはいられなかったのだ。

昨夜は満開であった桜も、陽光のもとでは寒々しい丸裸の枝をさらしていた。大門の上の弁天像も外を向いたままま。通りを往く男たちも影ではなく、ちゃんと目鼻があり、張り見世のきれいな格子女郎相手に鼻の下を長くのばしている。

おっかなびっくりで晴行に同行してきた静栄が、ホッとして言った。

「やれやれ。ありがたいことに、世界はあるべき姿を完全に取り戻したようだな」

「それはそれで惜しいような。あれはあれで面白かったのに……」

「おい、ハルちゃん」

睨む静栄に背を向け、晴行はわざとらしく周囲を見廻した。

「さて、桃源楼は確かこの先だったが――」

なかば予測していたことだが、いくら探しても桃源楼はみつからなかった。誰に訊いても、見世はおろか真ほろしという遊女など知らないと言われてしまう。

「桃源楼？　真ほろし？　さあ。そんな名は聞いたこともありやせんなァ」

もう何十年も吉原で働いているという老人は、ごま塩頭を左右に振って断言した。

「似たような名の妓楼は、昔あった気もいたしやすが、なにぶん、ここら辺は明治の大火で跡形もなく焼けちまッておりますからね」

打つ手をなくした晴行は、ううむとうなって裸の桜並木を見上げた。陽の光に目を細め、

「全部が全部、幻だったのかなぁ」

残念そうに晴行が独り言《ご》ちると、静栄が冷たく言った。

「どちらにしろ、もう関わらないほうがいい。いくら美しかろうと、よからぬモノには違いなかったんだから」

「わかってる、わかってる。だけどなぁ……」

晴行はおのれの栗色の前髪をくしゃりと握った。

晴太郎を家に戻し、お美津の嘆きを解消させる。その目的は果たしたはずなのに、どう

も気持ちがすっきりしない。

「ついでだ。晋太郎さんのお見舞いにも行こうか」

「なら、ぼくはここで――」

「青葉屋の近くにうまい団子屋があるんだ。ついでのついでに寄らないか？」

眼鏡のむこうで静栄の目が泳いだ。無類の甘味好きである彼は、こふんと咳《せき》払いをしてから言った。

「そういうことなら……」


暗い顔をした年配の女中が、手つかずの粥《かゆ》を盆に載せて晋太郎の部屋から出てきた。廊下で待ち構えていたお美津が、彼女に尋ねる。

「晋太郎さんはひと口も召しあがらないのかい？」

「はい。お戻りになってから、ずっと眠っておいでで……」

「困ったことだねえ」

口ではそう言いつつも、実際に困っている様子はない。むしろ、満腹になって毛繕《づくろ》いを始めた猫のように満足げだ。

「こんなふうでは、せっかくの縁談もままならないよ。やっぱり、晋太郎さんじゃなく、次男の健次郎《けんじろう》が結婚して青葉屋を継いだほうがいいのかもねえ」

女中のほうは返答に困ってうつむいている。いまや、未亡人のお美津が青葉屋をとりしきっており、彼女の采配に誰も口を挟めはしないのだ。

そこに若い奉公人が現れ、お美津に来客を告げた。

「おかみさん、籠手川さまとおっしゃるかたがお見えですが」

「あらまあ、男爵さまが？」

お美津はうきうきと玄関に向かい、晴行を迎えた。

「ようこそ、いらっしゃいました。こちらのほうからお礼にうかがわねばと思っておりましたのに」

「お邪魔かもと思ったけれど、晋太郎さんのことがどうしても気になってね」

「なんて、お優しい……」

お美津はたちまち目を潤ませた。涙の出し入れは彼女にとって、もはや十八番《おはこ》となっていた。

「これほどまでに心配していただけるなんて、晋太郎さんは果報者ですわ。ほんに早くよくなってもらわないと」

「やはり、まだ具合が悪いのかな？」

「ええ。戻ってきてからというもの、粥さえも口にできない有様で。こんなふうでは婚儀もままなりません……」

「次男が縁談を引き継ぎ、青葉屋の跡を継ぐ話も出ているそうだが」

「まあ、もう男爵さまのお耳に？　お恥ずかしいことですわ。いえ、まだ何も決まってはおりませんが、そういうふうに勧めるかたもおりまして、わたしもどうしたものかと。主人が遺《のこ》したこの青葉屋をみすみす潰すわけにはまいりませんし、晋太郎さんの具合がよくならないようなら、いっそ……」

いまなら、お美津の涙ながらの台詞《せりふ》にも、本音が透けて見える。

なるほどね、とつぶやいて晴行は浅くうなずいた。彼に伴われて青葉屋についてきた静栄も、本心を隠した神妙な顔でうなずく。

ふたりは晋太郎の部屋へと案内された。お茶をお持ちいたしますわねと言い置いて、お美津が行ってしまってから、晴行と静栄は晋太郎の枕もとにすわった。晋太郎は眠っているようだったが、

「晋太郎さん、具合はどうだい？」

晴行が声をかけると、彼は薄く目をあけてふたりを見上げた。

「粥も喉《のど》を通らないのだって？　いけないないね。しっかり食べて早くよくならないと、悪者

に青葉屋を乗っ取られてしまうよ」

冗談めかして晴行が言い、静栄は顔をしかめる。晋太郎は微《かす》かに苦笑いを浮かべた。

「いいのです、もう……」

すべてをあきらめたような顔をして、聞いてくださいますか、とかすれ声でつぶやく。

いいとも、と晴行が返すと、晋太郎は途切れ途切れに語り始めた。

「吉原に行ったのは、昔からのお得意さまに強く誘われたからでした。父上の喪もあけて、近々結婚するそうじゃないか、ならばいまのうちに少しくらい遊んでも、と……。それもどうやら、義母に頼まれてのことだったらしいのですが」

「お美津さんが」

「酒席の途中で、話の端々からそれに気づいて。莫迦《ばか》らしいと思い、見世を出ようとしました。そんなときに、廊下で急に目の前に立ちふさがったのが真ほろしでした。最初はあの美しさに気圧《けお》されて、次に『帰るところがおありなンですか』と問われて、わたしは何も言えなくなってしまった」

そのときの光景がありありと甦ったらしく、晋太郎は小さく身を震わせた。

「ええ、わたしは父が生きていた時分から、家業にも縁談にも本当は関心がなかったのです。なのに、弟に譲り渡す踏ん切りもつかなかった。そんな優柔不断なわたしを、真ほろしはひと目で見抜いたのです。大袈裟《おおげさ》かもしれませんが、魂を素手でつかまれたような心地がしました。身震いが止まりませんでした」

いまなお、彼の身震いは止まらない。

「そうして気がついたら、わたしは彼女の腕の中に――」

疲れが押し寄せてきたのか、それとも大事な記憶の核の部分を他人に明かすのをためらってか、晋太郎はふっと口をつぐんだ。沈黙した彼の目の中には、諦念の他にまぎれもなく陶酔がたゆたっている。

なるほど、晋太郎さんの迷いが真ほろしを惹《ひ》きつけたわけか――と、晴行は心の中で独り言ちた。あれはヒトならざるモノ。きっぱり斬り捨ててしまったほうがよいには違いないが……。

さて、どうしたものかと考えつつ、晴行は言った。

「実はね、ついさっき吉原に行ってきたのだけれど」

晋太郎は目の焦点を合わせ、弱々しくつぶやいた。

「吉原に……」

「桃源楼はなかったよ。誰もそんな見世は知らないと。真ほろしのことを知っている者も、誰ひとりとしていなかった」

「そうでしたか」

「やっぱり、あれは魔物だったんだよ。危うくとり殺されるところだったね」

ふたりの会話を黙って聞いていた静栄も、うんうんと首を縦に振る。が、晋太郎はおびえるどころか、渇望のまなざしを虚空《こくう》に向けて深いため息をついた。

「かもしれません。ですが……それでも、わたしはいま一度、真ほろしに逢いたい……」

真情を吐露するとともに、晋太郎の声と瞳が潤んだ。

「どうして逃げてしまったのか。どこにも帰るところなどないのに。真ほろしとほんの一日離れただけで、まさかこれほどまでに心が虚《むな》しくなるとは。わたしはもう、他にはなんにも……」

「なるほど、それが晋太郎さんの本心なのだね」

晋太郎は目を閉じ、小さくうなずいた。目尻からは涙が粒となってこぼれ落ちる。お美津のそれとは違う、本物の涙だ。

「あいわかった。花魁に伝えてこよう」

そう告げると、晴行は立ちあがり、晋太郎の部屋から出ていった。静栄も急いで友人に続く。ハルちゃん、と静栄が呼びかけるより先に、お茶を運ぶお美津と廊下で鉢合わせになった。

「あら、もうお帰りですか？」

「ええ。あまり長く話しこんでは、晋太郎さんのお身体に障りそうですからね」

晴行はひょいっと湯飲みをつかんで茶をひと息に飲み干すと、「ごちそうさまでした」

と告げて、足早に青葉屋をあとにする。

表通りに出たところで、静栄がおもむろに訊いた。

「花魁に伝えてくるって本気なのか？」

晴行は腕を組み、「だって、それくらいしかできないし」

「相手はヒトではないんだぞ。ヒトとヒトでないモノの間に、本当に情が通い合うとでも思うのか？」

「さあ、どうだか。何が晋太郎さんのためになるのかも、ぼくにはわからないよ。他人の幸せなんて、そう簡単に理解できるものでもないし、されても迷惑だろうし。そもそも、あれが恋かどうかなんて、そんなこと、当人同士で決めればいいわけであって、ぼくは関係ない」

「おい、ハルちゃん」

「ただね、シズちゃん」晴行は真面目な口調で言った。

「ぼくは今回、お美津さんの涙にほだされて見立て違いをしてしまった。晋太郎さんのことを本気で想っているのは、継母のお美津さんではなく、真ほろし太夫のほうだったかもしれないのに。しかも、晋太郎さんは真ほろし太夫のもとに帰りたがっている。だったら、せめて見立て違いの責をとらなくては」

「だから、また吉原に行くって？　いまからだと着くのは暗い時分になるぞ」

「もってこいだよ」

「夜なら真ほろしに逢えるとでも思っているのか?」

「どうかな。ああいう魑魅魍魎《ちみもうりよう》の類《たぐ》いは、逢いたいと思うときに逢えるものでもない気がする。とはいえ、このままにしておくのも寝醒《ねざ》めが悪い」

だからって、と静栄は不満を露《あらわ》にする。晴行は気にせず、ひらひらと手を振った。

「シズちゃんは無理して付き合わなくていいから」

「そうもいかない」

甘味に釣られたわけでもないのに、不機嫌な顔をして静栄も晴行についていく。

彼らが吉原に着いたときには、予想通りに陽は落ちていた。だからといって、突然、桜が花開くわけでもない。アーチの上の弁天像も動かないし、通りを行き交う男たちにも格子女郎にも、昼間と同様、変わった点はない。桃源楼もみつからなかった。

「やっぱり、逢おうと思って逢えるモノではないのかぁ……」

仕方なく、ふたりは収穫なしで吉原を離れることにした。大門を過ぎ、見返り柳の横を抜け、日本堤にあがる。そこでふと、晴行が足を止めた。

「どうかしたのか、ハルちゃん」

「シズちゃん。あの光、なんだろうね」

晴行が堤の向こう岸を指差す。真っ暗な中に、ぽつんと明かりがひとつ。静栄は目を細

「俥屋《くるま》じゃないかなぁ」と心許《もと》なげにつぶやく。陽のあるうちに見やったあのあたりめは、特に家もなく、ひと通りもなく、ましてや人力車《くるま》も通りそうにはなかったはずだが、本当にそうだったかは定かでない。

晴行は手を口の両脇にあてると、対岸の小さな光に向けて大声で呼びかけ始めた。

「おおい、真ほろし太夫——」

「ハ、ハルちゃん？」

驚く静栄を尻目に、晴行は声を張り続ける。

「聞こえているかい——。晋太郎さんの具合がだいぶ悪いんだよ——」

対岸の光はゆらゆらと小さく揺れていた。静栄は俥屋ではと言ったが、そんなふうにも見えない。電気の明かりとも違う。正体不明の火——鬼火としか言いようがなかった。ならば、あれは真ほろしの合図ではないのかと、晴行は根拠のない直感のもとに呼びかけ続ける。

「晋太郎さんが涙ながらに訴えていたよ——。『それでも、真ほろしに逢いたい』だそうだよ——」

遠い暗闇に鬼火がひときわ高く立ちのぼり、激しく震えたかと思うと唐突に消えた。あとには煙ひとすじ残らなかった。

晴行は満足そうに言った。「通じたようだな」

静栄は眉間《みけん》に皺《しわ》を刻んで「どうかな」と懐疑的につぶやく。それでも、晴行は白い歯を見せ、ニッと笑った。

「いや、間違いなく通じたとも」

「男爵さまの勘か」

「まさか。爵位にそんな力はないよ。それを言うなら、室子爵家の跡取りたるシズちゃんのほうが上だろうに」

静栄は苦手なナメクジでも踏みつけたかのように、ぎゅっと身を固くした。

「よしてくれ。うちは明日にも爵位を返上しかねないくらい困窮しているんだから」

「それは籠手川家も同じだよ。そういう家はけっこう多いらしいな」

「ハルちゃんのところには海藤商会の後ろ盾があるじゃないか」

「うん。そこは幸運だったな」

悪びれもせずに言って、晴行は歩き出す。吉原での用はもう済んだとばかりに。静栄も肩をすくめ、この話は終わりにする。

ちょっと冷えたな。どこかで鍋でもつついていこうか。そんな普通の会話を交わしつつ、ふたりは何事もなかったかのように日本堤を歩いていった。

その夜遅く。青葉屋はしんと静まり返っていた。

お美津も奉公人たちも深い眠りに落ちている。そんな中、晋太郎だけは虚《うつ》ろな目をあけて天井を見上げていた。

家に戻ってからというもの、彼は白湯《さゆ》すら口にしていない。唇は乾いてひび割れている。吉原にいたときよりも明らかに具合は悪くなっている。なのに、お美津は医者を呼ぼうともしない。奉公人たちも見て見ぬふりをしている。

気力も何もなくし、ただ虚ろに天井を眺めている晋太郎の枕もとが急に明るくなった。病床に鬼火がひとつ、灯《さ》ったのだ。

鬼火は手提げの行燈の中におとなしく収まり、細かく揺らいでいた。行燈を手にしていたのは、桃源楼の振袖新造だ。

小柄な彼女のすぐ後ろから、カラランと軽やかな音が聞こえた。三枚歯の黒塗下駄で外《そと》八文字《はちもんじ》に踏み出した音だった。

外八文字とは花魁道中独特の歩きかたで、かなり不安定なはずなのに、ふらつきもせずに現れたのは誰あろう、真ほろし太夫。髷が大きく左右に張り出した伊達兵庫《だてひょうご》に、幾本もの鼈甲《べっこう》の櫛《くし》、簪、漆塗《うるし》りの笄《こうがい》。帯を前で大きく結び、炎のように赤い珊瑚《さんご》と福々しい七福神の姿が描かれた黒地の打掛をまとっている。その姿は神々しいほどだ。

花魁の華々しさに圧倒されながらも、晋太郎は唇をわななかせ、真ほろし――と声なくつぶやいた。たちまち、真ほろしの表情がかわいらしく、とろける。

「あい、晋太郎さん」

真ほろしは愛らしく応えて晋太郎のほうへ身を寄せようとし、ふと動きを止めて、ためらいを見せた。妖魔の本性を晋太郎にはすでに知られている。それでも受け容《い》れてもらえるのだろうかと、いまさらながらに考えてしまったのか。

晋太郎のほうはまったく気にしていなかった。よろよろと身を起こし、真ほろしに向けて手をのばす。真ほろしも「ああ」と小さな吐息を洩らし、愛《いと》しさに目を細めて彼に手をさしのべる。

恋人同士はひしと抱き合った。もはや離れぬと、互いに誓うように。

我慢しきれず、打掛の柄の七福神たちがやんやと喝采をあげた。振袖新造もにっこり笑って、手提げ行燈にふっと息を吹きかける。中の鬼火はたちまち消えて、部屋は一転、真っ暗になった。

その夜、青葉屋から晋太郎の姿が忽然《こつぜん》と消えた。


——二、三ケ月ほどが経《た》ったある日。

晴行と静栄は馴染みの甘味処《かんみどころ》〈鈴《すず》の屋《や》〉で、女学生のように汁粉《しるこ》を食していた。卓上には湯飲みと箸《はし》休めの塩昆布《こんぶ》の他に、手紙が一通、置かれている。

静栄は汁粉の椀《わん》を片手に、気がかりそうな視線をちらちらと手紙に向けていた。文面はたいそう短かった。幸せだと、何もかもあなたさまのおかげだと、ただそれのみが晋太郎の名とともに記されていたのだ。

「その手紙、青葉屋に届けなくていいのか？」

晴行はしれっとした顔で、「どうして。ぼく宛てに届いた手紙なのに」

「まあ、そうだな」

静栄もやっと納得して、汁粉をかきこむ。

ふたりが吉原を再訪したあの夜に、晋太郎は青葉屋から消えた。家人の知らぬ間に、彼が寝ていた布団はもぬけの殻《から》となっていたのだ。

翌朝、異変に気づいた青葉屋は大騒ぎとなり、あちらこちら捜しまわったものの、晋太郎の行方は杳《よう》として知れず。これは誰ぞと駆け落ちしたのやもとの噂がどこからともなく流れ、お美津も「きっとそうに違いない」と言い出したものだから、捜索はすぐに打ち切りとなった。

晋太郎に行くはずだった縁談は、彼の弟の健次郎――お美津の子とまとまり、青葉屋も健次郎が継ぐことに決まった。そこへ晋太郎の手紙が届いたところで、いまさらどうにもなりはしまい。晋太郎もそんなことは望んでいないだろう。

「健次郎さんとやらは若いのになかなか堅実なひとだそうだし、青葉屋もきっと安泰だろうね」

「本気で言っているのかい、ハルちゃん」

静栄が渋い顔をするのは、青葉屋の内情を聞き知ったからだった。

健次郎のほうは特に問題はない。結婚相手ともうまくいっており、店の者たちの意見を取り入れ、手堅い商売をしているらしい。しかし、お美津のほうは違った。持病もなかったはずが、「ばけものが見える」とわめいては癪の発作を起こし、弓なりに反り返るばかりか、仰向けよつん這いの奇妙な姿勢で家中を走りまわるようになったというのだ。

「お美津さんのことかい？」

晴行はいたずらっぽい目をして嘯《うそぶ》いた。

「ずいぶんと強力な癪の虫が憑《つ》いたようだけれど、特にどこかが悪いわけでもない、いわゆる神経の病なのだろう？　だったら落ち着くのを待つしかない」

「落ち着くか？」

「真ほろし太夫の気が済んだなら、きっと――と期待しようか。長引くようなら、また日本堤に行って鬼火に呼びかけるよ。そのときはシズちゃんも付き合ってくれるだろう？」

静栄はやれやれとため息をついたが、いやとはけして言わなかった。

第三話　屏風小町

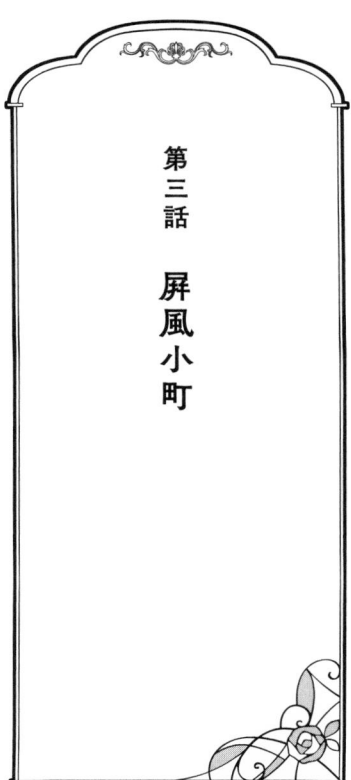

小窓から射しこむ午前の陽光の中で、細かなほこりがふわりふわりと躍《おど》っている。さながら、蔵にしまわれた古物の精霊たちが、久しぶりに現れた家人を歓迎して舞いおどっているかのごとく。

室《むろ》家の敷地の片隅《すみ》に建つ蔵の中には、びっしりと棚が設《しつら》えられ、大小の木箱がこれでもかとばかりに積みあがっていた。剝《む》き出しのまま重なり合っている品も多い。そんなほこりをかぶった品々の中で、ひときわ書籍の類《たぐ》いがめだったのは、代々歌や詩文に通じていた室家ならではだろう。

室家は遠く千年昔にも遡《さかのぼ》れる公家の家系だった。とはいえ、世の流れにすっかり乗り遅れて政道には加われず、芸術方面でもせいぜいが二流どころ。それでも、どうにかこうにか家を存続させていき、明治の王政復古を迎えた際には、下から二番目の子爵の地位を賜《たまわ》るに至った。やれ、これでやっと先祖に顔向けができると喜んだのは、どれくらいの間だったろうか。主権が武家から皇家に移っても、残念ながら世渡り下手はあいかわらず世渡り下手のままだった。

現当主・室國《くに》栄《え》子爵とその息子の静栄《しずえ》は、ほこりっぽい蔵の中をぐるりと見渡した。ふたりとも値踏みするような視線になっている。

静栄は銀縁眼鏡の中心をひと差し指で押しあげ、淡々とつぶやいた。

「ここには久しぶりに入りましたが——だいぶ減りましたね」

父の國栄は息子に背を向けたまま、まあな、と小声で言った。

室家は子供が四人。大学で学問ひとすじに励んでいる二十歳《はたち》の静栄を筆頭に、十五歳の長女、その下にも九歳の妹と八歳の弟が控えている。

特に長女の繭子《まゆこ》が通うのは華族の子女が集《つど》う伝統ある学校で、学費以外にも何かと出費が多い。一方、子爵とはいえ、國栄自身は華やかさとは無縁の役所勤めで、収入もたかが知れている。室家では物入りの都度、蔵の中の美術品を売りに出してしのいできたが、それもだいぶ苦しくなっていたのが現状だった。

華族というと、その字づら通りに華やかな印象を持たれるだろうが、体面や格式を維持することが難しくなり、家計困難を理由に爵位を返上した例は少なくない。室家も、いつその列に加わってもおかしくなかった。

だからこそ、静栄は大学で優秀な成績を修め、官庁入りして手堅く出世していき、家族を支えることを目指していた。少なくとも、妹たちがどこか良家に嫁《とつ》ぐまでは、室家に持ちこたえてもらわなくてはならない。そのためには先祖伝来の品を手放すのもやむなしと、気持ちの整理はとっくの昔にできていた。

「当たりはついているのですか？」

あくまでも淡々と、静栄は父に問うた。國栄はうんうんとうなずきつつ、蔵の一角を指差した。棚と棚との隙間《すきま》に、布で覆《おお》いを掛けられた品が押しこまれている。これか、とつぶやき、静栄は父といっしょにそれを隙間から引っぱり出した。

覆いをはずして広げてみると、出てきたのは二曲一隻《にきょくいっせき》——二枚の画面を蝶番《ちょうつがい》で留め合わせて設えた屏風《びょうぶ》であった。

金色の霞《かすみ》の合間に描かれているのは、秋草に囲まれた邸《やしき》の中でくつろいでいる、王朝絵巻風の女人《にょにん》の姿だ。

淡い蘇芳色《すおういろ》（紫がかった赤）と濃い蘇芳色を重ねた袿《うちき》姿。背中に流れる長い黒髪。白い顔はいわゆる引目鉤鼻《ひきめかぎばな》と呼ばれる、伝統的な描写だ。口もとには広袖《ひろそで》をあてて、つつましやかに覆い隠している。

平安貴族の女性は、家族以外の異性にたやすく顔を見せてはならないといった慣例があり、それに則した姿だった。そんな、邸の奥に引きこもった女人と恋をするために、貴公子たちはひたすら噂《うわさ》を収集する。そして、あそこの家の姫君は美人らしいと聞くや、彼女に宛てて恋文を送り倒し、夜露を踏んでそっと忍んでいくのだ。

屏風に描かれているのは屋内の女人ひとりきりだが、脇息《きょうそく》のそばに恋文らしきものが広げられているのを見るところ、彼女は絶賛恋愛中なのだろう。

「恋人の訪れを待つ王朝美人——といったところですか。いいですね」

「これなら、相応の値がつきそうだろう？」

確かにと言いながら、静栄は屏風の裏面を覗《のぞ》きこんだ。『小町圖屏風《こまちずびょうぶ》』としたためられた和紙が貼ってある。してみると、描かれているのは伝説の美女・小野小町《おののこまち》か。なおさらいいな、と静栄は深くうなずいた。

小町は平安前期の女流歌人で、六歌仙《ろっかせん》のひとりにも数えられている。その美しさは絵で表せないとばかりに、後ろ姿で描かれることが多い。屏風絵の小町が顔半分を広袖で隠しているのも、その表現なのだろう。

屏風にめだった汚れは見当たらなかった。ただ、黴臭《かび》いとまではいかないが、少し湿っぽいにおいがした。

「母屋《おもや》のほうに移動させて、風に当てておいたほうがよさそうですね」

「ああ。じゃあ、さっそくそうするか」

父親とふたりして抱えあげ、屏風を蔵から出して母屋に運んだ。陽《ひ》の射しこまない八畳間に置くと、わずかな光を金色の霞が反射させて、その一角がぱあっ……と明るくなった。絵の中の秋草が、夜風に微《かす》かに揺れているようにも見えた。

静栄たちが改めて屏風を眺めていると、「ただいま」と繭子が帰宅してきた。

学校帰りの彼女は矢絣《やがすり》の小袖《こそで》に海老茶色《えびちゃ》（暗めの赤茶色）の袴《はかま》、後ろ髪に格子縞《こうしじま》のリボンを結んでいた。見慣れない屏風にさっそく目をとめて、興味津々《しんしん》、問いかけてくる。

「これ、どうしたの？」

「蔵の中で眠っていたお宝だよ。長いことしまいこまれていたから、たまには風を当ててやらないとな」

國栄が娘にそう説明していると、廊下を通りかかった母親の秋子《あきこ》が屏風にちらりと目をやり、胸に手を当てて小さくつぶやいた。

「今度はそれになさるのですね」

仕方のないことと達観しているふうではあったが、寂しげな様子は隠せない。なんとなく事情を察したのだろう、繭子も表情を曇《くも》らせる。

静栄も苦みを感じていないわけではなかった。手放せるだけの物がある分、うちは恵まれていると言い聞かせる一方で、先祖伝来の品を守れなかった自分が情けなくなってくる。将来、立身出世をして家計に余裕が出たら、手放した品々を買い戻そうと心に誓うも、果たしていつになるのやらと後ろ向きな気持ちにもなる。

それでも静栄は、表向きには笑顔を作って妹に告げた。

「マユは何も心配しなくていいんだよ」

兄の気遣いを察したのだろう、繭子も弱々しく微笑《ほほえ》み返してくれた。

――その夜のことだった。

自分の部屋でひとり就寝していた静栄は、廊下を歩く微かな足音とひそひそ声を聞き取り目をあけた。幼い下の妹弟《きょうだい》、幹子《みきこ》と良栄《よしえ》が夜中に目を醒《さ》まして、互いに励まし合いながら厠《かわや》へと向かっていたのだ。室家ではよくあることだった。ときどき、そこに繭子が加

わって、

「マユお姉ちゃん、そこにいて」

「お願いだから、いてよ」

「大丈夫。ちゃんといるわよ」

　そんな会話を交わしているのが細々と聞こえてくるときもある。今宵《こよい》はおちびさんたちだけのようだ。きっと夢見がさほど悪くなくて、姉を起こすほどではなかったのだろう。

　家屋自体、年代物だが、幽霊が出たといった話は特にない。幼い者たちが暗闇《くらやみ》を勝手に怖がっているだけだ、と静栄は苦笑した。彼自身も十に満たない年齢の頃は、夜の厠にひとりで行けなかった。繭子にいっしょに行ってくれとせがまれると、仕方がないなと口では言いつつも、内心ホッとしていたものだ。

　布団の中でそんな回想をしていると、いきなり甲高い悲鳴が響き渡った。悲鳴はふたつ。幹子と良栄のものだ。

　尋常《じんじょう》でなく泣き叫ぶふたりの声に驚き、飛び起きた静栄は急いで部屋を飛び出した。廊下の真ん中で、幼い妹と弟は抱き合って震えていた。幸い、用は済ませていたらしかったが、代わりに大粒の涙をぼろぼろとこぼしている。

　父の國栄と母の秋子、長女の繭子も悲鳴を聞きつけ、寝間着姿で駆けつけてきた。いったいどうしたのかと口々に訊《き》く家族に、幹子と良栄は泣きじゃくりながら応《こた》えた。

「お、女のひとが——」

そう言うのがやっとの良栄を抱きしめて、年長の幹子が続けた。

「髪の長い女のひとが廊下を歩いていたの」

まあ、とつぶやき、秋子と繭子がそろって眉根を寄せる。國栄が「寝ぼけていたんじゃないのか」と言った。静栄は廊下の突き当たりまで行って、誰もいないことを確認してきた。ついでに玄関の戸締まりも確かめておく。異状はなんらみつからなかった。

静栄が家族のもとに戻ってその旨《むね》を報告すると、両親と繭子はホッとした顔になった。何者かがわが家に侵入したのではなく、幼い子供たちが夜の暗さと静寂をおそれるあまり、ないはずのものを目撃した気になって騒いだだけ。そうであったほうが、大人たちは安心できる。

「でも、いたんだ。髪の長い、昔の女のひとが」

良栄がぐずりながら言い張った。繭子はしゃがみこみ、弟に目の高さを合わせて尋《たず》ねた。

「昔って、どれくらい?」

「わからないけれど……、ものすごく昔。かぐや姫みたいな、裾《すそ》の長い着物を着てた」

繭子が「十二単《ひとえ》みたいな?」と問いかけると、良栄は涙で濡れた目を瞠《みは》り、

「そう、それ。十二単」とくり返した。

両親は困惑して顔を見合わせている。静栄が次女のほうに訊いた。

「ミキもその女を見たのかな?」

幹子はもじもじしながら「後ろ姿をちらっとだけ……」と応えた。

良栄を先に厠に行かせ、入れ違いに幹子自身が厠に入り、用を済ませて出ようとしたそのときに、廊下で待っていた良栄が騒ぎ出したというのだ。驚いて飛び出すと、廊下の曲がり角のむこうに、長い着物の裾がちらりとだけ見えたらしい。しかも、流れる黒髪はその裾よりも長くのびていたのだとか。

十二単に丈《たけ》なす黒髪。大正期の日本家屋の廊下を、王朝美人がしずしずと歩む姿が静栄の脳裏に浮かんだ。繭子も同様だったのだろう、

「あなたたち、八畳間に置いた屛風のことを知っていたんでしょう? だから、そんな夢を見たのね」

姉の言葉に、幹子と良栄はそろって首を横に振った。夢じゃないもん、とのつぶやきが弟の口から洩《も》れたがいかにも弱々しく、早くも自信を失いかけている。

秋子が優しく子供たちの背中に手をかけた。

「さあさ、お部屋に戻りましょうか。寝つくまで、お母さまがいっしょにいますからね」

母親に促《うなが》され、幹子と良栄は鼻をぐずぐずと鳴らしながら、自分たちの部屋へと戻っていった。

静栄は念のため、屛風が置かれている八畳間へと向かった。後ろから國栄と繭子がつい

てきていた。

真っ暗な八畳間の電気をつけると、金色の霞に包まれた屛風絵が日本間の奥にぼうっと浮かびあがった。広袖で顔を隠した小町は、おとなしく絵の中に収まっている。略装の袿姿だが、これを見て正装の十二単を連想することもあろう。

「絵に異変はない」

あえて静栄がそう口にすると繭子は、

「ミキちゃんたちは夢を見たのよ」

そうに決まっているわと強めに言って、逃げるように自分の部屋に戻っていった。

國栄は屛風のそばに屈みこみ、しげしげと小町圖を眺めている。父のその様子が静栄には気にかかった。

「ひょっとして、これはいわく付きの屛風だったりするのですか?」

直截《ちょくせつ》に問うと、答えは即、返ってきた。

「そんなことはない」

きっぱり否定する一方で、振り返った國栄は落ち着かない顔をしていた。もともと父は隠し事のできる性格ではなかったのだ。そんな器用さを持ち合わせていたなら、室家はきっともっとましになっていただろう。

とはいえ、静栄も父の不器用さを批判するつもりは毛頭なかった。個人の力ではどうにもならない流れというものはある。その流れに呑《の》みこまれてしまわないよう、國栄も國栄なりに努力を重ねてきたのだ。こうしていまだ家が存続しているだけでも、御《おん》の字だと静栄は思っていた。

息子の気持ちを知らぬ國栄は視線をそらし、話しづらそうにぼそぼそと告白した。

「……この屏風はもともとは二曲一双だったのだ」

「つまり、対になる、もう一隻の屏風があったと」

「ああ、小町のもとを訪れる恋人の少将が描かれていた」

「少将――深草《ふかくさ》の少将ですか」

伝説の美女と詠《うた》われるだけあって、小町にまつわる逸話は多い。そのうちのひとつが、深草の少将の百夜《ももよ》通いの伝説だ。

深草の少将は小町の噂を聞いて彼女に懸想し、恋心を伝える。しかし、小町は少将を信用せず、「それほどわたしを想うのでしたらば、百夜続けて通ってきてくださいませ。その約定を守ってくれましたなら、あなたさまのお気持ちを受け容《い》れましょう」と彼に告げる。

少将は喜んで、雨の夜も風の夜も小町のもとに通い続ける。だが、九十九夜まで達成し、あと一夜というところで、少将は病を得て亡くなってしまうのだ。

つれない美女のもとへ夜露に濡れながら足繁《しげ》く通う貴公子の話は、悲劇で終わるがゆえになおさら、ひとびとの心を打ち、画題としてもよく用いられてきた。

「塀のむこうから、邸の中の様子をうかがう少将の立ち姿が描かれていたよ。お付きの小《こ》舎人童《どねりわらわ》がひとりだけ脇に控えている構図だったかな」

脇息にもたれかかって、恋人の訪れを待つ小町。その姿を邸の外から熱くみつめる深草の少将。まさに絵になる光景だ。屏風を対にして並べたところを想像し、静栄はなるほどとうなずいた。

「ひょっとして、小町は恋人の少将を捜していたのかもしれませんね」

「そんな馬鹿《ばか》な」と國栄は口では言ったが、彼が同じことを考えているのは明らかだった。

「で、少将の屏風はどこに。蔵ですか？」

「いや、それが……」

國栄はため息をついて「二年前に売りに出してしまったよ」と明かした。

「二年前？　ひょっとして」

「ああ。おまえの進学費用に化けた」

「そう、でしたか……」

今度は静栄が気まずい顔をする番だった。

大学進学の少し前、親がそんな作業を進めているのは察していた。あのときは申し訳なさもあって、静栄はいっさい手伝わなかった。蔵出しは父と母とで行われ、静栄はいまのいままで、自分の学費のために何が換金されたかを知らなかったのだ。

静栄は複雑な思いで小町圖に目を向けた。絵の中の小町はこちらを見てはいなかったけれど、

――あなたのせいでわたしは恋人と引き離されたのですよ。

と、恨みがましく言われたような気がして、静栄は後ろめたさといっしょに、妙なうそ寒さを感じずにはいられなかった。


「そんなこんながあったおかげで、昨夜は寝つけなくて。おかげで寝不足だよ」

それを証明するかのように、静栄はふわぁと大きくあくびをしてみせた。

甘味処《かんみどころ》〈鈴《すず》の屋《や》〉で、彼と卓を挟んですわっていた籠手川晴行《こてがわはるゆき》は、その端整な顔にやわらかな笑みを浮かべた。

「それは大変だったたな」

静栄と晴行は同い年の友人同士。静栄は学生で、晴行は士官学校を退学して以来、特に職にも就かず、ぷらぷらしている。

静栄は公家華族の室子爵の跡取り、晴行の家は武家華族の男爵家と、似ている点もないではない。ただし、籠手川家には裕福な実業家に嫁いだ姉がいて、彼女の夫の金銭的援助

により、家宝を売らずとも、晴行が職に就かずとも、暮らしは十二分に成り立っていた。けだるい身体《からだ》が求めるままに、静栄が熱々の汁粉《しるこ》をすする。普段は真面目くさった顔をしている彼が、至福の表情を浮かべる瞬間だった。友人のその顔が見たくて、晴行も積極的に彼を甘味処に誘っていた。そこで話題に出てきたのが、昨夜、室家で起こったという屏風絵の一件だった。

静栄が注文したのと同じ汁粉を食しながら、晴行が言った。

「じゃあ、シズちゃんは小町が屏風の中から抜け出したと思っているんだ」

静栄は眉間《みけん》に少し皺《しわ》を寄せた。彼の眼鏡のレンズは、汁粉の湯気で下半分が白く曇っている。

「まさか。いくらなんでも、それはないとも。ちびたちは八畳間に置いていた屏風を事前に見ていたから、そんな幻を見た気になっただけだよ」

「おちびさんたちはそう言ったのかい？」

「いや……。屏風のことは知らなかったと」

「ほら、みろ。やっぱり、小町が屏風から出て少将を捜していたんだよ。百夜連続で通ってこいだなんて無茶な要求をする女だと思ったら、意外に健気じゃないか」

「ハルちゃんはそういうことにしたいんだろ。そのほうが面白いから」

「そんな、ひと聞きの悪い」

くすくすと笑って、晴行は湯飲みに手をのばした。中味がほとんどないことに気づき、

「女給さん、お茶を頼む」

そう頼むや、童顔の女給が店の奥からすぐに飛んできて、茶を注いでくれた。晴行は熱い茶にふうふうと息を吹きかけてから、喉《のど》を潤す。

「なんにしろ、小町圖屛風は手放すんだろう？　だったら、問題あるまい」

「だが……」

静栄は眼鏡だけでなく表情まで曇らせた。

「室家から出た屛風が売られた先で障《さわ》りを起こすようになったら、家名にかかわる」

「おやおや。そこまで気にするなんて、シズちゃんは律儀だねえ」

「ハルちゃんがお気楽すぎるんだ」

幼い頃から知っている者同士、ふたりの間に遠慮はない。特に晴行の側には全然。

「まあ、考えすぎだとは思うよ。絵の小町が動くはずもない。ちびたちは知らなかったと言っているが、屛風が蔵から出されていたのをなんとなく感じて、想像をたくましくしていたんだろう」

「つまり、怪異などはなかったと？」

「ああ。だとしても、対になっていた屛風がばらばらになったきっかけが、自分の学費捻《ねん》出《しゅつ》のせいだと考えるとね。心が痛むというか」

「じゃあ、どうするんだい。売るのをやめる?」

「そういうわけにもいかない……。うちだって値の付く品がそれほどあるわけじゃない。ただ、このまま売るのも気が引けるから、少将の屛風を買い取った相手に小町圖屛風も引き取ってもらえないか、交渉してみようと思って」

「なるほど。売られた先で小町は恋人と再会するわけか。それなら障りも起こるまい。まさしくハッピーエンドだな」

「だろう?」

晴行に肯定されて、静栄は嬉《うれ》しそうな顔をした。

「実はこれから、少将の屛風を売った骨董《こっとう》商のところに話を聞きに行く予定なんだ。急なことで仕事を休めなかった父に代わってね」

ちびたちの情緒面に悪い影響があっては困るから、とにかく早く解決させたい、と静栄は真剣な口調で付け加えた。

友人のお堅いとも言えるその気質を、晴行は好ましく感じていた。特に、幼い妹、弟を気遣う長男ぶりが、歳《とし》の離れた姉ひとりしかいない彼にとっては見ていて心地よかったのだ。

「そうなんだ。じゃあ、せっかくだから、いっしょに行こうかな」

「ハルちゃん、骨董品に興味があったのか?」

「ないけど、夕方まで時間はあるし、小町の恋の行方も気になるし」

「わかっているとは思うが、余計な口出しはしないでくれよ」

好奇心旺盛《おうせい》な晴行が横から口を出して事を大きくするのではないかと、警戒しているふうだった。実際、過去にそんなことをやらかしてきたのは事実だ。しかし、晴行は笑顔で、

「わかってる、わかってる。小町が夜な夜な屏風から抜け出しているだなんて、買い値が下がりそうなことは口が裂けても言わないよ」

「抜け出してなんかいないって。そんなのは、ちびたちの夢に決まっているだろ」

「はいはい」

汁粉を食べ終え、甘味処を出た足で、ふたりは骨董商の店に向かった。静栄にとっては初めての場所でもない。店主は、静栄の顔も、数年前に室家から出た少将の屏風のこともおぼえていてくれていた。

本来なら購入されたかたのことは明かしかねるのですが、と前置きをしてから、

「それでしたら、海外のコレクターのかたが購入されました」

店主はあっさりと明かしてくれた。

日本の美術品を求める海外の好事家《こうずか》は多い。これなら、少将の屏風とともに小町のほうも引き取ってくれるのでは、と晴行も静栄も期待をいだいた。だが、それも骨董商が続けた台詞《せりふ》で打ち砕かれた。

「ですが、屛風を積んだ船は太平洋を航海している途中で嵐に遭《あ》い、沈んでしまったと聞いております――」

乗員たちは救命ボートで船から逃げ出すのが精いっぱいで、積み荷を運ぶようなゆとりはなかったという。

思いがけない顚末《てんまつ》に静栄も動揺していた。出された紅茶をひと口すすってから、彼は歯切れ悪く言った。

「実は、また見てもらいたい品があって、それも屛風だったものですから……」

幼い妹弟たちが見たモノについては言及しない。晴行も約束通り、余計な口はいっさい挟まなかった。

骨董商は上機嫌で「ぜひ、うかがわせてください。次の土曜日などいかがでしょうか」とさっそく訪問の予定を取り付けた。売る先のリストが、もう彼の頭の中にはできあがっているようだった。

骨董商の店を出て、柳の並木が続く表通りを歩きながら、静栄は難しい顔をしていた。市電がガタゴトと揺れながら走ってきても、滝縞《たきじま》の御召し縮緬《ちりめん》を着こなした粋筋《いきすじ》の美人とすれ違っても、気をそらさずに考えこんでいる。

「あんまり深く考えるなよ、シズちゃん」

わざと明るく、晴行が言った。

「小町と深草の少将は、しょせん結ばれない運命だったのさ。少将が海の藻屑《もくず》と消えたのは残念だったけれど、小町圖屛風もあの分なら高値で引き取ってもらえそうじゃないか。それとも、小町のご機嫌を気にしているのかい？」

ああ……と、静栄は曖昧《あいまい》に首を振った。

「とりあえず、屛風の小町に事情を話して、おとなしくしてくれるよう説得を試みるか」

「説得？」

「香でも薫《た》きながら、これこれこうでしたと屛風に話しかけるくらいしか考えつかないけどね」

屛風の前に正座した静栄が絵画相手に真剣に訴えている場面を想像し、晴行はくすっと笑った。

「笑うなよ、ハルちゃん」

「ああ、悪い。そうだな。なんなら付き合おうか。これからシズちゃんの家に寄って――」

「今日は夕方、用があるとか言ってなかったかい？」

うん、と晴行は応えた。姉の家で夕飯をともにする約束を交わしていたのだ。

「じゃあ、説得には参加できないけれど、明日、室家に行くから。何か甘い物を持参するよ。小町圖屛風が売られる前にひと目拝んでおきたいし」

「ハルちゃんは気味が悪いとは思わないんだ」

「小町を？　全然」

　虚勢でもなんでもなく、晴行は大きく首を左右に振った。

「かわいいじゃないか。百夜通いを達成できなかった恋人を自ら捜しに出るなんて、美貌《びぼう》を鼻にかけていた高慢な小町のイメージが、がらりといいほうに変わったね」

　ずっと難しい顔をしていた静栄が、やっと笑った。半分苦笑混じりではあったが。

「ハルちゃんらしい。その大らかさは見習わなくちゃな」

「ただの好奇心さ。美人の絵なら、なおさら興味深いし」

「わかった、わかった。じゃあ、明日。家で待っているよ」

　そこで静栄とは別れ、晴行は姉の節子《せつこ》の家に向かったのだが……、そうせずに、あのまま友人宅についていけばよかったと、あとで後悔する羽目になった。


　翌日、羊羹《ようかん》の包みを提《さ》げて、室家を訪問した晴行を迎えてくれたのは、静栄の母の秋子だけだった。

　彼女の暗い表情を見た途端に、何かあったなとピンときた。

「どうかされたのですか。もしかして、小町の屛風が何か？」

「ご存じですの？」

「ええ。昨日、シズちゃんから話は聞きました。今日はその小町圖屏風を見せてもらおうと思って」

　そういうことでしたら……、と秋子が案内してくれたのは静栄の部屋ではなく、普段は使われていない奥の八畳間だった。二曲一隻の小町圖屏風が広げられ、その前に布団が敷かれて、静栄が眠っている。枕もとには折り畳まれた着替えと、彼愛用の眼鏡。晴行たちが部屋に入っていっても、静栄はぴくりとも動かない。

「これは……?」

「昨晩、静栄さんが『この部屋で寝る。下の子たちを怖がらせないように、屏風を見張っておきたいから』と言い出して」

　そして、小町の説得を試みたのだろう。屏風の前に置かれた白磁の香炉《こうろ》は、昨夜の残り香をまとっていた。

「見張るだなんて大袈裟《おおげさ》なとは思いましたが、そうしてもらえると子供たちも安心するかもと、言われるままにこの八畳間に布団を敷きましたの。そのおかげか、昨夜は何事もありませんでしたわ。ですが、静栄さんがこの通り、目を醒《さ》まさなくなって……」

　秋子はおびえる少女のように声を震わせた。

「最初は、単なる朝寝坊かと思っておりましたのよ。繭子さんも静栄さんを気遣って、『きっとくたびれているはずだから、ゆっくり寝かせてあげて』と言うものですから、わたしもそっとしておいたのですが、下の子たちが登校していってても起きてこないので、さすがにおかしいと気づいて。いくら呼びかけても揺さぶっても、目を醒ましてくれないのです」

「医者には診《み》せたのですか」

ええ、と秋子はうなずいた。

「主人がお医者さまを呼んできてくれましたわ。でも、どこにも異状はないと。脈も呼吸も正常で、ただ眠っているだけのようだから、動かさず、もう少し様子を見たほうがいいとおっしゃって、つい先ほど帰られました。主人も役所のほうに仕事に出てしまって……」

目醒めない静栄とふたりきりになって、不安を募らせていたときに晴行が現れた、ということらしい。

「単なる勉強疲れ……ではないですよね」

「だったらいいのですが。ひょっとして、この屏風のせいかもと思うと気が気でなくて」

うーむとうなって、晴行は屏風絵の小町をみつめた。

広袖で口もとを隠した王朝美人。伝統的な手法で描かれており、雅《みやび》やかだとこそ思え、不気味な感じはしない。障りをもたらすような品には思えない。もっとも、僧侶でも陰《おん》陽《みょうじ》師でもない晴行に、いわく付きの品の妖気が探知できるのかと問われれば、なんとも応えようがないが。まして、目醒めなくなった友人の起こしかたなど、わかるはずもない。

「冷水をかぶせてみるとか……」

「あまり手荒なことはしないほうがいいと、お医者さまが」

それでも、なんとかならないものかと晴行は腕組みをして考えた。静栄の青白い寝顔や、不安がっている秋子を見たあとでは、とてもこのままにはしておけなかった。

晴行の母の尊子《たかこ》は道場主のひとり娘で、入り婿《むこ》だった夫亡きあと、籠手川家の女戸主として家を支えてきた。その矜持《きょうじ》からか、眼光鋭く、実際の年齢よりも上に見えることがしばしばだ。一方、秋子はたおやかでおっとりとしている。頼りにしていた長男がこのような事態に陥《おちい》って、すっかり途方に暮れている。晴行でなくても見捨ててはおけなかったろう。

やがて晴行が思いついたのは、いかにも彼らしい手法だった。

「ぼくに試させてもらえますか」

「試すとは？」

「シズちゃんを起こす手立てをです。効くかどうかはわかりませんが、駄目でもともと、やらせてください」

「それでしたら……、はい」

少年時代からの晴行を知っている秋子は、長くは迷わなかった。

「ありがとうございます。つきましては、お借りしたいものがあるんです。室家にならあるはずと思いますが……」

話を聞いて、「ええ、ありますよ」と応えたものの、晴行の要求に秋子も困惑を隠せなかった。

その夜、室家は不自然なほどに静まり返っていた。

長男の静栄はいまだ目醒めず、八畳間の屛風の前に横たわっている。静かに胸は上下するも、まぶたや唇はほとんど動かず、まるで冷たい石棺《せっかん》に彫られた彫像のようだ。

國栄も秋子も、繭子や下の子たちも、それぞれの部屋で休んでいる。熟睡できているかどうかは定かではない。特に繭子は、シズ兄さまがこんなことになったのは自分のせいだと、ひどく思い悩んでいたから難しかろう。

静栄の家族だけでなく、長い廊下に古い柱、品のいい欄間《らんま》など家屋全体が、何事かが起こるのをおそれ、じっと息をひそめている感があった。

異変が生じたのは、夜がすっかりふけた頃だった。静寂が支配する室家の、最も静かな八畳間で、ずずず――と、何かが動き始めたのだ。

ずず、ずずず、と屛風の中から這《は》い出してくる。それは、淡い蘇芳と濃き蘇芳を重ねた袿をまとい、身の丈よりも長い黒髪を垂らした女――屛風絵の小町だった。屛風絵に描かれた邸の中では、脇息はそのままに、金の霞がたなびくばかりで小町の姿はない。

広袖で顔を隠して、小町はしずしずと身を起こした。膝《ひざ》立ちし、寝ている静栄のもとへ、袴をしゅるしゅると鳴らしつつ進む。細めた目の奥に宿るのは、まぎれもなく歓喜だ。

静栄に触れんばかりに近づくと、小町は広袖の下からため息のごときささやきを洩らした。

わたくしの少将さま――

静栄は反応しない。それでも、小町は満足げに目をより細め、広袖を脇へと静かに下ろした。笑みの形に吊りあがった朱色の唇は、耳に届きかねないほど大きく裂けていた。

小町は身を屈め、その大きな口を静栄の顔に近づけていく。彼を食おうとしているのか、口づけしようとしているのか。それが判明する寸前、

「待たれよ、小町」

呼びかけとともに、襖《ふすま》が勢いよくあけられた。

「あなたの恋人はここにいるぞ」

てらいもなく宣言し、八畳間に颯爽《さっそう》と現れたのは晴行だった。

ただし、昼間とは違い、烏帽子《えぼし》に縹《はなだ》色（薄い藍《あい》色）の直衣《のうし》、指貫《さしぬき》と、平安貴族の装いに身を包んでいる。栗《くり》色がかった髪にはっきりとした目鼻立ち、およそ平安貴族らしからぬ風貌《ふうぼう》の彼だが、何を着ても不思議と似合っていた。

小町は振り返り、すさまじい形相を邪魔者に向けた。その口が鬼さながらに大きく裂けているのを見て、晴行も一瞬、息を呑みはした。聞いてないぞと叫びかけた。しかし、彼は叫びも逃げもせず、

「ああ、すまない、小町」

いかにも切なげにつぶやくや、小町をいきなり抱きしめた。

虚を衝《つ》かれた小町は、あっと小さな声を放ったきり、ほとんど身動きをしなくなった。貴公子の腕にいだかれて、怒りも抵抗も忘れてしまったかのように、呆然《ぼうぜん》としている。

「ずいぶんと寂しい想いをさせてしまったのだね……」

小町の口が大きく裂けていたことは忘れるように努めて、晴行は甘くささやいた。彼女のために九十九夜通い続けた、深草の少将になりきって。

「今宵こそ結願《けちがん》の百夜目とおぼしめし、本来のあなたに戻ってはくれまいか。あの美しいあなたに――」

屏風の中から抜け出すほど妄執《もうしゅう》を募らせた小町を鎮めるには、こうする以外にないと考えたのだ。

無関係な静栄に執着するのをやめ、屏風絵におとなしく戻ってほしい。ついでに、黙って売られていき、室家の家計を助けてやってほしい。売られた先でも、やたらと歩きまわったりしないでほしい。

そのためにも、とにかく深草の少将になり代わって、彼女の孤独を慰める。神通力など持ち合わせていないのだから、ひたすら情に訴えるしかない。だからこそ、わざわざ平安装束《しょうぞく》にも着替えた。公家華族の室家にならば、歌関係の催しなどでこういった時代衣裳を身にまとう機会はあるに違いないと、思った通りだった。

「小町よ……」

情感たっぷりに震わせた晴行の声に、誰か別人の声が重なった。

――ああ、わたしの愛《いと》しいひと。

聞きおぼえのない男の声だった。こぽっ、と小さな泡がはじけるような音が微かに混じっていた。

おやっと思う間もなく、潮の香りが部屋に満ちてくる。着ている直衣の袖がふわりと揺れて、晴行は大波に乗りあげたかのような浮遊感をおぼえた。

――ようやく、ようやく、あなたのもとに。百夜通いの約束を果たしに……。

熱いささやきは、晴行自身の口からもたらされているようでもあり、違うようでもあり。奇妙な感覚だったが、不思議と彼に恐怖心はなかった。

小町の身体は細かく震えていた。直衣の胸もとを彼女の涙が濡らしていく。そんな彼女が本当に愛しく思えてくる。晴行の胸に顔を押しつけているため、耳まで裂けた小町の口が見えないのも大きい。

晴行の視界が揺らいだ。まるで、小町もろとも深い深い海の底へと引きこまれていくかのようだった。

聞こえるはずのない波の音が聞こえ、遙《はる》か彼方《かなた》には歪む月影が見えた。大海の水底で、生い茂る水藻が手招きするかのごとく、潮流になびいている光景さえも。

この期に及んでも、怖くはなかった。それどころか、別人の感情――海に消えた屏風絵の少将とすっかり心を一《いっ》にして、晴行は小町を抱きしめたまま、幻の海の底へと静かに沈みこんでいった。


「ハルちゃん？　ハルちゃん？」

身体を強く揺さぶられ、晴行はうめきながら目をあけた。まだ夜は明けていない。が、眠り続けていたはずの静栄が目を醒まし、晴行の顔を覗きこんでいた。

「どうしてここに。その恰好《かっこう》はなんなんだよ、ハルちゃん。まさか、屏風に何かしたんじゃないだろうな」

そんな質問が次々と降ってくる。いつも通りの口うるさい静栄だ。晴行は目をこすり、あくびをして、ずれていた烏帽子をかぶり直した。

「いや、そっちこそ……。シズちゃんが丸一日、眠りこけているものだから、みんな心配してたんだぞ。マユちゃんなんて特に、自分のせいだって泣いて泣いて……」

静栄は怪訝《けげん》そうに顔をしかめた。

「丸一日眠り続けていた？」

「自覚がないんだな」

「ああ……」

「最後におぼえているのは？」

静栄は落ち着かなげに身じろぎをした。

「香を薫きながら、小町圖屛風にむかって少将のことを説明していたのは確かだが……。そこまでかな。いつの間にか眠ってしまったようだが、まさか丸一日とは……」

当惑する静栄に、晴行は羊羹を片手に室家を訪問してからのことを話して聞かせた。屛風から這い出してきた小町の口が大きく裂けていたことも。

「めげずに小町を口説いているうちに、自分が自分でないような気がしてきて――」

聞きおぼえのない男の声、波の音、潮の香りについて語ると、静栄の表情に驚きと懸念が走った。

「それってまさか」

「ああ、深草の少将にとり憑《つ》かれていたのかも。室家の直衣のおかげかな。でも、小町を抱いて倒れこんでから先のことは、何もおぼえてないんだ」

「抱いて倒れこんだ？　まさか、ハルちゃん――」

うーんとうなって、晴行は首を傾《かし》げた。

「本当に記憶がないから、なんとも言いようがない。でも、着衣も特に乱れてないし」

「おいおい、ハルちゃん」

「細かいことは気にしない、気にしない。そっちだって肝心なところの記憶が抜けているくせに」

「それとこれとは話が違う」

「違うかなぁ。とにかく、もう大丈夫だから。小町も深草の少将の想いの深さを知って、満足したはずさ。ほら、シズちゃんだってそう思うだろう？」

自信をもって言い切り、晴行は静栄の肩越しに小町圖屏風を指差した。静栄は後ろを振り返り、しぶしぶながら「ああ」と認めた。

屏風の中の一室に、小町はちゃんと戻っていた。ただし、前とは違い、袖で顔を隠してはいない。

広袖を下ろした小町は恥ずかしそうに頬《ほお》を染め、小さな口で愛らしく微笑んでいた。

第四話　泣く家

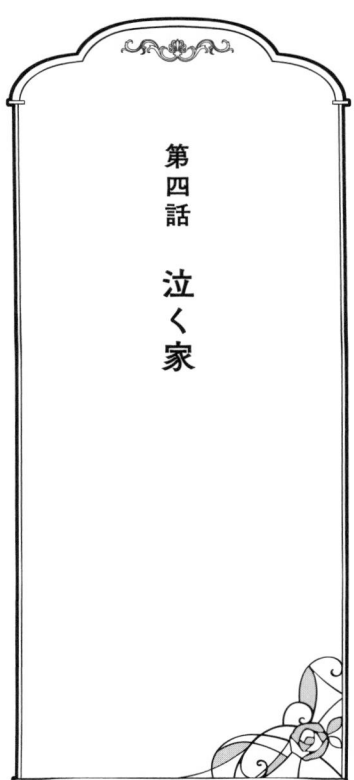

諏訪虎之助《すわとらのすけ》が甘味処《かんみどころ》〈鈴の屋《すずや》〉に入り、窓際の席に着くと、麻の葉模様の着物に白いエプロンを重ねた女給が、さっそく注文を取りに来た。

「磯辺餅《もち》、頼む」

「はい、磯辺餅ひとつ」

復唱して店の奥へとさがっていく後ろ姿を、虎之助はさりげなく目で追っていった。特に美人だというふうもなく、むしろ子供っぽい顔立ちの女給だったが、だからこそ、虎之助が十一歳だった頃の初恋の彼女を彷彿《ほうふつ》とさせるのだ。

数ヶ月前、たまたま店の前を通りかかって、入り口の掃除をしていた彼女を見かけた。その瞬間、忘れていたはずの初恋の記憶があざやかに甦《よみがえ》って、虎之助を大いにあわてさせた。

以来、仕事上の失態から気持ちがふさいだときなど、彼女の顔見たさに甘味処に訪れるようになった。本当は甘いものが苦手なくせに。注文するときにしか、それも「磯辺餅、頼む」としか彼女には言えないくせに。

（馬鹿《ばか》か、おれは）

心の中で自嘲《じちょう》しながら、かぶっていたハンチング帽をテエブルの上に置いて、店内を見廻《みまわ》す。店はお世辞にも流行《はや》っているとは言いがたく、虎之助以外の客は、奥の席に若い男ふたりがいるだけだった。

片方は明らかに学生で、眼鏡をかけたインテリ風。シャツの上に着物と袴《はかま》を重ねている。もう片方は職業不詳だが仕立てのいい服を着た、華やかな顔立ちの好男子だ。おそらく、歳《とし》は自分と二つ、三つくらいしか違うまい。それ以上に育ちの違いを感じる。なんにしろ、三流新聞のしがない下っ端記者である虎之助にとっては、どちらの若者も将来有望そうでまぶしく見えた。

（ま、どうでもいいか……）

目をそらしかけて、ふと彼らのテエブルに広げられている新聞に気づいた。一紙だけでなく何紙も並べて、侃々諤々《かんかんがくがく》と話しこんでいる。

「だったら、供養の意味がないじゃないか」

「なくはないさ。形ばかりの供養でも、やってくれた分、祟《たた》りはいったん落ち着いて、翔燕《しょうえん》のまわりでも怪音は聞かれなくなったんだから」

虎之助の耳がぴくりと動いた。

（翔燕？　歌舞伎《かぶき》役者の市川《いちかわ》翔燕のことか？　祟りがどうしたって？　怪音？）

市川翔燕といえば、二枚目で名の知れた若手歌舞伎役者。つい先ごろ、人気女優の森口《もりぐち》理子《りこ》との婚約破棄が話題になった。虎之助の所属する日《ひ》ノ本《もと》新聞でも、彼らの破談を大々的に取りあげていた。もっとも、新しい切り口など用意できず、他社に大きく水をあけられてしまったが。

興味をいだいた虎之助は、気づかれぬように若者たちを盗み見した。耳も彼らの会話にしっかりと集中させる。

聞き取れた情報はたいして多くない。が、市川翔燕が幽霊が原因とおぼしき怪しい物音に悩まされており、それが森口理子との婚約破棄につながったということだけはわかった。

(面白そうだな。ひとつ調べてみるか。うちの編集長は特に喜びそうだし)

虎之助の上司である鈴木原《すずきばら》編集長は、自他ともに認める怪談好きだった。千里眼の研究だの、百物語の企画だのといった怪しいネタを、これまでにも積極的に取りあげている。人気役者の破談にからむ怪奇譚《たん》なら、きっと喜んで採用してくれるに違いない。

「お待たせしました」

童顔の女給が磯辺餅を運んできた。ネタをつかんで機嫌がよくなった虎之助は、ありがとう、と彼女に照れずに言うことができた。彼女もにこりと微笑《ほほえ》み返してくれて、幸先《さいさき》いいぞ、これはと、虎之助を大いに奮起させた。

――数日後、虎之助が怪談大好き編集長に提出した記事は、みごと採用となった。

『人気歌舞伎役者・翔燕をおびやかす怪音の正体とは!』

と銘《めい》打った記事の評判は上々。虎之助も鈴木原編集長も大喜び。

「よかったぞ、諏訪トラ。またこういう怪談ネタを拾ってこい」

そんな無茶ぶりにも、虎之助は「はい!」と即答することができた。

さっそく怪奇を求めて帝都を駆けまわり出したが、これがなかなか一筋縄ではいかなかったのだ。

籠手川晴行《こてがわはるゆき》はいつもの甘味処に友人の室静栄《むろしずえ》と入り、汁粉《しるこ》に舌鼓《したつづみ》を打っていた。

晴行自身は甘味に特別、執着はない。大の甘党である静栄に付き合っているわけだが、それでも客の入りの少ない静かなこの店で、湯飲み片手に静栄と語らうひとときは大のお気に入りだった。

そんな和《なご》みの時間に、見知らぬ男がすっと割りこんできた。窓辺の席でひとり、磯辺餅を食べていた男だ。

洗濯を重ねてくたびれた立衿《たちえり》シャツに、ハンチング帽。背は高からず低からず。これといってめだつ点もない地味な男だが、純朴で実直そうな雰囲気はある。年の頃は二十二、三といったところか。

男は諏訪虎之助と名乗り、日ノ本新聞の名が入った名刺を晴行と静栄に差し出した。

「日ノ本新聞って、あの……」

静栄が濁したその先を、晴行は遠慮なく口にした。

「ああ、あの色物ネタばっかりの三流新聞」

虎之助は眉根を寄せて渋い顔をしたが、怒りはしなかった。否定しがたい事実と自覚はあったのだろう。

「市川翔燕が祟られていたっていう記事なら、この間、読んだよ。なっ、シズちゃん」

晴行はそう言って、静栄と目配せをした。

日ノ本新聞の記事では、市川翔燕が熱烈なファンの生き霊につきまとわれたことになっていた。その生き霊のせいで、彼の楽屋では誰もいないにもかかわらず奇怪な音が鳴り響き、婚約者の森口理子は度重なる怪異におそれをなして婚約破棄をした、というのだ。

事実とは少々異なる。が、それを明かしたところで誰の得にもならない。むしろ、それまで悪者と見なされていた理子にも世間の同情が寄せられ、彼女への誹謗中傷《ひぼうちゅうしょう》が沈静化したという思わぬ効果まであった。

「やっぱり、そういった話に興味がおありでしたか」

虎之助はホッとした顔になった。

「そういった話って？　有名人の色恋沙汰《ざた》に？」

晴行が皮肉っぽく返すと、虎之助はあわてて両手を振った。

「いえいえ、怪談のほうですよ。実はわたし、この店にたびたび立ち寄っていましてね。おふたりの話を偶然、耳にし、そうじゃないかなと思っていたんです。この間も、古い屏風《びょうぶ》の祟りがどうのといった話をしてましたよね？」

丁寧ながらもぎこちなさの残る口調で、虎之助は不器用に探りを入れてくる。晴行は片眉を上げて、すっとぼけた。

「祟り？　さて、古い屏風を手放すといった話をここでしたおぼえはあるけれど、祟りだなんて言ったかなぁ」

静栄は眼鏡の中心を中指で押しあげ、うなずいた。

「あの屏風は本当にいい品だったから、骨董《こっとう》商に高値で買われていきましたよ。祟りだなんて、とんでもない」

自分が歓迎されていないと悟ったのだろう、虎之助は困惑気味に眉を八の字に下げた。

「お気を悪くしたのなら、すみません……。ですが、あの、もしよろしければ、話を聞いていただきたくて……」

視線を足もとに落とし、虎之助はもじもじし出した。新聞記者というと厚顔無恥でずうずうしい輩《やから》が多い印象をいだくが、彼はまだその職について日が浅いのか、喜怒哀楽がそのまま顔に出る。まるで年下の少年を前にしているような気になってきて、晴行は思わず、

「すわりますか？」と席を勧めた。

「おい、ハルちゃん」

静栄が非難がましい声をあげたが、もう遅い。

「じゃ、遠慮なく」

虎之助は晴行の向かい、静栄の隣の席にすわった。静栄はむっとしていたが、虎之助は無理やりの笑顔で、晴行たちの気が変わらぬうちにと前のめりになって話し始める。

この甘味処で晴行と静栄の会話を小耳に挟んだことがきっかけで、『人気歌舞伎役者・翔燕をおびやかす怪音の正体とは！』の記事が書けたこと。もとから怪異好きの編集長は大喜びで、またこういった怪談ネタを拾ってこいと命じてきたこと。喜び勇んで帝都を駆けまわり、いくつか、それらしきネタはつかんだものの——

「なんというか、いざ聞きこみを開始すると、関係者の口が重くて」

肩を落とし、虎之助は憂鬱《ゆううつ》そうなため息をついた。

「手詰まりになって、気分転換にここに寄って茶を飲んでいたら、またあなたがたの会話が聞こえてきたんです。屏風の祟りがどうとか……。あ、いえ、盗み聞きするつもりは全然なかったんですが」

虎之助は大急ぎで否定したが、静栄の彼に向ける視線はますます冷たくなった。

「祟りじゃない」

「まあまあ、シズちゃん、そう怒らずに」

頑固に訂正する静栄を、晴行が手をひらひらさせながらなだめる。虎之助は不安そうにふたりを交互に見てから、

「まあ、そんなわけで、おふたりに興味を持って……。失礼ながら、あなたがたのことを

少々調べさせていただきました」

「なんだって？」

「まあまあ、シズちゃん」

ちょうどそのとき、エプロン姿の女給が虎之助の湯飲みと磯辺餅を盆に載せ、彼らの席に近づいてきた。

「こちらでごいっしょに？」

小首を傾《かし》げて問う彼女に、虎之助は顔を少し赤くして、

「あ、うん。ありがとう、ありがとう」

何度も礼を言い、磯辺餅を受け取る。静栄も気勢を削がれ、仏頂面《ぶっちょうづら》で腕を組み、椅子《いす》にすわり直した。晴行は頬《ほお》杖をつき、すっかり聞く態勢に入っている。

女給が離れていってから、虎之助は話を再開させた。

「こちらのかたは室子爵家の嫡男《ちゃくなん》。あなたは籠手川男爵家の当主さま——で間違いありませんよね」

ふっと晴行は片頰だけで苦笑した。

「おっしゃる通り、爵位は男爵。公爵、侯爵、伯爵、子爵と来て、いちばん下の男爵だよ。しかも由緒正しき室家とは違って公家じゃなく、維新《いしん》で功あって爵位を賜《たまわ》った下級武士の家だ。そんな大層なものじゃない」

「おれたち庶民からしたら……、あ、いや、わたしからしたら、おふたりとも雲の上のおかたに変わりありませんよ」

　虎之助は首を大きく振って、そう強調した。

「だからこそ浮世離れしているというか、この世ならざるものに関心がおありなのかなと思いましてね」

　そんなわけじゃないけれど、と晴行と静栄はほぼ同時に言った。静栄は苦々しげに、晴行は飄然《ひょうぜん》とした口調で。その延長で晴行は、

「このところ、何かと縁があるのは否定できないかな」と、あっさり認めた。

　虎之助の表情がたちまち明るくなった。

「やっぱり。爵位まであって、しかもその若さ、その顔立ち。ただならぬ雰囲気がするわけですよ」

「お世辞はいらないよ」

「世辞じゃありません。もとから、そういうのは下手で。だから取材も進まなくて」

　虎之助は仔犬のように顔の真ん中にくしゃっと皺を寄せた。妙に愛嬌《あいきょう》があるなと、晴行は思った。だからこそ、こうやって話を聞く気になったのかもと、遅れて気がつく。しかし、虎之助には自覚もないらしく、

「おれ、いや、わたしみたいなやつが行っても、胡散《うさん》くさがられるばかりで、なかなか相

手にしてもらえなくて」

「そうかな？　持っていきかた次第だと思うけれど」

「恥ずかしながら、その持っていきかた自体がわからなくて」

「それでよく記者になったねえ」

「成り行きというか……。いや、わたしのことはいいんです。向いていないのは知っていますから。でも、見るからに育ちのよさげな美男子が相手なら、特に御婦人などは喜んで話してくれるんじゃないかと思うんですよね」

「ははーん。つまり、取材を手伝えってことかな？」

「タダでとは申しません」

きっぱり言い切った直後、早くも虎之助の目は泳ぎ始める。

「もっとも、編集長と相談してからじゃないと……。まあ、額もあまり期待しないでもらえると……。そちらも怪談に関心がおありなら悪い話でもない気がするんですが……」

だんだん歯切れが悪くなり、虎之助の顔がうつむいていく。そのわかりやすさに、晴行はくすっと笑った。

「まあ、怪談に限らず、面白そうな話なら聞いてみたいかな。なにしろ暇だし」

静栄が目を細めて睨《にら》んでいるのは感じていたが、興味を示し始めた晴行は止まらない。

虎之助はパッと顔を上げ、「暇なんですか？」

「うん。だから、記者さんの取材を見物するくらいの時間はあるよ。いま、どういったネタを抱えているわけ？」

「はい、はい。ええっと――」

虎之助はズボンの尻ポケットから、ぼろぼろのメモ帳を取り出した。

「Y町に妙な噂《うわさ》の一軒家がありまして。貸家になっているんですが、一、二年ほど前から幽霊の泣き声が聞こえる、だなんて噂が立ち始めて、実際、借り手が短期間で次々に変わってしまうんだそうです」

「ほう。泣く家、か」

「いまは誰も借りずに空き家になっているとか。で、大家に詳しい話を聞かせてもらおうと思って行ったのに、けんもほろろ、とりつくしまもなくて」

「まあ、悪い噂をこれ以上、広めてもらいたくはないだろうからねえ」

「ですが、その泣き声の因縁をみごと解き明かすことができたなら、幽霊も成仏して、貸家にまた借り手が居つくようになって、大家だって万々歳だと思いませんか？」

「しかも日ノ本新聞に面白い記事が載せられ、怪談好きの編集長は大喜びというわけか」

「ええ。打診してみたところ、編集長がものすごく乗り気で。それで……」

少しためらってから、虎之助は改めて切り出した。

「実は、おふたりのことを編集長に話したんですよ。男爵家と子爵家の若いふたりが怪談好きみたいで、甘いものを食べながらいつもそんな話をしているって」

「いつもじゃない」と、すかさず静栄が物言いをつけた。

「たまただ、たまたま。怪談だって、特別、好きなわけでもない。先入観で勝手にひとを変人扱いするな」

静栄の剣幕に虎之助はすくみあがる。そんなふたりの間に、晴行がのんびりと入っていく。

「まあまあ、シズちゃん、落ち着いて。そういうことにしておいたほうが上司に話が通りやすいって、記者さんはそう考えたんだろうよ。――で、編集長はなんて？」

「面白いと。いっそ、美男の男爵さまを前面に押し出して記事にしてみたらどうかと。編集長いわく、『花咲く帝都に怪異を愛する美貌《びぼう》の男爵あり。ひと呼んで怪談男爵！』……みたいな」

へえ、と晴行は目を丸くした。逆に、静栄の目は三角に吊りあがる。

「冗談じゃない。そんなことに家名を使われてたまるものか」

「まあまあ、シズちゃん。落ち着けってば」

「これが落ち着いていられるか。ブン屋の下衆《げす》な悪だくみに、室家は絶対にかかわらないからな」

「悪だくみだなんて、そんな」と虎之助が悲痛な声をあげる。

「うちも籠手川の名前を使われるのはまずいけれど――」

他家に嫁《とつ》いだ姉に迷惑がかかってはならないし、うちの母親は特に古風で厳しいひとだからと、晴行はいちおう前置きをしてから、

「たとえば、K男爵とでもして名前は出さないでくれるかな。ほら、籠手川も怪談も頭文字はKだし、そう悪くはないだろう?」

この提案に虎之助は飛びついた。

「それでよろしいんでしたら、はい!」

「おいおい、本気か、ハルちゃん」

驚く静栄に晴行は平然と応えた。

「だって、ほら、暇だから」

静栄はうっと息を詰まらせた。顔は怖いままだが、友を止める言葉はすぐには出てこない。言っても無駄、晴行の楽観的な性格はもう治らないと、長い付き合いで身に染みているせいだ。

「で、その〈泣く家〉にはいつ行くんだい?」

「よろしかったら、このあとにでも」

男爵さまの気が変わる前にと、虎之助がかぶせ気味に言う。晴行は「わかった」と笑顔でうなずき、虎之助はホッと息をついた。静栄は、処置なしとばかりに頭を横に振ってい

る。

　好物の汁粉を食べ終えても、静栄はずっとむくれていた。なのに、甘味処を出た晴行と虎之助のあとを、腕組みしてついてくる。

「無理して付き合わなくてもいいのに」と晴行が言うと、

「危なっかしいからついていく。仕方なくだ、仕方なく」

　静栄はそう主張した。

「ま、シズちゃんがいてくれると心強いのは確かかな」

「心強いんですか」と訊《き》く虎之助に、

「もちろん。シズちゃんはものすごく頭がいいんだから」

　勘弁してくれ、と不満をこぼしつつも、静栄はまんざらでもなさそうだった。

　Y町は昔から寺も多く、静かなたたずまいの中に小さな家々が並んでいた。

　件《くだん》の家は、ごくごく普通の木造平屋建だった。板塀に囲まれた小さな庭。玄関口には『入居者求ム』の貼り紙がしてある。当然、ひとの住む気配はない。

「どうです。何か感じますか、男爵」

　期待を込めて尋《たず》ねる虎之助に、晴行は肩をすくめてみせた。

「そんなことを言われても、ぼくは占い師でもイタコでもないからわからないよ。ついでに、男爵だなんて呼ぶのもやめてくれないかな。必要とあらば名乗るけれど、その呼称をずっとぶら下げて歩くのも善《よ》し悪《あ》しだし」

「はあ。では、なんと？」

「そうだなぁ。晴行だからハルちゃんでいいよ」

滅相もない、と虎之助は濡れた仔犬のように頭を振った。

「こ、籠手川さん……でどうですか」

「堅いなぁ」

「でも、ハルちゃんはさすがに」

「なら、いいよ。籠手川さんでも。シズちゃんは何か、この家に感じるかい？」

問われて、静栄は首を横に振った。

「こっちこそ、占い師でもイタコでもないし。ちなみに占い師が全員、霊感持ちだとは限らないぞ。生まれ年や手相などをもとにした占いは、統計学的資料から推論を重ねていっているに過ぎず、そもそも……」

静栄が小難しいことを言い始めた直後に、背後から声がかかった。

「あんた、また来たのかい」

振り返れば、こめかみに小さな膏薬《こうやく》を貼った、気難しそうな老女がしかめっ面《つら》をして立っていた。

「あ、大家さん」

しまったといった顔をして虎之助が言ったのを聞き、晴行はすべてを理解した。それでも念のために、確認を入れる。

「ひょっとして、こちらの貸家の持ち主で？」

「そうだよ。あんたは」

晴行の男ぶりに一瞬、気圧《けお》されながらも、老女は負けじと肩をいからせ、下から睨《ね》めつけてきた。そんな剣呑《けんのん》なまなざしを向けられても晴行は動じず、さわやかに微笑み返して、西洋の騎士《ナイト》のごとくに一礼した。

「籠手川と申します。子細あって、ひと月ほど友人と住める家を探していまして。そうしたところ、借り手を求めている空き家があると、こちらの記者さんからうかがったものですから、さっそく来てみた次第です」

よどみなく出てくる嘘《うそ》に、大家のみならず静栄と虎之助も目を瞠《みは》る。

「この家に？　あんたが？　友人とって、こちらの学生さんとかい？」

「はい」静栄たちがいらぬ口を挟む前にと、晴行は畳みかけた。

「いい家ですよね。気に入りました。ちょうど大家さんもいらしたところだし、家賃をこの場ですぐにお支払いしましょう。もちろん、敷金と礼金も込みで」

言いながら晴行は革財布を取り出し、けっこうな額の紙幣を大家に差し出した。

「これで足りますか？」

大家はすかさず紙幣を受け取り、枚数を数えるや笑み崩れた。確認したのは、懐《ふところ》に金を押しこんでからだった。

「本当に借りるんだね？　ひと晩で逃げ出したとしても、返金はもうできないからね」

「はい。承知しましたとも」

晴行はうなずいてから、静栄と虎之助を振り返った。

「よかったな、シズちゃん。ありがとう、記者さん」

静栄は否定も肯定もできず、眉間《みけん》に皺《しわ》を寄せて唇を噛《か》んでいる。そんな彼の分もとばかりに、虎之助は何度も何度も勢いよく首を縦に振っていた。

かくして、幽霊の泣き声が聞こえるという家に、晴行はひと月、静栄と住むことになった。

家は、玄関をあがってすぐが台所で、隣に居間。奥に六畳の仏間と四畳半の寝室が続く、田の字型の構造。廊下は玄関前と庭側の二面に備わっていた。とりあえず、学生の静栄には勉学の邪魔にならないようにと、静かな四畳半があてがわれる。

「なぜ、ぼくまで」

四畳半に荷物を運びつつぼやく静栄に、仏間にどっかりと腰を下ろした晴行が言う。

「だって、ここからなら大学も近いし、シズちゃんにとっても便利だろ？」

「そこは否定しないが……」

庭に面した廊下で掃き掃除をしていた虎之助が、ひょいと顔を覗《のぞ》かせる。

「それを言うなら、なんでおれ、いや、わたしまで、ですよ」

いつの間にか流れで、虎之助もここに寝泊まりすることになったのだ。

「多いほうが楽しいし、何より取材のためだよ。わかってるじゃないか。これからひと月、三人でここに寝泊まりして、怪異の実体をじっくり調査するんだ」

「はいはい。しかし、物好きですねえ。なんだかんだ言って、やっぱり怪異に興味がおありなんじゃありませんか」

「怪異は正直、どうだっていいんだよ。この家の妙な噂がなくなって、また借り手がつくようになればいいかなって思ったものでね。ほら、あの大家さん、夫に先立たれたばかりか、日露戦争でひとり息子を亡くしてずっと苦労し続けだったとか、いろいろ言ってたじゃないか」

金を握ったあとで急に愛想よくなり、大家はそんな身の上話を披露してくれたのだ。

「ハルちゃんは困った御婦人を見るとほっておけないのさ。年齢にかかわらずね」

静栄があきらめきったふうに言い、虎之助はなるほどねえと苦笑した。

「まあ、そういった人情話系で押してもいいんですけど、でも、ここはやっぱり、怪談好きの編集長に訴えるためにも『男爵の美しき瞳に映るはこの世のものではなく――』みたいな調子でいかせてくださいよ」

「本当に幽霊の泣き声が聞こえてきたらね」

気楽に安請け合いをして、晴行は六畳間の真ん中にごろりと横になった。見上げた天井にはいたるところで染みがとぐろを巻き、ひとの顔のように見えなくもなかったが、晴行は別段、気にしなかった。床の間の隣に置かれていた古い仏壇も、中身が空っぽだったこともあって、気にならない。むしろ、貸家のこぢんまりしたところが心地よく感じられたほどだ。

あれこれ考えすぎて身構えていてもしょうがない、と晴行は達観していた。何か起きたなら、そのときに対処すればいい。静栄の知力、自分の体力、そのどちらを使ってもどうにもならなかったら、三十六計、逃げればいいのさと――

シュッシュと軽快に箒《ほうき》を動かしながら、虎之助が言う。

「しかし、さすがは男爵さま。あんな大金を気前よく差し出すとは」

「籠手川家は斜陽だけど、幸い、姻戚《いんせき》に恵まれていてね。それと、記者さん、男爵さまじゃなくてハルちゃんでいいってば。ぼくもきみをトラちゃんって呼ぶから」

それは勘弁してください、と虎之助は悲鳴のような声をあげた。

「じゃあ、トラさん。年上みたいだから」

「せめて名字のほうで呼んでくださいよ……」

「名字、なんだったっけ」

見かねて静栄が四畳半から「諏訪さんだよ。諏訪さん」と教えてくれたが、晴行は聞いた端から忘れていった。

掃除もあらかた終わり、それぞれの荷物を広げていたところに、大家が鍋いっぱいのおでんと爆弾のように大きな握り飯を山盛りで差し入れてくれた。ありがたく頂戴《ちょうだい》して、さっそく夕餉《ゆうげ》にとりかかる。

台所の奥には一畳半ほどの板の間があり、物置にされていたらしく、卓袱台《ちゃぶだい》が立てかけられていた。その卓袱台を居間に運び、真ん中にどんと鍋を置く。虎之助が持ちこんできた、スルメなどの乾き物もいっしょに並べられた。

「酒がほしいな」と晴行がつぶやくと、静栄がすかさず、

「駄目だ、駄目。酔ったら調査ができなくなるだろ」

「少しくらいならよくはないですか？　買ってきましょうか？」

嬉々として提案する虎之助を静栄が睨みつける。おかげで酒はなしになったが、それでも楽しい夕餉となった。

虎之助は田舎から上京してきて、いろいろと苦労を重ねながら、いまの職についたことを語り、晴行も士官学校で厭味《いやみ》な指導官に目をつけられたことを笑い話として披露する。

静栄も現状の室家が楽な状態ではないことを言葉少なに告げたあとで、だからこそ大学を卒業した暁《あかつき》にはと、未来への希望を口にする。

裸電球の下、怪異の噂のある小さな家で、味の染みた大根をつつきながら自己紹介を兼ねた会話が続いた。食事が終わると、ラジオをつけて、晴行と虎之助は居間で将棋盤を囲み、静栄は四畳半でレポート作成にとりかかった。

ほこりをかぶったまま放置されていた柱時計は螺子《ねじ》を巻き直され、ゆっくりと時を刻んでいく。遠くから野犬の遠吠えが聞こえてくることはあっても、霊の泣き声は聞こえてこない。

「まだ何も起きないね。とりあえず、今日はもう寝ようか」

晴行が言うと、それじゃあ、と虎之助は腰を浮かせた。

「どこ行くんだい」

「いえ、わたしは台所の奥の部屋で寝ようかと……」

「あの物置で？　トラさんは仏間でぼくと寝ればいいじゃないか。布団ふたつ、余裕で敷けるんだし」

トラさん呼びに顔をしかめつつ、虎之助は首を横に振った。

「いえ、でも、男爵さまと同室は申し訳なく――」

「男爵呼びは勘弁。息が詰まるよ。それに、何かあったときの用心のために、できるだけ近くにいたほうがよくはないか？」

　はあ、と虎之助も不承不承ながら受け容《い》れ、自分の荷物を取りに台所横の物置へと向かう。その直後、「あれ？」と驚く虎之助の声が聞こえてきた。

「どうかしたかい、トラさん」

「いえ、台所の物置、戸を閉めていたはずなんですが、あけっ放しになっていて……」

「さっそく出た？」

　期待に目を輝かせ、晴行が身を乗り出す。仏間との境の襖《ふすま》をあけて、静栄も不安そうな顔を覗かせる。

「さあ。単に閉め忘れてたのかもしれませんね」

　そういうことにしておきたいのだろう、虎之助はそのひと言で強引に片づけ、そそくさと荷物を抱えてきた。

　仏間に布団がふたつ敷かれている間に、静栄も四畳半に自分の分の布団を敷き、その夜は早めの時刻に就寝となった。晴行は何が起きるかとわくわく期待して布団に入ったが、枕に頭を載せたと同時に寝入ってしまった。夢すら見なかった。

　居間の柱時計が六回鳴って朝の六時を告げ、隣の虎之助がごそごそと起き出す気配で、晴行は目を醒《さ》ました。なんにも起きなかったなと思いつつ、布団の中であくびをしていると、うわっと虎之助が悲鳴をあげる。

「どうした？」

晴行が布団から顔を出すと、虎之助は青ざめた顔で部屋の隅《すみ》を指差していた。そちらの方向を見やり、晴行は眉をひそめる。

仏壇の扉が片側だけあいていたのだ。昨夜はきっちり閉まっていたはずなのに。

晴行は身を起こし、仏壇の中を覗きこんだ。昨日、調べた通り、中身は空っぽで、ただの箱同然。怪しい点などどこにもなく、扉を戻すとぴたりと閉まった。

「何もないよ」

「でも、仏壇ですよ。何もないって、見えないだけで本当はそこに霊が……」

「見えないなら気にする必要もないだろ。むしろ、幽霊が堂々と仏壇から出てきて、こうこういう次第で祟っておりますと語ってくれたほうが、こっちは助かるんだけど」

「いや、それもどうかと」

ふたりの会話で目を醒ましたのだろう、四畳半との仕切りの襖があいて、眼鏡をかけていない静栄が寝起きの顔を覗かせた。

「どうかした……？」

「おはよ、シズちゃん。なんでもないよ。仏壇の扉があいていただけさ」

昨日は閉まっていたんですよと訴える虎之助を見やって、静栄が眉間に皺を寄せる。

「実は、気のせいかと思って昨夜は言わなかったんだが――」

「なんですか、なんですか。やめてくださいよ」

虎之助は矛盾《むじゅん》したことを言いながら、自分の両腕を盛んにさする。静栄は彼に構わず、その先を口にした。

「夜中、レポートを書いていたとき、腰のあたりを後ろからつつかれた気がしたんだ。ところが振り返っても誰もいないし、ハルちゃんと諏訪さんは仏間のほうにいたから、気のせいだなと思って。寝ていた間も、何回か窓ガラスがカタカタ揺れたけれど、それも風のしわざだと思っていたよ。どうやら、初めての場所で神経が過敏になっているみたいだなと。だが、ひょっとしたら……」

ひいと虎之助が情けない声をあげ、晴行はニヤリと笑った。

「ひょっとするかも、ね」

怪異に興味はないと言っておきながら、怪談男爵はとても嬉《うれ》しそうだった。


昼間、虎之助は新聞社へ、静栄は大学へと出かけていった。暇を持て余した晴行は、ご近所にご挨拶《あいさつ》と称して聞き込みにまわった。

本来ならば、記者である虎之助の仕事である。しかも、彼は「大家さんは口が堅いし、ご近所も詳しいことはよく知らないみたいで」と収穫のなさを嘆いていた。が、晴行が珍しい洋菓子などを手みやげに明るい笑顔を振りまけば、大家はもちろん、事情をよく知らないはずのご近所も「そういえば」と進んで話をしてくれた。

「そんなわけで、けっこう聞き出せたし、漬け物だとか煮物だとか、いろいろもらってきたよ。みんな、親切だねえ」

卓袱台に載せきれないほどの料理を前にして、帰宅してきた虎之助は複雑な表情を見せた。晴行のお気楽さに慣れている静栄は、そんな虎之助に同情の目を向ける。

借家での二度目の宵《よい》、思いがけず品数たっぷりになった夕餉を囲んで、晴行はさっそく聞き込みの成果を披露した。

「この家、けっこう古いらしいんだが、入居者が居つかなくなったのは、ここ一、二年ぐらいなんだそうだ。夫婦者だったり、子供のいる家族だったり、独り身だったりといろいろだけど、三月もてば長いほう、最短は四日もたたずに逃げ出したとか。そのほとんどが、気味の悪い泣き声がどこからともなく聞こえてくるんだと訴えていて、言いがかりだって大家さんはぷりぷり怒っていたよ。ほかにも、皿が突然、棚から落ちてきて割れるとか、閉めても閉めても襖が半分あくとか、そういうことが続けざまに起きるらしい」

「家が、それと知覚できない程度に傾いているのかもしれない」

飯茶碗《めしぢゃわん》を片手に、静栄が理性的に指摘しても、晴行は「かもね」と言ったあとで、

「でも、夜中に泣き声がするっていうのは、家の傾きじゃ説明つかないだろ？　ご近所さ

んの中には、夜中、そこの庭先に白い人影が立っているのを見たっていうひともいたし」

「泥棒が様子をうかがっていたのかもしれないぞ。泣き声にしたって、本当にこの家の中から聞こえたのか怪しいものだ。昨日だって野犬が遠吠えをしていたし、ああいった外の音がどこかで反響した結果、家の中での泣き声っぽく聞こえたのかもしれない」

「でも、ほら、シズちゃん、窓ガラスがカタカタ鳴ってたって言ったじゃないか」

「それも家の傾きとか、風向きで説明できなくはない。共鳴ってやつだな」

「背中をつつかれたのは？」

「それこそ気のせいだったのかも。ずっとすわって書き物をしていたら、筋肉だって緊張して感覚がおかしくなる」

漬け物を咀嚼《そしゃく》しながらふたりの会話に耳を傾けていた虎之助は、途中から熱心にメモを取り始めていた。

「なるほどね。確かに、まだ霊のしわざと断言するには弱いかもな」

「記事にするには霊のしわざであって欲しいんですけどね」

ぼやく虎之助に晴行がうなずき返す。

「わかってる、わかってる。とにかく、ひと月ゆっくり時間をかけて検証――」

静栄が晴行の言葉をさえぎるように首を横に振った。

「自分は早くかたをつけて家に帰りたい。そこで考えたんだが」

箸《はし》を置き、四畳半にいったん向かって、四つに折り畳んだ紙と穴のあいたハート型の小さな板を取ってくる。広げた紙には一列に並んだ数字やアルファベットが印刷されていた。

「なんだい、それ」と訊く晴行に、

「ウィジャ盤と西洋では呼ばれている。使えるかと思って買ってきた」

「ウィジャ盤……。ああ、コックリさんのもとになったやつか。それ、売ってるんだ」

へえーと、虎之助も感嘆の声をあげる。

「つまり、それでこの家の霊と交信をしようっていうんですね。よっ、さすがは怪談子爵」

褒めたつもりのかけ声に、静栄はむっとした体《てい》で言い返した。

「まだ爵位は継いでいない。それに韻《いん》も踏めてない」

「すみません、すみません」

「まあまあ、怒らない怒らない。トラさん、味噌汁《みそしる》のおかわり、まだあるかい？」

ありますよ、と虎之助は汁椀《わん》を晴行から受け取り、よっこらしょと立ちあがる。目が何気なく庭のほうへ向いた次の瞬間、虎之助はあっと声をあげた。反射的に振り返った晴行と静栄も、うっと息を吞《の》む。

廊下側の障子はあけ放たれて、ガラス戸越しに宵の庭が見えていた。庭木が数本植えられているだけの寂しい庭。そこにぼんやりと人影がひとつ、こちらを向いて立っていたのだ。

「で、出た！」

虎之助が悲鳴混じりの声を放つ。静栄は固まったまま。晴行はさっと廊下へ走り出て、ガラス戸を勢いよくあけた。

そこに立っていたのは、格子縞《こうしじま》の着物に小豆《あずき》色の縮緬《ちりめん》羽織を重ねた、日本髪の女性だった。年は二十代のなかばほど。悩ましげな目もとと小さな口が、鏑木《かぶらき》清方《きよかた》の描く美人画を彷彿《ほうふつ》とさせる。

彼女はいきなり目の前に現れた晴行に驚き、目を瞠っていたが、

「あなたは？」と彼に問われて、小さく一礼した。

「夜分に申し訳ありません……。わたくし、新橋《しんばし》で芸者をしております、菊乃《きくの》と申します」

「菊乃さん……、ですか」

足はある。透けてもいない。幽霊ではなさそうだなと、晴行は思った。おびえていた虎之助も、身構えていた静栄も、そろそろと廊下に出てくる。

「この家に住んでおられた山川《やまかわ》さんを訪ねてまいったのですが」

「山川……。トラさん、心当たりはあるかい？」

質問を受け、虎之助は取材用のメモ帳を急いで取り出し、ページをめくった。

「ええっと、一年半前にこの家を借りていた四十代くらいの夫婦が山川姓ですね。山川一《いち》郎《ろう》とタエ夫妻。ご多分に漏れず、ふた月ほどで引っ越しています」

「はい。そのかたたちです。どちらに行かれたか、ご存じではありませんか？」

「わかる？　トラさん」と晴行も訊く。

「すみません。さすがに引っ越し先までは……」

だろうねと言って、晴行は視線を菊乃に戻した。

「ぼくたちは昨日、ここに引っ越してきたばかりなんですよ」

「そうでしたか」

　菊乃は困ったように目を伏せた。もとから漂わせていた儚《はかな》さが増して、過酷《かこく》な運命に翻《ほん》弄《ろう》される新聞小説のヒロインさながら。こんな幸薄げな雰囲気の女人《にょにん》が困惑しているのを、晴行がほっておけるはずもない。

「よろしければ上がりませんか。詳しい話を聞かせてください」

「お邪魔ではありませんか？」

「食事中ではありましたが、なんでしたら菊乃さんもごいっしょにどうぞ」

　晴行は半歩、後ろに身を引き、優雅に右腕を上げて居間を指し示す。ごくありきたりの六畳間が、華やかな宮殿のシャンデリア輝くダンスホールであるかのように。虎之助はポカンと口をあけていたが、静栄は毎度のことと肩をすくめている。菊乃は小さく笑って、

「では、お言葉に甘えて」と、廊下から家へと上がった。

　卓袱台の前にすわったものの、菊乃は食事にはまったく手をつけなかった。出された渋

茶をひと口だけ飲んでから、「お恥ずかしい話ですけれど」と前置きし、自らのことをぽつりぽつりと、けれども包み隠さずに語り始めた。

それによると——一年半ほど前に菊乃は、ある人物との間に一児を儲《もう》けたという。ただし、相手には妻がいて、子供ができたからといって添うことは叶わない関係だった。

よくある話ではあった。晴行たちも、うんうんとうなずくだけで、よけいな口は挟まずに、おとなしく耳を傾ける。だからだろう、菊乃の語り口調も次第になめらかになっていった。

「最初、わたくしは自分だけで子供を育てていく心づもりでした。でも、産後の肥立《ひだ》ちが悪くて、思っていたよりも長く床に伏すことになって。見かねた置屋の女将《おかみ》が子供は養子に出したほうがいいと勧めてきて、わたくしも泣く泣く承諾して……。その仲介をしてくださったのが山川さんでした」

大正期、堕胎《だたい》は法律で禁止されていた。それに加え、不義密通には姦通罪《かんつうざい》が適用されるため、産んだものの、親もとでは育てられないといった事情の子は、存外に多かったのだ。その場合、養子縁組の仲次ぎ業者に仲介料を支払い、子供を託すこともある。かつてこの家に暮らしていた山川夫妻は、その仲介業を営んでいたのだ。

ほう、とため息をついて、菊乃はもうひと口、茶をすすった。白磁の湯飲みにわずかに移った紅《べに》は、指先でさりげなくぬぐい取る。

「あの頃、起きあがることもできなかったわたくしは、山川さんとは直接、お会いできませんでしたが、おふたりともよいかただったよと女将が。『何も心配しなくていい。養子縁組はこれまでにも何件も請け負ってきて、みんな、いいところへもらわれていったから、案じることなんて、これっぽっちもないんだよと菊乃さんにお伝えください』と、そうおっしゃってくれたそうで……」

語尾が揺れる。晴行と静栄が痛ましげに彼女をみつめる。虎之助も同情の念を顔に浮かべつつ、卓袱台の下でメモ書きするのを忘れない。

「わが子が健やかに育ってくれればそれでいい。むしろ、母親が芸者だと知らないほうがよいかもしれないと、そう思っておりました。ですが……、つい先月、子供の父親だったかたが奥さまと別れて、わたくしのところに来てくださったのです」

おおっ、と晴行たちは三人そろって声をあげた。

「それはよかった。想い合っている者同士がやっと結ばれたんですね」

「はい、はい」

晴行に前向きな言葉で肯定されて、菊乃が何度もうなずく。その目尻に浮かんでいるのは、もはや哀しみだけの涙ではない。日陰《ひかげ》の身としてじっと抑えてきた想いが、やっと報われた喜びの涙でもあるのだ。

「それで、子供のことがなおさら気になって。先方のこともありますし、いまさら引き取ろうとしたところで難しいのかもしれません。でも、できることならそうしたいし、無理でもせめて、どこでどのような暮らしをしているか知っておきたい、父親にもそれを伝えたいと思いまして」

「それで、養子の斡旋《あっせん》をした山川夫妻を訪ねてきた、というわけか」

大体の事情を呑みこんだ晴行は、「そういうことなら、このトラさんが力になってくれますよ」と請け負った。えっと虎之助が目を丸くしたが、もちろん晴行は気にしない。

「こちらのトラさんは新聞社の記者さんでね。追跡調査はそりゃあ、もうお手の物です」

「ちょっ、ちょっと、籠手川さん」

「本当によろしいんですか？」

菊乃に潤んだ瞳でみつめられ、虎之助は顔を真っ赤にした。

「いや、あのですね。いまは別件で手がいっぱい……」

「大丈夫、大丈夫。いまは別件を取材中だけれど、そっちはぼくらでもやれるから、山田《やまだ》さんだっけ山川さんだっけ、トラさんはその夫婦の行き先を調べておくれよ」

「勝手に決め――」

ないでください、と虎之助が吼《ほ》える前に、菊乃が畳に三つ指をついて頭を深く下げた。

ありがとうございますと、美人に涙ながらに礼を言われては、無下にもできまい。

晴行はニコニコと笑っているし、静栄は知らんぷりを決めこんでいる。虎之助は苦々しげに奥歯を嚙みしめていたが、やがて、あきらめの表情を浮かべ、わかりましたよと承諾しかけたそのとき。

あぅあぅ……

どこからともなく弱々しい声が聞こえてきた。泣いているような声だった。

たちまち、晴行と静栄の目が鋭くなる。虎之助も息を吞む。

「聞こえたか、シズちゃん」

低く小声で問う晴行に、静栄が真顔でうなずき返す。訊かれなかった虎之助もうなずく。

菊乃は彼らの間に走ったただならぬ緊張を察し、胸の前で不安そうに手をぎゅっと握りしめた。

しばらく、沈黙が流れた。みな、耳を澄ませて待っている。しかし、あの泣き声は聞こえてこず、柱時計の音ばかりが六畳間を満たす。みなの緊張の糸がほどけかけたとき。

あぅあぅあぅ……

確かに聞こえた。猫の鳴き声にも似た細い声が、先ほどよりもはっきりと。

「どこだ。外か」晴行が言うと、静栄が、

「いや、家の中だ」

「台所かもしれません」

虎之助が足音を殺して台所に向かう。けれども、すぐに首を横に振りながら戻ってくる。

「何も――」

ないと言おうとした刹那《せつな》。

あああぁぁ
あぁぅぅぅ――

ひときわ大きく、また聞こえた。出所もわかった。

「こっちだ」

そう言うや、晴行が踏みこんでいったのは奥の四畳半だった。机と静栄の荷物が置かれているだけで、北側の窓のむこうは墨《すみ》で塗り潰したように暗い。泣き声はもうしていなかったが、ここで間違いないと晴行は確信していた。声はこの部屋の真下、台所の物置と隣接している壁際の床下から聞こえていたのだ。

「畳を剝がすぞ。手伝ってくれ」

虎之助と静栄も加わって、壁際の畳をさっそく剝がしにかかった。菊乃は息を詰めて三人の作業を見守っている。

畳の下から現れた床板には切り込みが入っており、簡単に取りはずせた。どけると、掘り返した痕《あと》のある地面が露《あらわ》になった。虎之助が物置にあったシャベルを持ちこみ、地面を掘り起こし始める。たいして掘り進めないうちに、縞柄《しまがら》の布端が土中から顔を覗かせ、途端に菊乃が、

「その布、その布は」と、息をあえがせつつ言った。

「産まれてくる子供のために、わたくしが縫ったおくるみですわ」

晴行たちはぎょっとして顔を見合わせた。慎重に土をどけ、布端をつかんで引きあげると、布に包まれていた白いものが現れた。小さな髑髏《どくろ》と哀しいほどに細い骨が。

菊乃が、わっと泣き出す。晴行たちは声もなかった。


警察が呼ばれ、さらに調査が進められると、借家の床下からはおくるみに包まれていた以外に、数体分の骨が出てきた。どれも明らかに乳幼児のものだった。

警察は山川夫妻の足取りを捜査。ふたりは東京市内のみならず、横浜《よこはま》、静岡などを転々と、それも短期間に所在を変えており、結局、愛知県内で身柄を確保された。

頻繁《ひんぱん》に転居しつつ、その各地で養子斡旋業を営み、彼らが扱った子供の数は五十をくだらない。しかし、養子を引き取ったという者はひとりもみつからなかった。夫婦は仲介料を受け取るや、子供たちを殺害、死体を床下に埋めて処分していたのだ。度重なる短期間の転居も、犯罪が露見するのをおそれてのことだった。

日ノ本新聞はこの事件を「鬼畜の所行！　床下に埋められた赤子たち」と銘《めい》打って、大々的に報じた。記事はかなりの話題となり、巷《ちまた》を大いに騒がせることになった——

うーむとうなって、静栄は新聞をテエブルの上に投げ出した。場所はいつもの甘味処。注文したのはいつもの汁粉だ。

「好物の汁粉を前にしているっていうのに、暗い顔だねえ」

向かいの席にすわった晴行が苦笑いをする。彼の前にも同じ汁粉が置かれていた。静栄は紙面をひと差し指でトントンと叩きながら、

「こんなひどい記事を読んで、明るい顔などしていられるか。何が『怪異を読み解く怪談男爵、貸家の床下に埋められた赤子の泣き声を聞き取り、養子斡旋業者の悪事を暴く！』だ」

「記事はひどくないよ。ひどいのは金目当てに子供らを殺した山川たちさ。それに、トラさんの文章、意外に悪くないじゃないか」

「思っていたほど悪くはないが、言うほどよくもない」

「シズちゃんは手厳しいなぁ。……しかし、山川夫婦があちこちの床下に子供の死体を埋めていたのなら、別の借家でも似たような霊現象が起きていたのかな？」

「さあ、特にそういったことは記事にも書いてなかったが」

「細かく調べたら出てくるかもよ。そうなったら、シズちゃん、取材に参加……」

「しない」と、静栄は即座に断言する。

「ハルちゃんは参加するのか？　怪談男爵として」

「うーん、どうだろ。霊に悩まされている戦争未亡人の大家さんとかがいるなら」

「……ハルちゃんが言うと冗談に聞こえないよ」

「あはは。験《げん》直しに磯辺餅でも食べるかい？」

「いや、汁粉だけで結構」

ならばと晴行が自分の分だけ磯辺餅を追加注文したところへ、虎之助が入店してきた。

「おや、トラさん。いいところへ。ちょうど、磯辺餅を注文したところだよ。食べるだろ？」

彼のための注文ではなかったが、愛想よく勧める。が、虎之助は一、二度、瞬《まばた》きをしただけで、磯辺餅についてはなんとも言わなかった。その代わり、彼らと同じ席に着くや、

「実は、菊乃さんに手記を依頼しようと新橋に行ってきたんですが」

歯切れの悪い口調で切り出した。菊乃は晴行たちが警察を呼びに行っている間に、姿を消していたのだ。名を出したくない事情もあろうと、そこはどうにか誤魔化したのだが、虎之助は記者として食いついていったらしい。

「信じてもらえないかもしれませんけど……」

「いいよ、信じるよ。菊乃さんがどうかしたのかい？」

晴行に促《うなが》され、虎之助は青ざめた顔でこくこくとうなずいた。

「彼女、子供を産んだひと月後に亡くなっていましたよ……。子供の父親で、彼女の恋人

だった人物、代議士の息子だったらしいんですが、そのひとも先月、自動車事故で亡くなっていて。ちなみに離婚はしていませんでした。つまり、子供の父親が奥さんと別れて、自分のところに来てくれたと菊乃さんが言っていた、あれは……」

その先は言わずに、虎之助はぶるりと身震いをした。静栄も「まさか」とつぶやき、唖《あ》然《ぜん》とする。

店内にはガラス窓越しに午後の陽光が射しこみ、店の奥からは餅を焼く香ばしい匂いが漂ってきていた。晴行はその匂いを大きく吸いこんで、にっこりと微笑んだ。

「じゃあ、いまごろはあの世で親子三人、仲よく暮らしているんだね。よかった、よかった」

おいおいと、静栄と虎之助が同時に声をあげる。が、怪談男爵こと籠手川晴行はいたって飄々《ひょうひょう》としていたのだった。

第五話　廃病院の看護婦霊

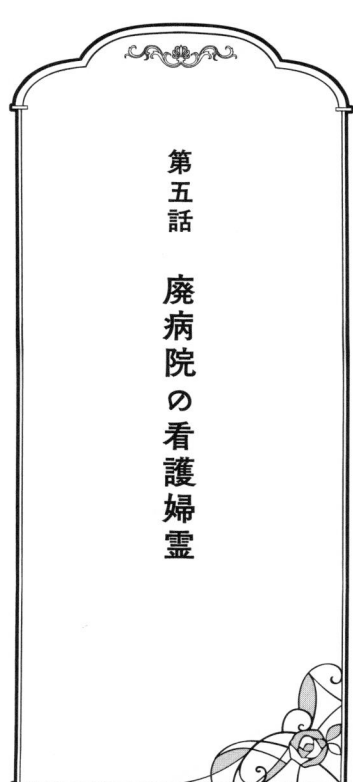

水に垂らした薄墨《うすずみ》のような雲の端に、白い半月がかろうじて引っかかっている。そんな月が地上に投げかける光も、歩けぬほどではないが弱々しく、心許《もと》ない。

ましてやそこは町の中心からはずれ、民家も少なく、畑や雑木林ばかりがめだつ寂しい場所だった。田舎住まいの若者が五人、にぎやかにしゃべりながら歩いているものの、彼らの他には誰もいない。若者たちがことさらに声を張りあげているのも、夜の暗さに怖《お》気《け》づきそうになるのを誤魔化すために相違なかった。

実際、彼らは早くも後悔し始めていたのだ。肝《きも》試しに行こうなどと言い出したのは誰だったのか。どうしてそんなことになったのか。なぜ、誰もとめてくれなかったのかと、おのおのが心の中で責任のなすり合いをしている。なのに、一番にそれを言い出すのはためらわれて、あえて平気なふりを装っている。

「あそこの病院が焼けたんは五、六年前やったかなぁ」

「もう、そがいになるん?」

「ほうじゃが。煙があがるのが、おれの家からも、よう見えた」

「入院中の赤子がいっぱい死んでもうて……」

「ほれ。あれや、あれ」

先頭を行く若者が指差した先に、二階建ての屋敷が建っていた。このあたりでは珍しい、石積みの洋風建築だ。

外壁に黒っぽい安山岩《あんざんがん》が用いられているため、一見、なんの異状もないように見受けられるが、近づけば窓ガラスはおろか、窓枠はすべて失われていた。以前は窓であったものの、外壁に穿《うが》たれた真っ暗な縦長の空洞は、無数の目となり、侵入者たちにうろんな視線を向けている。庭先の松の木は、火災の影響を受けでもしたのか、ひどくねじ曲がり、助けを求めるかのように細い枝を夜空をのばしている。

もはや、この洋館に明かりが灯《とも》ることはない。スレート葺《ぶ》きの切妻《きりづま》屋根は大半が焼け落ち、残っているのは外壁と二階のベランダだけ。

明治の洋風建築にありがちだった古典主義的な豪華さを控えめにした、山荘風の親しみやすい外観だからこそ、火災に見舞われたまま、何年も放置されている姿は痛々しかった。場所が元産院で、幼い死者が幾人も出たと知ればなおさらだ。

若者たちも屋敷の異様な姿に圧倒され、門の手前で立ち止まり、ごくりと息を呑《の》んだ。柵状の門扉《もんぴ》は彼らを誘うように半分だけ開いており、それさえも罠に見えてくる。

「……昼間ならときどき、近くを通るんだが、夜だとなおさら不気味やな」

「出るいう噂《うわさ》は本当かもしれんな」

明らかに全員が怖じ気づいていたくせに、臆病者の誹《そし》りを受けるのをおそれ、誰も引き返そうとは言い出さない。仕方なく彼らは門を抜け、敷地内に足を踏み入れた。

茂る雑草を踏みしめ、まっすぐ進めば、屋敷前に数段の階段。その先で正面玄関がぽっかりと口をあけ、若者たちを待ち構えている。

ひと魂《だま》が屋敷の上を行き交うだの、死んだ赤子たちの泣き声が聞こえてくるだの、六年前の火災以来、噂には事欠かない。いまはまだ、なんの怪異も起きてはいないが、いつなんどき死霊たちが襲ってこないとも限らない。

屋敷前の階段を緊張しながら昇っていった若者たちは、段の中ほどで立ち止まった。

玄関の前に、女が仰向けになって倒れていたのだ。

年齢は四十代ほど。髪は丸髷《まるまげ》、淡い色合いの着物に黒の縮緬《ちりめん》羽織を重ねて、どこぞの奥方さまといった風情《ふぜい》。ただし、カッと見開かれた目は何も映しておらず、くの字に曲がった白い足も微動だにしない。頭の下からは黒い染みが広がり、屋敷の基壇《きだん》を濡らしている。その黒も、きっと陽《ひ》の光のもとでなら真っ赤な血の色に見えただろう。

絶命しているのだ。

死霊ではなく死体をみつけてしまった若者たちは、恐怖に耐えきれず、口々に悲鳴を放ち始めた。

〈鈴《すず》の屋《や》〉と記された甘味処《かんみどころ》ののれんをめくって、新聞記者の諏訪虎之助《すわとらのすけ》が店内に入ってきた。奥の席で友人の室静栄《むろしずえ》と汁粉《しるこ》を食していた籠手川晴行《こてがわはるゆき》は、いち早く虎之助に気づき、手を振った。

「よっ。また来たね、トラさん」

トラさん呼びに顔をしかめつつも、虎之助は晴行たちの席へと向かった。麻の葉模様の小袖《こそで》に白エプロンをつけた童顔の女給が、さっそく注文を取りに来る。彼女のほうを見ないようにして、ややぶっきらぼうに、

「磯辺餅《もち》、ひとつ」

「はい、磯辺餅ですね」

いつもの注文を受けて、女給はすぐに奥へと引っこんでいく。虎之助は一転、彼女の背中を目で追っていたが、晴行はあえて指摘せず、まったく違うことを口にした。

「好きだね、磯辺餅」

「そちらこそ、男爵さまも子爵さまも汁粉がお好きなようで」

「男爵さまは――」

堅苦しいからやめてくれよと晴行が言う前に、横から静栄が文句を付ける。

「子爵さまはやめてくれ。爵位はまだ継いでいないんだ」

「はい、わかりましたよ」と言いつつ、虎之助は湯飲み茶碗《ぢゃわん》に手をのばす。

ハンチング帽をかぶった若い新聞記者に、眼鏡をかけた袴《はかま》姿の大学生。そして、仕立てのよいスーツを身に着けた、眉目秀麗《びもくしゅうれい》な二十歳《はたち》の男爵。さびれた甘味処の奥の席を陣

取って、妙な取り合わせの三人が他愛もない話を始める。晴行と静栄は同い年で昔からの付き合い、そこにブン屋の虎之助が最近、加わるようになったのだった。

「また興味深い話を聞きつけてきたんですがね、場所が遠くて取材費が出そうにないんですよ」

うちの新聞社は弱小だからと愚痴《ぐち》をまじえる虎之助に、「どこなんだい？」と晴行が問う。

「四国です」

「遠いねえ。割に最近、行ってきたばかりだけど」

「山あいの小さな町で、にしては羽根山《はねやま》座とかいう立派な芝居小屋があるそうですが——」

みなまで聞かずに、晴行と静栄が同時に腰を浮かせた。それって、と声まで重なる。

「ど、どうかしましたか？」

いや……とふたりして否定したものの、晴行たちは虎之助に気づかれぬよう、互いに視線を交わし合った。

晴行と静栄がはるばる四国に赴き、羽根山座の二階に泊まったのは、ほんの数ヶ月前のことだ。巡業の役者の楽屋にもなっていたという羽根山座の二階で、誰もいないにもかかわらず足音が聞こえ、ぎしぎしと鴨居《かもい》が軋《きし》む。そこではかつて、若い娘が人気役者の市川《いちかわ》翔燕《しょうえん》に捨てられ、失意のあまり鴨居で首を縊《くく》っていたのだった。

虎之助も市川翔燕の周辺で発生する怪音の件を日ノ本《ひもと》新聞で取りあげていたのだが、羽根山座のことまでは知らなかったはず。記事は、翔燕の熱烈なファンの生き霊が怪音を引き起こし、そのせいで女優との婚約が破談になったと報じていた。

よけいな口は挟まず、まずは相手にしゃべらせてからだと、晴行は椅子《いす》に深くすわり直した。

「羽根山座のある町——羽根山町だったか。そこで何が起きたんだい？　怪談がらみ？」

「まだそうとは決まっていませんが、からませようと思えば、からませられそうな雰囲気なんですよ」

日ノ本新聞の編集長は怪談好き。実際、妖異がらみとなると読者の受けもいい。そのため、虎之助は積極的に怪談ネタを収集していた。

「町のはずれにある産院が六年前に火事に見舞われて、宿直の看護婦と入院中の赤子が何人か死んだらしいんですよ。田舎には珍しく、最新の設備が整った病院で、月足らずで産まれて生き延びられそうもなかった未熟児を預かっていたんだとか。以来、産院の焼け跡には死んだ看護婦と赤子たちの幽霊が出ると噂されるようになり、町の若い連中がバチ当たりにも肝試しに行ったところ——」

肝心《かんじん》のところで磯辺餅が運ばれてきたので、虎之助はいったん言葉を切った。磯辺餅がテエブルに置かれ、女給が店の奥に去ってから、

「四十代くらいの女の死体を発見したと」

そう言うや、虎之助は餅ではなく茶のほうを口に運んだ。晴行と静栄がおとなしく待っている間に、虎之助は喉《のど》を潤して話に戻る。

「焼けた病院の正面玄関前に倒れていたそうです。場所が場所なもので、火事で死んだ看護婦と赤子の祟《たた》りだと騒ぎになりかけたところ、その御婦人が地元の名士の奥方だったとかで、急に話が尻すぼみになって。おそらくは足場の悪い火事現場でうっかり転倒し、床の石材で頭を打って絶命した不幸な事故だろうとされたそうですよ」

「火事の焼け跡なんかに、どうして名士の奥方が」

「理由まではわかりません。だから、それやこれやを調べて、焼けた産院との因縁ばなしに結びつけ、『焼け死んだ看護婦の霊が—、赤子の霊が—』と持っていけたら、うちの新聞も助かるのに……とか言ってしまうと、身も蓋《ふた》もありませんけどね」

自分で言っていて情けなくなったのか、虎之助は両眉を八の字に下げた。そういう表情をされると、晴行としても彼の手助けをしてやりたくなってくる。彼は前髪を長い指でかき上げ、ううんとうなった。

「地元の名士の奥方が、霊が出ると噂の産院の焼け跡で怪死……。ひょっとして、奥方はその産院で昔、子供を産んだことがあったとか。あるいは、焼死した宿直の看護婦と親しかったとかで、焼け跡に花を手向《たむ》けに行って、そこで事故に遭《あ》ったか」

「案外、そんなところかもしれませんが、なんにしても現地で関係者から聞いてみないことには」

「でも、取材費が出そうにないと」

「はい。空振りに終わりそうな取材に旅費は出せないと、編集長が。記事にできそうな怪談ネタが出てきても、亡くなった白石光子《しらいしみつこ》の夫の白石徳蔵《とくぞう》が握り潰すんじゃないかって。地元じゃ、かなり影響力のある人物だそうですからね」

静栄が怪訝《けげん》そうに「白石……」とつぶやいた。ひとの名前をよくおぼえない晴行までもが、どこかで聞いた名のような気がして目をすがめる。次の瞬間、ふたりは互いの顔を見合わせた。

「白石房代《ふさよ》……！」

彼らの口から同時に出てきたのは、羽根山座の二階で縊死《いし》した娘の名だった。

房代が地元の名士の娘だったことも、あとから思い出されてくる。とすると、産院跡地で死亡した白石光子は、房代の母親である可能性が高い。

思い出のある劇場で首を縊り、死してなお、自らを吊るした鴨居のぎしぎしと軋む音を愛《いと》しい翔燕に聞かせ続ける白石房代。彼女の母親らしき女性が、焼死者の霊が出ると噂される場所で不審な死を遂げたと聞けば、気にならないはずがない。そんな話を虎之助が携《たずさ》えてくるなど、まるで房代に呼ばれているようだ、と晴行は不思議な感慨をいだいた。

「なるほどね。そう来るか」

「えっ？　どうかしましたか？」

「いや。なんていうか、縁っていうものを感じてね」

「おい、ハルちゃん」

　かかわるなよ、と静栄が眼鏡越しに怖い目で警告してくる。心配してくれているのだとわかってはいても、浮き立ち始めた心は止まらないし、止めねばならない理由も晴行にはあげられない。

　軍人を志《こころざ》して士官学校に進んだものの、教官と悶着《もんちゃく》を起こして早々に退学となった。職を探そうにも適性に合う職種がみつからない。かつての家業だった道場を復活させようにも、もはやそんな時代ではない。というわけで、時間はある。篭手川家自体は斜陽だが、姉が素封家《そほうか》に嫁《とつ》いだおかげで資金も潤沢だ。

　何より、目の前には困り果てた虎之助がいる。白石房代がどうからんでくるのかも大いに気になる。

「トラさんは四国に行きたいんだろう？」

「そりゃあ、もう」

「だったら行こう。ぼくらもついていくよ。三人分の旅費はもちろん、ぼくが持つ」

　本当ですか、と虎之助が喜びの声をあげた。なぜ三人だ、と静栄は悲鳴をあげる。晴行は彼らに向けて堂々と胸を張った。

「シズちゃんも付き合え。これも絶対、何かの縁だ。『怪異あるところに怪談男爵あり。その美しき瞳に映るはこの世のものではなく――』っていうことなんだから、いいじゃないか、乗ってやっても」

正直なところ、怪異好きの危うい性癖など持ち合わせてはいなかったのだが、曲解されたからといって怒るつもりもさらさらなかった。面白ければそれでいいのだから。

「ハルちゃんは悪趣味すぎるぞ！」

「ありがとうございます、助かります」

「なんのなんの。怪談男爵たる者、この怪奇な事件をどうして見過ごしにできようか」

悪乗り気味の晴行を睨《にら》みつけ、静栄はぎりぎりと奥歯を噛《か》みしめる。

「……ハルちゃん、前からそうだったっけ？」

「どうだったかねえ」

くすくすと笑う晴行の額に、栗《くり》色がかった髪が柔らかくまとわりつく。西洋画の天使を思わせる美々しい笑み。ただし、この天使は武闘派で気まぐれで悪食《あくじき》でもあった。

晴行の動きは早く、彼と静栄と虎之助の三人は、三日後にはもう四国の地を踏んでいた。

まずは挨拶《あいさつ》がてらにと羽根山座に向かった。瓦葺《かわらぶ》き入母屋《いりもや》造り、純和風様式の立派な劇場に、虎之助は目を丸くする。事前に連絡を受けていた劇場支配人の永山《ながやま》は、愛想よく晴行たちを迎えてくれた。

「ようこそおいでくださいました。こがい早くにまたお会いできますとは」

「房代さんのことは気にかかっていましたから。市川翔燕がやっと悔いて彼女の供養を行ったのに、まだ音が聞こえるとかで——」

ええ、と半分苦笑いの体《てい》で永山はうなずいた。

「まあ、でも、以前に比べれば静かになりましたよ。二階の雰囲気もだいぶ変わったようで、昼はいたって普通ですし、泊まっても全然、何も気づかないままのかたもいらして。どがいですか、籠手川さまもまた二階にお泊まりなさいますか？」

冗談なのか本気なのか、よくわからない調子で永山が訊《き》く。道中、白石房代について詳しく聞かされた虎之助は、とんでもないとばかりに首を激しく横に振った。が、晴行はニヤリと笑い、

「せっかくですからね。一泊くらいはお願いしたいところです」

「物好きな男爵さまですね」永山も屈託なく笑い返した。

「日ノ本新聞、読みましたよ。貸家に響き渡る赤子の泣き声の正体をつきとめたK男爵とは、ずばり、籠手川さんのことじゃありませんか？」

「さあ、どうでしょうね」

否定も肯定もしないでいたところへ、中年の女性従業員が奥から出てきた。以前、羽根山座に泊まったとき、何かと世話をしてくれたタキだ。

「まあ、男爵さま。またこちらへお泊まりですか？」

「みんな、どういうわけか泊まりを勧めてくれるんだね」

「わざわざご自分から、二階に泊まりたいと言い出されたかたが珍しかったですからね」

と、永山が言う。「本当にどうです？　あさってには旅芝居の一座が二階を使いますが、今日明日ならば空いておりますよ」

静栄が「いやいや、宿はもうとってあるので」と断れば、

「ですよね、ですよね」と虎之助が連呼する。

しかし、晴行は「では、今夜ひと晩、お願いしましょうか」

静栄と虎之助は不平不満の声を発したものの、あきらめるのも早かった。晴行が今回の旅費すべてを負担している以上、強くは逆らえない。ふたりともしかめっ面《つら》をして、しぶしぶと晴行のあとに続く。対照的にタキはうきうきとはしゃいだ様子で、彼ら三人を二階へと案内した。

羽根山座の二階は、数ヶ月前に訪れたときと変わりはなかった。二間続きの日本間の、松を背景に鶴《つる》が翼を広げている意匠の欄間《らんま》もそのままだ。ただ、あけ放たれた窓のむこう

の山々が、以前は緑一色に輝いていたのに対し、いまは晩秋のくすんだ色彩をところどころにまとっている。

荷物を下ろし、大きくのびをして、晴行は窓枠に浅く腰かけた。

「そういえばタキさん、白石光子さんってひとのことはご存じかな」

茶の用意をしていたタキが手を止め、丸髷に結った頭をほんの少し傾《かし》げる。

「ああ、はい……。籠手川さまこそ、光子さんのことをご存じで？」

「面識はないよ。でも、幽霊が出ると噂のある廃病院で、女性の死体がみつかったって聞いて。そのひとの名字が房代さんと同じで、しかもここと同じ羽根山町の病院だっていうから、もしかしてと思ってね」

納得したふうに、タキは何度もうなずいた。

「ひょっとして、その話を聞いてわざわざ東京からいらしたんですか？　本当に物好きですねえ。やっぱり、支配人の言うていた通り、K男爵こと怪談男爵って、籠手川さまのことじゃありません？」

まあまあ、そこはと、晴行は笑って誤魔化したが、タキはそうに違いないと確信した様子だった。ならばと、湯飲みに茶を注ぎながら彼女は腰を据えて語り出す。

「わたしもね、光子さんが亡くなったと聞いて驚きましたよ。光子さんとは同い年でしたけん」

それは初耳だった。晴行だけでなく、静栄と虎之助も目を瞠《みは》る。

「じゃあ、光子さんとは親しかった？」

晴行の問いかけに、タキは曖昧《あいまい》な表情を浮かべた。

「それほどでもないですけど、尋常《じんじょう》小学校でもいっしょだったんですよ。そがいな頃から光子さんは評判の別嬪《べっぴん》さんで。近所の若い男衆は、みーんな光子さんに熱をあげていましたとも」

「つまり、夫の白石徳蔵氏も光子さんに熱をあげていたひとりだったと」

「ええ、まあ、でも」タキは急に声をひそめた。

「光子さんには心に決めた別のひとがおりましたけどね」

虎之助がさっそく懐《ふところ》からメモ帳を取り出そうとするのを、静栄が首を左右に振って止めた。東京の新聞記者が直接、乗りこんできたと知れると、変に警戒されかねない。まずは慎重に行こうと、晴行たちは事前に取り決めていたのだった。

が、タキは目ざとく気づき、

「あら、もしかして、こちらさん、新聞記者さん？」

むしろ嬉《うれ》しそうな声を出した。晴行は自身の唇の前にひと差し指を立て、タキに向けて片目をつぶってみせた。

「永山さんには内緒にしていてくれないかな。べつに、羽根山座のことを記事にしようというわけじゃないんだけれど、誤解を招きかねないからね」

「本当ですか？　羽根山座や房代さんの名前は出さないって、本当にお約束できます？」

「もちろん。家名にかけて誓うとも」

虎之助が「それは……」と情けない顔をしたが、そこを譲る気は晴行にもなかった。

「あきらめるんだよ、トラさん。今回は焼けた産院の幽霊がらみで調べに来たんだから、初志貫徹すればいいだけじゃないか」

「ですが、市川翔燕に捨てられて首を縊った娘さんといい、この立派な芝居小屋といい、こんなおいしいネタをあきらめろだなんて……」

静栄が哲学者のような顔をして、「二兎《にと》追う者は一兎《いっと》も得ず、だ」

「シズちゃんの言う通りだよ。それよりトラさん、ここからひとりで帰京するかい？」

もとより虎之助に勝ち目はなかった。ふたりがかりで脅迫じみた説得をされ、記者には向かない弱気な性格の彼は、きれいに丸めこまれてしまう。

「話を戻すけれど」と、晴行はタキに向き直った。

「じゃあ、光子さんは恋人と引き裂かれて、白石氏といやいや結婚したのかな」

「どうでしょう、いやいやとまでは言わないかもしれませんよ。光子さんは婚約していたんですが、お相手は戦地で病死されて。徳蔵さんは泣きの涙に暮れていた光子さんに求婚したんですよ。あちらは生糸《きいと》で財を成したお大尽《だいじん》で、光子さんの家は徳蔵さんのところから借金をしていたみたいですからねえ。婚約者が病死して結婚を断る口実もなくなり、光子さんもすっかりあきらめて花嫁衣裳に身を包んだ……、ってところでしょうか。それはそれはおきれいで、哀しげな花嫁さんでしたよ」

それほど親しくはなかったと言う割に、タキは光子の結婚事情を滔々《とうとう》と語った。

「でもね、結婚してからはすっかり落ち着いたご様子で。ご長男に恵まれ、続けて娘さんも産まれて。ふたりとも、光子さんの子供さんだけあって、お人形さんみたいにおきれいで。徳蔵さんはそりゃあもう大喜びで、特に房代さんのほうを目の中に入れても痛くないくらいにかわいがって、着物やら何やら、お金に糸目を付けずに買《こ》うてあげて。房代には三国一の花婿《はなむこ》を迎えてやろうと、よく言うておられましたっけか。それがねえ、あがいなことになって」

ちらりとタキの視線が部屋の欄間に向けられる。あの欄間に紐を通し、房代は首を縊ったのだ。

「まさか、光子さんまで亡くなるなんてねえ。佳人薄命って、こがいなことを言うんでしょうか。光子さんが岡部《おかべ》医院の焼け跡に花を手向けに行っているいうのは、誰かから聞いたことがありましたけど……」

えっ、と静栄と虎之助が声をあげる。晴行は「ほう」とつぶやき、目を細めた。

「どうして光子さんが焼け跡に？」

「あら、わたし、言いませんでしたっけか。房代さんはこの部屋で首を縊ったんですけれど、みつかったときにはまだ息があったんですよ」

そんな話を聞いていて忘れるはずがない。

静栄は「聞いてないよ」と大声をあげ、虎之助はメモを取るのも忘れて目をパチクリさせる。晴行は「聞いてなかったけれど、それで?」と先を促《うなが》した。

「すぐに病院へ運ばれて、お腹《なか》の子はどうにか産まれたんですけれど、房代さんは結局、助からなくて。でもねえ、月足らずで産まれた赤ん坊は、岡部医院に預けられている間に火事に遭って、ほかの子たちといっしょに」

「亡くなったんだ」

「ええ、そうなんですよ」

晴行の眉間《みけん》に深い皺《しわ》が刻まれた。静栄も虎之助も、やりきれない顔をする。せっかく産まれてこれたのに、煙と火にまかれ息絶えてしまった赤子のことを思うと、そうならざるを得ない。

「房代さんが産み落とした赤子は、光子さんにとっては孫にあたるから、つまり、その子のために産院の焼け跡に花を手向けに行っていたと、そういうわけなんだね?」

はい、とタキが神妙にうなずいた。

「火事の原因はなんだったのかな」

「宿直の看護婦さんの煙草《たばこ》の火の不始末だったと、わたしらは聞いております」

自分の過失で火が出たとなれば、看護婦の霊が成仏できずにさまよっていたとしても無理はない、と晴行は思った。

「もしよかったら、焼け跡への道順を教えてもらえるかな」

「ええ、ええ、構いませんとも」

虎之助が渡したメモ帳に、タキが説明しながら地図を描きこむ。その間、房代が首を縊ったという欄間は一度たりとも軋んだりはしなかった。


秋の午後は陽が傾くのが早い。暗くなる前にと、晴行、静栄、虎之助の三人は岡部医院の跡地へと向かった。

刈り取りの終わった田んぼや畑が続くのどかな光景の中、三人の影が車道に長くのびる。一本道なうえにタキの描いてくれた地図のおかげもあって、彼らは迷うことなく目的地に到着した。

煉瓦《れんが》造りの二階建て洋館は、焼けて外壁と屋根の一部を遺《のこ》すだけとなっても美観を損なってはいなかった。外壁に黒っぽい安山岩が用いられているだけに、焦げた痕跡《こんせき》もさほどめだたず、廃墟独特の退廃美さえ感じさせる。

柵状の門扉は大きくあけ放たれていた。たとえ閉まっていたとしても足がかりはあるし、乗り越えていくのは難しくない。晴行たちは誰にも邪魔されることなく、雑草の茂る庭へと足を踏み入れた。ここに肝試しに来たという若者たちも、こんなふうに容易に侵入できたに違いない。

枯れ草の香りがする中、数段の階段をのぼると、玄関前の基壇に黒い染みがうっすらと広がっていた。白石光子がここに倒れていたことは、たやすく想像がついた。

この場所で亡くなったのは光子だけではない。火にまかれた看護婦と、房代の子を含めた赤子たちもそうだ。

昔から、出産で命を落とす母子は多い。ましてや月足らずで産まれた赤子はまず助からないものと永らく思われ、そのまま放置、遺棄されてきた。未熟児のための保育器はすでに世に存在していたものの一般的ではなく、都市部でもないこの町で、保育器をそろえ、早産児を受け容《い》れている岡部医院はかなり画期的だったといえた。

「立派な病院だったのに、もったいない」

晴行のつぶやきに、静栄もうなずいて言う。

「看護婦の煙草の火の不始末で出火っていうのは、確かなのかな」

虎之助が取材メモをぱらぱらとめくった。

「西田繁子《にしだしげこ》という名で、婦長だったそうです。年齢は四十一。独身。謹厳《きんげん》実直すぎるほどで院長からの信頼も厚く、若い看護婦からは怖いお局《つぼね》さまとしておそれられていた。激務の中での唯一の息抜きが喫煙だったとか。死体の損傷が激しく、彼女の死因は特定できなかったものの、宿直室のベッド周辺がいちばん燃えていたので、やはり寝煙草が原因かと」

晴行はふうとため息をついた。

「それはやりきれないな……」

三人はそっと手を合わせ、死者のためにしばし黙禱《もくとう》した。

焼け跡に茂る雑草が、さわさわと風に揺れる。祈り終え、おもむろに周囲を見廻《みまわ》すと、茶色くひからびた百合《ゆり》の花が数本、壁際に落ちているのが晴行の目にとまった。

「あの花、光子さんが房代さんの子供のために手向けたものかもしれないね」

虎之助も同じものをみつめて嘆息する。

「幼い子供たちが死ぬのはやりきれませんよね」

静栄もうなずいて同意した。三人の脳裏に、つい最近かかわった事件――養子斡旋《あっせん》業の夫婦に殺され、床下に埋められた子供たちのことが浮かんだのは間違いなかった。

犯人夫婦に殺された赤子は、自分はここにいると床下から泣き声を響かせていた。この産院跡地でも、夜ともなれば、焼死した赤子たちが声高に泣き始めるのかもしれない。

泣いて泣いて、それで無念が少しでも晴れるのなら、存分に泣かせてやっていいのではないかと晴行は思った。怖がるほうは勝手に怖がればいい。遊び半分で肝試しに行くような無神経な輩《やから》には、最初から同情はしない。

さて、と言いながら、静栄が小脇に挟んでいた風呂敷包みを解き始めた。中から現れたのは、数字やアルファベットが列になって記された紙と、穴のあいたハート型の小さな板だった。霊と交信するための道具、コックリさんの原型とも言われるウィジャ盤である。用紙の上で板を滑らせ、穴のあいたところに示された文字や数字で、霊の意図を探る仕組みだ。風呂敷包みの中にいっしょに入っていた薄い冊子は、その手引き書らしかった。

「それを持ってきていたのか。まっ、倹約家のシズちゃんがわざわざ自腹で買ったわけだからね」

「ああ、一度は使わないともったいない」

「室さんって倹約家なんですか……」

虎之助が不思議そうにつぶやく。子爵家の嫡男《ちゃくなん》なのにと考えているのが筒抜けだった。

静栄はむっつりと、

「うちは昔からの貧乏公家だから、そもそも余裕がないんだ」

「トラさん、年上なんだから、いいかげん籠手川さん室さんじゃなく、ハルちゃんシズちゃんって呼んだらどうだい？」

晴行に唐突に言われて、虎之助は大いにたじろいだ。

「なんですか、急に」

「いや、こうしてわざわざ三人で四国まで遠出しているんだし、短い間だったけれど、貸家のひとつ屋根の下で寝起きもしたわけだし、いつまでも名字呼びなのは何かなと思って」

「しかし、ちゃん付けは……」

「だったら、ハルさんシズさん」

腕組みした虎之助がうーんとうなっていると、突然、カシャンと金属がぶつかり合う音があたりに響いた。

三人がいっせいに振り返る。白いシャツを着た見知らぬ男が、岡部医院の門扉に車道側から錠をかけ、走り去ろうとしているところだった。

男を追おうとして、まっさきに晴行が駆け出した。閉ざされた門扉は、勢いのまま乗り越えていこうとする。が、足首をぐいとつかまれて、晴行は門の前で派手に転倒した。

何が自分の邪魔をしたのかと、即座に確かめる。そこで晴行が目撃したのは、雑草の間からのびた痩《や》せた手だった。

筋張った指が、彼の足首をしっかりとつかんでいる。草の丈は十数センチほどで、誰かがそこにひそんでいるわけでもない。手だけがそこにあり、晴行の邪魔をしたのだ。

息を呑み、晴行が固まったその数瞬後、手はすっと離れて雑草の間に消えた。静栄と虎之助が彼のもとに駆けつけてきたのは、そのあとだった。

「大丈夫か、ハルちゃん」

「怪我はありませんか、ハルさん」

立ちあがった晴行は気遣うふたりにうなずき返し、服についた砂をはらい落とした。彼を引き止めた謎の手も、門扉を閉めた男の姿も、もうどこにも見当たらない。

「どうやら本当に出るみたいだね、ここは」

「出るって何が」問う静栄に、

「霊だよ」晴行は当たり前のように応《こた》えた。

「さっきは、急に足首をつかまれたせいで転んだんだ。筋張っていたけど、間違いなく女性の手だった」

うひぃと虎之助が情けない声をあげ、あわてて周囲を見廻す。

「いまはいないよ。消えてしまったから」

「ほ、本当ですか」

それでも、虎之助は不安げにあたりをうかがうのをやめない。静栄も眉をひそめている。

「まさか、死んだ婦長の西田繁子が？」

「あるいは白石光子さんだったのかもね」

「どちらにしろ、ここには本物の幽霊が出るんですね……」

大仰に震えて自らの腕をこする虎之助に、晴行が訊いた。

「トラさん、怖いの？」

「当たり前ですよ。ハルさんは怖くないんですか。あっ」

愛称呼びにやっと気づいて、虎之助は口を手で覆《おお》った。晴行はふふっと笑って肩をすくめる。

「怖いよりびっくりが先で、まあ、火事の現場で死霊が出るのはおかしくないのかもだけれど、どうしてまだ陽のあるうちから出たのかなと。肝試しの連中は、死体はみつけても霊は見なかったのに。もしかして、さっき逃げた男を追ってもらいたくなかったのかな」

静栄の目がより厳しくなった。

「どうして。そもそも、あいつは誰なんだ」

虎之助もそれを訊きたそうな顔をしている。が、晴行がいくら考えたところで答えは出てこない。

「シズちゃんはどう思うんだい。考えるのはそっちのお得意だろう？」

「材料がまだ足りなすぎる。それもあってウィジャ盤を持ってきたんだ。駄目でもともと、まずは使ってみて、何かの足しになればと――」

建物のほうを振り返った静栄が、途中で言葉を呑みこんだ。玄関前に置かれたウィジャ盤の用紙が、びりびりに引き裂かれていたのだ。ハート型の板も真っ二つに割れている。

晴行たちは急いで玄関前に戻り、破れた用紙を拾いあげた。紙の端には黒い指の跡が残っていた。大人にしては細すぎる指。晴行の足首をつかんだ手よりも、ずっと小さい。

「これは煤《すす》かな。それにずいぶんと小さな手だ。まるで赤ん坊の指の跡みたいな……」

虎之助がまた、ひいっと叫ぶ。晴行はいつもと変わらぬ調子で、

「しっかし、こんなにもろいとはね。このウィジャ盤、いったい、いくらしたんだい？」

「……訊いてくれるな」

静栄は不機嫌そうに、そっぽを向いてしまった。

いつの間にか、岡部医院の外壁を照らす陽光も、すっかり黄昏《たそがれ》の色に変わっていた。夜になれば、この廃墟はまた違う様相を帯びてくるだろう。それこそ、あの筋張った手の主や、ウィジャ盤を壊した赤子が暗闇《くらやみ》の中からおどろおどろしい姿を現しかねない。望む展開ではあったものの、思った以上に危険かもしれないと晴行は判断した。

「ぼくらは歓迎されていないみたいだし、今日はいったん羽根山座に戻ろうか」

「戻りたいわけでもないけどな」

「羽根山座も『出る』んですよね。おれもシズさんと同感ですが、それでも、ここで夜を迎えるよりは――あっ」

いつの間にか、静栄にも愛称呼びで、自分呼びは「わたし」から「おれ」に変わっている。けれども、静栄も、

「いいよ。シズさんで。諏訪さんのほうが曲がりなりにも年上なんだし」

「曲がりなりにもって……」

いろいろと文句はありそうだったが、結局、虎之助はおとなしく口をつぐんだ。

閉められた門扉は柵状で足のかけ場もあり、高さも大したことはなく、晴行たちは余裕で乗り越えていくことができた。

沈みゆく夕陽に追われるようにして岡部医院跡地を離れ、羽根山町の中心街の小さな飲み屋で夕食を済ませてから、羽根山座へと戻る。二階の部屋にあがると、すでに布団が三組、きれいに敷かれていた。

「本当にここに泊まるんですね……」

ハンチング帽をくしゃりと握りしめて、虎之助が不安そうにつぶやく。

「怪談耐性を養うためのいい機会だと思えば？」と晴行が言えば、

「そんな耐性いりませんし、記事にもできないのなら怖がり損ですよ。シズさんは平気なんですか」

静栄に助けを求めるも、

「そうでもないが、自分より悲惨《ひさん》そうな第三者がいると妙に落ち着く」

「なんですか、それは。まったくもう」

むくれる虎之助を、まあまあと晴行がなだめる。

「そう言わずに。房代さんの霊から何か有力な情報が聞き出せるかもだよ。そうしたら、取材も俄然《がぜん》はかどるじゃないか」

「……たくましいですねえ、ハルさんは」

「だって、ぼくは日ノ本新聞が認定した怪談男爵だからね」

彼を怪談男爵に祀《まつ》りあげた側の虎之助は、ため息をつくしかなかった。

近くの銭湯でひと風呂浴び、明日の予定を再確認し合ってから、晴行たちは早めに床についた。静栄と虎之助は鴨居のそばに寝るのを厭《いや》がって、布団を部屋の隅《すみ》に引っぱっていく。晴行だけが鴨居のすぐ近くに広々と場所を取って就寝した。

枕に頭を載せれば、寝つくのは早い。羽根山座は町の中心に位置していたものの、何分にも山あいの田舎町のこと、夜は明かりも少なく、ひどく静かだ。

だからこそ逆に、ほんのわずかな音も拾ってしまう。深夜、熟睡していた晴行は、シュッ、シュッと布地がこすれるような音を耳にして、眠りの淵《ふち》から静かに浮上していった。

まだ完全には目醒《めざ》めたとは言えない。目を閉じたまま、仰向けに横たわったままで、真っ暗な中、晴行は周囲を探る。

畳の香り。芝居小屋の二階に忍びこんできた冷たい夜気が、部屋の中でゆるやかに対流している。誰かが、二間続きの日本間を歩きまわっているのだ。シュッ、シュッと聞こえる音は、その誰かの足音だ。

歌舞伎《かぶき》役者の市川翔燕にまとわりついていた音——彼に捨てられて縊死した白石房代の足音に間違いなかった。

（やっぱり、まだここにいるのか……）

二階の雰囲気もだいぶ変わって昼はいたって普通だと、支配人の永山は言っていた。それでもやはり、幽冥《ゆうめい》の刻限ともなれば、死者の霊はその勢いを盛り返し、妄執《もうしゅう》のままにさまよい歩くのだろう。

晴行も恐怖がまったくないわけではなかったが、それ以上に、ちゃんと目をあけて相手を確認したくなった。なのに、まぶたが上がらない。身体《からだ》のどこも動かせない。

気づくと足音は聞こえなくなっていた。その代わり、気配はもっと近くなった。何者かが、枕もとにすわりこみ、こちらをじっと見据えているのが、目を閉じていても痛いほどに感じられる。

『……は、……で』

ひどくかすれ、男とも女とも、若いとも老いているとも判断のつかぬ声が間近に聞こえてきた。

『わたしは……、で……、した……』

苦しいのか、語句の合間に、はあはあと荒い息遣い、カチカチと歯の鳴る音が混じる。それでも、気配の主——房代の死霊は何事かを言おうとしている。晴行もなんとか聞き取ろうと耳を澄ます。

『ここ、で……』

すうっ、と房代が息を吸いこむ。次の瞬間、

『わたしはここで死にました』

はっきりと聞き取れた途端に、晴行の目がカッと開いた。枕もとにすわりこみ、こちらを覗《のぞ》きこんでいた死霊が、彼の両まぶたに指を添え、強引に押しあげたのだ。

女学生のような廂髪《ひさしがみ》。黄色みの強い薄朱色の振袖には白い蝶が全面に描かれ、まるで大きな花びらが舞っているかのよう。前に目撃したときと同じ髪型、同じ着物だ。ただし、影が濃くて顔はよく見えない。

房代さん、と晴行は彼女に呼びかけようとした。が、房代は構わず、晴行の首に両手をかけ、きつく絞めあげてきた。若い娘の華奢《きやしや》な指が、信じられないような強い力で晴行の喉を圧迫する。四肢《しし》が金縛りから抜け切れていない彼には、房代の手を振りほどくことができない。

息苦しさから急速に意識が遠のいていく。ろくな抵抗もできぬまま、晴行は気を失い——次にハッと目を醒ましたときは、もう朝になっていた。

襖《ふすま》の隙間《すきま》から部屋に陽光が射しこんでいる。小鳥のさえずりが聞こえる。四肢はおのれの意思通りに動く。

（助かったのか……）

晴行は半身を起こして部屋を見廻し、房代の姿がないことを確認して小さく息をついた。その吐息が聞こえたのか、静栄と虎之助も目を醒まして布団の中から顔を上げる。

「おはよう、シズちゃんトラさん」

晴行のほうから声をかけると、ふたりとも眠たげに、おはようと返してくれた。が、目をこすっていた虎之助が、急にぎょっとする。

「それ、どうしたんですか、ハルさん」

最初は訝《いぶか》しげだった静栄も眼鏡をかけると、たちまち表情を変えた。

「なんだよ、その首」

「首、首」と虎之助も連呼する。きょとんとしている晴行に、

「自分で確かめてみろ」

静栄は部屋の隅の鏡台を指差した。促されるままに鏡台を覗きこむと、浴衣《ゆかた》の衿《えり》からのびた自身の首に、赤い指の痕《あと》がくっきりと残されている。房代に絞められた痕跡だった。

あらら……と、晴行はつぶやいた。

「房代さんはずいぶんと情熱的だなぁ……」

「房代さん？　出たのか？」

「出たんですか？」

うん、と晴行はうなずくと、静栄は口を盛大に歪め、虎之助はひぃと悲鳴をあげた。晴行は怖いと思う以前に、夢ではなかったんだと妙に感心する。

「夜中、シュッ、シュッっていう足音が聞こえてきて――」

昨夜の一部始終を語ると、静栄と虎之助はそれぞれ悪寒《おかん》に身を震わせた。

「ふたりは何か見たり聞いたりした？」

晴行の問いに、静栄たちはいっせいに首を横に振る。

「いいや。寝つきは悪かったが、何も見てない聞いてないぞ」

「こっちもです。夜中に一度、目が醒めかけましたが、布団をひっかぶって意地でも鴨居のほうは見ないようにしました」

はははと、晴行は脱力気味に苦笑した。

「ぼくも部屋の隅に布団を移すべきだったかなぁ。いやいや、それだと怪談男爵の名が廃《すた》るか。房代さんもわざわざ出てきてくれたんだし」

晴行は鶴の欄間を笑顔で見上げた。

前に泊まった夜、房代の霊はあの欄間から下げた紐に首をかけた姿で現れたが、こちらに触れはしなかった。昨夜は大胆にも晴行の首を絞め、夢ではない痕跡まで残してくれた。広い心で解釈すれば、

「病院跡地でぼくの足をつかんだ手は、房代さんのものじゃなかったよ」

それを晴行に伝えたかったのかもしれない。

「房代さんは華奢で小柄だったけれど、筋張るほど痩せてはいなかった。手もいかにもお嬢さん育ちらしく、すべすべしていた。力は存外、強かったけれどね」

「……嬉しそうだな、ハルちゃん」

「いやいや、女性に首を絞められて嬉しがるような趣味はないよ」

口ではそう言いつつ、晴行は余裕で笑っている。静栄は苦々しげだったが、虎之助は「さすがは怪談男爵」と感心しきりだ。

「さらに思ったんだけどね。房代さんはいまだに市川翔燕に心を残しているよ。供養を境におとなしめにはなったけれど、そう簡単に成仏できるものでもない。それだけ翔燕にいちずだったんだから。でも、子供には執着してないみたいだ。わたしはここで死にましたと房代さんは言い切っていたし、もしかして、首を縊った時点で彼女の生は完結していて、産んだ自覚すらないのかもしれないね」

それはそれで哀しいことだけれど――と、心の中で付け加える。

ふむふむと虎之助はうなずき、

「つまり、産院跡地に白石房代の霊が現れる理屈はないと」

「じゃあ、昨日、ハルちゃんの足をつかんで邪魔したのは白石光子のほうか。それとも、婦長の西田繁子かな」

「どっちだろう。まあ、それをつきとめるために、今日もがんばろうか」

「ご協力、ありがとうございます」

虎之助は深々と頭を下げた。本来、関係者への取材は記者である彼の仕事なのに、もはやすっかり晴行に頼り切っている。

顔を洗い、三人が着替えているところに、階下からタキが上がってきた。

「おはようございます。握り飯と漬け物くらいしかありませんけど、下で召しあがりませんか？」

断る理由などなく、晴行たちは羽根山座一階の控え室に下りていき、朝食にあずかった。握り飯と漬け物くらいと言われていたのに、煮物だの卵焼きだの季節の果物なども出てきて、なかなか充実した朝食となる。

「で、大丈夫でしたか、昨夜は」

興味津々《しんしん》で尋《たず》ねるタキに晴行は、

「うん、大丈夫だったけれど、シュッ、シュッ、シュッって足音は聞こえたかな」

首を絞められたことは言わないでおく。シャツのボタンをきっちり上まで止めていたので、首の絞め痕《あと》も彼女には見えない。

「あら、やっぱり。怖い怖い」

そう言いながらも、タキはたいして怖がっているふうでもなかった。ここで働く彼女は、もうすっかり慣れっこになっているのかもしれない。

ちょうど食べ終えた頃に、羽根山座の表から「タキさん、タキさん」と呼ばう声が聞こえた。応対に出ていったタキはすぐに戻ってきて、

「申し訳ありません。篭手川さまにお会いしたいというかたがいらしてるんですけれど」

「ぼくに？　誰だろう」

「たぶん、徳蔵さんのお使いだと思いますよ」

「徳蔵さんって誰だっけ」とつぶやく晴行に、静栄が、

「白石徳蔵さんか。ほら、房代さんの父親の」

そう言われて、やっと彼にも思い出せた。ならば、会わない手はない。晴行と静栄と虎之助は控え室を出て、ぞろぞろとタキのあとに続く。

羽根山座の玄関先に、彼らを待って初老の男と若い娘が立っていた。初め、こちらに背を向けていた娘は、晴行たちに気づくや振り返り、しとやかに一礼した。

晴行と静栄が一瞬、息を呑んだのは、彼女のたたずまいが亡き房代を連想させたからだった。

房代と同じ髪型の廂髪。薄紅色の振袖には、薔薇《ばら》とおぼしき大輪の白い花がちりばめられている。房代が着ていた朱色地に白い蝶の柄《がら》の着物と、別物だが印象は似ている。背格好もほぼいっしょだ。年は十七、八くらいか。房代が幾つだったかは知らないが、おそら

く目の前の彼女とそう変わるまい。

「籠手川男爵さまでしょうか」

いかにも、と応える晴行をまぶしそうにみつめ、少女は名乗った。

「秋月信江《あきづきのぶえ》と申します。伯父《おじ》の白石徳蔵の使いで参りました」

「伯父……。ということは、房代さんの従妹《いとこ》さんですか」

信江が戸惑い気味に目をしばたたく。

「従姉をご存じでしたか」

「ええ、まあ」

「なのに、わざわざこちらに……」

この羽根山座で自死した房代のことを思い出したのだろう、信江は二階に通じる階段を見やって、困ったような顔をした。お付きの初老の男も、白髪交じりの眉を八の字に下げている。

「従姉とはどういう……」

どう訊いていいものかと、信江も困惑している。

「実は、ぼくらは市川翔燕の知り合いでしてね」

確か、前はそういう設定でここに訪れたんだったなと思い出しながら、晴行は語った。

「羽根山座がとてもいいところだったと彼から聞いて、それで興味を持って。確かに素晴らしい建物だなと。今回は二度目なんですよ、ここに来るのは。房代さんのことは、まあ、支配人からざっくりと話に聞きましたけれど、ぼくらは気にしませんよ」

信江は日ノ本新聞を見ていないと仮定して、無難な線で進めておく。

功を奏し、妙な空気が流れたのはほんのわずかな間だった。

「そうでしたか。すみません、立ち入ったことをうかがって」

信江は過去を振り切るように、晴行ににっこりと微笑《ほほえ》みかけてきた。みずみずしい桃を思わせるふっくらとした頰《ほお》に、愛らしいえくぼが刻まれる。

「東京から華族のかたがおいでだとうかがって、伯父がぜひとも家にお招きしたいと申しておりますの。差し支えなければ、昼食などごいっしょにいかがでしょうか」

願ってもない申し出だった。機会があれば徳蔵とも話してみたいと思っていたところに、まさか、むこうから誘いが来るとは。

「それはそれは。喜んでおうかがいしますと、伯父上にお伝えくださいますか」

「よかった。では、お昼前にこちらへ迎えの車を出しますわね」

ありがとうございます、とうなずく晴行に代わって、静栄が言った。

「あ、いえ、今日の宿はこちらではなく、近くの旅館に移る予定ですので、迎えでしたらばそちらに。……というか、お招きは籠手川だけでしょうか」

「いいえ。お友達のかたがたも、どうぞ、ごいっしょにいらしてくださいませ」

信江は静栄だけでなく、虎之助にも笑顔を向けて誘った。房代も生前はこんなふうな無《む》垢《く》な表情をしていたのだろうかと想像すると、晴行はなんとも言えない心地になった。

信江が付き添いとともに去っていってから、晴行は柱の後ろにいたタキを振り返った。ずっとそこに隠れて、晴行たちの会話を聞いていたタキは、目が合うと気まずそうな顔をした。が、あえて咎《とが》めはせずに、

「信江さんって、房代さんに似ていたりするのかな」

「あら。どうでしょう。でも、言われてみれば、そうかもしれませんね。房代さんが亡くなったのは十八で、いまの信江さんとはひとつしか違いませんから、よけいに似て見えるのかも。ちょうどあがいな感じの振袖を、房代さんもよく着ていましたよ。お洒落《しゃれ》をして、田代《たしろ》さんの運転する車に乗って、翔燕さんとの逢瀬《おうせ》のためにこっそりこの羽根山座に来て」

「田代さんって?」

「ああ、信江さんといっしょにいたひとですよ。白石家の運転手なんです」

興味津々で成り行きを見物していたのがばれ、恥ずかしかったのか、タキはとにかく饒舌《じょうぜつ》に語った。

「徳蔵さんも、亡くなった房代さんを重ねてらっしゃるみたいで、信江さんを大層かわいがって。長男の圭介《けいすけ》さんと結婚させて、白石家をふたりに継がせようと考えてらっしゃる

んかなって、町では噂されてますよ。圭介さんもね、以前は賭《か》け事にはまって、徳蔵さんと揉《も》めて、勘当《かんどう》だなんだと騒ぎになっていたみたいですけど、ここ何年かはすっかりおとなしくなって。房代さんが亡くなったあたりからでしょうかねえ。だからまあ、圭介さんが徳蔵さんのお気に入りの信江さんと結婚して家を継ぐっていうのも、ない話じゃない気はしますが、どがいでしょう。いまはほら、昔と違って自由恋愛も増えてますし」

小さな町だからこそ、大家《たいか》の内情はみなの関心を強く惹《ひ》きつけるのだろう。晴行が「へー、へー」と相槌《あいづち》を打ち、静栄が他家の噂ばなしに居心地悪そうにしている傍《かたわ》ら、虎之助は熱心にメモを取り続けている。

「なるほど、なるほど。いろいろ教えてもらえて助かるよ、タキさん」

「いえいえ。籠手川さまのお役に立てるのでしたら、よろしゅうございました」

「じゃあ、ついでに教えてもらえるかな」

「はい、なんでしょう」

「光子さんって痩せていた？」

「光子さんがですか？　ほっそりとはしてましたけど……」

「手は筋張っていた？」

「いえいえ、そこまでは。すっとした、きれいな手でしたよ」

「そうなんだ。じゃあ、亡くなった岡部医院の婦長さんの手はどうだったのかな」

「さあ……。あいにく、わたし、そのかたは存じあげなくて」

「そうか。院長先生は無事だったんだよね。そちらと話したりはできないかな」

「話せるかどうかはわかりませんよ。病院があがいなことになって、お身体を壊されたそうですから。でも、お住まいでしたら――」

タキが教えてくれた岡部院長の住まいは、産院の焼け跡のすぐ近くに位置していた。

知りたいことをするすると引き出していく晴行に、虎之助はすっかり感心している。タキが自分の仕事に戻っていってから、

「ハルさん、いっそ、うちの社に入りません?」

あながち冗談でもなさそうな口調で虎之助が誘い、静栄までもが、

「正社員なら止めないな」と、条件付きで理解を示す。

あははと、晴行は軽やかに笑った。

「ま、考えておくけど、母がなんて言うかなぁ」

就職はともかく、怪談男爵の記事を母の尊子《たかこ》が読んだら、まず、いい顔はすまい。それだけは、とうにわかりきっていた。

行ったところで、岡部院長と話ができるとは限らない。が、白石家の訪問までに時間は

あるし、駄目でもともとと、晴行と静栄、虎之助の三人は岡部院長の自宅へと向かった。

産院の焼け跡とは、目と鼻の先。ただし、雑木林と田畑を挟んでいるため、視界に入らなかったところに、書院造を基調とした伝統的な和風建築が建っていた。

明治期に建てられた邸宅には、洋館と和館をそれぞれに設け、日常的な生活の場として和館を、公的な接客のための空間として洋館を用いるケースがしばしば見られる。岡部家でもその形式に添って、伝統の日本家屋で家族が暮らし、隣接した洋館で診療を執り行っていたのだろう。

「で、なんて言って会うつもりだ？」

邸宅の前で問う静栄に、晴行はあっけらかんと、

「日ノ本新聞の取材ではるばる東京からやってきました、でいいんじゃないか？　菓子折も持参してきたことだし」

「誰も彼もが甘味で釣られると思うな」

「むしろ籠手川男爵の名を出したほうがよくはありませんか？　白石徳蔵だって、男爵さまが近くに来ていると知って、自宅に招待する気になったんでしょうし」

「いや、新聞社との合わせ技で、ぼくが怪談男爵だと知られてしまうのはまずいよ」

「何を言ってるんだ。たった一回、記事になったくらいで」

「でも、ほら、羽根山座の永山さんは日ノ本新聞を読んでたじゃないか」

「たまただ。あんな三流新聞、誰しもが知っているわけでもない」

「三流新聞って、シズさん、本当のことを言わないでくださいよ」

家の前で男が三人、がちゃがちゃと言い合っていれば、家人から不審な目を向けられるのは致しかたない。のどかな田園風景に囲まれて、自分たちの他に、近くには誰もいないと思っていたのに、

「うちに用ですか」

かけられた声には警戒の色が露骨だった。晴行たちは笑顔を取り繕《つくろ》って振り返ったが、その表情も途端に強《こわ》ばってしまう。そこにいたのは、昨日、岡部医院跡地でいきなり門扉を閉め、逃げ出した男だった。年齢は二十代の後半くらい、静栄に負けないくらい気難しそうな顔つきをしている。

真っ先に笑顔を取り戻したのは晴行だった。

「これは失礼。東京から参りました、籠手川晴行と申します。岡部先生はご在宅でしょうか」

陽光をはじく栗色がかった髪、大理石の肌に、ほの紅《あか》い唇をした甘い容貌《ようぼう》には天使の笑み。それも甲冑《かっちゅう》に身を包んだ大天使の笑みだ。声には天鵞絨《ビロード》のごときなめらかさを宿す。だが、それでも相手は警戒を解かない。

「父は体調を崩しておりますので、申し訳ありませんがお会いできませんよ」

「それは残念。御子息でいらしたのですね。よろしければ、二、三、うかがいたいことがあるのですが。これ、羽根山座の近くの店で買ってきた栗饅頭《くりまんじゅう》です。とてもおいしかったので、どうぞどうぞ」

晴行は菓子折を強引に押しつけた。むこうもつい受け取ってしまったが、それでも態度は軟化しない。

「あんたら、新聞社の連中か」

晴行たちの会話を聞いてそう判断したのだろう、憎々しげに彼は言った。

「日ノ本新聞の記事なら読みましたよ。怪異を読み解く怪談男爵、貸家の床下に埋められていた赤子の泣き声を聞き取り、養子斡旋業者の悪事を暴く――」

「ほら、うちの新聞、案外、知られているじゃないですか」

虎之助が静栄に向かって得意げに言う。静栄はうんざりした様子を隠さない。

「昨日、焼け跡にいるのを見て、どこの物好きかと思ったら」

「ああ、それで不快に思われて門扉を閉めたのですね。どうか、無礼をお許しください」

晴行が優雅に頭を下げても、

「話すことなんてない。先日の白石夫人の件で来たのなら、見当違いもいいところだ。あれは事故だったんだから」

「足場が悪くて転倒し、頭を強打した不幸な事故――でしたか。でも、白石夫人はどうして岡部医院の焼け跡に？」

理由の見当はついているにもかかわらず、晴行はわざと尋ねた。知らない、と相手は即答したものの、右目の下が微《かす》かにひきつったのを、彼は見逃さなかった。

「焼け跡とご自宅がこんなに近いんですから、白石夫人の訪問に気づいたりはしませんでしたか？」

「間に雑木林を挟んでいるから、家から病院は見えないんだ。あの夜は、肝試しに来ていた連中が騒いでいるのを聞きつけて出ていったが、それまでは何も気づかなかった」

今度は目の下もひきつらない。本当のことを言っているようだった。

「肝試しに来るような輩は多いのですか？　なんでも、六年前に宿直の看護婦の寝煙草から出火して、彼女と入院中の赤子たちが……」

「西田さんが寝煙草なんてするはずがない」

岡部院長の息子は急に声を荒らげ、晴行の言葉をさえぎった。

「あのひとはぼくが子供の頃から、うちの病院で働いていて、勤務態度から何から真面目すぎるくらい真面目だった。煙草は吸っていたかもしれないが、火の始末を怠《おこた》ったことは一度もない」

「誰しも、うっかりはありますよ」

晴行が気遣いつつ、そっと指摘しても、相手は認めない。

「もう帰ってくれ。二度とうちにも、病院にも近づかないでくれ」

「わかりました。いったん引きあげますが、また――」

来ます、と言いかけた晴行の言に、車のクラクションの音が重なった。振り返ると、田畑の間の道を黒塗りの乗用車が一台、こちらに向かってくるところだった。ハンドルを握っているのは、今朝、信江といっしょに羽根山座に来ていた田代だ。後部座席の窓からは、振袖を揺らして信江が手を振っている。

車は晴行たちの近くで停まり、信江が車窓から顔を出してきた。

「こんにちは、遼太郎《りょうたろう》さん。またお会いしましたね、籠手川さま」

「信江ちゃん……」

突然現れた信江に、岡部院長の息子、遼太郎は戸惑っている。彼女が自分だけでなく、怪しげな男たちに進んで声をかけたのも戸惑いの一因だろうと、晴行は推察した。

「ええっと、昼食のお迎えにはまだ早くありませんか？」晴行が訊くと、

「はい。買い物もありましたので、早めに。でも、ちょうどよかった。差し支えなければ、このまま伯父の家に行かれませんか？　遼太郎さんもどうでしょう？」

これには運転手の田代が、

「信江さん、さすがに四人は乗せられませんよ」

「まあ、そうなの？　残念」

「白石家に乗りこむ気なのか。どこまでずうずうしいんだ」

遼太郎の剣幕に、信江はびっくりしている。彼の誤解に、晴行は急いで訂正を入れた。

「ありがたいことに徳蔵さんのほうから招いてくださったんですよ」

「そうなのかい?」と、遼太郎が信江に問い質《ただ》す。

「ええ。東京から男爵さまがお越しだと、伯父さまがどこからか耳にして」

「……本物の男爵なのかどうか」

疑い深い遼太郎に、晴行は改めて名乗りをあげた。

「先ほどもお伝えしましたが、籠手川晴行と申します。親から受け継ぎし爵位は男爵。公爵、侯爵、伯爵、子爵と来て、いちばん下の男爵です。しかも公家ではなく、維新《いしん》で功あって爵位を賜《たまわ》った下級武士の家ですので、何かと無骨な点は、どうかご容赦《ようしゃ》を」

「子爵家のご嫡男《ちゃくなん》もこちらにおりますよ」

虎之助が両手で静栄を指し示す。当の静栄はまなじりを吊りあげて虎之助を叱った。

「よけいなことは言うんじゃないよ、諏訪さん」

「はい、すみません」

謝りつつも唇を尖らせる虎之助がつぼに入ったのか、信江は懸命に笑いをこらえている。

遼太郎も毒気を抜かれたようだったが、

「とにかく、東京からのお客人に話すことなど何もないから」

冷たく言い捨てると、晴行たちを肩で押しのけ、自宅にひっこんでしまった。

「やれやれ、完全に嫌われてしまったみたいだ」

肩をすくめる晴行に、信江が頭を下げた。

「すみません。普段はもっと気さくなかたなのですが……」

「いえ、ぼくらも悪いんですよ。あちらの焼けた建物が珍しい洋風建築だったので、ちょっと三人で盛りあがってしまって。無神経な態度でした。信江さんが謝ることはありませんし」

虎之助も「そうですよ、そうですよ」とくり返す。

もはや、ここでねばったところで院長には会わせてもらえまいと判断し、晴行たちは信江の車に乗せてもらうことにした。

信江が助手席に移動し、晴行、静栄、虎之助は後部座席にすわった。田代の運転は穏やかだったが、何分、道の状態が悪く、ガタガタと揺れは激しい。その音に負けないよう、晴行は声を張りあげ、信江に話しかけた。

「遼太郎さんでしたっけか、信江さんは彼と親しいんですか?」

「親しいとまでは言えませんわ。伯父さまの家で、何度かお話ししたぐらいですから」

「つまり、遼太郎さんは何度も徳蔵さんの家に行っていると」

「そうです。遼太郎さんは医師免許を取得されて、つい最近、地元に帰っていらしたんです。お父さまが建てた産院を再建するおつもりなんだとか」

「あの洋風建築ですよね」

「ええ。不幸な火事に見舞われて、いまは閉院しておりますけれど、岡部医院は昔から評判の病院だったんですよ。とても助かりそうになかった赤子が、大勢、命を救われてきたと、わたしも聞いておりますわ。それで、伯父も遼太郎さんのお考えに賛同して、資金の援助を申し出たんです。わたしはお茶を出して、ご挨拶をして、世間ばなしを少ししたくらいですけれど、遼太郎さんがとても誠実で、尊敬できるかたなのはわかりましたわ」

語り口調に熱が入っている。どうやら信江は遼太郎を憎からず思っているようだと、晴行たちにも容易に想像できた。年齢差は十歳ほどあるし、遼太郎は気難しそうな印象が強いし、さてどうなのだろうかと晴行も思わなくもなかったが、ここで外野があえて口出しする必要もあるまいと見送る。

それに、年齢差なら彼の姉夫婦のほうが大きい。しかも後妻で、相手には連れ子もいた。それでも現在、姉の節子《せつこ》は幸せに暮らしている。遼太郎も晴行たちを不審者だと怪しんでいたからこその、辛めの対応だったのだろう。状況が異なっていたなら、きっと違う顔を見せていたはずだ。

(西田さんが寝煙草なんてするはずがないと、相当怒っていたからな。案外、情に厚い男なのかもしれない)

そんなことを考えているうちに、車は白石邸に到着した。意外に岡部医院から近かった。岡部家と同じ、二階建ての純日本風家屋――に見えたが、車を降り、玄関から入っていくと洋風の階段広間が目の前に広がった。柱や梁《はり》の具合を見るに、チューダー様式を取り入れた和洋折衷《せっちゅう》の邸宅らしい。

「こんな田舎にこんなお屋敷が……」

虎之助が正直な感想をうっかり口にし、ハッとして口を手で覆う。幸い、信江と田代は聞かなかったふりをしてくれた。

三人はまず広間の隣の客間に通された。テエブルにソファが配された洋間だったが、暖炉の上には釈迦《しゃか》の説法図を描いた木製レリーフが飾られている。そこでしばらく待っていると、信江に伴われて白石徳蔵が現れた。

年の頃は五十くらい。羽織姿、立派な口髭《ひげ》に厳《いか》めしい顔立ちと、いかにも地方のお大尽《だいじん》といった感じだ。しかし、第一印象とは異なり、こんな田舎にようこそおいでくださいました、と徳蔵は丁重に頭を下げた。

「籠手川男爵が近くにおいでだとうかがって、それで思い出したのですが、海藤《かいどう》商会の海藤玄治《げんじ》氏をご存じでしょうか」

「ご存じも何も、海藤はわたしの姉の夫ですが」

「ああ、やはり。いや、昔、海藤さんにはお世話になったことがありましてね」

どうやら、それが晴行を家に招くきっかけになったらしい。義兄の名が出たことで徳蔵との距離はぐんと縮まり、おかげで食堂へ場を移しての昼食でも意外に話ははずんだ。ただし、苦労をした若い頃の逸話や、海藤商会に世話になった経緯などが主で、徳蔵との会話から欲しい情報は得られなかった。

「実は妻を亡くしたばかりで、気がふさいでいたところでした。こうして珍しいお客さまをお迎えして、いろいろ話せてよかった」

「そうでしたか。立ち入ったことを訊くようですが、ご病気で？」

「いえ、不幸な事故で。突然のことでした」

光子に関してはそれぐらいで、房代にいたっては名前も出てこない。妻の話題に及ぶや、厳《いか》つい印象の徳蔵が傷心の表情を浮かべたので、それ以上の追及はさすがにやりにくい。信江も徳蔵の変化に気づき、実の娘のように気遣う素振りを見せた。失うものは多かっただろうが、すべてを奪われたわけではないと知れて、ホッとした瞬間でもあった。

昼食を終えた頃、信江がお庭をご案内しましょうかと言ってくれた。が、午後には、光子の遺体を発見した町の若者たちにも話を聞く予定でいたので、「申し訳ありませんが、このあと予定がありますので」と辞退する。

「では、町まで車で送らせますわね」

せっかくなので、そのお言葉には甘えることにした。晴行たちは徳蔵に重ねて礼を言い、客間に置いていた荷物を取ってきてから玄関に向かった。

　車寄せにはすでに車が横付けにされていたが、車の脇に知らない男が立っていて、運転席の田代と話しこんでいる。信江が彼に、圭介お兄さまと呼びかけた。

　振り返った彼、白石家の長男の白石圭介は、背はそれほど高くはないものの、甘めの整った顔をしていた。厳つい父親ではなく、美人の母親に似たらしい。

「お客さまがおみえだと聞いてはいたが――」

　怪訝そうな様子の圭介に、晴行はいつものように無駄に堂々と名乗りをあげた。一方で静栄は「彼の友人です」で済ませ、虎之助はハンチング帽を脱いで一礼しただけにとどめる。もとより、男爵の肩書きを持ち、華やかな風貌《ふうぼう》の晴行ばかりがめだつ結果となった。

「あなたが羽根山座にお泊まりの男爵さまでしたか。白石圭介と申します。この家の長男です。本来ならば、わたしがお迎えにあがるべきでしたが、あいにく都合がつかなくて……」

　圭介は言いにくそうに言葉尻を濁した。羽根山座は彼の妹の死に場所だ。あそこに近づきたくないと彼が考えたとしても、無理はないと晴行は思った。

「差し支えなければ、このあとのご予定は？　羽根山町にはしばらくご滞在で？」

「ええ。あと二、三日ほどは。ひとに会う予定が、まだいくつかあるものですから」

「こんな田舎に男爵さまの興味をひくようなものがありましたでしょうか」

「羽根山座があるじゃありませんか。あれは素晴らしい建造物だ。讃岐《さぬき》の金丸座《かなまるざ》にも引けをとりませんよ。それから、ここに来る途中に見かけた洋風建築の焼け跡もよかった」

岡部医院のことを差しているのは間違いようもない。圭介ばかりでなく、信江や田代、静栄たちの間にも動揺が走ったが、晴行はまったく頓着《とんちゃく》せずに建物を讃美する。

「火災に遭ったようで、外壁しか残っていませんが、山荘風のたたずまいがなかなか面白い。誰の設計でしょう。あのままにしておくのは実にもったいないですよ。再建の案などは出ていないのでしょうかね？　往時の姿を取り戻せたなら、きっと多くのひとびとが訪れると思うのですが」

「……建築に興味がおありでしたか。岡部医院に関しては詳しいことはわかりませんが」

「なるほど、病院でしたか」

晴行は何も知らないふうを装い、白々しく言ってのける。

「持ち主が近くに住んでおりますから、直接、話されてはどうでしょう」

「実はすでに話を聞きに立ち寄ったのですが、不審者と思われたようで、冷たく追い返されてしまいましたよ」

「それはお気の毒に」

無愛想な遼太郎を想像できたのだろう、圭介は苦笑いを浮かべた。

「面白いかただ。お時間があるようでしたら、ぜひまたいらしてください。父もこのところ、いろいろとあって気落ちしておりまして。籠手川さまのような楽しいお客さまが来てくださったほうが立ち直りも早いでしょう」

「そうでしたか。徳蔵さんは親思いのいい息子さんをお持ちだ」

「いえいえ。ぼくは昔から、父の期待に添えずに怒らせてばかりでしたよ。父は妹にばかり甘くて、ぼくには厳しかったものですから」

「それは、跡取り息子だと思えばこそだったのでしょう」

「みんなから、そう言われましたが、ぼくは納得できずに長いこと拗《す》ねて、馬鹿《ばか》ばかりをやらかしていましたよ。さすがに心を入れ替えなくてはと、ようやくこの頃、考えるようになりましたがね」

　妹に続いて母を失ったことで、白石家を支えていく自覚が芽生えたのだろう。信江もいるうえに、不仲だった長男と和解できたのなら、徳蔵氏も心強いに違いない。

　晴行たちは信江と圭介に別れを告げ、田代の運転する車に乗りこんで町へと向かった。後部座席に三人押しこまれていた行きとは違って、晴行は助手席に、静栄と虎之助は後部席にすわる。同じガタガタ道を引き返すわけだが、ゆとりがある分、乗り心地もまるで変わって感じられた。

「圭介さん、感じのいいひとでしたね。ハンサムだったし。タキさんの言うように、信江さんと結婚してふたりで白石家を継げば、徳蔵さんも安泰でしょうね」

虎之助の無邪気な感想に、厭世家《えんせいか》の気がある静栄がさっそく横槍を入れる。

「さあ、どうだろう。信江さんには他に想うひとがいるかもしれないぞ」

「ひょっとして遼太郎さんのことですか？　でも、あのひと、ぎすぎすして感じが悪かったし、顔も普通じゃないですか。誠実で尊敬できるかただって、信江さんも言ってはいましたけど、やっぱり若い娘さんは美男子がお好きなんですよ」

「諏訪さん、意外に偏見ありなんだな」

「これが偏見ですか？　ただの哀しい現実ですよ。ハルさんはどう思います？」

「さあ、どうかなぁ。遼太郎さんもぼくらには厳しかったけれど、信江さんには優しいのかもしれないよ。田代さんの意見は？」

急に話を振られ、運転手の田代は前を見据えたまま、あわただしく瞬《まばた》きをした。

「さあ、わたしはなんとも……」

羽根山座のタキとは違って、噂ばなしは得意ではないらしい。

「悪い悪い。言いにくいよね、こういうことは」

と言っておきながら、晴行は新たな質問を田代に投げかける。

「この車で房代さんを羽根山座に送ったりしていたのかい？」

動揺したのか、たまたまか、車は路面の隆起に乗りあげ、大きく跳ねた。後部座席の静栄と虎之助が同時に悲鳴をあげる。晴行はむしろアクシデントを楽しむように、

「ごめん、ごめん。もう訊かないから運転に集中してね、田代さん」

前屈みになった田代はハンドルを強く握りしめ、すみません、すみませんと何度も頭を下げていた。まるで、晴行ではなく死んだ房代に謝っているかのように。

実際、そうだったのだろう。しばらくして、田代は運転をしながら重い口を開いた。

「確かに、わたしはこの車でお嬢さまを羽根山座に送り迎えいたしておりました。旦那《だんな》さまにも奥さまにも秘密にしてほしいと、お嬢さまに言われるままに……。それはそれは楽しげでいらしたので……」

車内の空気が重くなっていく。それでも、晴行は淡々とした口調で尋ねた。

「市川翔燕と逢《あ》い引きしていたのは知っていた?」

「最初は知りませんでした。ただの芝居見物、人気役者の出待ち入り待ちなのだろうと。でも、その、途中からなんとなく……」

運転手の横顔には、後悔の念が色濃くにじみ出ていた。

「お止めしても、お嬢さまは聞いてくださらなくて。絶対に秘密にしてほしいと言うばかりで。でも、圭介さまだけは気づかれたご様子で、市川翔燕にこっそり手切れ金を渡したようでした」

「手切れ金を」

「ええ、渡しているところを見たんです。そのあと巡業を終え、翔燕は東京に帰っていきました。お嬢さまは大層哀しんでおりましたが、お若いことですし、すぐに忘れてしまわれるだろうと、わたしも高《たか》をくくっていたんです。まさか、あがいなことになってしまうとは……」

わたしはここで死にました。

そう告げた房代の声が、晴行の耳に甦《よみがえ》ってくる。

ひとりの自死が投げかける負の波紋は大きく、苦しむのは近親者だけに限らない。その事実をまのあたりにして、陽気な晴行も表情を曇《くも》らせずにはいられなかった。

その日の午後、晴行たちは肝試しに参加した五人の若者のうち、三人には話を聞けたが、新事実は何ひとつ得られなかった。焼け跡に行って死体をみつけた。結局、それだけだったのだ。

すっかり暗くなってから、宿への帰り道をたどりながら、静栄が渋い顔でつぶやく。

「これじゃあ、あとのふたりと話をしても期待はできそうにないな」

虎之助も疲れた表情で、うんうんとうなずいた。

「むしろ、タキさんのほうがまだ情報を持っていそうですよね。明日また羽根山座に行くか、それとも駄目でもともと、岡部院長への取材に再挑戦してみます？」

ふたりとは違い、晴行は疲労など微塵《みじん》も感じさせずに、

「それより、これから病院跡地に行ってみようよ」

静栄と虎之助はぴたりと立ち止まり、同時に晴行を振り返って、「ああっ?」と異口同音に叫んだ。

「本気か、ハルちゃん」

「もう陽が暮れてるんですよ、ハルさん」

気色ばむふたりにも、晴行はひるむことはない。

「うん、だから、幽霊がちゃんと現れて、何か証言してくれるかもしれないよ。ほら、肝試しに行った連中が教えてくれたじゃないか。夜中にあそこで煙草をふかすと、死んだ婦長の霊が現れて追いかけてくるって」

「そういうふうに言われているってだけの、ただの与太話だろうが」

「第一、追いかけられてどうするんですか。昼間、足首をつかまれたくせに、まだ懲《こ》りないんですか」

「いや、だから、あの手が白石光子さんなのか、西田繁子さんなのか、確かめられるかもしれないし」

「その前に、また岡部遼太郎にみつかってどやされるぞ」

「どやされますよ」

「夜ならみつからないよ。間に雑木林があって家から病院は見えないって、遼太郎さんも言っていたし。このまま宿に戻っても何もすることがないんだし、ちょっと寄るぐらい、いいだろう?」

「よくない、よくない」

「そうですよ、危険すぎます、よくないですよ!」

「危険、結構。虎穴《こけつ》に入らずんば虎児《こじ》を得ず。ここまで来て、ふたりとも何を言っているんだか」

猛反対の甲斐《かい》もなく晴行に押し切られ、結局、静栄と虎之助も夜の産院跡地へと向かう羽目となった。

閉ざされていた門扉を乗り越えて、敷地内へと侵入する。雑木林のむこうの岡部邸には明かりが灯《とも》っていたが、こちらに気づいた気配はまったくない。廃病院自体も沈黙している。ただし、こちらは闇に包まれ、死のにおいを濃厚に振りまいている。

晴行は花壇の跡とおぼしき煉瓦積みの上に腰かけると、病院全体を視界に収めつつ、スーツのポケットからマッチと煙草を取り出した。

晴行の後方に立った静栄が苦々しげに言う。

「本当にやるんだな」

「そう言うシズちゃんだって、ウィジャ盤を持ちこんで死者と交流しようとしたくせに」

「あれは昼間だ。夜はさすがにどうかと」

「貸家で最初にウィジャ盤を使おうとしたのは夜じゃなかったっけ」

「ここと状況が全然違う。ここは、そうだな、露骨に危険だ。夜になって、こっちを拒否している感じがビンビン伝わってくるぞ」

それは晴行も感じないではなかった。絶対にあり得ないとわかっているのに、黒い廃病院は闇の力を得て、ひとまわり大きくなったようにさえ見える。霊感のあるなしに関係なく、夜にここを訪れようものなら誰しもが似たような不安に駆られるに違いない。それでも、晴行の場合、探究心のほうが恐怖を上まわっていた。

房代の一件がらみの縁もあり、光子の死について、もっと知りたかった。ここで命を落とした婦長と赤子たちの無念も、聞けるものなら聞いてやりたかった。遊び半分の肝試しとは違う、事実への欲求。その一方で、晴行の口から出る言葉に気負いはない。

「危険、結構だってば。ほら、ぼくは怪談男爵なんだから」

「……ブン屋があんな無責任なあおり文句をつけたせいで」

「えっ？　おれのせいですか？」

不機嫌な静栄も怖がっている虎之助も気にせず、晴行は煙草を咥《くわ》え、マッチに火をつけた。煙草に火を移し、煙を深く吸いこんで夜に吐き出す。細く白い煙は、それ自体が亡霊であるかのように、妖《あや》しくくねりながら暗闇に融けていく。

宿直の看護婦の寝煙草が原因で、産院が火事になった。それが本当なら、ここで一服することと自体、死者への冒瀆《ぼうとく》となろう。怒った婦長の霊が襲ってくると噂されるのも無理はないが、果たして噂は本当なのか。

二度、三度と煙をくゆらせたせいで、晴行のまわりは白く霞《かす》んでいった。廃病院の輪郭《りんかく》も曖昧に見えてくる。その紫煙《しえん》の中にふたつの赤い光点が、突然、灯《とも》った。

目だ。まるで夜の山中からふいに出現した野獣のように、目が赤く爛々《らんらん》と光っている。

先に目の輝きを見せつけて、続けて全体像が闇に浮かびあがった。

痩せて、手足の長さがやけにめだつ女だった。若くはない。ウェストを絞った白一色のナース服を身に着けている。丸く膨らんだ大黒帽《だいこくぼう》も、この時代の看護婦が着用する制帽だ。

額から流れる血が、白い大黒帽に赤く染みている。その爪先は地についておらず、身体は完全に宙に浮いている。

当然、生きている者ではない。火事で命を落とした西田繁子だ。

死霊の降臨に、静栄と虎之助は息を呑んだ。晴行は咥え煙草のまま、彼女の筋張った手をみつめる。

「やっぱり、あなたでしたか。昼間、ぼくの足をつかんだのは」

晴行は煙草を地面に落とし、革靴の先で火を踏み消した。

「会えてよかった。繁子さん、訴えたいことがあるのなら、どうぞ、この機会に――」

みなまで言わせず、死霊はガッと歯を剝《む》き、晴行につかみかかってきた。痩せたその手が、猛禽《もうきん》のごとき荒々しさで彼を捕らえる寸前、静栄がスーツの後ろ衿をつかんで引っぱった。

「逃げるぞ、ハルちゃん！」

虎之助はすでに門に向かって走り出している。静栄に引きずられるまま、晴行も釣られて走った。門扉に飛びつき、ガシャンガシャンと柵を激しく鳴らしつつ、なんとか乗り越えていく。

門の上で、晴行だけが廃病院を振り返った。名残の紫煙の中、ナース服のスカートが風に揺れている。死せる婦長は赤い瞳で晴行たちを睨んでいるものの、追ってこようとはしない。それでも、晴行はぞくりと身震いした。

繁子の霊の後ろ、廃病院の二階の窓から顔がいくつも覗いていたからだった。どれも白くぼんやりとして、目と口は黒い点でしかなく、表情まではわからない。まるで赤ん坊のようにとても小さな顔――いや、比喩《ひゆ》ではなかった。大勢の赤ん坊たちが窓に鈴なりになって、こちらを見下ろしているのだ。

「ぐすぐずするな、ハルちゃん」

静栄に怒鳴られ、ハッとした晴行は門扉から飛び降りた。そのまま、三人とも全速力で田舎道を駆け抜ける。

廃病院から相当離れてから、晴行たちはようやく走るのをやめ、道の真ん中でぜいぜいと息をついた。

「み、見ました？　見ましたよね？」

虎之助の問いに、静栄が応えた。

「ああ。大黒帽にナース服。間違いなく西田繁子の霊だった」

「それだけじゃなくて、病院の窓にも赤ん坊の顔がいっぱい……」

そちらには気づかなかったのか、静栄が「えっ！」と驚く。晴行はむしろ嬉しそうに、

「あ、トラさんも見たんだ。よかった、ぼくだけじゃなくて」

「よくはないですってば！」

思い出しただけで鳥肌が立ったらしく、虎之助は激しく身悶《みもだ》えた。あははと晴行は笑った。自分より悲惨そうな第三者がいると確かに落ち着くなと思って。

「よし、今日はもう帰ろうか」

どこまでもお気楽な友人に、静栄が噛みつくように言った。

「当たり前だ。まさか、引き返すとか言ってくれるなよ」

「いや、それはさすがに言わない。西田さんのあの痩せた姿を見て、昼間、ぼくの足をつかんだ手は彼女だったんだと確信できただけでも良しとしておく」

「ああ、助かった」と、虎之助が心の底から安堵《あんど》したように言った。

「いつも逃げ切れるとは限らないんだぞ。これに懲りて少しは分別のある行動をだな」

静栄が説教をしても、晴行はほとんど耳を貸さずに独り言《ご》ちる。

「彼女、噂通りに相当真面目だったんだろうな。あんなに痩せているのは、自分にも他人にも厳しい性格の表れなんだろうか。だとしたら気の毒に。煙草をふかしただけであんなに怒るなんて、やっぱり寝煙草の件を思い出すからか。どうにか楽にしてやれなくは——」

「ハルちゃん、ハルちゃん。いつもの悪い癖が出てるぞ。幽霊にまで同情しない」

静栄がいくら言っても、やはり晴行は聞かない。

「戻ったら旅館で電話を借りたいな。明日、タキさんともまた話したいし。肝試しの馬鹿連中と話すよりも有意義なはずだから。岡部院長に面会を申しこむのもありだけど、遼太郎さんにまた阻まれそうだな。信江さんに渡りをつけてくれるよう頼むとか——」

「おい、ハルちゃん。少しは反省しろ、反省」

「反省してくださいよぉ」

静栄だけでなく、虎之助も晴行に反省を求める。それでも、晴行はぶつぶつと独り言ちるのをやめない。

「なんだろう。それから、ちょっと引っかかるんだが」

「またそんなことを言って誤魔化そうと……」

「繁子さんの額の傷はなんなんだろう」

ひたすら腹を立てていた静栄が、急に怒りを鎮めていっしょに考えこんだ。

「彼女がいた宿直室は確か一階だった。崩れ落ちてきた梁だのなんだのが、頭に直撃したんじゃないのか」

「うん、それはあるかも。『わたしの死にざまをとくとご覧なさい』みたいな？　でも、だったら黒焦げの姿を見せつけたほうが、より衝撃的だったんじゃないかな」

「見たかったのか、そっちが」

「いや、そういうわけでもないけれどね」

ううんとうなって、晴行は栗色がかった髪の毛をかきむしった。

「とりあえず、旅館に戻ったらまず電話を借りようか。そして、明日の聞きこみだな。それでも駄目なら、最後の手段だよ」

「なんですか、その最後の手段って」

期待して尋ねる虎之助に、晴行は自信たっぷりに胸を張ってみせた。

「たぶん、そのときになったら思いつく。だからこその最後の手段なんだ」

要するに、何も考えていないのである。

「はあ……」虎之助はわけがわからずに首を傾げた。

静栄も「厭な予感しかしない……」とつぶやき、眉根を寄せた。

翌日、晴行たち三人は宿での朝食を済ませると、タキに会いに羽根山座を訪れた。

が、羽根山座ではタキに会えなかった。今日は彼女、休みなんですよと永山に告げられ、ならばと自宅の場所を教えてもらい、菓子折を抱えてそちらへと向かう。

幸い、タキは老いた姑《しゅうとめ》といっしょに在宅中で、喜んで三人を迎えてくれた。

「まあまあ、手みやげまでいただいて」

「旅館の近くの菓子屋で買ったものだから、タキさんには馴染《なじ》みの味かもしれないけれど」

「馴染みどころか大好物ですよ。ありがとうございます」

タキは上機嫌で茶を煎《い》れてくれた。手みやげの栗饅頭といっしょに漬け物も卓上に並ぶ。

虎之助は漬け物を、静栄は栗饅頭を嬉しそうに頬ばる。姑は恥ずかしがってか、

「わたしゃ、隣にちょっと行ってくるよ」

そう言って隣家に出かけていってしまった。はいはいと姑を見送ってから、タキはすぐに晴行たちのところに戻ってきた。

「昨日、光子さんが痩せていたかどうかって、籠手川さま、訊いたじゃありませんか」

その件は、昨夜、繁子の霊と対面したことで解決したのだが、そうも言えずに、

「ああ、うん。そうだったね」と晴行は適当に返した。

「写真がないかなと思って。それで探してみたんですよ」

一転、彼は好奇心から身を乗り出す。

「あったのかい？　それはぜひ見たいな」

晴行だけでなく、静栄と虎之助も興味を示した。三人に期待され、タキは嬉しそうに奥から大きめの文箱《ふばこ》を持ち出し、古い写真を数枚、さっそく披露する。

「二十年以上昔の写真しかなくて、ご期待に添えないかもしれませんけど。ほら、ここに写っているのが光子さん。こっちがわたしです」

それは駅のホームに大勢のひとびとが並んでいる写真だった。光子もタキも二十歳前で、手には小ぶりな日章旗を握っている。言われていた通り、光子は確かに美人だった。若いタキも十二分に愛らしい。

「戦地に向かう若いひとを送り出したときの写真ですよ。この中に、帰ってきたひともいれば、これが最後になってしまったひともいて――」

静栄が眉を片方だけひそめた。

「あれ？　じゃあ、もしかして」

タキはうなずき、写真の上ですっと指をすべらせた。

「こちらが光子さんの婚約者だったおかたです」

見送られる側の中に、軍服姿の彼がいた。斜め下を向いていて、さほど鮮明な像ではない。それでも、女性受けしそうな甘めの整った容貌であったことは見て取れる。

晴行たちは一様に驚きの色を浮かべ、素早く視線を交わし合った。三人のその反応は望んだ通りだったらしく、タキも満足げだ。

「――徳蔵さんは確か、娘の房代さんを溺愛《できあい》していたんだよね」

改めて問う晴行に、タキはまたもや深々とうなずいた。

「はい。それはもう、目の中に入れても痛くないほどに」

「長男の圭介さんとは、いまはともかく、以前は勘当騒ぎになるほどだった。でも、圭介さんは信江さんと結婚して白石家を継ぐ予定なんだよね？」

「そがいに噂しているひともいるっていうだけですよ。本当かどうかは誰も知りません。でもね、わたしは圭介さんと信江さんの結婚はないって勝手に思っているんです。徳蔵さんは、娘の房代さんにしてやりたかったみたいに、どこか別のところからお婿《むこ》さんを探してきて、信江さんとそのひとを夫婦養子として白石家に迎えるおつもりなんじゃないのかなって」

「つまり、徳蔵さんはどうあっても圭介さんに家を継がせないだろうと、タキさんは睨んでいるんだね。理由は――」

晴行の指が、写真の中の美男子を差す。光子の婚約者で、このあと病死する彼は、圭介によく似ていた。

「ま、全部、わたしの想像ですけれどね」

タキはすました顔で言ってのけ、晴行の湯飲みに温かい茶をつぎ足した。が、湯飲みは半分も満たされない。

「あら、急須が空っぽ。ちょっと待ってくださいね。すぐに新しいお茶を煎れてきますから」

タキが席をはずしてお勝手へと向かう。その間、晴行と静栄、虎之助は卓袱台《ちゃぶだい》を囲んで顔を見合わせた。

「どういうことです、これって」困惑する虎之助に静栄が冷静に応えた。

「訊くまでもないだろう。圭介さんの本当の父親は病死した婚約者で、徳蔵さんと結婚したとき、光子さんのお腹の中にはすでに圭介さんがいたってことだとも」

「うっわぁ……」

顔を真っ赤にする虎之助に、静栄はげんなりと、

「諏訪さん、いくつ？　本当に年上？」

「し、失礼な」

まあまあ、と晴行がふたりの間に入って話を続けた。

「徳蔵さんはその事実に気づいていて、だから房代さんのほうを猫かわいがりして、圭介さんには冷たかった、ということでいいんだろうね。兄妹仲《きょうだい》のほうはどうだったんだろうか。翔燕に手切れ金を渡していたってことは、やっぱり、妹の将来を案じていたからだ

ろうけれど。そこのところを確認したいのに、電話に出てくれないんだよなぁ」

「電話？　昨日から、いったい誰にかけてるんだ」

「そりゃあ、もう――」言いかけて、晴行は唐突に、

「あ、閃《ひらめ》いた」

何が、何がですか、と静栄と虎之助が問う。晴行はふふっと不敵な笑みを浮かべた。

「最後の手段だよ」

途端に静栄の表情が変わった。

「……どう考えても厭な予感しかしない」

虎之助はまだ理解していない様子だったが、晴行の提案を聞くや、

「ハルさん、どこまで本気なんですか」

と甲高い声をあげる。言わんことじゃないと、静栄も頭を抱える。

「あらあら楽しそうですこと。なんのお話です？」

タキが急須を手に戻ってきたので、それ以上の作戦会議はできなくなった。

「いえいえ、なんでもないんですよ。お茶、いただきますね」

熱い茶を飲み、晴行はふうっと満ち足りた吐息をついた。静栄と虎之助の非難がましい視線も、彼にとってはどこ吹く風だった。

寒い。それに、背中が痛い。

最初に寒さ、それから痛みを感じ、白石圭介は低くうめき始めた。

自分がどういう状況に置かれているか、まだよく把握《はあく》できていなかった。が、うめいているうちに、背中が痛いのは、冷たい地面に直接、転がされているせいだということはっかめてきた。

そしてようやく、身体を縛る荒縄の感触に気づき、ハッと目をあける。

「やあ、やっとお目醒めですね」

目の前に立つ、若き籠手川男爵がそう言った。眼鏡の大学生とハンチング帽の男もいる。

男爵はにこにこと微笑んでいるが、あとのふたりは渋っ面だ。

場所は野外のようだ。圭介の最後の記憶は夕刻、籠手川男爵から町中に呼び出され、飲み屋が並ぶ路地裏にともに入っていった直後までだった。

(そうだ。男爵に突然、腹を殴られて——)

気を失い、その後、どこかに運ばれたらしい。あたりは暗く、飲み屋の提灯《ちょうちん》もない。

酔客のにぎやかな話し声も聞こえない。屋外ではあるが、ずいぶんと静かだ。

どうしてこんな目に遭わせるのか。男爵への怒りが圭介の中で膨れあがったが、彼の背後にそびえる建造物を視認するや、怒りはたちまちしぼみ、恐怖へと変わった。

山荘風の黒い外壁。その外壁よりも真っ暗な窓。岡部医院の焼け跡だ。圭介の全身に激しい悪寒が走った。彼にとって、ここは羽根山座以上に忌《い》まわしい場所になっていたのだ。

おびえる圭介に、男爵はひと差し指を立てて、しいっとささやきかけた。

「あんまり大声をあげないでくださいね。遼太郎さんに気づかれると面倒なので」

むしろ大声をあげて、雑木林のむこうの岡部邸に助けを求めたほうがよかったかもしれない。だが、男爵の真意が読み取れずに圭介は固まってしまった。

「い、いったい、何を……」

強ばった舌をどうにか動かして問う。男爵は優雅に肩をすくめた。

「嘘《うそ》のない話を聞きたかったのです。ここでなら言いにくい話もできるでしょう？　では、まず何から聞きましょうね。最近の出来事から始めますか。お母さまの白石光子さんは、ここで亡くなりましたよね。転倒して、産院の玄関の基壇で頭を打って」

男爵が廃病院の玄関を振り返る。圭介はそちらを見たくなくて、ぎゅっと目をつぶった。逆にまぶたの裏に母親の死に様が浮かんでくる。恐怖と絶望に顔をひきつらせ、逃げようとして倒れこんだ際の母の姿が――

「光子さんはたびたび、ここに花を供えに来ていました。房代さんの産み落とした子供、ご自身にとってのお孫さんの供養のために。あなたも当然、それは知っていましたよね？」

知らないと答えるのも不自然だろう。しかし、言いたくなくて圭介は口をつぐんだ。返事がなくても男爵は語り続ける。

「房代さんの子は、徳蔵さんにとって小さな希望の灯し火《ともび》だった。だから、最新の設備がそろった岡部医院に入院させ、無事に育ってくれるように願った。ひょっとして、亡き娘の代わりに白石家の跡取りに育てようと決意されておられた？　孫を養子にして家を継がせる話は、たまに聞きますからね。今日、田代さんにも聞いたんですよ。あの頃、徳蔵さんが車の中でそんな話を洩《も》らしていたと」

圭介はぎょっとして目をしばたたいた。自分も、父が母にそんな話をしているのを盗み聞いたことを思い出して。

「それであなたは、そうはさせるかと夜中の産院に忍びこみ、赤子を秘かに始末しようとした。保育器の電源を切るとか、小さな口を枕でふさぐとか、やりようはいくらでもありますものね。虚弱な早産児が急死しても、たいして不審がられることはないし」

そうとも、簡単なはずだったのに――

「ところが、あなたは運悪く、宿直の看護婦にみつかってしまった。だから、手近な鈍器か何かで彼女を殴った。額を割られ、彼女は倒れた。白い大黒帽を赤く血で染めて」

まるで、死んだ看護婦をその目で見たかのように男爵は描写する。

「あなたはその場で計画を変更し、宿直室にあった吸い殻《がら》をベッドの上に置いて寝煙草を偽装した。念のためにシーツに直接、火をつけたりもしましたか？　本当の死因がばれないように、西田繁子さんの遺体にも火をつけた？」

歌うように美貌《びぼう》の男爵は問う。学生とハンチング帽は無言で、冷たい視線を圭介に向けている。

「あっという間に火はまわり、岡部医院は焼け落ちて、房代さんの子も含め、入院中の子供たちは焼死してしまった。本来の目的もきちんと達成できたわけですよ。これで白石家の財産は自分のものに。そう思っていたのに、徳蔵さんは姪《めい》の信江さんに亡き愛娘の姿を重ね、彼女に婿をとらせて夫婦養子にしようかと、最近、考え始めている。あせりますよね。あなたが信江さんと結婚できれば、何もかもうまくいくでしょう。でも、徳蔵さんはあなたのことを息子だとは内心、認めていない――」

言葉の刃《やいば》が圭介の胸に鋭く刺さり、彼は大きく息をあえがせた。

「あなたは光子さんに助けを求めた。父親を説得してほしいとかなんとか、そんな話をするために、あなたは光子さんがひとりで産院の焼け跡に行くときを狙った。そこでなんらかのトラブルが発生したのではありませんか？　結果、光子さんは……」

「言いがかりだ」

やっと言えた否認の言葉に、男爵は浅くうなずいた。

「多分に憶測が混ざっていることは否定しませんよ。では、溯《さかのぼ》って六年前の話をしましよう。あの頃、房代さんは羽根山座の巡業に来ていた市川翔燕に入れこんで、彼との逢瀬を重ねていた。房代さんは本気だったが翔燕は違った。実はね、今日、東京にいる翔燕からやっと言質《げんち》がとれたんですよ。なかなか電話に出てくれなかったんですけれど、昨夜、眠っていたら、シュッ、シュッ、キシキシが久しぶりに聞こえてきたそうで。奴《やっこ》さん、すっかり怖じ気づいてしまって、昼間、むこうのほうから、ぼくらの宿に電話をかけてきました。で、何もかも白状してくれたんです」

男爵はぐっと一歩前に踏みこんで言った。

「圭介さん、妹を誘惑してくれって翔燕に頼んだんですよね。房代さんにふしだらな娘のレッテルを貼ってやりたくて。あなたが翔燕に渡したのは手切れ金じゃなくて、よくやってくれたという礼金だったんですよ」

そこまで知っているのかと、圭介は息を呑んだ。彼に向けられる学生の目にも、眼鏡越しに嫌悪の色が浮かぶ。

「金をもらっておぼこ娘をたぶらかしたとは、さすがに翔燕も明かしたくなかったんだな」

「いい記事になりそうなのになぁ」

ハンチング帽のぼやきを無視して、男爵はさらに糾弾《きゅうだん》する。

「房代さんを溺愛している徳蔵さんを、あなたは失望させたかった。あわよくば、房代さんに家を継がせる計画を潰してやりたかった。父親に長いことないがしろにされてきた長男の歪んだ願望……。あなたも相当、遊んでいたようですし、逆恨みに近い気はしますがね」

「逆恨みだと？　恵まれた男爵さまに何がわかる」圭介はかすれ声で腹の内をぶちまけた。「みんなみんな、房代ばかり、ちやほやして。あんなわがまま女、白石家の面汚《つら》しだ。人気役者の甘い言葉に釣られて子まで孕《はら》んで、立派にふしだらな娘じゃないか」

男爵は哀しげな目をして、ゆるやかに首を横に振った。

「ふしだらどころか、いちずな娘さんでしたよ。『お夏清十郎《なつせいじゆうろう》』のお夏みたいにね」

妹への讃辞など、圭介は聞いていなかった。

あの日の夕暮れどき、百合の花を抱えて母が外出するのを見かけ、岡部医院の跡地に行くのだと察して、あとをつけた。あそこに行くのは勇気がいったが、誰にも聞かれたくない話を母とするには好都合の場所に思えたのだ。

どうして親父はあんなにおれを嫌うんだと、圭介は産院跡地で母に詰め寄った。母はなんとかはぐらかそうとしたものの、息子の剣幕に圧《お》されて、とうとう告白した。あなたの本当の父親はわたしが結婚前に付き合っていたひとなのよ、と。

父に疎《うと》まれていた理由を、母からはっきりと告げられ、激怒した圭介は母親を口汚く罵《ののし》った。この売女《ばいた》、裏切り者、と。

以前から、なんとなく感じてはいたが、あえて蓋をしてきたのだ。不満をまぎらわすための賭け事にはまり、それでよけいに父との関係が悪化した。房代も、房代の子もいなくなって、さすがに父もあきらめるだろうと楽観視していたら、今度は従妹の信江に岡部遼太郎を婿入りさせ、白石家を継がせようとする動きが見えてきた。

母には父を説得してほしかったのに、この仕打ち。どこまで自分は不幸なのか。それもこれも、すべては母の不貞のせい。そう思うと、もう圭介の気は収まらず、怒りのままに母を突き飛ばした。転倒した母は頭を強打して——

「結婚するまで女は身を清くしておくべきなんだ。なのに貞節を破って、欲望のままに見苦しくさかって。穢《けが》らわしい。母も妹も当然の報いを受けたんだ。ぼくは悪くない！」

圭介が叫ぶや、男爵はすうっと身を引いて、背すじをのばした。

「なるほど、それがあなたの主張ですか」

その瞬間に判決が下ったのだろう。男爵は優美な仕草で、懐からマッチと煙草を取り出した。煙草を一本咥え、マッチを擦《こす》って火をつける。燐《りん》のにおいがあたりに染み渡った。

ふうっと深く息を吸い、男爵が白い煙を夜に吐く。宵闇《よいやみ》の廃病院を背景に、銀幕のごとく紫煙が広がる。そこに浮かびあがってきたのは、ナース服をまとった西田繁子の姿だった。彼女の大黒帽には、割られた額の血がこびりついている。

圭介はわななき、眼球がこぼれ落ちそうなほど大きく目を見開いた。黒い外壁の洋風建築までもが大きく震える。二階の窓には小さな顔がびっしりと張りついている。ここで炎にまかれて死んだ赤子たちの霊だ。

圭介は悲鳴をあげ、縛られて自由にならない身体で、どうにか亡霊たちと距離をとろうと這《は》いずった。だが、そんなことぐらいで恐怖が鎮まるはずもない。

「ゆ、許してくれ」

半泣きになりながら、圭介は一転して罪を認め、許しを乞う。

「悪かった。本当だ、ぼくが悪かったんだ。火付けまですることはなかったんだ。どうか許してくれ、許してくれ」

晴行はうなずき、医院の門へと視線を移した。

「ちゃんと聞きましたよね、遼太郎さん」

柵状の門扉のむこうに、いつの間にか遼太郎が立っていた。侵入者の気配を察して様子を見に来ていたに違いない。彼は硬く厳しい表情で晴行にうなずき返した。全部聞かせてもらったという合図だ。

「じゃあ、警察を呼んでください。あとは司法にお任せしますよ」

圭介はうなだれ、声をあげて泣き始めた。

彼のそのみじめな姿に溜飲《りゅういん》を下げたのか、紫煙は闇に融け、繁子の姿もかき消えていく。二階の窓に連なっていた白い顔も、飛沫《ひまつ》のごとくに散っていく。あとには悲劇を刻んだ真っ黒な洋館の残骸《ざんがい》が建つばかりだった。

東京に戻ってから、晴行と静栄、虎之助たちは三人そろって、いつもの甘味処〈鈴の屋〉ののれんをくぐった。

ここはあいかわらず、空いている。迷わず彼らが奥の席につくと、いつもの童顔の女給が注文を取りに来た。頼むのもあいかわらず、汁粉ふたつと磯辺餅だ。

ただし、いつもとは異なる展開がそこで生じた。虎之助がジャケットのポケットから小さな包みを取り出し、女給に差し出したのだ。びっくりしている彼女に、

「仕事で四国に行ってきたんで、おみやげ。櫛《くし》。安物だけれど」

ぶっきらぼうに告げ、彼女が手にしている盆の上に包みを載せて横を向く。ハンチング帽の下で、彼の耳は真っ赤に染まっている。女給のほうも負けず劣らず顔を真っ赤にして、礼もそこそこにパタパタと店の奥へ引っこんでいく。

まったく予想外だったらしく、静栄が「えっ？　えっ？」と言いながら、店の奥と虎之助の顔を交互に振り返った。晴行は笑って、

「鈍《にぶ》いな、シズちゃんは。甘味が苦手なトラさんが、どうしてここに足繁《しげ》く通っていると思ったんだい？」

「えええっ？　ハルちゃんは気づいていたっていうのか？」

「そんなんじゃありませんよ。ついでです、ついで。それより記事の件ですけどね、やっ

ぱりどうしても本当に、羽根山座と房代さんの名前を出しちゃ駄目なんですか?」

無理やり話題を変えようとする虎之助に、晴行は首を横に振ってみせた。

「ダメダメ。そう約束したんだから」

「なら、まあ、圭介さんは逮捕されたわけですし、彼の自白に霊をからめて書く分には構いませんよね」

「そうだね。母親の件は過失によるものだったとしても、婦長殺害と岡部医院への放火は言い逃れできないから」

虎之助はホッとしたように息をつき、メモ帳を取り出して要点をまとめ始めた。

房代、光子の死に加え、圭介の逮捕と不幸続きの白石家だが、まだ信江がいる。どうやら、彼女と遼太郎の結婚話も具体的に進んでいるらしい。いずれ彼らふたりが、白石家と岡部医院の両方を盛り立てていくに違いない。

「にしても大胆でしたよね。拉致《らち》して脅して幽霊まで駆り出して。さすがは最後の手段」

「だって、市川翔燕から言質がとれたから、あっ、これはやれそうだなと思って」

「やりすぎだ、やりすぎ」静栄が苦々しげに言い、虎之助も彼に同意する。

「ですよねえ。ま、おかげで助かりましたけど。じゃあ、羽根山座や房代さんの名は出さずに、某病院の焼け跡に出る看護婦の霊ってだけで話をまとめてみますよ。霊が放火犯を脅して自白に追いこんだ、みたいな。圭介さんが放火するに至った動機の説明はややこしいんで、そこらへんは割愛して、怪談男爵が焼け跡にさまよう看護婦の霊の訴えを聞き、見事、放火の真犯人をあぶり出して霊と直接対決させた結果――ってな感じでどうでしょう」

「焼け跡だけに、あぶり出し。うん、いいんじゃない？」

「適当だな、ハルちゃんは」

さっきのお返しとばかりに静栄が意地悪く言う。晴行はけらけらと笑って「否定できないな」と返した。

にぎやかな彼らのテエブルに、女給が注文の品を運んでくる。

「はい、お待たせしました。お汁粉ふたつに磯辺餅です」

虎之助は緊張して居住まいを正した。女給も彼のほうを見ないように目を伏せ、品物をテエブルに置くと、麻の葉模様の袖《そで》と白エプロンの裾《すそ》を翻《ひるがえ》し、急いでその場から離れた。

脈なしか、とうなだれる虎之助の前に、晴行がすっと磯辺餅の皿を押しやる。いつもは餅が二切れ載っている皿の上に、今日は三枚の磯辺餅が積みあがっていた。

あとがき

大正時代を舞台に書いてみないかと、あるひとに言われて。

そのあたりに関する知識はまったく持ち合わせておらず、うーむとうなりながら調べてはみたものの、ついに形にはならなかった。だがしかし、受領は倒るるところに土をつかめ（by『今昔《こんじゃく》物語集』）。参考文献にならなかった分も含め、資料本をいろいろ買ったんだから活用しようと、自他ともに認めるしみったれなわたしはその後もしつこく考え続け、やっとこさ『怪談男爵　籠手川晴行』が生まれた次第である。

登場人物のハルちゃんシズちゃんに関しては、拙著《せっちょ》『聖霊狩り』の主人公・飛鳥井《あすかい》柊《しゅう》一《いち》の陽気な祖父と気難しい上司の若い頃をイメージした。脇役の年寄りながら、昔からの友人で性格のまったく違うこのふたりは、わたし自身も気に入っていて、こんな凸凹《でこぼこ》コンビをメインに据えた話をいつか書きたいなと思っていたのだ。まさか、若返った彼らが大正の帝都で暴れることになろうとは、予想もしていなかったが。

もちろん、まったく同じというわけではなく、差異はおのずと生じている。『聖霊狩り』

を知っていても知らなくても、なんら問題はないかと。

震災や戦禍《せんか》の足音にはあえて触れず。でも、怪異はたっぷり、を試みてみた。やはり、ばけものを描写していると楽しくてたまらない。なおかつ、それを倒す人間を描くことが大事なのだと、わたし自身は承知しているつもりである。うん。

大正時代の身の上相談にこんなものがあったといろいろ教えてくださった担当氏に、ネタに詰まるたびに相談に乗ってくれた友人たちに、そして、怪談男爵をため息が出るような華麗《かれい》な筆致であざやかにかっこよく具現化してくださったTHORES《トーレス》柴本《しばもと》氏に、思いっきりの感謝を捧げたい。本当にありがたや、ありがたや。

どうか、この新たな試みを、読者のかたがたに楽しんでいただけますように。

瀬川貴次

令和三年六月

【初出一覧】

第一話　幽世の音……Ｗｅｂマガジン Cobalt
第二話　まぼろし花魁……Ｗｅｂマガジン Cobalt
第三話　屏風小町……Ｗｅｂマガジン Cobalt
第四話　泣く家……Ｗｅｂマガジン Cobalt
第五話　廃病院の看護婦霊……書き下ろし

参考文献

『華族　近代日本貴族の虚像と実像』（2006）小田部雄次（中央公論新社）
『小説集　吉原の面影』（2020）永井荷風　他（中央公論新社）
『「腹の虫」の研究　日本の心身観をさぐる』（2012）長谷川雅雄　他（名古屋大学出版会）
『お屋敷拝見』（2003）文・内田青蔵　写真・小野吉彦（河出書房新社）

※この作品はフィクションです。実在の人物・団体・事件などにはいっさい関係ありません。

集英社オレンジ文庫をお買い上げいただき、ありがとうございます。
ご意見・ご感想をお待ちしております。

● あて先
〒101-8050　東京都千代田区一ツ橋2-5-10
集英社オレンジ文庫編集部 気付
瀬川貴次先生

集英社
オレンジ文庫

怪談男爵 籠手川晴行

2021年7月20日　第1刷発行

著　者　瀬川貴次
発行者　北畠輝幸
発行所　株式会社集英社
〒101-8050東京都千代田区一ツ橋2-5-10
電話【編集部】03-3230-6352
【読者係】03-3230-6080
【販売部】03-3230-6393（書店専用）
印刷所　凸版印刷株式会社

ISBN 978-4-08-680399-1 C0193